ars vivendi Krimi

Markus Flexeder wurde 1973 im niederbayerischen Eichendorf geboren. Seit 1988 lebt er in Landshut. 2014 erschien sein Krimidebüt *Blutwinter* bei ars vivendi, 2016 folgte *Böse sind die anderen*. Flexeder war Kolumnist der *Landshuter Abendzeitung* und Juror des Landshuter Literaturwettbewerbs.

Markus Flexeder

Feuerbach

Kriminalroman

ars vivendi

Für meinen Sohn Alexander

Originalausgabe
1. Auflage November 2021

www.arsvivendi.com

Dieses Werk wurde vermittelt durch die Montasser Medienagentur, München

Lektorat: Dr. Felicitas Igel
Umschlaggestaltung: FYFF, Nürnberg
Motivauswahl: ars vivendi
Umschlagfoto: © plainpicture/Reilika Landen
Druck: CPI buchbücher.de GmbH, Birkach
Gedruckt auf holzfreiem Werkdruckpapier der Papierfabrik Arctic Paper

MIX
Papier aus verantwortungsvollen Quellen
FSC® C083411

Printed in Germany

ISBN 978-3-7472-0304-0

Feuerbach

»Es gibt Lämmer, und es gibt Wölfe. Carl Feuerbach ist ein Wolf. Jetzt ist er da draußen und streift durch die Stadt. Ich werde es mir nie verzeihen, die Wildheit in seinem Blute erneut entfacht zu haben!«

Joseph Obermeier, Kriminalinspektor,
München im November 1923

Die vorliegende Niederschrift basiert auf Tagebucheinträgen, Briefen und Zeitungsausschnitten.

Ereignisse, bei denen weder der Verfasser anwesend war noch Schriftstücke existieren, die Aufschluss geben können, wurden anhand von Fakten und Erzählungen rekonstruiert.

Auf die Einträge von Januar 1923 bis Oktober 1923 wurde verzichtet, da diese für die Darstellung der Geschehnisse unerheblich sind.

Leopold Kruger

Aufbruch

Brief von Elfriede Kruger an ihren Bruder Carl Feuerbach
Berchtesgaden, 11. Oktober 1922

Mein lieber Carl,

wie in unserem Briefwechsel verabredet, wird Leopold am 20. Oktober in München eintreffen. Es bricht mir das Herz, zuzuschauen, wie einer meiner beiden Söhne in die Welt hinausgeht. Doch ist es mir ein bescheidener Trost, dass er nicht irgendwohin ziehen wird, sondern in meine Heimatstadt.

Geliebter Bruder, pass bitte gut auf meinen Buben auf! Was schreibe ich hier? Leopold ist ein stolzer Mann von zweiundzwanzig Jahren. Du wirst staunen!

Man merkt, dass Deine Schwester seine Mutter ist. Bitte vertragt euch! Bisweilen kommt es mir so vor, als besäße er mehr Ähnlichkeit mit seinem Onkel Carl aus München als mit seinem Vater. Im Gegensatz dazu ist Maximilian ein Ebenbild von Ignaz. Ein Umstand, der meine Kinder nicht unterschiedlicher machen könnte.

Der heimische Bauernhof vermag einem Menschen wie Leopold nicht das Mindeste zu bieten. Theater, Literatur, das Gewusel des Lebens, all das sucht er hier vergeblich.

Leopold will Schriftsteller werden. Und was soll ich sagen, ich bin skeptisch. Doch was wäre ich für eine Mutter, wenn ich ihm meine Unterstützung verweigern würde?

Als er mir mit sehnsüchtiger Stimme sein Vorhaben anvertraute, lachte ich nicht, wie es viele andere inmitten von

Kühen, Bergen und Wäldern getan hätten. Nein, ich amüsierte mich nicht über solch hochfliegende Pläne meines Kindes! Vielmehr wurde mir ernst und traurig ums Herz. Ich fühlte, dass alles auf ein Lebewohl zulief.

Schwieriger gestaltete es sich, Ignaz von dem Vorhaben unseres Buben zu überzeugen. Denn die Arbeit hier am Hof ist schwer und mühsam. Wenn zwei Hände fehlen, gilt das umso mehr. Trotz alledem wäre es widersinnig, ihn zu halten. Einer, der gehen will, muss gehen! Und wenn mein Sohn es nicht jetzt in Frieden mit sich und der Familie tut, dann früher oder später im Streit.

Leopold passt ohnehin nicht hierher. Wobei es mir immer eine Freude war, sein offenes, freundliches Gesicht zu sehen, das so sehr im Gegensatz zu den Mienen der grimmig dreinschauenden Bauern stand. Wenn er sich in München dem weiblichen Geschlecht nähert, und dies wird geschehen, davon bin ich überzeugt, wird er wohl manches Abenteuer erleben. Doch Carl: Bewahre ihn vor der Hurerei. Fiele er ihr anheim, würde ich Dir das niemals verzeihen!

Lieber Bruder, denke bitte nicht, ich wäre nicht wissbegierig, wie es um Dich bestellt ist. Unser letztes Treffen liegt eine Ewigkeit zurück. Niemand ahnte damals, welch ein Krieg auf die Welt zukommen würde. Schmerzvolle Zeiten liegen hinter uns allen.

Ich hoffe inständig, dass es Dir gut ergangen ist. Trotz unseres fehlenden Kontaktes bleibt meine Verbundenheit nicht nur im Blute, sondern ebenso im Herzen. An unsere Eltern, Gott hab sie selig, und unsere Kindheit in München denke ich sehr oft. Meistens, wenn ich Ignaz im Umgang mit unseren Buben beobachte.

Wundervolle Eltern haben uns großgezogen, uns in die

Welt der Kunst, Literatur und des Freidenkens eingeführt. Dass ich heute da bin, wo ich bin, ist Ironie des Schicksals. Doch der Liebe, selbst wenn sie womöglich der Einbildung entspringt, muss man folgen. Ihr ist man wehrlos ausgesetzt. Und mein Mann ist fleißig, ehrbar und loyal. Eine Seltenheit unter den Menschen.

Carl, bitte erkläre meinem Leopold Deine Sicht der Dinge. Nicht, weil er werden soll wie Du. Doch Neues bereichert den Geist. Berichte ihm von Deinen Erlebnissen, zeige ihm die großen und kleinen Theater der Stadt, lehre ihn das Leben abseits dessen, was ihm bisher bekannt ist. Mein Leopold soll die Alternativen kennen und schätzen lernen. Hoffentlich wird er den richtigen Weg wählen, um sein Glück zu finden.

Trotzdem, lieber Carl, möchte ich nicht, dass er Dir zur Last fällt oder Ungelegenheiten bereitet. Obzwar ich Dich bitte, auf ihn zu achten, will ich auf keinen Fall, dass Du ihm eine Unterkunft anbietest oder eine Anstellung verschaffst. Leopold muss auf seinen eigenen Beinen stehen und lernen, die Schwierigkeiten des Lebens zu meistern. Gleichwohl ich sein Vorhaben der Schriftstellerei unterstütze, will ich ihn nicht im Mindesten der Erfahrung berauben, für den eigenen Unterhalt sorgen zu müssen. Leopold soll nicht in Träumen schwelgen! Und unterstehe Dich, zuzulassen, dass aus ihm ein Müßiggänger wird!

Um ihn jedoch die ersten Wochen vor dem Hunger und der Angst zu bewahren, ohne ein Dach über dem Kopf zu sein, ist er mit ausreichend Geld ausgestattet. Für eine ordentliche Mahlzeit am Tag und ein Zimmer genügt es. Bis zu dem Zeitpunkt, an welchem ihm das Geld ausgehen wird, muss er sich um eine adäquate Anstellung bemüht haben. Einen Notgroschen lege ich diesem Brief bei. Du wirst erkennen, wann und ob der Zeitpunkt gekommen ist, Leopold damit zu unterstützen. Er weiß hiervon nichts.

Unser Hof liegt in rauer Natur, dort, wo der Adler seine Kreise zieht. Inmitten einer Großstadt lebt mein Kind alsbald in einem Schmelztiegel menschlicher Befindlichkeiten wie Gier, Niedertracht und Bösartigkeit. Im Gedenken dessen möchte ich ihn in meinen Armen halten und vor der Welt beschützen, wie damals nach seiner Geburt. So trockne ich meine Tränen und bete allnächtlich zu Jesus am Kreuze. Lieber Gott, beschütze ihn!

Falls Dinge geschehen, die eine sofortige Kontaktaufnahme erfordern, melde Dich per Telephon bei unserer Polizeistation unten in Berchtesgaden. Nenne Deinen Namen. Die Gendarmen sind unterrichtet. Man wird mich umgehend benachrichtigen.

Bruder, ich danke Dir!
Elfriede

Brief von Leopold Kruger an seine Mutter Elfriede, 20. Oktober 1922

Meine liebe Mutter,

endlich befinde ich mich wirklich und wahrhaftig auf der Reise in mein Leben. In den kurzen Momenten der vergangenen Nacht, in denen es mir gelang, Schlaf zu finden, wurde ich von grauenhaftem Alpdrücken heimgesucht. Ich betrachte dies allerdings keineswegs als schlechtes Vorzeichen. Vor solch einem Schicksalstag wie dem heutigen ist es gewiss eine normale Sache, wenn sich meine Nerven in

Aufruhr befinden. Die Erregtheit meines Geistes bezwang die Müdigkeit des Körpers.

In diesem Moment des Schreibens blicke ich aus dem Zugfenster. Obwohl es meinem innigsten Wunsch entspricht, hinauszugehen in die Welt, empfinde ich Wehmut. Ungeachtet dessen fühle ich mich gleichzeitig befreit wie nie. Ein seltsamer, ein unbekannter Gemütszustand. Ich danke Dir so sehr!

Trotz jenes Feuerwerks in meinem Kopf überkommt mich körperliche Müdigkeit. Dennoch will ich versuchen, jeder Kleinigkeit auf meinem Wege Beachtung zu schenken.

Mit jedem Poltern des Zuges entferne ich mich weiter von der Heimat. Obwohl ich Bayern nicht einmal verlasse, fühlt es sich an, als reiste ich in ferne Länder.

Ich kenne die Berge und die Natur, doch bescheren mir der Blick aus meinem Abteil und der Gedanke des Abschieds unbekannte Eindrücke von meiner Heimat. Ich betrachte die tief eingeschnittenen Täler, als sähe ich sie zum allerersten Mal. Mein Blick folgt den Bächen mit den breiten Geröllstreifen zu beiden Seiten, und ich sehe mächtige Wälder die Berge hochsteigen. Meine Abneigung gegen das Umfeld meiner Kindheit schwindet mit jedem Kilometer.

Während ich diesen Brief schreibe, falle ich immer wieder in einen träumerischen Halbschlaf. Die Bilder, die vor dem Fenster an mir vorbeiziehen, verwischen mehr und mehr zu einer schemenhaften Mixtur unterschiedlicher Farben. Die gezackten Gebirgsspitzen verschwimmen mir am Horizont.

Die steilen Hügel, dort, wo Gras auf Felsen trifft, und die bewaldeten Hänge, die wie Zungen in die Täler ragen, machen immer mehr einer grünen, sanft ansteigenden Landschaft Platz, voll von Bäumen und Gebüsch. Straßen verlieren sich in der Ferne oder werden von Wäldern aufgenommen. Inzwischen ist es mir unmöglich, zwischen nah und fern zu unterscheiden. Ich blicke eine Weile aus dem Fenster, ohne mich mit dieser Niederschrift abzulenken.

Später: Der Chiemsee liegt hinter mir. Meine weiteste Reise endete im Sommer vor zwei Jahren an seinem Ufer. Von jetzt an erkunde ich Neuland.

Fichten, Buchen, grüne Wiesen und braune Äcker verschwinden am Fensterrand ebenso rasch, wie sie aufgetaucht waren. Im Wechsel dazu sehe ich Dörfer, wie ich sie kenne: eine überschaubare Ansammlung von Häusern und Hofstellen, mit einem Kirchturm in der Mitte. Vereinzelt tauchen Kapellen auf, oder ich erblicke Holzkreuze am Wegesrand. Das erinnert mich an Dein Geschenk zum Abschied. In den zurückliegenden Tagen musste ich Dir manches Versprechen geben. So wie ich in alles eingewilligt habe, werde ich auch den Rosenkranz ständig bei mir tragen, den Du mir beim Lebewohl überreicht hast. Ob Gott deshalb mehr auf mich achtet als auf andere?

Am Bahnsteig in Rosenheim sah ich Frauen und Männer im Trachtengewand. Große Unterschiede zu dem unseren konnte ich nicht erkennen, was mir trotz der Aufregungen ein Gefühl der Sicherheit gibt.

Eben ist eine große Zahl von Apfel-, Birnen- und Kirschbäumen an meinem Fenster vorbeigehuscht. Die Blätter leuchten schon in allerlei schönen Farben, hängen jedoch noch vollständig an den Zweigen. Bei diesem Anblick regte sich eine nur zarte, aber schöne Erinnerung in mir. Doch die Zeiten meiner Kindheit liegen in der Vergangenheit.

Dunkle Wolken ziehen sich am Horizont über den schneebedeckten Häuptern der Berge zusammen, und um die gezackten Gipfel zucken Blitze auf. Ein prachtvolles

Naturschauspiel in der Ferne. Den letzten Teil meiner Zugfahrt widme ich wieder der Aussicht aus meinem Fenster.

6 Uhr 30 am Abend. München ist wahrlich eine Weltstadt! Schon allein der Bahnhof mit seinen riesigen, überwölbten Gleishallen, Backsteinmauern, Säulen und Rundbögen entfaltet eine beeindruckende Wirkung.

Die Oktoberdämmerung hat dicke Nebelschwaden mitgebracht. Straßenlaternen werfen Lichtkleckse auf den Bahnhofsvorplatz. Es ist laut. Fußgänger tummeln sich hier, Automobile fahren auf den Straßen, Trambahnen kreuzen ihren Weg. Dazwischen holpern Droschken über das Pflaster.

Während ich diese Zeilen verfasse, sitze ich im *Café Bristol* in der Bayerstraße und warte auf Onkel Carl. Ich bin gespannt auf ihn.

Sorge Dich also nicht. Ich bin wohlbehalten in München angekommen. Eine spannende und aufregende Zeit liegt vor mir. Dies soll mein einziger Brief für einen längeren Zeitraum bleiben. Nicht, weil es eine böse Verbindung zu trennen gälte, sondern vielmehr, weil ich mich behaupten will, ohne dabei Wehmut zu verspüren.

Die Zeit in meinem Elternhaus gehört von nun an meiner Vergangenheit an. Verzeih, wenn ich dies schreibe. Doch mit zunehmender Entfernung überkam mich Stück um Stück ein tiefer und vollkommener Frieden. Liebe Mutter, ich danke Dir aufrichtig. Diesen Brief werde ich erst abschicken, nachdem ich Onkel Carl getroffen habe. Somit kannst Du Dir bei seinem Erhalt sicher sein, dass alles wie vereinbart vonstattenging.

In Liebe und tiefer Dankbarkeit
Leopold

1

Auszug aus dem Nachlass Balthasar Geigers

21. Oktober 1922. – Mein Name ist Balthasar Geiger. Ich wurde am 7. Juni 1880 in München geboren. Bis zu meinem vierzehnten Lebensjahr besuchte ich die Schule. Danach half ich im Ladengeschäft meiner Familie – bis man mich auf Anraten meines Vaters in eine Einrichtung zur stationären psychiatrischen Beobachtung verbringen ließ. Um Gerede zu verhindern, welches sich auf die Geschäfte meines Vaters hätte auswirken können, sorgten er und der Arzt unserer Familie auf hinterhältige Weise für die Aufnahme in der Provinzial-Heil- und Pflegeanstalt Hildesheim. Weit entfernt von zu Hause!

Nach eingehender Untersuchung und sechswöchigem Aufenthalt entließ man mich, zur Enttäuschung meines Vaters ohne den Befund einer Geisteskrankheit. Ich kehrte nach München zurück. Mein Vater verstarb wenige Jahre später. Um den alten Geiger ist's nicht schad! Um meine Mutter dagegen schon. Sie war bereits kurz vor meinem sechsten Geburtstag verstorben.

Einige Jahre lebte ich ganz passabel von den Ersparnissen meines Vaters. Hinterher führte ich verschiedene Arbeiten aus. Geheiratet habe ich nie. Zwar hatte ich hin und wieder mit ein paar Frauen poussiert, doch mache ich mir bis heute nicht viel aus ihnen.

Bei Kriegsausbruch 1914 entschied ich mich für den freiwilligen Militärdienst. Aufgrund einer Verwundung an der Front verbrachte man mich in ein Garnisonslazarett. Hatte ich meine selbst gewählte sexuelle Abstinenz bislang nicht richtig begründen können, öffneten sich mir hier neue Türen. Kam ich doch dort mit einem Mann in Kontakt, der ebenfalls Männer liebte.

In jenen Jahren geschah viel, was meinem Leben eine neue Richtung gab. Ich fand Gefallen am Krieg und dem Töten von Menschen. Dazu kam, dass nach Jahren des Schweigens die Stimmen in meinem Kopf zurückkehrten. Ich wurde endlich der, der ich in meinem Wesen war.

Warum reißt der Wolf das Lamm? Es ist ein in die Wiege gelegter Trieb. Dabei entscheidet der Wolf nicht, welches Tier sein nächstes Opfer ist. So liegt es auch nicht in meiner Macht, wer meine Wege kreuzt. Vielmehr bin ich das Werkzeug einer von Gott gegebenen Veranlagung.

Nach dem Krieg von der Bayerischen Landespolizei übernommen, bekleide ich den Rang eines Wachtmeisters der Reiterstaffel München. Doch irdische Gesetze weisen mir nicht den Weg. Die innere Welt mit ihren unsichtbaren Stimmen, die jeder in sich trägt, treibt mich voran. Manche Menschen führt dies in den Wahnsinn. Aber andere, solche, die ihrem Rufen wahrhaftig folgen, lassen sie emporsteigen zur höchsten Stufe menschlicher Entwicklung. Nur Auserwählten ist es vergönnt, sich zu Herrschern über die eigene Rasse zu erheben. Gott weist uns den Weg, sogar in der Dunkelheit. Gott ist der Herr von allem! Doch trotz seiner Machtvollkommenheit lässt er den Teufel existieren, anstatt ihn zu zerquetschen. Der Teufel mitsamt seinen Dämonen kann daher nur Gottes Wille sein – und alle zusammen sind wir Zeugen der natürlichen Evolution. Die Schwachen nähren unsere Kraft, und einzig das Schicksal entscheidet über Leben und Tod. Ich wähle nicht.

Im Vollbesitz meiner geistigen Kräfte verfasse ich diese Niederschrift, die mein Werk für Gott bezeugen soll. Die folgenden Generationen werden von diesem meinem Werk lesen. Einem Werk, das mit dem gestrigen Tage seinen Anfang nahm. Dieses Datum wird in Chroniken verzeichnet sein: Der 20. Oktober 1922, der Tag der ersten Tötung. Jung war sie. Ihr braunes Haar hatte sie zu einem französischen Zopf geflochten. Verspielt und leichtsinnig hatte sie einem Treffen zugestimmt. Wir besuchten die Bavaria-Lichtspiele in Schwabing. Im grauen Schein der Leinwand funkelten ihre Augen angsterfüllt, mit erregbaren Nerven.

Nach der Vorstellung traten wir hinaus in die Nacht, erleuchtet vom Mond, der bereits über der Stadt stand. Anfangs lehnte sie meinen Wunsch, auf dem Nachhauseweg den alten Nordfriedhof zu überqueren, ab. Doch die Aussicht auf einen zukünftigen Ehemann schien wohl so verlockend, dass sie sich rasch umstimmen ließ, um Wohlgefallen in mir auszulösen. Als sie meine tatsächlichen Absichten begriff, winselte und bettelte sie um ihr Leben. Sie war mir ein Insekt, das ich nach Belieben zerquetschen, dem ich die Flügel ausreißen konnte.

Ich schändete sie nicht. Das Todesflackern ihrer Augen, das Zucken ihrer Lippen stillten mein Begehren, als sie ihr irdisches Leben aushauchte. Sie starb leise und schwach.

1. Tagebucheintrag von Leopold Kruger

21. Oktober 1922. – Um mich in vielen Jahren an alles zu erinnern, werde ich vom heutigen Tage an ein Tagebuch führen. Zugleich erachte ich diese tägliche Übung als Vorbereitung auf die Schriftstellerei. Und sollte es denn so

kommen, dass diese Aufzeichnungen einzig der Erinnerung dienen, so ist das so.

Der Tag meiner Geburt war der 15. April 1900. In amtlichen Urkunden wurde als Geburtsort Berchtesgaden eingetragen. Tatsächlich jedoch erblickte ich das Licht der Welt an einem Sonntag bei uns daheim auf unserem Bergbauernhof.

Unser Hof befindet sich in der dritten Generation im Besitz der Familie meines Vaters. Umgeben von gezackten Felswänden, gekrönt von hohen Gipfeln, mit dicht bewaldeten Berghängen und zerklüfteten Tälern. Mein bisheriges Leben war geprägt durch die Natur, durch nur wenige Menschen und die harte Arbeit im Stall, auf unzugänglichen Wiesen und in den Wäldern. Seit gestern lebe ich jedoch in München und will fortan mein hehres Ziel verfolgen und Schriftsteller werden. Unbestreitbar kehre ich damit einer Heimstätte den Rücken, die manch anderer mit Neid betrachtet hätte. Doch jene gefühlte geistige Enge aus abergläubischer Furcht, gekennzeichnet durch Einsamkeit, soll und darf mein weiteres Leben nicht bestimmen. Nur durch meinen Aufbruch – oder soll ich schreiben »Ausbruch«? – kann ich verhindern, zu einem traurigen alten Mann voller Gram und unerfüllter Träume zu werden. Um Gewissheit zu erlangen, ob dies der richtige Weg ist, muss ich ihn erst beschreiten. Die Zeit wird es zeigen.

Ich kenne die Welt nicht. Ob München einem Vergleich mit Berlin, London oder Paris standhält? Noch ist es mir unmöglich, hierauf eine Antwort zu geben. Dort, wo ich herkomme, sind Trambahnen, Theater, Konzertsäle, Caféhäuser und politische Großveranstaltungen unbekannte Dinge.

Und auch an die Gefahr, von einem der vielen Automobile überfahren zu werden, muss ich mich erst gewöhnen.

An den Anblick von Hausierern am Bahnhof und Kriegsversehrten ebenso. Krüppel mit nur einem Bein oder Arm sind Erscheinungen, von denen meine Augen und Gedanken bisher verschont blieben.

Dafür faszinieren mich die riesigen Bauwerke, lange und breite Straßenzüge; und das Gewusel der Menschen um mich herum verleiht mir die Gewissheit, endlich am Leben teilzuhaben.

Meine Unterkunft im Fremdenheim (*Pension Bristol* in der Schwanthalerstraße 51, nahe dem Hauptbahnhof) ist zweckdienlich. Das Zimmer teile ich mir mit einem italienisch sprechenden Mann mittleren Alters. Der etwas redselige Pensionsbesitzer ließ mich jedoch gleich bei der Ankunft wissen, dass die Aufenthaltsgenehmigung des Italieners in einer Woche ablaufe. Das Datum markiert dann wohl den Tag seines Auszugs. Wen ich danach, wenn überhaupt, zum Zimmernachbarn bekäme, stelle sich erst in der kommenden Woche heraus. Mir ist es gleich, solange ich meine Ruhe habe und tun und lassen kann, was ich mag.

Wenn ich so aus meinem Fenster blicke, sehe ich den dank der Elektrizität beleuchteten Straßenzug. Ein seltsamer, ein fremder Anblick. Selbst hier in meiner Bleibe braucht es nicht mehr als das Umlegen eines Schalters, um alles in ein helles Gelb zu tauchen. Doch bin ich überzeugt: Petroleum und Kerzen werden ihren Wert für die Bevölkerung, besonders für die auf dem Lande, nimmer verlieren.

Zum allerersten Mal durfte ich auch die Vorzüge eines Wasserklosetts erleben. Sieht man einmal davon ab, dass ich keinen Gestank feststellen konnte, so ist es auch durchaus bequemer, auf einer leicht abgerundeten Sitzvorrichtung Platz zu nehmen als auf dem Holz des Plumpsklos daheim. Alles neue Eindrücke eines neuen Lebens.

Doch nun zu meinem Onkel, Carl Feuerbach: An sein Aussehen und seine Art, sich zu geben, hatte ich keinerlei Erinnerung, als ich in München eintraf. Lediglich aus Erzählungen meiner Mutter war mir mein Onkel im Gedächtnis. So sind wir uns im Grunde fremd. Er, der jüngere Bruder meiner werten Mutter, ist hier in München sesshaft. Mir ist sehr wohl bewusst, dass meine Mutter mir ihre Unterstützung gewiss verweigert hätte, wenn ich den Wunsch geäußert hätte, in eine andere Stadt zu gehen.

Auch ohne ihn zu kennen, fiel er mir gestern indes bereits in dem Moment auf, als er das Café betrat. Onkel Carl ist eine imposante Erscheinung: Schlank und groß gewachsen, mit markanten Zügen, die selbst bei einer flüchtigen Begegnung einen bleibenden Eindruck hinterlassen. Ein ernsthafter Mann mit einem hageren, asketischen Gesicht und angegrautem Dreitagebart. Er trug eine abgetragene Seemannsjacke mit aufgestelltem Kragen.

Meine Mutter hatte ihm wohl eine Photographie geschickt oder mich sehr treffend beschrieben, denn er schritt direkt auf mich zu, nannte streng meinen Namen, um mich und mein Glas Wasser gleich darauf kühl von oben zu mustern.

Natürlich hatte ich damit gerechnet, dass er sich zu mir setzen und mir Fragen zum Befinden meiner Mutter stellen würde – und sich dann höflich über meine Anreise, vielleicht sogar meine Interessen, erkundigen würde. Doch er verlor kein Wort dergleichen, bezahlte stumm meine Rechnung, packte meinen Koffer und sagte: »Na, dann komm mal mit.«

Auch auf dem Weg zu meiner Unterkunft, die er für mich aufgetan hatte, das Fremdenheim mit dem Italiener im Zimmer, blieb er stumm. Statt eine Unterhaltung mit mir zu führen, rauchte er unentwegt grässlich stinkende Zigarillos. Ich weiß nicht, ob es Zufall ist, dass das Café, in dem wir uns trafen, und das Fremdenheim denselben Besitzernamen haben. Als wir an unserem Ziel angelangt waren, überreichte mir Onkel Carl einen Reiseführer von Griebens, die erste Geste, die ich im Gegensatz zu seinem sonstigen Verhalten sehr nett fand. Dann standen wir uns gegenüber, und er beäugte mich erneut kühl und auch ein bisschen skeptisch vom Scheitel bis zur Sohle, fragte, ob ich gesund und fähig sei zuzupacken. Man sieht es mir wohl nicht an, doch auf dem Hof habe ich all die Jahre immer ordentlich mit anpacken müssen. Also schlug er mir vor, ihn am nächsten Tage zu einer Arbeit zu begleiten.

Ich fand die Idee nicht verkehrt, sofort etwas dazuzuverdienen. Denn der Gedanke daran, München aus Geldnot wieder verlassen zu müssen, legt mir augenblicklich eine schwere Last auf meine Brust.

Also trafen wir uns heute früh am Morgen. Besagte Arbeit fand auf der Theresienwiese statt, einer großen, ebenen Fläche inmitten der Stadt. Eingerahmt von Gebäuden, Bäumen und Kirchtürmen in der Ferne, bildet sie dort eine riesige, schüsselförmige Vertiefung. Der Oktober zeigte sich von der sonnigen Seite: blendend weiße Wolken durchzogen das grelle Blau des Himmels.

Vom Oktoberfest wusste ich nur aus Erzählungen meiner Mutter. Und ich konnte mir lebhaft vorstellen, welch ein Mühsal es sein musste, alles dafür aufzubauen. Wie es sich mit dem Abbau verhält, sollte ich an diesem Tag am eigenen Leibe erfahren. Klopfgeräusche und das Rattern von Maschinen waren bereits von weit her zu hören. Brüllende Arbeiter mit roten Gesichtern wischten sich die Stirn und fluchten in verschiedenen Sprachen.

Zur Mittagsstunde setzten wir uns auf gestapelte Holzbalken. Am westlichen Rand der Theresienwiese steht eine riesige Bronzestatue. Mein Onkel nannte sie »Bavaria«. Mit einem erhobenen Eichenkranz in der Hand und der Ruhmeshalle im Rücken blickte sie mit wenig Interesse auf halb abgebaute Bierbuden und Zelte, zerlegte Karusselle. Ob Bavaria ihr offizieller Name ist, weiß ich nicht. Ich werde es anhand meines Reiseführers überprüfen.

Wie wir so dasaßen, übertönte mit einem Mal ein lautes Krachen alle anderen Geräusche. Der Tragebalken einer Bierbude hatte sich unkontrolliert gelöst. Offenbar war jemand darunter geraten, und die Männer bildeten einen Kreis. Mein Onkel bahnte sich einen Weg nach vorne. Ich folgte dicht hinter ihm. Ohne Zeit zu vergeuden, zog er einen Hammer aus dem Werkzeuggürtel, kniete sich hin und streichelte über den Kopf des Schäferhundes, den es erwischt hatte. Der Körper der armen Kreatur war im wahrsten Sinne von dem Balken zerquetscht worden. Arbeiter hoben das Holz an und legten es laut schnaubend neben dem Tier wieder ab. Der Hund hatte noch Leben in sich. Zum Überleben jedoch hätte es nicht mehr gereicht. Er winselte schwach und hilflos. Keiner der Männer brachte einen Ton heraus. Auch mir hatte sich ein Knoten im Hals gebildet. Mein Onkel aber zauderte nicht, holte mit dem Hammer aus und schlug zu. Am liebsten hätte ich »halt« oder »nein« geschrien, aber es ging alles viel zu schnell.

Die rote Zungenspitze des Hundes berührte den staubigen Boden, auf dem sich eine Blutlache ausbreitete.

Der Vorarbeiter, ein stiernackiger Mann mit aufgedunsenem Gesicht, rief gellend in die Runde: »Weiter geht's, Männer!« Anschließend klopfte er meinem Onkel auf die Brust und sagte: »Wenn du das Vieh schon erlöst hast, kannst du es auch haben. Wirf es in die Isar oder was auch immer.«

Mein Onkel nickte, machte ein Zeichen, dass ich bleiben sollte, wo ich war, und verschwand. Kurz darauf kam er wieder, einen großen Leinensack über der Schulter, und klappte den Hundekadaver kurzerhand an der Stelle zusammen, wo der Balken die Wirbelsäule gebrochen hatte. Trotzdem wehrten sich Innereien und Fleisch, in solch eine absonderliche Position gebracht zu werden. Ich hörte weitere Knochen brechen.

Stumm machten sich alle wieder an ihre Arbeit, und nach etwa drei Stunden Hämmern, Klopfen und Schleppen stand die Sonne dicht über den Häusern. Wir versammelten uns erneut, und man besprach erledigte Aufgaben. Das Tagwerk war vollbracht.

Als sich alle wortkarg verabschiedeten, griff mein Onkel nach dem Leinensack und marschierte los, ohne mir groß Beachtung zu schenken. Also folgte ich ihm stumm und stellte keine Fragen. Es schien mir, als hätte er nichts anderes von mir erwartet.

Wir liefen durch die schattigen Gassen, die Sonne stand schon zu niedrig, um uns mit ihren Strahlen zwischen den Häuserzeilen noch zu erreichen. Wir passierten einige Kreuzungen, bogen hier rechts und dort links ab und gelangten schließlich zu einer Metzgerei. Als die Glöckchen über der Tür bei unserem Eintreten bimmelten, brach langsam die Nacht an. Es dunkelte.

Ein Mann mit Geheimratsecken und sandfarbenem Haar stand mit umgebundener weißer Schürze und aufgerollten Hemdsärmeln hinter der Auslage. Er grüßte meinen Onkel mit Vornamen und fragte, während er Blutwürste aus der Theke in eine Emailleschüssel legte, wer ich denn sei. Kaum tat ich meinen Mund auf, winkte mein Onkel auch schon energisch ab und antwortete an meiner statt: »Das ist bloß mein Neffe.« Mein Anstand gebot es, dem nichts hinzuzufügen, obgleich ich das Gebaren meines Onkels mehr als unhöflich empfand. Zielgerichtet, als wäre er dort zu Hause, schritt er auf eine Tür hinter der Auslage zu. Auch diesmal wollte ich ihm folgen, doch er blieb stehen, drehte sich um, legte seine linke Hand auf meine Brust und schob mich zurück. Er betrat den Nebenraum alleine. Bevor der Metzger durch dieselbe Tür verschwand, spähte er prüfend durch das Schaufenster nach draußen.

Obwohl ich bei der Unterredung zweifellos nicht zugegen sein sollte, hielt man es nicht für nötig, die Tür zum Nebenraum ganz zu schließen. So konnte ich das helle Klirren leerer Schüsseln und den Metzger fragen hören: »Was ist denn da drin?«

Von der Neugierde gepackt, trat ich einen Schritt nach vorne, um durch den Spalt einen Blick auf die Szene zu erhaschen. Der Metzger starrte nachdenklich vor sich hin und strich sich über das Kinn. »Das bleibt aber schon unter uns!« Dann griff er nach Wetzstahl und Hackmesser, und als ich den Leinensack sah, den mein Onkel gerade auf den Tisch hievte und aus dem die Vorderpfoten des Schäferhundes hervorschauten, überkam mich Übelkeit. Gleich darauf erzeugte das Wetzen der Klinge auf Stahl metallisches Schnarren, sodass ich nichts mehr verstand.

Nachdem wir den Laden verlassen hatten, blieben wir stumm wie bisher. Gegen acht Uhr abends betraten wir die Schwemme im Erdgeschoss des *Hofbräuhauses*.

Wirtshäuser sind mir nicht fremd, gleichwohl ist das *Hofbräuhaus* anders. Größer, wuchtiger, schöner. Schwere Laternen hängen von einem hohen Kreuzgewölbe über massiven dunklen Holzbänken, Stühlen und langen Tischen. Leise und laute Gespräche, resolute Diskussionen, das dumpfe Klopfen steinerner Krüge. Überraschenderweise befanden sich auch weibliche Gäste dort. Frauen in Wirtshäusern zu sehen, bin ich nicht gewöhnt.

Über etlichen Tischen baumeln Schilder mit den unterschiedlichsten Aufschriften: »Fahrradfreunde München«, »Isar-Stammtisch«, »Alpen- und Trachtenverein«, »Stammtisch bayerischer Gastlichkeit«. Es scheint mir, die Münchner gründen für alles einen Stammtisch oder einen Verein.

Hinter der Schenke winkte eine Frau zu uns herüber. Ich schätzte sie auf Mitte zwanzig, vielleicht drei oder vier Jahre älter als ich. Sie trug ein Dirndl und hatte ihr schönes blondes Haar zu einem Zopf geflochten. Anstatt zu ihr zu gehen, schritt mein Onkel aber schnurstracks auf einen der Tische zu. Trotz des Hochbetriebs saßen an diesem lediglich zwei Männer. Er setzte sich wortlos dazu und bedeutete mir mit einer Kopfbewegung, wo ich mich hinzusetzen hatte. Gegenüber. Die Reaktion der beiden Männer bestand aus dem Heben der steinernen Krüge und einer knappen Grußgeste zu Onkel Carl. Mir wandten sich zwei skeptische Augenpaare zu. Doch als einer anhob, etwas zu sagen, kam ihm mein Onkel zuvor. »Der gehört zu mir.« Keine weitere Information, aber auch keine weiteren skeptischen Blicke und keine Fragen. Die beiden Männer wendeten sich von mir ab und sprachen untereinander weiter.

Dann stellte die junge Frau, die vorher herübergewinkt hatte, unaufgefordert eine Tasse dampfenden Kaffee vor meinem Onkel auf den Tisch. Sie trug eine rosafarbene, kleingemusterte Schürze und um die Schultern ein taubenblaues Seidentuch mit Fransen. Sie erkundigte sich nicht etwa danach, was ich gerne hätte, sondern fragte Onkel

Carl, weshalb er sich denn verspätet habe, und stemmte dabei die Hände in die Hüften: »Wenn du der meine wärst, wär's gleich vorbei mit deiner Herumtreiberei.«

Mein Onkel atmete tief durch, zündete ein Zigarillo an und schaute zu ihr hoch. »Anna, liebe Anna, was tätest du mit einem, wie ich einer bin? Such dir einen anderen hier drin, sind ja genug Mannsbilder da.«

»Zwei Maß bitt' schön«, rief ein Gast herüber. Sie zog die Schürze zurecht, und weg war es, dieses wunderschöne Geschöpf. Etwas später bekam auch ich noch eine Portion Kaffee serviert. Bestellt hatte mein Onkel mit einem Fingerzeig, ohne mich zu fragen.

Wenig später waren alle Plätze an unserem Tisch besetzt. Und nahezu jeder von ihnen betrachtete mich kurz mit der gleichen skeptischen Art. Wie vorsichtige Hunde, die unsicher sind, ob sie den Menschen, der sich in ihr Revier vorgewagt hat, beißen sollen oder einfach nur ignorieren. Um meine Zugehörigkeit zu ihm zu signalisieren, hob mein Onkel entweder flüchtig die Hand oder nickte kurz.

Am Tisch nebenan verspeiste jemand ein prächtig gebratenes Huhn. Der würzige Geruch war mir in die Nase gestiegen. Ich musste mich danach umschauen. Man hatte die Speise mit rotem Pfeffer zubereitet. Es roch herrlich. Während mein Magen knurrte, wurde ich Zeuge einer interessanten Unterhaltung an unserem Tisch.

Ein älterer Herr mit aufgezwirbeltem grauen Schnauzbart sagte: »Von Kahr habe ich nicht verkehrt gefunden. Er war kein schlechter Ministerpräsident, und dass er zurückgetreten ist, ist ein Jammer. Wenn es nach ihm gegangen wäre, hätten wir unsere Bürgerwehr noch und bräuchten uns damit nicht zu verstecken.« Der, der gesprochen hatte, blickte mit einem Mal zu mir. Argwöhnisch schien er sich zu fragen, ob seine Worte bei mir gut aufgehoben wären. Schließlich kann solch sorgloses Gerede gefährlich enden.

Ein Mann mit gewaltigem Leibesumfang und massigem Gesicht erwiderte: »Was wir in München machen, geht die in Berlin gar nichts an. Und wen wir da bei uns mögen und wen nicht, lassen wir uns nicht vorschreiben. Was ein Ebert und ein Wirth sagen, hat bei uns keinen Wert!«

Der Schnauzbartträger entgegnete: »Genau da drum geht es ja, weil wir an der Republik hängen wie die Kinder am Rockzipfel ihrer Mutter. Deswegen ist der von Kahr auch zurückgetreten.«

»Die Entente hat Berlin unter Druck gesetzt«, rief ein anderer aufgebracht und schlug mit der Faust auf den Tisch. Mir fiel auf, wie behaart sein Handrücken war. Dadurch aufmerksam geworden, betrachtete ich den ganzen Kerl eingehend und stellte fest, dass er wohl insgesamt ein recht haariger Zeitgenosse war, sprossen ihm doch aus Nase und Ohren ebenfalls dunkle Büschel. Er wurde immer lauter: »So weit ist es schon gekommen, dass uns der Franzose und die anderen vorschreiben, was wir bei uns daheim tun und lassen dürfen. Eine Schande war es, den Vertrag zu unterschreiben.«

»Wir organisieren uns auch so«, murmelte ein rattengesichtiger Mann mit dunklen Augen. »Und wenn es Zeit wird, holen wir die Waffen wieder raus und schicken die Roten und all die anderen dahin, wo der Pfeffer wächst. Hier bei uns sorgen wir für Recht und Ordnung. Für unsere eigene Ordnung! – Prost!« Die Steinkrüge stießen aneinander, und das Rattengesicht, das neben ihm saß, drehte sich zu meinem Onkel: »Dann bist du auch wieder dabei!«

Anstatt zu antworten, ließ Onkel Carl eine Rauchwolke über dem Tisch emporsteigen. Der, der ihn angesprochen hatte, rutschte aufdringlich an ihn heran. »Das hast du im Blut. Für König und Vaterland!«

Onkel Carl schaute geradeaus, ohne jemanden anzusehen, und murrte: »Deppen am Stammtisch, die Bockmist erzählen!«

»Was? Was hast du gesagt?«, ereiferte sich der andere.

»Lass den Carl in Ruhe.« Ich wandte mich erstaunt in die Richtung, aus der die Stimme gekommen war. Es hatte sich angehört wie ein Befehl im Kasernenhof. Der Mann, der diesen Befehl gebellt hatte, war bis dato still gewesen. Seine Stimme hatte hart und schneidend geklungen.

Die Augenbrauen des Rattengesichtigen zogen sich düster zusammen. Mich überkam eine Heidenangst, es könnte zu einer Schlägerei kommen. Doch nichts dergleichen geschah, eine kurze Sekunde hielten alle die Luft an. Dann setzten sie ihre Gespräche fort, als sei nichts gewesen. Mir wurde wieder leichter ums Herz.

Der lange Arbeitstag hatte mich müde gemacht, und ich wollte am liebsten auch gar nichts mehr hören. Also beschränkte ich mich fortan darauf, die hübsche Bedienung, die mein Onkel ja sogar beim Namen kannte, mit den Blicken zu verfolgen. Als ob sie es gemerkt hätte, kam sie direkt zu uns, und mir wurde ganz bang. Doch statt mir auch nur die geringste Beachtung zu schenken, lehnte sie sich hinunter zu meinem Onkel und flüsterte ihm etwas zu, woraufhin er aufstand und sie gemeinsam zur Schenke gingen. Ich beobachtete, wie die beiden dort mit einer übergewichtigen Frau, die ein Kind auf dem Arm hielt, sprachen. Sie wiegte sich mit dem Kind leicht hin und her, wohl um das Kleine zu beruhigen, und die Worte sprudelten nur so aus ihr heraus. Ihr rotes Gesicht wirkte zunächst beinahe zornig, doch vielleicht war es auch ein besorgter Ausdruck.

Kurz darauf verschwand sie mit dem Kind nach draußen in die Nacht.

Mein Onkel winkte mich zu sich. Kaum dass ich die Schenke erreichte, verabschiedete er sich auch schon von Anna, neben die ich mich gestellt hatte. Mit großen Augen schaute sie mich an, offenbar verwundert, dass ich so aus dem Nichts neben ihnen aufgetaucht war. »Ich heiße Leopold«, platzte es aus mir heraus. Onkel Carl ergänzte: »Mein Neffe.«

Mein Herz pochte lauter als sonst, und ich spürte eine Hitze in meinem Gesicht. Ich sah wohl ziemlich dämlich aus. Doch Anna lächelte mich an. Mein Onkel merkte von alldem nichts und hatte schon die ersten Schritte Richtung Ausgang getan. Mit einem schief geratenen Lächeln in Annas Richtung stürmte ich ihm hinterher. Draußen, unter dem Eingangsgewölbe, deutete er über den Platz auf ein fünfstöckiges Haus, das im Erdgeschoss ein Café beherbergte. Das Wiener Café *Orlando di Lasso*. »Das zeige ich dir ein anderes Mal«, sagte er. Lustigerweise und aus welchem Grunde auch immer heißt der Platz, an dem das *Hofbräuhaus* und das Café gelegen sind, Platzl.

Doch ich wollte eigentlich nichts über Münchens Kaffeehäuser wissen, viel mehr interessierte mich, ob sich Onkel Carl oft mit diesen Männern traf. Einige dieser Kerle bereiten mir Unwohlsein. Offensichtlich hatte er den Sinn meiner Frage sofort erfasst, denn Onkel Carl schaute mir ernst in die Augen. »Für jeden Einzelnen von denen habe ich mein Leben riskiert – und tät es wieder.« Ihre Verbindung rührte also von den Schlachtfeldern im großen Krieg. Ich kam mir dumm und voreingenommen vor.

Zwei Seitenstraßen später bogen wir in eine Gasse. Ich erschrak und stoppte abrupt. Zwischen den Lichtkreisen der Laternen herrschte Halbdunkel, doch ich erkannte mehrere Männer mit Armbinden. Derbe Kerle, deren Augen im Schatten des spärlichen Lichts lagen. Sie hatten sich um ein älteres Ehepaar gruppiert. Einer von ihnen schrie: »Bolschewikenschweine!« Ein anderer rief: »Rotes Pack!«

Der Ehemann trug Lederhandschuhe, einen schwarzen Lodenmantel und einen Klappzylinder. Jede Regung, die er zeigte, war von Nervosität und Unsicherheit geprägt. Unbeholfen fuchtelte er mit seinem bleibeschwerten Spazierstock in der Luft herum. Doch seine Kräfte verließen ihn rasch. Er ließ den Stock zu Boden sinken und stützte sich schwer atmend darauf ab. Gleichzeitig klammerte sich die Frau schutzsuchend an seinen Arm. Beinahe hätte sie ihn damit aus dem Gleichgewicht gebracht.

»Was ist hier los?«, mischte sich mein Onkel lautstark ein. Ich blieb hinter einem Mauervorsprung stehen.

»Schleich dich, sonst bist du auch fällig!«, hallte es in der Gasse. Ein anderer: »Feuerbach, bist du das?«

Mein Onkel trat nach vorne und stellte sich breitbeinig in den Lichtkreis einer Laterne. Alle Köpfe drehten sich nach ihm um. Der, der ihn erkannt hatte, ein eher unscheinbarer Mann, ergriff das Wort: »Feuerbach, geh heim! Sonst gehen wir davon aus, dass du zu denen da gehörst.« Dabei deutete er mit ausgestrecktem Zeigefinger auf das angstvoll aneinandergedrückte Paar.

»Und? Was tätest du dann machen?«, konterte mein Onkel ruhig. Er hatte nicht einmal das Zigarillo aus dem Mund genommen. Der Rauch stieg vor seinen Augen empor.

Einer löste sich aus dem Kreis und kam auf ihn zu. Er hielt einen durchaus beeindruckenden Knüppel in der Hand und ließ ihn mehrmals hin und her sausen, als wollte er Gewicht und Schlagkraft prüfen. Mein Onkel wich keinen Zentimeter.

»Wir sind zu fünft!«, sagte der mit dem Knüppel. Mein Onkel schnippte ihm den Glimmstengel vor die Füße. In mir krampfte sich alles zusammen. Mein Herzschlag legte das zweite Mal an diesem Abend zu. Mit unbeeindruckter Ruhe und fester Stimme sprach Onkel Carl: »In Verdun hast du dir neben mir in die Hosen geschissen, und jetzt möchtest du mir mit deinen Burschen von der SA Angst einjagen?«

Wütend schlug der Mann mit dem Knüppel auf das Straßenpflaster. »Feuerbach, übertreib's nicht!«

Weitere Drohungen, Flüche und Schmähungen wurden ausgesprochen, dennoch wich die Gruppe in die angrenzende Straße zurück.

Der alte Mann wackelte auf meinen Onkel zu, ergriff dessen Hand und sah ihm in die Augen. Dann lupfte er den Zylinder und sagte: »Ich danke Ihnen vielmals, mein Herr.« Onkel Carl nickte stumm. Der Mann wandte sich zum Gehen. Als er nach wenigen Schritten bei seiner Frau ankam, die ganz still und mit hängenden Schultern dort stehen geblieben war, wo sie zuvor umringt gewesen waren, drehte er sich nochmals um. Die Augenbrauen hoben sich, als er mit kratziger Stimme sagte: »Feuerbach, jetzt erinnere ich mich. Ich habe vor Jahren von Ihnen gehört.« Zum zweiten Mal hob er den Zylinder. »Sie sind tatsächlich so, wie man mir erzählt hat.«

Ich bin ahnungslos, was der Alte damit zum Ausdruck bringen wollte. Heute Nacht schien mir allerdings definitiv der falsche Zeitpunkt zu sein, um Onkel Carl weitere Fragen zu stellen.

21. Oktober. – Ich bin frei von Zwängen und sozialen Regeln. Abseits meiner Rolle als Wachtmeister sage ich mich los von allen Schranken der menschlichen Rasse. Die Wahl meiner Opfer treffe ich willkürlich.

Heute besuchte ich ein Wirtshaus in der Nähe der Zacherlbrauerei. Aber keines von der Brauerei selbst. Ich kenne einen, der dort arbeitet, und den mag ich nicht. Außerdem wollte ich ohnehin nichts trinken. Ich hatte Hunger.

In der gut gefüllten Gaststube zupfte ein Tattergreis auf seiner Zither, und ich aß verkochtes Kesselfleisch. Hinterher verließ ich den Raum durch die Seitentür.

In dem schwach beleuchteten Gang roch es ekelhaft muffig, und durch die geschlossene Tür hinter mir hörte ich weiterhin das wilde Geschnatter und Klirren von Geschirr. Zu meiner Linken stand die Tür in den Hinterhof offen, dort ging es im Halbdunkel zu den Toiletten. Am anderen Ende des Ganges befand sich die Tür zur Straße hinaus. Ich vernahm das Rattern und Schleifen einer vorbeifahrenden Tram. Ich war allein.

Auf halber Länge verschmälerte sich der Gang für eine Treppe in das erste Stockwerk. Behutsam setzte ich meinen Fuß auf die erste Stufe und ließ mein Gewicht auf das alte Holz sacken. Ich starrte hinauf in die Dunkelheit. Ich gestehe, ich weiß nicht warum, doch der Gedanke, es zu tun, ergriff Besitz von mir. Neugier und die Gelegenheit des unbeobachteten Augenblicks trieben mich nach oben. Die Tür am Ende der Treppe war abgesperrt, erschien mir aber nicht stabil. Ich lehnte mich dagegen, und unter meinem Gewicht begann das Holz zu splittern. Das Schloss gab nach. Und als der Zitherspieler in der Gaststube nach einer

Pause wieder zu musizieren begann, brach ich die Tür auf. Das rostige Schloss fiel zu Boden. Niemand kam, um mich zu verscheuchen.

Die Vorhänge waren aufgezogen, und das Licht einer Laterne fiel herein. Möbel zeichneten schwarze Umrisse. Meine Augen gewöhnten sich an das gedämpfte Licht, und ich machte die Kontur eines geschwungenen Kerzenleuchters aus. Ich suchte in meinen Hosentaschen, fand Streichhölzer und zündete eine Kerze an. Die Angeln der nächsten Tür quietschten. Hier hatte man die Vorhänge zugezogen, und aus der Dunkelheit drangen röchelnde Atemzüge, als ob jemand schwer Luft bekäme. Bei flackerndem Kerzenschein erblickte ich ein Bett mit aufgeblähter Daunendecke und das Gesicht eines schlafenden Mädchens, umrahmt von blonden Locken, die fast golden wirkten. Ihr Kopf war tief in das riesige Kissen eingesunken. Jeder Atemzug erzeugte ein Rasseln in ihrer Brust. Meine Entdeckung glich einem Sekundenglück, denn zugleich überfiel mich tiefe Traurigkeit. Die Vorsehung hatte dafür gesorgt, dass mein Weg den dieser zarten, halb fertigen Seele kreuzte, und damit ihr Schicksal besiegelt. Ihre Haare rochen nach Seife.

In der Küche fand ich ein scharfes Messer. Zurück am Bett des Kindes, packte ich sie am Hals und drückte ihre Kehle zusammen. Aus dem Schlaf gerissen, starrte sie mich aus großen Augen an. Die kleinen Finger bohrten sich in meine Haut. Ich flüsterte ihr tröstend ein Vaterunser ins Ohr. Dann schnitt ich ihren Hals kaputt.

Die Dauer ihres Leidens überließ ich Gottes Gnade. Ich hörte ein Gluckern und kehlige Laute. Langsam entwich ihr Leben über die dunkle Schwelle.

In der Gewissheit, der Höhepunkt jener Nacht läge hinter mir, verließ ich den Ort. Doch Gottes Wege sind unergründlich. Und so folgte ich einer dicklichen Frau, der ich begegnete. Sie hatte ein rundes Gesicht, voll und teigig. Ich ekelte mich. Doch der blühende Bub auf ihrem Arm, der verzauberte mich. Es ging ganz schnell bei ihm. Kinder dürfen nicht leiden.

Das Weibsstück aber wehrte sich und versetzte mich in Unruhe. Wie im Wahn warf sie ihren massigen Körper gegen mich. Obwohl ich sie abstoßend fand, faszinierte es mich, den Lebensfunken eines solch starken Menschen verglühen zu sehen. Ich bemächtigte mich ihrer. Sie trat nach mir, schlug wild um sich und schrie. Ich stopfte ihr das Maul. Selbst nachdem ich ihre körperlichen Kräfte gebrochen hatte, brannte in ihren Augen ein enormer Widerstand gegen die Vorsehung. Sie blieb länger als die meisten Menschen.

Allgemeine Zeitung

Süddeutsches Wochenblatt Großdeutsche Rundschau
München
Sonntag, den 22. Oktober 1922

Das Rheinland in Gefahr.
Frankreichs Rheinlandspolitik.

München: Erdrosselt und verstümmelt.
Frauenleiche am alten Nordfriedhof entdeckt!
Weißer Marmorengel mit Blut beschmiert.*

Tagebucheintrag von Leopold Kruger

22. Oktober. – Ich bin neu in der Stadt, und doch kann ich schon sagen, dass es in München brodelt. Über meinen Onkel Carl aber habe ich noch kein Urteil gefällt. Ich weiß nicht, ob ich ihn mag. Ebenso wenig kann ich bisher einschätzen, ob er wahrhaftig ein so unerschrockener Repräsentant vollkommener Männlichkeit ist, wie es sich vergangene Nacht darstellte. Abseits dieses unfertigen Urteils weiß ich doch eines: Onkel Carl ist dumm! Wie kann er nur eine solche Rose wie Anna zwischen all dem Unkraut stehen lassen!

1. Tagebucheintrag von Joseph Obermeier

22. Oktober 1922. – So müde ich bin, so sehr zerrt es an meinen Gedanken. Oder meine Gedanken zerren an mir. Für alles, was in meinem Kopfe vor sich geht, fehlt mir jedoch leider der passende Mensch, um ein Gespräch zu führen. Ein Mensch, mit dem ich die bedrückenden Dinge teilen kann. Damit ich nicht vollends dem Wahnsinn verfalle, habe ich soeben beschlossen, diese Dinge wie früher aufzuschreiben. Es gab Zeiten, da schrieb ich ganze Tagebücher voll. Doch eines Tages verlor ich die Muße, mich nachts vor leere Seiten zu setzen. Je öfter ich mit müden Armen und Beinen abends durch die Tür trat, von meinem ermatteten Gehirn ganz zu schweigen, desto mehr kam mir die Kraft abhanden. Doch jetzt zwingt mich die Situation, alte Rituale zu beleben und meine Gedanken auf Papier festzuhalten.

Mein letzter Eintrag liegt acht Jahre zurück. Die Welt ist nicht mehr dieselbe, und auch ich bin nicht mehr der, der ich war. Meine Ideale, meine Träume, meine Ziele ... verloren an das Leben. Und mit einem Male fühlt man sich ausgelaugt und alt. Zu alt, um die Dinge zu ändern!

Der Anlass, das geschriebene Wort neu zu entdecken, ist auch dieses Mal Carl Feuerbach. Mehrere Bände hatte ich damals über unseren gemeinsamen Weg gefüllt. Aus Gram überließ ich sie aber den Flammen zum Fraß.

Möglicherweise helfen mir neue regelmäßige Einträge, mich in meinen Jugendträumen wiederzufinden, und womöglich stählt dieses Ritual meinen Verstand so sehr, dass es zur Aufklärung der Morde beiträgt.

Ich wünsche mir inständig, einen solchen Tag wie heute niemals wieder erleben zu müssen. Seit vielen Jahren bin ich jetzt Polizist, Beamter und Diener des Staates. Dennoch kriechen alte Zweifel in mir hoch, ob ich für diese Arbeit geeignet bin. Die immer wiederkehrende Frage bohrt sich in meine Gedanken, denn ich bin überzeugt, dass es andere gibt, die unbestreitbar bessere Fähigkeiten für diese Aufgabe mitbringen. Meine Unsicherheit ist Teil meines Lebens.

Obwohl ich seit Jahren weiß, wo Carl wohnt, hatte ich ihn bislang nicht besucht. Umso seltsamer ist es, dass ich heute ohne jegliches Zögern vor seiner Tür stand. Meine überraschende Spontaneität konnte unmöglich einzig darauf gründen, dass meine Ermittlungen nur eine Seitenstraße von seiner Wohnadresse entfernt stattgefunden hatten. Ich komme des Öfteren in die Gegend, und bisher war es mir unmöglich, Carl gegenüberzutreten.

Heute war alles anders, und trotz der tragischen Umstände tat es gut, ihn zu sehen. Die Launen des Schicksals sind mitunter schon komisch. Gerade als ich zur Mittagszeit an seine Tür klopfen wollte, kam Carl aus der Toilette am Ende des Ganges. Die Begrüßung hätte auf jeden Beobachter unterkühlt gewirkt. Doch weiß ich, wie er sich verhalten hätte, wenn ihm mein Erscheinen zuwider gewesen wäre.

Zuerst vermutete ich, er wolle das Haus verlassen. Immerhin trug er seinen Mantel – und offenbar noch etliche Kleidungsschichten darunter. Doch die Kammer, die er Wohnung nennt, ist eng, staubig und saukalt. Ab diesem Zeitpunkt erschien mir sein ungewöhnlicher Aufzug plausibel.

Das einzige Fenster des etwa vier auf vier Meter großen Zimmers liegt gegenüber der Eingangstür. Graues Tageslicht fiel dumpf durch die fleckige Scheibe herein. Ein Küchenherd, eine Kommode, ein Kleiderschrank, ein Bett, zwei Stühle und ein Tisch, auf dem eine abgebrannte Wachskerze und ein mit Zigarillostumpen vollgestopfter Blechbecher standen. Das ist der Carl, den ich kenne. Ansprüche hatte er nie gestellt.

Vermutlich standen mir noch die Schrecken meiner Ermittlungsarbeit ins Gesicht geschrieben. Denn sobald Carl die Tür hinter uns zugestoßen hatte, zog er einen Stuhl unterm Tisch hervor und klopfte mir wie zum Trost auf die Schulter. Trotz all der Zeit des Schweigens zwischen uns nahm ich Vertrautheit und ein Gespür für das Befinden des anderen wahr. Als läge ein militärischer Gewaltmarsch hinter mir, sackte ich dankbar auf den Stuhl, ließ mein Haupt nach vorne fallen und stöhnte auf. In jenem Augenblick überkam mich die absolute Gewissheit, richtig gehandelt zu haben, indem ich meinen alten Kameraden besuchte. Die Kollegen von der Spurensicherung brauchten mich nicht, um ihre restliche Arbeit im Wirtshaus zu erledigen.

Nach Momenten der Stille bot mir Carl eine Tasse Kaffee an. Er füllte das Wasserschaff am Ofen und schob ein Holzscheit in die Befeuerung. Bis der Kaffee fertig war, wechselten wir kein Wort. Früher fand ich Carls karge Art oft unangenehm. Am heutigen Tage bemerkte ich, wie wohltuend es ist, in Gesellschaft zu schweigen und gleichzeitig zu wissen: Das Gegenüber stellt keinerlei Erwartungen an einen, dass man das Wort ergreift.

Nachdem er mir eine durchsichtige, schwarzbraune Brühe vorgesetzt hatte, zündete er sich ein Zigarillo an und fragte nach dem Grund meiner düsteren Stimmung.

Ich erzählte von den Geschehnissen ganz in der Nähe. Man hatte die Tochter der Wirtsleute umgebracht. Rauch zog über Carls Gesicht. Ich kenne die Geschichten über ihn, und für einen Moment grübelte ich darüber nach, ob ihn der Anblick eines ermordeten Kindes überhaupt noch schocken konnte.

Dem Kind wurde die Gurgel durchgeschnitten, einfach so. Großer Gott! Gertrud hieß sie. Ein unschuldiges, blühendes, liebliches Mädchen von drei Jahren. Im eigenen Bett wurde ihr der Hals durchtrennt. Während meiner Schilderung zog sich immer wieder mein Herz zusammen, und meine Nerven erzitterten. Das Bild des Leichnams erschien so deutlich wie eine Photographie vor meinem inneren Auge. Ich suchte nach passenden Worten, wollte darüber sprechen. Doch Worte können eine solche Szenerie unmöglich beschreiben.

Carl reichte mir sein Zigarillo über den Tisch. Ein verlockender Rauchfaden stieg nach oben. Das letzte Mal hatte ich vor vielen Jahren bei meiner Hochzeit geraucht. Ich griff danach. Er zündete sich ein neues an.

Von Hustenanfällen geplagt, erzählte ich weiter von der Mutter, die sich vor einer Stunde im Keller erhängt hatte. Eine schlimme Sache, dieser Fall! Als ich bei grauer Morgendämmerung das Haus betrat, nachdem man mich alarmiert hatte, war die Frau noch lebendig. Sie kniete vor dem

Bett ihres ermordeten Kindes, kreidebleich. Selbst das Rot aus ihren Lippen war gewichen. Ein Zustand völliger Benommenheit hatte sich ihrer bemächtigt.

Der Wirt, ihr Ehemann, scheint mir ein Mensch mit großer Tatkraft und Persönlichkeit. Er stand mir bei der tragischen Begrüßung gegenüber und wirkte stabil. Die Frau hingegen wollte sich immer wieder schluchzend über den Leichnam werfen. Und jedes Mal hielten wir sie davon ab. Ungeachtet der Spuren, die wir ja noch zu sichern hatten, konnten wir unmöglich dabei zusehen, wie sie sich im Blute ihres Kindes wälzte.

Winifred Huber und seine Frau hatten am Abend in der Gaststube gearbeitet. Die Kleine hatte oben im Bett geschlafen, erkältet und warm zugedeckt von der Mutter. Das Schloss der Wohnungstür lag herausgebrochen auf dem Boden.

In kurzen klaren Momenten tauchte die arme Frau ihre Finger in ein Weihwasserbecken an der Wand und bekreuzigte sich. Gleich darauf entschwand sie erneut in geistige Abwesenheit, versank in Lethargie und tiefem Schmerz, um dann wieder abgehackte, unartikulierte, ohnmächtige Schreie auszustoßen. Sie hallten durch das ganze Haus. Ihr Mann versuchte verzweifelt, sie aus diesem Zustand herauszuholen. Zuerst sprach er ihr gütlich zu. Ich merkte, wie schwer es ihm fiel, selbst ruhig und gefasst zu bleiben. Doch ihr krampfartiges Weinen und Schreien ließ ihn mit der Zeit immer ernster, gar verärgert werden. Erst nachdem er ihr eine Ohrfeige gegeben hatte, verstummten ihre Laute. Mit schreckgeweiteten, wirren Augen starrte sie ihn an. Zweifellos ist dieser arme Mann aber nicht minder gebrochen als sein Weib. Er ertrug es mit Fassung. Zumindest, wenn er meinte, beobachtet zu sein. Später sah ich ihn durch den Türspalt in einem anderen Zimmer stehen. Verzweifelt schlug er die Hände vor das Gesicht und sackte auf dem Fußboden zusammen.

Etwa zu jenem Zeitpunkt verließ die Ehefrau die Wohnung, murmelte dabei, sie wolle einen Wasserkrug aus der Gaststube holen. Sie kehrte nicht zurück.

Man möchte helfen. Man kann nicht. Wenn man uns ruft, geben wir unser Dasein, unsere Hoffnung und den Glauben an Gerechtigkeit und stellen uns selbst in den Dienst, den Täter seiner Strafe zuzuführen. Doch niemand wird wieder lebendig!

Während ich bei Carl in der Wohnung saß, suchten meine Kollegen nach Fingerabdrücken. Carl tat seine Skepsis ob solcher neuen Methoden der Spurensicherung kund, doch ich verdeutlichte ihm die Wichtigkeit des Fingerabdruckvergleiches und lobte ihn als Zukunft der Kriminalistik.

Nach meinen Worten schwiegen wir, rauchten und tranken Kaffee. Obwohl ich das ermordete Kind weiterhin vor Augen hatte, kamen zugleich alte Erinnerungen hoch. Carl gegenüberzusitzen, schlechten Kaffee zu trinken und zu rauchen, bescherte mir ein seltsames Gefühl der Ruhe und wohligen Wärme. Die kontaktlosen Jahre waren ein Fehler gewesen.

Als wäre all das nicht genug für einen Tag gewesen, dieser Mord, die Erschütterung der Eltern, der Selbstmord der Mutter, kam es im Anschluss noch viel schlimmer. Nach meinem Besuch bei Carl erreichte mich die nächste grauenvolle Meldung. Am selben Abend hatte es eine Frau und ihren vierjährigen Buben getroffen. Weder ihre Erscheinung noch ihre Habe boten irgendwelche Anreize für ein derartiges Verbrechen. Sie wurde in einem Hinterhof in der Nähe der städtischen Lagerhäuser und der Großmarkthalle am

Südbahnhof gefunden. Nur wenige Hundert Meter vor der eigenen Haustür, vor ihrer Wohnung in Sendling! Zum zweiten Mal am heutigen Tage überkam mich ein Zittern und Schwitzen wie nach der Flucht vor einer tödlichen Gefahr.

Drei Morde in einer Nacht. Zwei davon an Kindern. Das Grauen geht um in München. Unweigerlich kommen mir meine beiden Kinder in den Sinn.

Als ich das Gesicht der Leiche des kleinen Jungen erblickte, krampfte alles in mir. Denn gleichwohl der Bub auf dem Bauch lag, starrte er mich aus weit aufgerissenen Augen an. Der Kopf war nach hinten verdreht. Der Täter ist eine Bestie! Die Frau wurde in einer Art Blutrausch regelrecht zerfetzt. Meine Kollegen zählten vierundzwanzig Stiche in ihrem Rücken. Nur ein Teufel ist zu solchen Dingen fähig. Und wenngleich von der Tatwaffe jede Spur fehlt, ist bereits festgestellt worden, dass keine sexuellen Handlungen vollzogen worden waren.

Später traf ich Carl erneut, was nach all den Jahren überaus merkwürdig ist! Schicksal? Bestimmung? Zufall? Ich weiß es nicht. Ich bin müde, so entsetzlich müde. Die Standuhr schlägt gerade Mitternacht. Ich darf nicht schlafen. Ich muss denken!

Tagebucheintrag von Leopold Kruger

23. Oktober, gegen zwei Uhr früh im Übernachtungsheim. – Mörder treiben sich in München herum. Doch ich will von vorne beginnen, denn es ist unglaublich viel um mich herum geschehen. Es gibt reichlich niederzuschreiben.

Um mir einen Eindruck von der Großstadt zu verschaffen, verließ ich meine Unterkunft in den frühen Morgenstunden des vergangenen Tages und ging zum Bahnhof. Ich wollte erfahren, wie es ist, wenn hier, inmitten so vieler Menschen, ein neuer Tag erwacht. Was soll ich schreiben? Der Kontrast zum Morgenerwachen in meiner Heimat mit zarten Farbenspielen über den Gipfeln am Horizont und der vollkommenen Stille vor einem arbeitsreichen Tag könnte größer nicht sein.

Ein fahler, ungemütlicher Nebelschleier hing über den Giebeln. Von hoch liegenden Mauervorsprüngen und den Dächern krächzten Raben im Halbdunkel, und auf dem Bahnhofsvorplatz tummelten sich bereits in dieser Herrgottsfrüh Massen an Menschen. Ein Rabe segelte herab vor meine Füße und stakste krähend vor mir umher. Die Laute, die er von sich gab, klangen, als wollte er mich provozieren und mir etwas erzählen. Ich schenkte ihm weiter keine Beachtung und passierte den Eingang des Centralbahnhofs, Ausgangspunkt aller Zugverkehrslinien ins Reich und nach Österreich. In der weitläufigen Halle, einer architektonischen Melange aus Romantik und italienischer Renaissance, sah ich Damen mit pompösen Hüten, Herren in Anzügen, Gesinde und Arbeiter mit grauen Schiebermützen. An den Bahnsteigen in einem aus vier Schiffen bestehenden, überwölbten Bau aus Eisen und Stahl, drängelten sich Menschentrauben vor den Fahrplänen. Die Geräuschkulisse überwältigte mich – so viele Gespräche, vermengt mit dem Zischen dampfender Lokomotiven. Züge ruckten und setzten sich in Bewegung.

Ich beobachtete einen Herrn in einem abgetragenen Tweedanzug. Dazu trug er Gamaschen. Er stützte sich auf einen schwarzen Spazierstock, blickte zuerst auf seine Taschenuhr, dann studierte er die Fahrpläne und danach ein weißes Metallschild mit schwarzen Lettern. Von dort, wo dieses stand, fuhren Züge nach Holzkirchen, Bad Tölz, Tegernsee, Schliersee und Bayrischzell.

Vor einem Metallgeländer, das den Bereich zu den Gleisen abtrennt, hörte ich jemanden in einer fremden Sprache sprechen. Erst als ich die beiden Männer sah und unterm Arm des einen eine zusammengerollte Tageszeitung aus Paris erblickte, dämmerte mir, dass sie wohl Franzmänner waren.

Von einem Eindruck zum nächsten wanderte ich ziellos durch die Betriebsamkeit des Morgens und verbrachte tatsächlich mehr als eine gute Stunde am Bahnhof. Als ich aus dem Gebäude trat, war der Tag bereits zur Gänze angebrochen, und ich entschloss mich, Richtung Neuhausen zu flanieren. Beinahe hätte ich mich auf dem Nachhauseweg verlaufen. Daran merkt man, wie wichtig es ist, sich mit einer neuen Stadt vertraut zu machen. Wenngleich ich mich zwischendrin fragte, ob es nicht doch eine angenehme Alternative wäre, noch im kuscheligen Federbett zu liegen. Doch den Gedanken verwarf ich schnell, liegt mir doch daran, mich so bald als möglich eigenständig ohne Reiseführer orientieren zu können. Also wanderte ich mit allerlei unwichtigen Gedanken im Kopf am *Spatenbräu* vorbei zur Maximilian-II.-Kaserne und zu dem daneben gelegenen Militärlazarett. Auf meinem Rückweg sah ich die Infanteriekaserne an der Arnulfstraße.

Wieder in meiner Unterkunft – zurück daheim bringe ich noch nicht über die Lippen, es will mir noch nicht aus der Feder fließen – trank ich eine Tasse Kaffee und traf mich mittags mit Onkel Carl auf der Theresienhöhe. Da dieser Ort zwanzig Gehminuten von meiner Unterkunft entfernt liegt, kommt er mir als Treffpunkt sehr gelegen.

Wie bei all unseren bisherigen Begegnungen erschien mein Onkel unrasiert. Vermutlich sieht er immer so aus.

Erst nach den ersten gemeinsamen Schritten erfuhr ich von den Plänen für den restlichen Tag. Onkel Carl wollte als Erstes einen Freund besuchen. Als wir hierfür quer über die Theresienwiese liefen, blies uns kalter Wind ins Gesicht. Arbeiter, die weiterhin mit dem Abbau der Bierhallen und Buden beschäftigt waren, winkten herüber.

Abgesehen von der Stammmannschaft ist es dem Vorarbeiter wohl ein Anliegen, möglichst vielen unterschiedlichen Tagelöhnern einen Verdienst zu ermöglichen. So wie bei meinem Onkel und mir geschehen.

Wir bogen in die Beethovenstraße ein. Selbst wenn ich mit meinem Onkel unterwegs bin, achte ich auf die Namen von Straßen und Plätzen. Am Abend schlage ich die Orte im Reiseführer nach. Wir gingen weiter in die Nußbaumstraße, und zu meiner Verwunderung führte mich Onkel Carl geradewegs in ein Krankenhaus. Ich kenne Krankenhäuser, aber ein solches betrat ich zum ersten Mal. Schon allein die Ausmaße des Gebäudes beeindruckten mich. Eine Mauer um das Grundstück grenzt direkt an den Bürgersteig. Zunächst hielt ich dies für eine Schutzmaßnahme gegen Eindringlinge von außen. Doch bald sollte ich lernen, dass diese Klinik auf eine besondere Art von Leiden spezialisiert ist; Mauern können auch einsperren.

Denn es handelte sich, so informierte mich mein Onkel, um die Königlich Psychiatrische Universitätsklinik. Allein das Treppenhaus sieht ganz anders aus, als ich es von unserem Krankenhaus zu Hause in Berchtesgaden kenne. Breite steinerne Stufen und Geländer aus Metall wirken herrschaftlich, und der weite, offene Raum zwischen Säulen, Rundbögen und Stuck beinahe einschüchternd. Eine Schwester kam uns entgegen und grüßte meinen Onkel höflich, wobei sie ihn beim Namen nannte.

In den langen Gängen hallte jeder Schritt dumpf bis unter die Decke. Von Zeit zu Zeit hörte man das Dröhnen massiver Türriegel, die bewegt wurden. Irgendwo drehte sich ein Schlüssel laut kreischend in einem Schlüsselloch. Gespenstisch wie in einem Geisterschloss!

Wir betraten einen Wachsaal mit kahlen Wänden und dreißig weißen Metallbetten, fünfzehn auf jeder Seite, die Kopfteile an die Wand gestellt. Durch die Mitte führte ein breiter Durchgang. Einzig ein Holztisch mit Stühlen unterbrach die sterile Monotonie.

Wir schritten durch den Saal wie durch eine Galerie. Doch anstelle teurer Ölgemälde oder Arbeiten eines Bildhauers reihten sich bedauernswerte menschliche Geschöpfe aneinander. Manche vegetierten still vor sich hin, andere brabbelten. Anfälle stummer Verzweiflung verzerrten das Gesicht eines Mannes. Hätte er die Schreie ausgestoßen, die dem Ausdruck seines Gesichts, ja, seines ganzen Körpers entsprachen, so hätte der Klang wohl Gläser bersten lassen. Es schien jedoch, als fehlte ihm jegliche Fähigkeit, ein Wimmern oder auch nur das leiseste Wehklagen auszustoßen. Er verzog das Gesicht in völliger Tonlosigkeit. Armer Wahnsinniger! Ein anderer Patient verfolgte uns mit aufgerissenen, schreckgeweiteten Augen. Irritiert davon, ging ich ganz nah hinter Carl und stieß an seine Ferse.

Vor dem letzten Fenster saß ein Mann mit buckligem Rücken. Er starrte hinaus auf die Zweige eines Kirschbaums. Mein Onkel seufzte, schaute mich an und sagte: »Das ist Alfred.« Alfred starrte weiter apathisch durch das vergitterte Fenster. Im selben Moment begann es zu regnen. Ein Regen, der nicht leise daherkommt und sich dann steigert, nein, dieser Sturzbach vom Himmel meinte es ernst. Sein Hämmern gegen die Scheiben durchdrang den Saal.

»Servus, Alfred«, sagte Onkel Carl laut und überzogen munter, bevor er zwei Stühle herbeiholte. Einen stellte er am Fußende des Bettes halb in den Durchgang, mit dem zweiten setzte er sich neben Alfred.

Beide wandten mir den Rücken zu. Durch die Lücke zwischen ihnen sah ich, wie Onkel Carl an Alfreds Unterarm fasste. Ich hörte ihn fragen, warum er sich denn so ein Sauwetter ansehe. Dann senkte sich ein vollkommenes Schweigen über die beiden. Das Prasseln an der Fensterscheibe verlieh dieser seltsamen Situation einen ruhigen Gleichklang.

Mir blieb nichts, als die zwei und die Situation zu beobachten. Schätzungsweise sind beide ähnlich alt – also Ende dreißig, Anfang vierzig. Alfred ist von ebenso schlanker, sehniger Gestalt wie Onkel Carl, jedoch wirkt er ausgemergelt und vom Leid gezeichnet, was durch sein schneeweißes Haar unterstrichen wird.

All diese Menschen mit ihrem verstörten Augenausdruck, mit ihren verhärmten, fahlen Gesichtern bereiteten mir Unbehagen. Irgendwann spürte ich, dass jemand in meinem Rücken stand. Ich erschrak und drehte mich um. Das geisterhafte Herumschleichen des unheimlichen Gesellen im Saal war mir zuvor schon aufgefallen. Jetzt stand er plötzlich ganz nah hinter mir. Mit wildem Fieberglanz in den Augen blickte er zu mir herunter. Mit einem Mal begann er infantil zu lächeln, schlenderte dann aber weiter. Ich atmete tief durch, schaute umher und bemerkte an der Eingangstür einen Pfleger, der alles genau verfolgte. Trotzdem war mir heiß und kalt zugleich.

Eine gute Stunde saß mein Onkel wortlos neben Alfred und sah mit ihm in den Regen. Ich saß die ganze Zeit stumm dahinter. Alles, was sich währenddessen veränderte, war das Wetter: Es wurde schlechter und schlechter. Durch das Grau der Bindfäden, die es goss, sah man kaum mehr, was draußen geschah. Nur ab und an durchzuckte ein Blitz die Suppe, gefolgt von einem Grummeln, das mit jedem Mal ein wenig lauter wurde. Ich zählte die Sekunden zwischen Blitz und Donner.

Und obgleich das Gewitter draußen bald direkt über unseren Köpfen tobte, war ich heilfroh, diese Stätte des Wahnsinns wieder zu verlassen, die gleichermaßen Zuflucht und Gefängnis namenloser Qualen ist. Arme Kreaturen mit unsichtbaren Wundmalen in ihren Gehirnen!

Wir standen im Eingangserker der Klinik. Regen spritzte herein an unsere Hosenbeine. Ein Blitz entlud sich, und der Donner erreichte unmittelbar darauf unsere Ohren. Nach einem Blick auf die Uhr erkundigte sich mein Onkel, ob mich der Glaspalast interessiere. Ich hatte bereits darüber gelesen und Photographien gesehen, also bejahte ich die Frage. Mein Onkel nickte ernst und schritt hinaus in das unwirtliche Wetter. Damit hatte ich nicht gerechnet, hatte ich die Frage doch eher für eine allgemeine Erkundigung gehalten. Mir war eigentlich nicht unbedingt danach, an einem kühlen Oktobertag durch ein Gewitter zu marschieren. Meinem Onkel war es egal.

Doch bei unserer Ankunft am Glaspalast in der Sophienstraße gegenüber der Einmündung zur Areisstraße hatte es tatsächlich aufgehört zu schütten. Allerdings half das wenig, waren wir doch bereits bis auf die Knochen durchnässt. Meine Stiefel quietschten bei jedem Schritt, und mir tropfte das Wasser aus den Haaren in die Augen.

Der Tag blieb trist, feucht und verhangen. Graue Wolken in verschiedenen Schattierungen zogen über den riesenhaften Bau aus Glas und Eisen, den man für die Industrieausstellung 1854 errichtet hatte. Carl erzählte, er habe in Wilhelmshaven tatsächlich die SMS Hindenburg mit eigenen Augen ganz nahe gesehen. Doch selbst die immense Größe jenes Schlachtkreuzers der kaiserlichen Marine reiche an die Dimensionen dieses Gebäudes heran. Ich kenne keine Kriegsschiffe aus eigener Anschauung. Mich erinnert der Glaspalast einfach nur an ein gigantisches Gewächshaus.

Am Eingang hängt ein Plakat, dessen Text ich später in einem Ausstellungsführer wiederfand:

Münchener Kunstausstellung
Glaspalast
1922

Eintrittskarten
für den einmaligen Besuch
6 Mark

Dauerkarten
für die ganze Zeit der Ausstellung
Auf Namen lautend
Nicht übertragbar / Mit Lichtbild
50 Mark

Die Ausstellung ist täglich geöffnet von:
morgens 9 Uhr bis abends 6 Uhr
ab 1. September von 9 Uhr bis zum Eintritt der Dunkelheit*

Dach und Wände komplett aus Glas, gestützt von schwerem Stahl – faszinierend. Flugs hatte Onkel Carl meine Eintrittskarte gelöst, und ich folgte ihm mit großen Augen.

Obwohl es früher Nachmittag war, begann es bereits dunkel zu werden, was in diesem Bauwerk bedrückend wirkte. Das tiefe Schwarzgrau des Himmels brach sich trist in den spiegelnden Scheiben. Vor manchen Exponaten wäre ich gerne stehen geblieben, doch Onkel Carl schritt unbeirrt daran vorbei. Ohne nach mir zu sehen, ging er zielstrebig in den Ausstellungsbereich der Münchener Künstlergenossenschaft. Dieser Mann, mein direkter Anverwandter, wird mir immer rätselhafter.

Meine Mutter hatte sich vor drei Jahren mit großem Aufwand darum bemüht, über ein Ladengeschäft in Berchtesgaden Ausstellungskataloge aus Berlin und München für mich zu bestellen. Mein ganzes gespartes Taschengeld hatte ich dafür verwendet. Wenn jemand indes so geradlinig durch eine solch große Ausstellung marschiert, muss er bereits viele Stunden hier verbracht haben.

Im Saal Nummer 9 betrachteten wir *Herbstmorgen auf Rügen* – ein Ölgemälde von Karl Theodor Boehme. Mein Onkel starrte die Wellen an, die sich vor einem Kreidefelsen brachen, und flüsterte: »Dieses Schauspiel zeigt die Ordnung der Naturgesetze. Aggressive Wellen – und dennoch befindet sich eine natürliche Gleichmäßigkeit darin, wenn sie mit roher Kraft ans Ufer peitschen. Es wirkt beruhigend. Die Natur bildet die allumfassende Konstante.« Weder das Bild noch diese nahezu philosophischen Worte aus dem Mund meines Onkels, die mich durchaus überraschten, nahmen mich so sehr gefangen, als dass ich nicht drei Frauen hätte wahrnehmen können. Sie kamen herbei und schauten sich ebenfalls das Kunstwerk an. Der Kleidung und ihrer Haltung nach zu urteilen handelte es sich um Damen aus besserem Hause. Wenn ich das auch nicht öffentlich zugeben würde, so muss ich mir selbst eingestehen, dass ab diesem Moment meine Aufmerksamkeit gänzlich umgelenkt war. Es ist aber auch ein Unterschied zwischen den Mädchen im Dorf und den jungen Damen in der Stadt! Angefangen bei der Frisur über die Kleidung bis hin zum Benehmen – mir kommen die Weiber von zu Hause gerade alle recht plump und roh vor. Was, so sollte man doch erwähnen, mit Sicherheit dem Umstand geschuldet ist, dass die Stadtbevölkerung, besonders die aus gehobenen Schichten, keine körperliche Arbeit bei Sonne, Wind oder Regen kennt. Und obwohl ich gerne länger dort, in der Nähe dieser drei bezaubernden Wesen, hätte bleiben wollen, ging Onkel Carl nach ein paar Minuten weiter. Meine quietschenden Stiefel waren mir ungemein peinlich.

Das nächste Kunstobjekt, dem wir länger unsere Aufmerksamkeit widmeten, hieß *Zweikampf* von Anton Hoffmann und befand sich in Saal Nummer 26. Er schätze einen guten Zweikampf, sagte Onkel Carl, was mich nicht überraschte. Ich dachte an die Szene in der Gasse mit den Schlägern und dem älteren Ehepaar. Onkel Carl scheint mir entschlossen, es immer darauf ankommen zu lassen.

Wie abwesend begann er zu sinnieren: »Der Zweikampf ist eines der ehrlichsten Dinge in einer unehrlichen Welt. Dass es einen Verlierer gibt, ändert daran nichts. Verlierer gibt es immer, muss es ja geben.« Er zog dabei die Augenbrauen zusammen und sagte mit fester Stimme, ich solle mir diese Worte merken.

Es beschäftigt mich jetzt noch, viele Stunden später. Ich weiß nicht, ob jene Gedanken tatsächlich seinem Innersten entsprechen oder nur einer flüchtigen Stimmung geschuldet waren.

Gemeinsam verweilten wir vor dem Kunstwerk, bis Onkel Carl erneut unvermittelt weiterging. »*Sonnenschein* von Paul Kauzmann« stand unter dem nächsten Bild. Das in Öl auf Leinwand gebannte Zimmer mit einem geöffneten Fenster und hereinfallenden Sonnenstrahlen sehe er sich immer zuletzt an, teilte mir mein Onkel leise mit. »Der Traum von einem normalen Leben«, sagte er und senkte den Kopf. Dabei machte er eine wegwerfende Handbewegung und schlenderte kurz darauf zur Treppe, wo uns eine wunderschöne junge Frau mit einem mächtigen alten Rembrandthut begegnete. Meine Heimat wird mir immer ferner.

Nach unserem Aufenthalt im Glaspalast und einem weiteren einstündigen Fußmarsch führte mich mein Onkel in ein Reihenhaus. Der verwitterte Bau erstreckte sich über die Hälfte des Straßenzuges. Identische Hauseingänge mit dahinter liegenden Treppenhäusern. Ich fragte nicht, weshalb wir dort waren. Auf Fragen reagiert er eher abweisend und genervt, so viel weiß ich mittlerweile über den Mann, mit dem ich blutsverwandt bin. Außerdem gehen mich die Geschäfte, denen er nachgeht, nichts an. Ich will nicht indiskret sein.

Im ersten Stock hämmerte Onkel Carl mehrmals heftig mit der Faust an eine Tür. Er tat das so lange, bis ein Lichtschein in das staubige Halbdunkel des Flurs fiel. Ein Mann lugte aus der nur vorsichtig geöffneten Tür. Ob ihm aus Freude oder Schreck ein ungläubiges »Carl« entglitt, hätte ich in jenem Augenblick nicht sagen können. Diese Unwissenheit wandelte sich, noch während ich darüber nachdachte.

Mein Onkel stieß mich mit der Rechten nach hinten. Gleichzeitig trat er mit einem Fuß gegen die Tür, die zur

Gänze aufschlug und den Mann dahinter in den Raum zurückwarf. Ich erschrak fürchterlich.

Wie ein Tier, das die Stäbe seines Käfigs durchbrochen hat, stürmte mein Onkel in die Wohnung.

Der Mann war auf dem Boden gelandet und richtete sich gerade auf, als er Onkel Carl kommen sah. In gebückter Haltung bewegte er sich panisch rückwärts und sagte mit dünner Stimme: »Ich mach's nicht mehr. Versprochen!«

Onkel Carl blieb stehen. Mit verständnisvollem Tonfall, der nicht zur Situation passte, sagte er: »Saublöd – echt saublöd, weil du mir das letztens auch schon versichert hast.«

Die Augen des Mannes waren nervös. Als mein Onkel einen weiteren Schritt nach vorne trat, sprang er nach hinten weg, stolperte über einen Wollteppich und fiel auf sein Hinterteil. Mein Onkel beugte sich über ihn und zog seinen Kopf an den Haaren zu sich. Der andere atmete hektisch, machte aber seltsamerweise keinerlei Anstalten zur Gegenwehr. Es schien, als säße er einer Giftschlange gegenüber, und aus Angst vor ihrem tödlichen Biss wagte er es nicht, sich zu rühren.

»Weißt du, es ist so«, sagte mein Onkel laut, bevor er drohend flüsterte, »dass ich jetzt was klarstellen muss. Erstens: Wenn sich rumspricht, dass du mich anlügen kannst, ohne dass ich was unternehme, nimmt mich niemand mehr ernst. Zweitens: Beim nächsten Mal bin ich nicht mehr so gnädig.«

Immer noch zog er an den Haaren des Mannes. Gleichzeitig fasste er mit der freien Hand in seine Jackentasche. Ich sah, wie sich die Finger bewegten und dabei den Stoff ausbeulten. Mein Onkel hatte sich einen Schlagring übergestreift.

Der Mann am Boden wirkte wie ein Opferlamm, seinem Schicksal ergeben. Ich wandte mich ab, stellte mich im Gang seitlich zur Tür und hörte ein dumpfes Klatschen. Wenn mein Vater die Hälfte eines geschlachteten Schweines auf den Boden warf, hörte sich das ähnlich an.

Es rumpelte in der Wohnung, noch zweimal vernahm ich dieses Klatschen. Dann ein Flüstern.

Mit einem gleichmütigen Ausdruck im Gesicht kam mein Onkel zurück in den Gang. Er atmete ruhig und wirkte so unaufgeregt wie sonst. Ich warf einen Blick in die Wohnung, die Tür stand immer noch offen. Mit blutverschmiertem Gesicht kauerte der Mann in einer Ecke. Onkel Carl schaute mich an, sagte nichts und drehte sich um. Als wir durch den Gang zurück ins Treppenhaus schritten, hörte ich, wie der Mann ausspuckte und danach röchelnd einatmete.

Bis jetzt habe ich mich nicht getraut, nach den Hintergründen zu fragen. Ich kann nicht im Geringsten einschätzen, welches Verhalten mein Onkel von mir erwartet. Stumme Anwesenheit, ohne Fragen zu stellen, oder das genaue Gegenteil?

Meine Nerven waren furchtbar angespannt, was er mir gewiss angesehen hat.

Erst auf der Straße zog er den Schlagring von den blutverschmierten Knöcheln. Gleich darauf zündete er sich einen stinkenden Stumpen an. Dann tat er es ein weiteres Mal: Ohne sich nach mir umzudrehen und ohne zu sagen, wo wir hingehen würden, marschierte er los.

Bei passender Gelegenheit werde ich ihn wegen seines ungehobelten Verhaltens zur Rede stellen. Heute konnte ich mich nicht dazu aufraffen. Müdigkeit, Hunger und die kalte, immer noch feuchte Kleidung machten mich gefügig. Ohne Widerstand zu leisten, lief ich ihm eine weitere knappe Stunde wortlos hinterher. Unser Schweigen ließ genug Raum für alle möglichen Gedanken in meinem Kopf. Ganz gleich, wie ich es drehte und wendete, es regten sich Aggressionen in mir. Diese richteten sich jedoch mehr gegen mich selbst und meine Tatenlosigkeit als gegen ihn.

Ich setzte Fuß vor Fuß, versuchte, meine Emotionen im Zaum zu halten, war hin und her gerissen und fühlte mich, wie jetzt auch noch, hilflos. Zum ersten Mal nahm ich nichts um mich herum wahr. Erst, als wir erneut durch eine Tür traten und in einem reich möblierten Eingangssalon standen, begann ich meine Umwelt wieder zu bemerken. Wie aus einer Trance erwacht, öffnete ich mich den Eindrücken von außen, und mein Geist ließ von den Bildern des zusammengeschlagenen Mannes ab.

Obwohl die Ausstattung in diesem Saal abgenutzt war, schienen die Bezüge des Sofas und der Sessel aus ehemals kostbaren Stoffen gefertigt. Eine mit rotem Teppich ausgelegte Treppe führte in die oberen Stockwerke. Doch das fleckige Messing der Läuferstangen, das erblindete Silber der Kerzenständer und vergilbte Vorhänge entblößten die Maskerade des Vornehmen.

Vor einem Kamin, der in Marmor eingefasst war und fast bis unter die hohe Decke reichte, diskutierte mein Onkel mit einem kleinen dicken Mann. Der Bauch hing ihm zwischen breiten Hosenträgern vornüber, sein Gesicht war aufgedunsen und wirkte abstoßend auf mich. Ab und an schaute er verstohlen zu mir herüber. So war ich mir wenigstens gewiss, nicht unsichtbar geworden zu sein, ohne es bemerkt zu haben.

Die Worte, die sie wechselten, verstand ich nicht, aber ich bemühte mich auch nicht sonderlich, das leise Gespräch zu verfolgen. Doch dann wurde Onkel Carls Stimme laut und eindringlich. »Aber die Sophie kann doch nichts dafür!«

Der kleine Dicke entgegnete: »Das weiß ich schon, aber ich muss auch leben, und wenn sie so bei mir aufkreuzt, mag die keiner mehr bumsen, verstehst?« Er plusterte sich auf und schob die Daumen auf Brusthöhe unter die Hosenträger: »Und das merke ich dann im Geldbeutel!«

Dieser Mann war offenkundig der Besitzer eines Bordells! In eine solche »Einrichtung« hatte ich zuvor noch nie einen Fuß gesetzt. Frauen sah ich hier allerdings keine.

Onkel Carl sagte, man würde in ein paar Tagen nichts mehr davon sehen und die Schwellungen wären bald weg. Dann trat er einen Schritt zurück und fixierte den Mann ernst und finster. Der wiegte daraufhin unschlüssig den Kopf auf seinem Doppelkinn hin und her. Schlussendlich stimmte er zu, besagte Sophie nicht vor die Tür zu setzen. Gleich darauf reckte er den kurzen Hals, stellte sich auf die Zehenspitzen und lugte über Carls Schulter zur Eingangstür.

Ein unangenehmer kalter Luftzug war zu spüren, denn zwei Männer hatten das Haus betreten. Beim Anblick meines Onkels entfuhr einem von ihnen: »Was tust denn du da?«

Mein Onkel schien gleichermaßen überrascht. Der Mann, den er offensichtlich kannte, stellte sich als Joseph Obermeier vor, Kriminalinspektor des Morddezernats. Er und sein Kollege ermittelten in einem Mordfall und hatten erfahren, eine gewisse Rosi Hartmann arbeite hier in dem Bordell. Als der Besitzer des Etablissements dies bestätigte, teilte ihm Obermeier mit, dass die Leichen der Frau und ihres vierjährigen Buben gefunden worden seien.

Entsetzt wich der Dicke zurück und ließ sich in einen Sessel fallen. Gleichzeitig bemerkte ich, wie ein Schatten tiefster Betrübnis über das Gesicht meines Onkels zog. Er zupfte den Polizisten am Mantelärmel und bat ihn darum, mit ihm nach draußen zu gehen.

Diese Vertrautheit führte bei dem zweiten Beamten und bestimmt auch bei mir zu einem verdutzten Gesicht. Ohne nachzudenken folgte ich den beiden. Auf dem Weg zur Tür fragte Obermeier, wer ich denn sei und weswegen ich ihnen hinterherlaufe. »Unwichtig«, gab Onkel Carl abfällig zur Antwort, und mir blieb der Mund offen. Wieso war ich ein Nichts für ihn? Ich verstand es nicht und fühlte mich nach all dem, was mir der Tag schon beschert hatte, noch schlechter. Doch gnädigerweise erklärte Carl dann wenigstens, dass ich zu ihm gehöre. Warum und weshalb, in welchem Verhältnis wir zueinander stehen oder wie mein Name lautet – kein Wort dazu.

Er hatte tatsächlich »unwichtig« gesagt! Ich kann es selbst jetzt noch nicht fassen. Umso erstaunter war ich, trotzdem mitgehen zu dürfen. Wir traten auf einen Platz, der auf den ersten Blick vornehm erschien. Doch bereits der zweite Blick entlarvte seine Schäbigkeit, die Hausfassaden waren verwittert, alles hätte mal einen neuen Anstrich nötig gehabt. Auch das viergeschossige Gebäude, in dem die käuflichen Damen ihre Dienste anboten, sah von außen feudal, aber bei genauerer Betrachtung heruntergekommen aus.

Wir standen auf dem Bürgersteig, da spritzte uns dreckiges Regenwasser an die Hosenbeine. »Ja, spinnst du!«, schrie Obermeier in Richtung einer Pferdedroschke. »Der heutige Tag ist einfach nur furchtbar«, folgte es kleinlaut. »Zuerst der Mord im Wirtshaus und jetzt das mit der Frau Hartmann und ihrem Kind.« Er wollte wissen, ob mein Onkel die ermordete Frau und ihren Sohn gekannt habe. Der nickte, begann mit einem Mal zu schimpfen und betitelte sich selbst als Vollidioten, weil er Rosi letzte Nacht allein habe heimgehen lassen.

Mit interessiert hochgezogenen Brauen erkundigte sich der Polizist, welcher Gestalt denn die Verbindung zwischen meinem Onkel und der Frau gewesen sei. Immerhin hatte sie als Hure gearbeitet.

Onkel Carl kannte sie von früher, wie er sagte. Genauer ging er nicht darauf ein. Dann erzählte er vom Vorabend. Da sei sie mit ihrem Buben im *Hofbräuhaus* aufgetaucht und habe ihn um einen Gefallen gebeten. Um ihren Nachhauseweg habe er sich keinerlei Gedanken gemacht, obwohl sie danach ja durch die halbe Stadt gehen musste.

Schlagartig begriff ich, um wen es sich handelte. Denn auch ich hatte sie gestern Abend gesehen, hatte ihre Unterhaltung an der Schenke beobachtet.

Der Inspektor klopfte mit dem Zeigefinger auf die Brust meines Onkels. In Anbetracht ihrer Freundschaft werde er nicht nachfragen, um welchen Gefallen es sich gehandelt habe, sagte er, und auch nicht, weswegen er ihn hier im Bordell angetroffen habe.

Obwohl die Frau und ihr Kind Fremde für mich waren, überkam mich tiefe Betroffenheit. Zum ersten Mal in meinem Leben ist da jemand, den ich lebendig gesehen habe und der kurz darauf ermordet wurde. Ein äußerst seltsames Gefühl. Zu Hause war der Bauer unseres Nachbarhofes im Alter von achtundsiebzig Jahren im eigenen Bett verstorben. Das war schlimm für mich. Ich hatte ihn gut gekannt. Trotzdem – ein anderes Gefühl. Hier wurden Menschen getötet!

Nach dieser Begegnung wirkte Onkel Carl sehr niedergeschlagen. Zu meiner Verwunderung bot er mir aber an, mit in seine Wohnung zu kommen. Meine Freude darüber, endlich von ihm beachtet zu werden, zeigte ich natürlich nicht. Ich wollte mich nicht wie ein nach Aufmerksamkeit lechzender Hund verhalten.

Wir hatten noch ein Stück zu gehen und überquerten die Isar über die Reichenbachbrücke. Es dämmerte, und Nebelfetzen durchzogen das Dunkel. Gegen Ende unseres Weges sah ich in einiger Entfernung einen Mann. Unter einer Straßenlaterne stolzierte er auf dem Bürgersteig ungeduldig hin und her. Die aristokratische Erscheinung des schlanken, hakennasigen Herren verdankte sich nicht zuletzt einem Zylinder, und seine Körperhaltung verriet, dass er sich der Oberschicht zugehörig fühlte. Ich weiß nicht, ob mein Onkel ihn ebenfalls bemerkt hatte. Denn die meiste Zeit starrte er zu Boden und rauchte seine Zigarillos. Doch kaum waren wir in Hörweite, da sprach ihn dieser aufgeblasene Gockel an und fragte, ob er wohl der Herr Feuerbach sei. Er erklärte, dass er erst seit Kurzem für seinen Dienstherren arbeite, hielt ohne weitere Worte eine eingerissene Photographie neben das Gesicht meines Onkels, nickte und drückte ihm einen Umschlag in die Hand. Die Übergabe ließ er sich quittieren, lupfte den Zylinder und verabschiedete sich mit Grüßen von seinem Auftraggeber. Ein Name wurde nicht genannt. Zweifellos handelte es sich aber um einen Boten aus sehr vornehmem Hause.

Mit einer dezenten Bewegung winkte der Fremde eine Droschke herbei. Diese hatte etwas abseits wohl bereits auf dieses Zeichen gewartet, denn der Kutscher auf dem Bock schwang sogleich die Peitsche über den Pferden. Der Mann stieg ein, die Pferdehufe klapperten, dann verschwanden sie im Nebel der jungen Nacht. Zweifellos ist mein Onkel ein Mensch mit vielen Geheimnissen!

Inmitten des Reihenhauses, vor dem wir zurückblieben,

führte ein Gewölbegang in einen Hof. Das schwere Gittertor stand offen, und Carl winkte mich durch die dunkle Öffnung. Dahinter wurde ein weiteres vierstöckiges Haus sichtbar. Alt und grau, mit Mauerritzen, die der Zahn der Zeit des Mörtels beraubt hatte. Carls Quartier liegt im zweiten Stock.

Das Treppenhaus, der Gang, die Wohnung – alles ist düster, eng und muffig. Dank meines bescheidenen Elternhauses bin ich zwar Ordnung und Sauberkeit, aber wahrlich keinen Luxus gewöhnt; im Vergleich mit Onkel Carls Bleibe jedoch darf ich meine Unterkunft in dem Fremdenheim nun beinahe als großzügig betrachten.

Das kleine Fenster der Einzimmerwohnung verstärkte den Eindruck einer finsteren engen Höhle. Von einem Nagel neben der Tür nahm Carl eine Petroleumlampe, zündete sie an und stellte sie auf den Tisch. Teile des Raumes spiegelten sich in der Fensterscheibe. Auf dem Tisch aus rohen Brettern standen zwei Zinnbecher mit eingetrockneten Kaffeeresten, daneben türmten sich Zigarillostumpen in einer kleinen Dose.

Es herrschte eine eisige Temperatur, und vor dem Ofen lagen lediglich drei Holzscheite. Mein Onkel musste hier wirklich aufpassen, sich nicht die Schwindsucht zu holen.

Mein Blick wanderte am Kleiderschrank vorbei zu einer Kommode, auf der eine Karaffe stand, halb voll mit Wasser, daneben eine Flasche, sorgfältig verkorkt, aber leer. Sonstige persönliche Habe konnte ich nicht entdecken – auch keine Lebensmittel.

Bisher war mir mein Onkel als stolzer Mann erschienen, stark und ungezähmt. In dem Moment überkam mich Mitleid und ein schlechtes Gewissen, weil er mir die Karte für die Ausstellung bezahlt hatte.

Als wir uns am Tisch gegenübersaßen, öffnete er den Umschlag, der ihm zuvor auf so konspirative Weise überreicht worden war. Weder war ein Siegel zu sehen noch ein Absender darauf verzeichnet.

Carl schob seinen Zeigefinger an der Seite in den Umschlag und schlitzte ihn auf. Als er einen gefalteten Brief aus dem dicken Kuvert zog, fiel Geld auf den Tisch. Ich traute meinen Augen nicht. Mehrere Tausendmarkscheine lagen zwischen uns. Onkel Carl faltete seelenruhig den Brief auf, wobei ein weiteres Bündel Tausender zum Vorschein kam. Dann murmelte er in sich hinein, sah zu den Holzscheiten und sagte: »Kalt hier drin. Steh auf, wir gehen. Jetzt weißt du ja, wo ich wohne.«

Verschiedene Empfindungen kämpften in meinem Inneren um die Vorherrschaft. Die Müdigkeit war schlimmer geworden, der Hunger ebenso, und die Kleidung fühlte sich immer noch feucht und klamm auf der Haut an. Im Grunde wollte ich in meine eigene Unterkunft. Es ist mir unmöglich, zu erklären, weswegen ich Onkel Carls Entscheidungen so sehr achte und mich seinen Stimmungen beuge. Doch ich begleitete ihn aufs Neue.

Mit Einbruch der Nacht war es kälter geworden, und der Nebel hing dick in den Straßen. Ich knöpfte meine feuchte Jacke bis zum Hals hinauf zu, und wir marschierten wieder los. Wir durchquerten die halbe Stadt. Gegen zehn Uhr abends betraten wir das *Wiener Café Stephanie* in der Maxvorstadt, Ecke Amalien- und Theresienstraße. Ein Literaten- und Künstlercafé, wie mein Onkel beiläufig erwähnte.

Ich habe schon viel über solche Caféhäuser gelesen. Um Einlass in Clubs jener Art zu erhalten, reicht es, eine Tasse Kaffee zu bestellen. Das *Café Stephanie* hat obendrein bis drei Uhr früh geöffnet.

An solchen Orten versammelt sich also Münchens Bohème, unter hohen Decken und Jugendstillampen, an gusseisernen Tischen mit Platten aus Marmor. Strahlend weißes Geschirr, funkelnde silberne Tabletts, elegante Kerzenleuchter und massives Holz – abgenutzt, nachgedunkelt, aber trotzdem prunkvoll. Spiegel reflektierten mild gedämpftes Licht, und selbst zu dieser späten Uhrzeit beherrschte der Duft von frischem Kaffee die Räumlichkeit. Darüber hinaus konnte ich getrost die Jacke ausziehen, ohne zu frieren!

Frauen sah ich keine. Manche Herren hockten alleine an einem Tisch, waren in ihre Aufzeichnungen vertieft oder blätterten in einer Zeitung. Andere saßen beisammen und diskutierten. An einem Ecktisch spielten zwei Männer Schach. Den Gesichtern nach zu urteilen lag ihr letztes gesprochenes Wort Stunden zurück.

»Servus, Feuerbach, hock dich her!«, sagte jemand.

Sieben Männer saßen in einer Runde. Kaffeetassen, Cognac- und Whiskygläser standen auf dem Tisch verteilt. Im Aschenbecher lagen abgerauchte Zigaretten und Zigarren.

Nachdem mich Onkel Carl mit den Worten »Das ist Leopold, er gehört zu mir« vorgestellt hatte, nickten mir die Männer der Reihe nach zu. Im Gegensatz zu der Männerrunde im *Hofbräuhaus* musterten mich hier keine skeptischen Augenpaare, sondern ich blickte in offene Gesichter, ohne Misstrauen darin zu entdecken.

Wir nahmen Platz, und gleich darauf notierte ein Kellner unsere Bestellung. Zwei Portionen Kaffee. Wir hatten den ganzen Tag über keinen Bissen gegessen. Meinem Onkel war das offenbar völlig egal.

Gerade überkommt mich eine neue Welle der Müdigkeit, und wenn ich keine Verpflichtung in diesem Tagebuch fände, wäre ich längst zu Bett gegangen. Doch so schreibe ich weiter.

In diesem Café fühlte ich mich genauso fremd wie an jedem anderen Ort in dieser Stadt mit all den unbekannten Menschen. Durch Onkel Carls Gebaren ergibt sich die Situation, dass ich zwar da bin, aber schlicht nicht wahrgenommen werde. Umso mehr kann ich mich allzeit darauf konzentrieren, zuzuhören, was die anderen sagen. Kaum dass der Ober verschwunden war, setzten die Herren ihre Unterhaltung, deren Verlauf ich nun so getreu wie möglich wiedergeben will, fort.

Ein blonder Mann mit löwengleichem Haar und stechenden, hellblauen Augen drückte seine Begeisterung über etwas aus, das wohl vor unserer Ankunft Thema gewesen war. Ein anderer schien davon weniger begeistert. Er meinte, der, über den sie sprachen, sei letztens auch hier im Café gewesen.

»Ach, das ist doch ein Schmarrn«, rumpelte ein Mann mit leuchtend roten Haaren laut über den Tisch. »Bloß, weil dir dem Brecht seine Nase nicht gefällt, soll das Stück nicht gut sein?«

»Hat es von euch schon einer gesehen?«, fragte mein Onkel.

Begeisterung brandete in mir hoch. Bei der Konversation ging es um ein Theaterstück! – Neuland, das ich entdecken will, breitete sich vor mir aus. Und der Gedanke, dass Bertolt Brecht bereits Gast in diesem Caféhaus gewesen war, elektrisierte mich. Ich hatte über ihn schon in den Zeitungen gelesen.

Auf die Frage meines Onkels hin nickte der Blonde. Nach seinem Besuch in den Kammerspielen sei er direkt ins Café gekommen. Abermals äußerte er sich schwärmend, woraufhin ein älterer Herr mit einem prächtigen weißen Schnurrbart sagte: »Ich mag dem Brecht seine Sachen. Aber das neue da ... *Trommeln in der Nacht* ... ich weiß nicht so recht.«

Ein anderer Mann mit Brille und zerzausten Haaren stand auf, klopfte mit einem Löffel an ein Glas und sprach mit melancholischer Stimme: »Mein Fleisch soll im Rinnstein verwesen, dass eure Idee in den Himmel kommt? Seid ihr besoffen?« Dann plumpste er auf den Stuhl zurück, trank seinen Cognac leer und murmelte: »Ich bin auch gleich besoffen.«

»Was war denn das jetzt?«, flüsterte ich und bekam Antwort von dem Mann mit weißem Schnurrbart, der mich wissen ließ, dass es sich um ein Zitat aus dem Stück handelte. Außerdem sei am heutigen Abend schon eindeutig zu viel Alkohol getrunken worden.

»Wenn ich Geld hätte«, sprach der, der rezitiert hatte, »täte Bertolt Brecht für seine Stücke alles kriegen, was er will!«

»Ach du, wenn du Geld hättest ... Möchtest du es dem König Ludwig und dem Wagner nachmachen?«, wurde ein anderer laut. Er trug einen angegrauten Vollbart, lehnte sich nach vorne auf die Tischplatte und stützte die Ellenbogen ab. »Wir haben alle kein Geld, so schaut's aus. – Und auf die Oberen brauchen wir uns nicht zu verlassen.«

»Ach, so kannst du das nicht sagen. Wir können unser Leben leben, wie wir mögen«, erwiderte der Brillenträger.

»Ja, und verhungern, du Träumer! Ich sehe jeden Tag das Gedränge an der Freibank. Ich wohne ja direkt davor.«

»Dann bin ich eben ein Träumer, aber ich sitze mitten in der Nacht mit Freunden im Café und kann mich unterhalten.«

»Was für Freunde?«, fragte der Rotschopf. Alle lachten.

»Zumindest schießt keiner auf uns, und nach Frankreich muss auch keiner mehr«, brachte sich der alte Schnurrbartträger wieder ernsthafter ein.

»Und um welchen Preis? Alles wird teurer. Im Januar war das Briefporto bei zwei Mark, heute ist es bei sechs. Wo ist da ›leben und leben lassen‹?«

»Na, einer wie du kann sich auch sechs Mark leisten. Der Herr ist Privatier.«

»Im Grunde hast du ja recht. Aber wo ist unser ›leben und leben lassen‹ geblieben? Jeder nach seiner Fasson, aber bitte schön nicht mit Gewalt. Jetzt müssen wir damit leben, dass uns andere Vorschriften machen.«

»Vorschriften über Vorschriften ... ich kann es nicht mehr hören. Das Reich und blablabla ... das Reich gehört dem Volk!«, echauffierte sich ein Kahlköpfiger.

»Hier haben wir ja einen, der dem Reiche treu gedient hat«, meinte der Rothaarige. Er saß neben meinem Onkel und legte ihm die Hand auf die Schulter. Der sagte daraufhin: »Ich halt mich raus.«

»Raushalten gibt's nicht. Schafe halten sich raus!«

Mir schwante Übles. Mit einem tiefen Schatten im Gesicht raunte mein Onkel: »Ich habe meine Rechnung dafür bezahlt, dass ich mir keine Meinung mehr bilden muss.«

»Aber du musst doch eine Meinung zu den Dingen haben!«

»Einen Dreck muss ich!«, schoss mein Onkel zurück.

»Na, das ist eine Aussage, mit der wir leben können. Du stehst für Anarchie und das Recht des Individuums! Unser Carl hier, der ist überall daheim. Bei den gestandenen Mannsbildern im *Hofbräuhaus* und da bei uns, bei pazifistischen Gescheitschwätzern. Er kümmert sich um sich selber, und der Rest interessiert ihn nicht. Ich bin aber keines von diesen Schafen. Ich wäre froh, wenn ich so sein könnte –«

»Lass Carl in Ruhe!«, unterbrach der Älteste in der Runde. Es war der mit dem weißen Schnurrbart.

Wie schon im *Hofbräuhaus* war auch hier jemand, der seine Stimme für meinen Onkel erhob. Ich registrierte, wie Onkel Carl auf die Narbe an der rechten Hand des Mannes schaute, der für ihn eingesprungen war.

»War nicht böse gemeint!«, stellte der Rothaarige klar. »Ich habe gemeint, dass ich nicht anders kann, als mir große Sorgen zu machen! Die Industrie wird immer mächtiger, die Bonzen werden immer reicher und die einfachen Leute immer ärmer. Die Verteilung ist das Problem.«

»Ein wahres Wort! Prost meine Herren«, sprach der Glatzkopf.

»Letztens habe ich mir diesen Hitler angehört«, sagte einer, der sich bisher still verhalten hatte. Er trug einen ungebügelten Anzug, hatte ungepflegte Haare und einen kleinen Spitzbart. Er lehnte sich in den Stuhl, steckte Daumen und Zeigefinger in die Westentasche, schüttelte den Kopf und ergänzte: »Im *Bürgerbräukeller.*«

»Den nimmst du doch nicht für voll, oder?«, warf ein anderer ein. Ich weiß nicht mehr, wer das war.

»Ich befürchte, wir werden den ganz schnell für ganz voll nehmen müssen.«

»Das glaube ich nicht. Der ist doch bloß einer von den ganzen Dampfplauderern, die gerade mal wieder auf den Putz hauen.«

»Aber der trifft den Nerv der Leute und möchte hoch hinaus. Wenn du den einmal reden hörst, wird dir klar, was ich meine. Für so eine Art Mensch gibt es nur ganz oder gar nicht, glaub mir! Und ob wir dann noch so wie heute beisammensitzen können, wenn der was zu sagen kriegt ... ich weiß nicht.«

»Wir sollten etwas dagegen unternehmen!«

»Gegen den Hitler und die ganzen Maulaffen?«

Der Blonde wedelte mit der Hand durch die Luft: »Regelt sich von allein.«

»Der war mal Maler, habe ich gehört.«

»Na, aber anscheinend kein guter.«

Die Runde lachte.

»Mehr Kopfzerbrechen machen mir momentan diese Morde!«, brachte sich der mit der Brille wieder ein. Alle schwiegen, bis einer sagte: »Welche Morde? Ich weiß bloß von der jungen Magd, die man am Nordfriedhof gefunden hat.«

Der Mann mit der Brille antwortete: »Ein Freund von mir arbeitet bei der Zeitung. Wir haben miteinander zu Abend gegessen, und deswegen weiß ich, was morgen zu lesen sein wird. Inzwischen sind es vier, und das innerhalb von drei Tagen. Sogar in der *London Times* wird morgen was darüber stehen. Früher haben sie geschrieben, dass man München wegen Typhus und Cholera meiden soll. Aber jetzt sollte man einen Bogen um die Stadt machen, um diesem Münchner ›Jack the Ripper‹ nicht in die Hände zu fallen.«

Ich bemerkte, wie Onkel Carl auf seinem Zigarillo kaute.

2

Auszüge aus dem Nachlass Balthasar Geigers

23. Oktober. – Welch ein Unterschied doch zwischen den Tatsachen und der Träumerei eines Schmierfinks besteht! Einzig die *London Times* hat das wahre Gewicht der Ereignisse erfasst.

Der Dienst auf dem Schlachtfeld hat ein Gelüst in mir entfacht. Ein unersättlicher Trieb wurde entfesselt. Vier qualvolle Jahre voller Zweifel und Verweigerung liegen jetzt hinter mir. Doch mein Entschluss ist gefasst! Ich muss dem Rufe folgen. Abseits dessen bin ich dennoch verwirrt. Ich nähre meinen Trieb, und trotz der grausigen Taten bleibt mir die göttliche Gnade innerer Zufriedenheit versagt. Den Körper und das Leben eines Menschen mit vollendeter Dominanz zu nehmen, lässt mich triumphieren. Ich erklimme Berge im Sturm. Bis zum heutigen Tage blieb mir jedoch die Befriedigung eines bezwungenen Gipfels verwehrt.

Womöglich hatten zuvor die falschen Opfer meinen Weg gekreuzt, denn mit dieser Nacht, die sich nun dem Ende neigt, wurde mir ein bisher unbekanntes, viel gewaltigeres Lustgefühl beschert.

Am frühen Nachmittag trieb ich mich zunächst im Englischen Garten herum. Dunkle Wolkenmassen hingen über der Stadt. Ein nahendes Gewitter hatte die meisten verscheucht, sie waren nach Hause geeilt. Auf verlassenen Wegen suchte ich nach Menschen, und meine Beharrlichkeit wurde belohnt. Nach einiger Zeit entdeckte ich ein hübsches junges Ding. Ich beobachtete sie von einer schmalen

Brücke aus, die über einen der Bäche hinüber zum Chinesischen Turm führt. Die junge Frau hastete mit einem kleinen Mädchen durch den leeren Park. Sie zerrte am Arm der Kleinen, was deren Füßchen kein bisschen schneller machte. Ein eisiger Wind wehte. Irgendwann nahm sie das Kind genervt, aber doch liebevoll auf den Arm. Sie kamen direkt auf mich zu.

Am Horizont zuckten Blitze, und erste Regentropfen benetzten den Weg. Ich ging ihnen entgegen und sprach sie an. Ich versuchte, sie mit einer erfundenen Geschichte über meine schlechte Gesundheit und der Bitte um Hilfe über die Wiese den Hügel hinauf zum Monopteros zu locken. Dort wären wir besser vor dem Wetter geschützt, und dort würde ich mein Anliegen vorbringen. Die junge Frau zögerte, schaute in den grauschwarzen Himmel. Der Regen wurde stärker. Fette Tropfen klatschten ihr ins Gesicht. Nachdem ich ihr jedoch Geld für ihre Hilfe in Aussicht gestellt hatte, rannte sie mit dem Kind die Anhöhe hoch. Ich folgte ihr langsam und mit gespielten Jammerlauten. Es war einfacher als gedacht.

Der Himmel verdunkelte sich, über den Wiesen und Bäumen des Parks zeichneten sich die Kuppeln und Türme der Altstadt ab. Der Wind peitschte Regen unter das Dach, und der Rock der Frau hob sich, als sie das Kind auf der steinernen Bodenplatte absetzte.

Ich musste es irgendwie hinbekommen, mit jeder von beiden alleine zu sein. Nur so konnte ich verhindern, dass mir eine entwischte. Ich rieb mir über die Oberschenkel und klagte fürchterlich über Probleme mit meinen Beinen. Gleichzeitig lamentierte ich, ich hätte meine Zigaretten und meinen Haustürschlüssel im Wirtshaus am Chinesischen Turm vergessen. Ich bot ihr eine verlockende Summe, um meinen Besitz für mich zu holen. In der Zwischenzeit, so sagte ich, würde ich auf das Mädchen aufpassen, das, wie ich erfuhr, die kleine Schwester war.

Dieses Detail erregte mich zusätzlich: Geschwister bis in den Tod!

Der Anblick eines Fünfzigmarkscheins wirkte Wunder. Noch einmal so viel versprach ich ihr, wenn sie mit meinen Sachen zurückkäme. Zuerst trat sie stumm einen Schritt zurück und drückte ihre Schwester an sich, weshalb ich bereits bezweifelte, dass mein Plan aufgehen würde. Eine große Schwester verlässt ihre kleine nicht. Ich überlegte schon, besser doch sofort über die beiden herzufallen. Doch gleich darauf riss sie mir den im Wind flatternden Geldschein aus den Fingern. Beinahe hätte sie ihn dabei zerrissen. Sie steckte ihn weg, ging in die Knie, schaute ihrer Schwester ins Gesicht und schob sie mit der Hand auf dem Rücken zu mir. Wie dumm und habgierig die Menschen doch sind, selbst wenn sie ihrem Henker gegenüberstehen!

Als sie den Hügel hinablief, drehte sie sich nochmals um. Nasses Haar klebte in ihrem Gesicht. Sie schaute zuerst mich an und dann ihre Schwester, bevor sie zwischen wogenden Bäumen und Büschen über die Brücke verschwand.

Das Rauschen der Blätter und das Klatschen des Regens hallten unter dem Dach. Mit tapsigen Schritten stellte sich das Mädchen hinter eine Stele. Ich kniete mich mit einem Bein neben sie. Bevor es jenem lieblichen Wesen gelingen konnte, mich gänzlich in ihren Bann zu ziehen und Herr über mich zu werden, stemmte ich mich wieder in die Höhe.

Ein einziger Faustschlag reichte aus. Er schleuderte sie herum, und sie kam am Rande der Steinplatte auf dem Bauch zum Liegen. Regen prasselte auf sie nieder. Ihre nackten Zehen zuckten kurz. Kinder sollen nicht lange leiden. Das darf man nicht machen. Aber da dieses zierliche Geschöpf nicht mehr bei Bewusstsein war, konnte ich mir ebenso gut Zeit lassen. Kein Mensch war weit und breit zu sehen. Also trug ich sie durch den Regen hinunter zum Bach. Am Horizont blitze es. Donner folgte, als ich sie unter einer Trauerweide am Ufer ins Gras legte.

Auf der Brücke hinüber zum Chinesischen Turm wartete ich auf das Eintreffen der jungen Frau. Nachdem sie mich dort alleine stehen sah, rief sie bereits aus der Distanz nach ihrer Schwester, die offenkundig Stephanie hieß. Sobald sie bei mir angekommen war und direkt vor mir stand, plärrte sie mich an.

Der Englische Garten ist riesig und bei Blitz und Donner sehr einsam. Ihr Geschrei störte mich nicht. Ich behauptete, Stephanie wäre mir weggelaufen.

Bei strömendem Regen kreischte sie den Namen ihrer Schwester mehrmals in alle Himmelsrichtungen – so lange, bis sie vor Erschöpfung auf die Knie sank und fürchterlich zu weinen begann. Sie schlug die Hände vors Gesicht und wimmerte: »Stephanie – wo bist du bloß?« Ein wehes Stöhnen entrang sich ihrer Brust.

Ich beugte mich über sie. Sie zuckte zusammen, fiel rücklings zu Boden, rappelte sich wieder hoch und fauchte mich an, ich solle sie nicht anfassen. Und dass die Bedienung im Wirtshaus keine Zigaretten und keinen Schlüssel gefunden habe.

Ich beschloss, das Theater zu beenden, und deutete auf den Weg am Ufer entlang. In ihren verwirrten Augen flackerte ein Ausdruck panischer Wildheit. Sie kam mit einem aggressiven Schritt auf mich zu, wich aber sogleich wieder zurück.

Ich ging voran. Bäume und Geäst bogen sich über den Bach und bildeten eine Art Tunnel. Mit einem Mal stürmte sie an mir vorbei. Gleich darauf stieß sie einen gellenden Schrei aus, sank zu Boden, rammte ihre Knie in die nasse Erde und schluchzte, während sie den Kindskörper gegen ihre Brust presste. Dann wurde sie ganz still. Geschockt ließ sie von ihrer Schwester ab und schaute über die Schulter zu mir herauf. Im Hintergrund hörte ich die Blätter rauschen, hörte die Regentropfen, die in den Bach stürzten, als sie sagte: »Die rührt sich ja gar nicht mehr.«

Ein Stilett ist kein Messer von großer Schärfe. Es riss ihr die Kehle auf, und ihre Augen weiteten sich in einem Augenblick des Entsetzens. Vermutlich hatte sie nicht mehr gesehen als einen Schatten. Sie kippte zur Seite und griff an die Wunde. Blut spritzte zwischen ihren Fingern hervor.

Ihre Lippen zitterten, als sie verzweifelt versuchte, sich mit dem anderen Arm vom Boden hochzustemmen, während das Blut aus ihr herausschoss. Dann klatschte sie zurück in das nasse Gras. Sie blutete aus, unfähig, etwas dagegen zu tun.

Ihre letzten Blicke galten ihrer Schwester, um deren Hals ich nun meine Finger legte. Die Kleine wachte auf, wand sich, erzitterte. Aus der Kehle ihrer großen Schwester drangen gurgelnde Geräusche. Trotz Kälte und Regen begann ich zu schwitzen. Die krampfhaften Bewegungen des Kindes ließen rasch nach, das Zucken des Gesichts erstarb. Die blassen Lippen blieben leicht geöffnet, der kleine Körper erschlaffte.

Meine Hände reinigte ich im Bach, und um die Blutspritzer aus meiner Kleidung zu waschen, stellte ich mich auf der Wiese in den strömenden Regen. Ein Blitz entlud sich in einer nahen Baumkrone, der Donner brüllte entsetzlich. Über das offene Feld kam ein berittener Wachtmeister auf mich zu. Wir kennen uns. Er berichtete davon, Schreie gehört zu haben. Ich schickte ihn in die falsche Richtung.

Als er weg war, eilte ich durchnässt und frierend zu einer Verabredung. Es war nicht von mir geplant gewesen, dort in diesem Zustand aufzutauchen. Doch die Situation hatte sich so ergeben. Ich hoffte, meine Verabredung durch meinen Aufzug nicht zu sehr zu verschrecken, und hastete zum Treffpunkt, den Kammerlichtspielen in der Kaufingerstraße. Das Gewitter verstummte, und es hörte auf zu regnen. Zurück blieben spiegelnde Pfützen, tropfende Dachrinnen.

Der junge Mann, mit dem ich mich verabredet hatte, wartete vor dem Schaukasten. Ich hatte ihn vorgestern am Bahnhof angesprochen. Lange schlanke Glieder, kohlschwarzes Haar. Auch heute war sein jungenhaftes Gesicht leichenblass und abgezehrt.

In der Gleishalle hatte sich ein Mädchen nach ihm umgedreht. Doch von ihr hatte er sich abgewendet, woraufhin ich mein Glück versuchte und ihm dabei lächelnd über den Oberarm streichelte. Zuerst trat er einen Schritt zurück, um mich auf Abstand zu halten. Trotz seiner Unsicherheit waren wir uns dann aber schnell einig geworden.

Wie schon im Moment unserer ersten Begegnung war ich auch heute furchtbar aufgewühlt. Zum ersten Mal seit dem Krieg wollte ich mich wieder einem Mann nähern.

Das hässliche alte Weib an der Kasse sagte, die Vorstellung sei nicht einmal zur Hälfte ausverkauft. Kein Wunder bei solch einem Wetter! Mein junger Begleiter gab sich schüchtern. Ich bezahlte die Eintrittskarten und ging voran in den Saal. Meine nassen Schuhe machten komische Geräusche.

Ich hatte noch keinen Plan für die gemeinsamen Stunden, suchte uns aber vorsorglich Plätze in der hintersten

Reihe, wo wir unbeobachtet von anderen Zuschauern waren. Als das Licht im Saal ausging, legte ich meine Hand auf seinen Oberschenkel. Er flüsterte mir sein Alter zu. Siebzehn Jahre. Sinnlichkeit und der Drang, ihn zu dominieren, überkamen mich. Der Vorhang vor der Leinwand teilte sich, und im Widerschein des schummerigen Lichtes schaute ich meinem Begleiter in die Augen. Verschämt und leise fragte er mich, ob er in der kommenden Nacht bei mir schlafen dürfe. Wie froh ich war, dass ich bei der Platzwahl weise gehandelt hatte! So sah niemand, wie ich, überwältigt von diesem Gedanken, meinen Zeigefinger auf seine Lippen legte und stumm nickte. Gleichzeitig verwirrte mich das Ganze.

Zwar brauchte ich mich in dieser Nacht nicht in der Kaserne zu melden, aber ich wusste nicht, ob ich es wirklich wagen sollte, ihn in meine Wohnung mitzunehmen. Ich gelte als rechtschaffen. Ungeachtet dessen faszinierte mich der Gedanke einer ganzen, ungestörten Nacht – mit allen Varianten der Lust.

Meine erste Konfrontation mit einer solchen Art des sexuellen Kontaktes hatte mich in eine aggressive Stimmung versetzt. Die Situation war damals für mich gänzlich unerwartet gekommen, und ich hatte meinem Kriegskameraden ins Gesicht geschlagen, als er mir doch tatsächlich an mein Glied fassen wollte. Ich warnte ihn, berief mich auf Paragraph 175, drohte ihm gar mit Gefängnis.

Doch so schnell ließ er sich nicht abwimmeln, die erzwungene Abstinenz an der Front durch die ausschließliche Gesellschaft von Männern ließen ihn an seinem abnormalen Vorhaben festhalten. Und schließlich überredete er mich. Die Nähe eines Mannes war anders als alles andere zuvor!

In der Heimat kehrte mein sinnlicher Lehrmeister zurück zu seiner Frau und den vier Kindern. Mit der heutigen

Verabredung schien es mir greifbar, dieses Gefühl der Lust wieder zu spüren. Irgendwo in der Stadt wollte ich ihn in eine dunkle Ecke locken. Da ich aber einer Übernachtung zugestimmt hatte, würde mein Begleiter ungeduldig sein, ins Warme zu kommen.

Nach der Vorstellung bestimmte ich die Wegstrecke unseres Spazierganges und führte ihn dorthin, wo ich mich am Nachmittag aufgehalten hatte. Es dunkelte zunehmend, und im Park herrschte die gleiche Stille wie Stunden zuvor, ohne das Regengeprassel. Als wir uns dem Monopteros näherten, fasste ich ihn an der Hand und zog ihn über die Wiese unter die Bäume ans Bachufer. Er zierte sich und wollte mich bis zur Ankunft in meiner Wohnung vertrösten. Dummer Junge. Er hatte keine Ahnung!

Trotz seines jugendlichen Alters wusste er genau, was ich am Ufer von ihm wollte. Der Monopteros thronte schwarz auf der Anhöhe, und ich dachte an die Schwestern. Sie lagen nur ein paar Meter von uns entfernt in der Dunkelheit. Ich packte den Burschen, küsste ihn begierig und nahm mir, was ich wollte.

Erst, als es nicht mehr nur um körperliche Gunst und Unterwerfung unter meine Lust ging und er dies bemerkte, versuchte er zu schreien. Ich unterdrückte die Laute mit einem flinken Griff und roher Kraft. Wir stürzten zu Boden. Seine Gegenwehr scheiterte kläglich.

Entsetzen flackerte in seinen Augen, und schmerzerfüllt schnappte er nach Luft. Seine Lippen schmeckten salzig vom Schweiß, doch dann schmeckte ich einen süßlichen Saft – dies ist meine letzte Erinnerung, bevor ich später wieder zu mir kam! Was dazwischen geschehen ist, entzieht sich meinem Wissen.

Ich erwachte mit stechenden Kopfschmerzen unter dem

Gezweige am Ufer und sah die einsame Laterne vorne an der kleinen Brücke. Ihr Licht warf einen glitzernden Streifen auf den Bach. Ich drehte mich um. Der Junge lag leblos im Gras. Mein Stilett steckte zwischen seinen Rippen, und im Schimmer der Vollmondnacht entdeckte ich Bissspuren an seinem Hals.

In mir wütete ein Sturm. Obwohl mein Gedächtnis eine Lücke aufwies, fühlte ich ein bisher unbekanntes Ausmaß der Befriedigung. Der Erdenzweck dieses jungen Mannes hatte einzig darin bestanden, mir zu Gefallen zu sein; und er war ein Werkzeug gewesen, um mir Klarheit über meine Triebe zu verschaffen. Meine Dankbarkeit ihm gegenüber wird mich bis aufs Schafott begleiten. Dennoch war es mir unmöglich, ihn noch einmal anzusehen.

Ich ging ein paar Schritte. Bei Mondschein sahen die Schwestern aus wie Puppen. Bleich bis in die Lippen, aber immer noch süß und lieblich. Ich lauschte dem Murmeln des Baches. Ein Hund heulte in der Ferne – ein langes, todtrauriges Klagen. Ich brach in Tränen aus. Ich bin meinem Schicksal auf Gedeih und Verderb ausgeliefert.

Tagebuch von Joseph Obermeier

24. Oktober. – Selbst eine englische Zeitung berichtet darüber: München wird von einem bayerischen Jack the Ripper heimgesucht! Die Last auf dem leitenden Ermittler wiegt schwer! Ich befinde mich in einem Albtraum.

Erneut gibt es Opfer: ein sechzehn Jahre altes Mädchen und ihre dreijährige Schwester sowie einen jungen Mann. Ihre Leichen lagen nah beieinander im Englischen Garten. Gefunden wurden sie von einem Hausdiener, der dem davongelaufenen Hund seiner Herrschaft nachgejagt war. Vielleicht hatte das Tier das Blut der Opfer gewittert. Keine Ahnung.

Die Schwestern hatten sich auf dem Nachhauseweg in die Montgelasstraße befunden. Nachdem sie gestern dort nicht angekommen waren, eilten die Eltern noch in der Nacht von Sorgen gequält auf die Polizeistation, um die Kinder als vermisst zu melden. Ihre grausigste Befürchtung bestätigte sich dann heute. Die Eltern sind dem Wahnsinn nahe. Ich fühle mit ihnen.

Der junge Mann scheint mir einer der vielen Vagabunden gewesen zu sein, die sich am Bahnhof und anderswo herumtreiben. Für ein Stück Brot oder ein paar Mark tun sie die absonderlichsten Dinge. Bisher ist es uns nicht gelungen, ihn zu identifizieren. Morgen will ich mich mit meinen Kollegen beratschlagen. Vielleicht kann uns ein Sachbearbeiter für homosexuelle Angelegenheiten bei den Ermittlungen unterstützen.

Derzeit ist die Gerichtsmedizin daran, die Verletzungen genau zu untersuchen. Dem jungen Mann wurde ein Stilett zwischen die Rippen gerammt. Der Täter ließ es stecken. Wir hoffen auf Fingerabdrücke. Doch darüber hinaus gab es eine Entdeckung, die alles noch grauenerregender macht: Am Hals des männlichen Opfers fanden sich Bissspuren. Im Bereich der Schlagader, am Kehlkopf und am Übergang in den Nacken. Im Hinblick auf diese Verletzungen habe ich eine Nachrichtensperre verhängt. Wir jagen eine Bestie, die Menschen reißt wie ein wildes Tier.

Weitere grausige Details, besonders zu dem kleinen Mädchen, will ich hier nicht niederschreiben. Den ganzen Tag schon bin ich damit konfrontiert gewesen. Ich bekomme die Bilder nicht mehr aus dem Kopf. Immer noch, Stunden später und tief in der Nacht, starren mich die toten Mädchen an wie Schreckgespenster. Ein weiterer trauriger Tag liegt hinter mir.

In der Hosentasche des männlichen Opfers fanden wir eine Eintrittskarte für ein Lichtspielhaus. Das erste Opfer der Serie, die getötete Magd am Nordfriedhof, hatte ebenfalls ein solches Billett bei sich. Zwar handelt es sich um unterschiedliche Kinos, aber um denselben Film: *Nosferatu – Eine Symphonie des Grauens*. Die Geschichte eines Vampirs. Die Weltpremiere fand am 4. März 1922 in Berlin statt, im Marmorsaal des zoologischen Gartens. Sieben Monate sind seither vergangen. Der Film wird nach wie vor in zwei Lichtspielhäusern in München aufgeführt, wenn auch unregelmäßig.

Kinokarten für einen Vampirfilm und Bissmale bei einem der Opfer veranlassten mich heute Nachmittag, mit einem Kollegen die Kammerspiele in der Augustenstraße aufzusuchen. Dies war für meinen Kollegen zuerst nicht nachvollziehbar, später verstand er jedoch, weshalb ich gerade dieses Ziel angesteuert hatte.

Bei meinem letzten privaten Besuch vor mehr als zehn Jahren trug dieses Theater noch den Namen Lustspielhaus. Ich hätte mir für meine Rückkehr beileibe einen anderen Grund gewünscht!

Herr Falckenberg, der Intendant, gab sich über unser Erscheinen keineswegs erfreut, obwohl ich bezüglich der Morde kein Wort verlor. Wir baten lediglich um ein Gespräch mit einem der Schauspieler. Polizeibeamte sind meist nicht gerne gesehen. Noch dazu, wenn es sich um öffentliche Einrichtungen handelt, die um ihren Ruf besorgt sind.

Ich vermute, Herr Falckenberg hatte wohl auch ohne die Erwähnung der Morde sofort einen Zusammenhang befürchtet. Immerhin tuschelt die ganze Stadt darüber, und die Zeitungen sind voll davon.

Nach einer frostigen Begrüßung geleitete uns Herr Falckenberg dann hinter die Bühne, wobei sich trotz des ernsten Hintergrunds für diesen Besuch eine recht absurde Begegnung ergab. »Ja, der Obermeier Sepperl!«, wurde ich dort nämlich gleich lautstark begrüßt. Als der Mann ins Licht trat, lachte ich unwillkürlich. Karl Valentin und ich hatten uns schon ewig nicht mehr gesehen. Mit halb fertiger Bühnenmaske kam er auf mich zu und sagte: »Sepp, wenn ich nicht wissert, du bist's, tät ich sagen, du bist's.« Dann reckte er den Kopf in die Höhe und fing an zu schimpfen: »Zefix, jetzt habt's mich doch erwischt.« Er taumelte zurück, plumpste auf einen Stuhl und flüsterte schuldbewusst: »Und, was für eine Strafe steht jetzert da drauf, dass ich bloß so tu, als wie wenn ich ein Schauspieler wär?«

Ich ging nicht weiter darauf ein. Jeder Gedanke in meinem Kopf hatte gerade mit den Morden zu tun. Ein belangloses oder gar witziges Gespräch zu führen, war mir in solch einem Zustand unmöglich. Ich wünschte Karl kurz und knapp viel Glück für die bevorstehende Aufführung und eilte weiter, wobei ich noch hörte, wie er zu einem Schauspielkollegen sagte: »Der war mit mir in der Schule. Glaub sogar, der hat von mir abgeschrieben. Sonst hätten die den bei der Gendarmerie gar nie nicht genommen. Also passt's bloß alle auf, wie's ihr mit mir redets. Ich hab beste Beziehungen zur Obrigkeit!« Dann rief er noch laut in ein Nebenzimmer: »Hat's die Bagage da hinten auch gehört: mehr Reschpekt, bitt' schön!«

So sehr ich Karl mag, aber unser Besuch hätte heimlich, still und leise ablaufen sollen. So hatte nun wirklich jeder hinter der Bühne von dem Polizeibesuch bei den Kammerspielen mitbekommen. Entsprechend säuerlich stellte uns Herr Falckenberg sein Büro zur Verfügung.

Auf dem Schreibtisch herrschte Chaos. Während er genervt Unterlagen in Schubladen stopfte, bat ich ihn um den Spielplan der vergangenen Woche – und zwar mit einer Liste aller Stücke, bei denen Max Schreck mitgewirkt hatte. Falckenberg schaute mich entgeistert an. Ich bat ihn nochmals eindringlich, keinerlei Interpretationen vorzunehmen und mit niemandem darüber zu sprechen. Bevor er losmarschierte, den Herrn Schreck zu holen, mahnte er uns, nicht zu viel Zeit zu vergeuden, schließlich müsse der Schauspieler in einer Stunde auf die Bühne. Gerade liefen ja die Vorbereitungen für die Abendvorstellung.

Mein Kollege und ich blieben im Büro. Fenster gab es dort keines, der Raum war nicht sehr groß und die Deckenlampe nicht eingeschaltet. Einzig eine Funzel auf dem Schreibtisch warf einen engen Lichtkreis, und im umliegenden Halbdunkel schienen deckenhohe Regale unter der Last aus Büchern und Akten beinahe über uns zusammenzubrechen.

Ich setzte mich hinter den Schreibtisch. Ich weiß, solche Empfindungen sind vielleicht unpassend, wenn es um getötete Menschen geht, aber mich beschlich auf dem Platz ein erhabenes Gefühl. Immerhin saß ich am Schreibtisch des Intendanten der Münchner Kammerspiele. Mein Kollege schüttelte belustigt den Kopf. Offenbar war mir anzumerken, was mich bewegte. Er nahm sich einen der übrigen zwei Stühle und setzte sich neben mich. Max Schreck sollte vor dem Schreibtisch Platz nehmen.

Wie Tausende andere hatte ich besagten Film bereits im Frühjahr gesehen, kurz nach der Premiere. Schrecks Darbietung in *Nosferatu* hatte mich schaudern lassen. Und gewiss bin ich nicht der Einzige, dem er nachts im Traum erschienen ist. Ein unfassbares Meisterwerk des Grauens! Bei dem Gedanken, jenem Darsteller gleich persönlich zu begegnen, erfüllte mich Neugier, und mir war unheimlich zumute.

Max Schreck und dem Regisseur, Friedrich Wilhelm Murnau, war eine gruselige und faszinierende Sensation gelungen, die rational denkenden Menschen Angst vor dem übernatürlichen Bösen einpflanzte. Zuvor hatte ich über Geschichten von blutsaugenden Fürsten der Finsternis gelacht. Seit jenem Kinobesuch stelle ich mir jedoch oftmals die Frage, was zwischen Mitternacht und Morgengrauen auf uns lauert. Das Böse kriecht in tiefer Nacht aus finsteren Ecken.

In dem Augenblick, in dem ich erwog, lieber doch die Deckenlampe anzuschalten, um mit dem Schauspieler, der diesen blutsaugenden Dämon gespielt hatte, nicht im Halbdunkel zu sitzen, bewegte sich die Türklinke quietschend nach unten. Mein Kollege und ich starrten gebannt über den Schreibtisch. Die Tür ging auf, Licht fiel herein, und die schwarze Kontur eines schlanken, hochgewachsenen Mannes erschien. »Meine Herren, Sie haben nach mir verlangt?« Schrecks Stimme klang hart und metallisch.

Ruhig und mit gleichmütigen Bewegungen trat er ein und setzte sich am Rande des Lichtkreises vor den Schreibtisch. Sein Gesicht blieb im Schatten verborgen. Ich beugte mich nach vorne und bemühte mich, mehr zu erkennen. Schreck wirkte abgehärmt, schmal. Über eingefallenen Wangen stachen mandelförmige Augen hervor. Die Haare trug er nach hinten frisiert. Das Kinn gesenkt, fixierte er mich mit durchdringenden Blicken. Ich muss zugeben, dieser Mann schüchterte mich ein.

Wir stellten uns förmlich vor und teilten ihm mit, dass wir in den Münchner Mordfällen ermitteln. Er blieb stumm.

»Herr Schreck, Sie haben die Hauptrolle in dem Film *Nosferatu* gespielt. Ich gehe davon aus, Sie sind im echten Leben kein Vampir?« Für diese dämliche Frage möchte ich mich immer noch ohrfeigen. Sie war mir einfach von der Zunge gerutscht. Peinlich. Dieser verbale Fehltritt rückte meine Intelligenz nicht gerade in ein positives Licht.

Amüsiert hob er die Augenbrauen, als säße er einem nicht ernst zu nehmenden Gesprächspartner gegenüber, schlug ein Bein über das andere und legte die Hände entspannt in den Schoß. Meine Dummheit wiegte ihn offenbar in Sicherheit.

Mir fiel auf, dass er auch im echten Leben sehr lange, feingliedrige Finger besitzt. Im Film hatte man sie zusätzlich durch krallenartige Aufsätze verlängert.

Man habe ihn auch schon bei Tageslicht in München gesehen, merkte er mit einer kurzen Verzögerung an. Doch dann gefror seine Mimik wieder zu eisigem Ernst. Das Gesicht glich einer geschnitzten Maske, zeigte keinerlei Regung. Die Augen blieben starr und fest auf mich gerichtet. Mir schien es mit einem Mal, als säße ich einer gespenstischen Holzpuppe gegenüber. Etwas Machtvolles lag in der strengen Regelmäßigkeit seiner Gesichtszüge und jenem kühlen, unpersönlichem Blick. Trocken fügte er hinzu, er habe von dem, was man über ihn und den Film munkelte, längst gehört. Von den Gerüchten, er wäre womöglich ein echter Vampir, weil es schier unmöglich sei, so überzeugend spielen zu können. Alte Schauergeschichten und Legenden, gepaart mit osteuropäischem Aberglauben, täten ihr Übriges.

Auf die Frage, wo er sich gestern tagsüber und des Nachts aufgehalten habe, wollte er im Gegenzug wissen, ob er als verdächtig gelte. Jeder Satz aus seinem Mund klang monoton; ohne Höhen und Tiefen. Andere sind verunsichert, sobald die Polizei mit ihnen sprechen will. Nicht dieser Schreck. Vielleicht mimte er auch uns gegenüber nur eine Rolle?

Nachdem er uns eine Vielzahl von Zeugen genannt hatte, die ihn im Verlauf des gestrigen Tages gesehen und gesprochen hatten, hakte er nach, inwiefern denn ein Zusammenhang zwischen ihm und den Morden bestünde. Es müsse einen geben, sonst säßen wir ihm ja nicht gegenüber.

Ich vertröstete ihn auf später, was die Beantwortung seiner Frage anging. Stattdessen erkundigte ich mich, ob es Personen gebe, die sich mit ihm über den Film unterhalten hätten und die ihm seltsam vorgekommen seien.

Zuerst schien er nachdenklich. Nach einer Pause sagte er: »Sie meinen Spinner, die an Vampire glauben? – Solche gibt es leider. Naiver Aberglaube und moderne Wissenschaft stehen heutzutage im Widerstreit.«

Auf die nachfolgende Frage bin ich abermals nicht sonderlich stolz. Aber ich musste sie stellen. Anfänglich stotterte ich, doch es war meine Pflicht, in Erfahrung zu bringen, ob ihm Personen bekannt seien, die ihn als eine Art »Meister« betrachteten, wie im Film dargestellt.

»Heißt das, die Opfer wurden gebissen?«, platzte es aus ihm heraus. Als ich meinen Blick niederschlug, hörte ich, wie er entsetzt flüsterte: »Oh mein Gott!« Eine kurze Entgleisung. Binnen einer Sekunde hatte er wieder die absolute Kontrolle über sich erlangt. Der undurchdringliche Gesichtsausdruck kehrte zurück. Dennoch verhielt er sich nun anders. Mit halb geöffneten Lidern, so, als blicke er sinnierend ins Leere, sagte er so leise und ruhig, dass ich es kaum hören konnte: »Gebissen.« In seinem Ton schwangen Faszination und zugleich Abscheu mit. Dann sah er uns nacheinander an, deutete eine leichte Verbeugung mit dem Kopf an und sprach: »Meine Herren, es existieren Geschichten über Vampire, sonst wäre dieser Film nicht entstanden. Ob es tatsächlich welche gibt? Ich kann es nicht sagen. Während der Dreharbeiten bin ich jedenfalls keinem begegnet. Und nur, weil ich ein solches Wesen gespielt habe, glauben Sie doch nicht im Ernst, ich streife nachts durch die Stadt, falle Menschen an und trinke warmes Blut oder wühle auf Friedhöfen in Gräbern? Glauben Sie etwa, ich bin ein Psychopath, der in einer Filmrolle hängen geblieben ist? Denken Sie, ich bin Nosferatu?«

Was hätte ich darauf antworten können? Ich blieb stumm, woraufhin Schreck den Kopf senkte und von unten herauf zu mir herüberblickte. »Meine Herren, wenn ich das bin, was Sie mir unterstellen, wenn ich tatsächlich ein dämonisches Überbleibsel aus vergangenen Jahrhunderten bin, dann wären nun Sie, meine hochgeschätzten Herren von der Polizei, meine nächsten Opfer – und zwar heute Nacht!«

Mir stockte der Atem. Es dauerte einen Moment, bis ich mich fasste und ihn belehrte, solche Dinge besser nicht zu sagen.

Dieser ganze Fall und im Speziellen dieses Gespräch kommt mir mittlerweile so unwirklich vor, wie abseits der normalen Welt. Und doch war es real.

Damit Schreck aufschreiben konnte, wo er sich zu welcher Zeit aufgehalten hatte, reichte ich ihm einen Zettel. Außerdem erkundigten wir uns nach seinen Plänen für die nächsten Monate. Bei den Kammerspielen wird er nächstes Jahr wohl nicht mehr arbeiten. Vermutlich geht er nach Berlin, um dort einen Film zu drehen.

Mein Kollege bat ihn, uns umgehend zu kontaktieren, sollte jemand mit irren Vampirphantasien seine Nähe suchen. Außerdem ersuchten wir ihn um absolutes Stillschweigen. Abgesehen von einem kleinen Kreis von Ermittlern wisse niemand von den Bissverletzungen. Es ist nicht leicht, so etwas geheim zu halten!

Nach dem Besuch in den Kammerspielen entschieden mein Kollege und ich, ab sofort Zivilbeamte in die Kinovorstellungen von *Nosferatu* zu schicken. Außerdem wird jetzt Schrecks Alibi überprüft. Mein Kollege kümmert sich darum.

Auf dem Nachhauseweg überlegte ich, ob das Gespräch mit Schreck eine absolute Schnapsidee und Ausdruck meiner Hilflosigkeit und Inkompetenz gewesen ist. Nein! Ich wurde nicht von Fieberphantasien heimgesucht. Es gab Spuren, denen ich nachzugehen hatte, und es gilt den reinen Tatbestand von allgemeinem Gerede und wilden Theorien zu trennen. Um das zu können, muss man wohl oder übel jede Theorie und selbst die wildesten Phantasien überprüfen. Nur so ist es möglich, diese auszuschließen. Ob es wahrhaftig blutgierige Zwischenwesen gibt, weiß nur der liebe Gott! Ich aber brauche Beweise.

Auszug aus dem Nachlass Balthasar Geigers

24. Oktober. – Heute gab es in meiner Kaserne nur ein einziges Thema. Auch wurde ich auf meinen Aufenthalt im Englischen Garten angesprochen. Immerhin hatte mich dort ein berittener Kamerad erkannt und zu den Schreien befragt. Ich muss vorsichtiger handeln!

Auszug aus dem Nachlass Balthasar Geigers

26. Oktober. – Münchens Bewohner sind in Aufruhr. Ich befinde mich in der Kaserne, verhalte mich unauffällig und genieße die Ahnungslosigkeit meiner Umgebung.

Brief von Leopold Kruger an seine Mutter Elfriede, 14. November 1922

Liebe Mutter,
entschuldige mein spätes Schreiben. Gewiss wirst Du weniger verärgert sein, wenn Du erfährst, dass es mir in der Zwischenzeit äußerst gut ergangen ist. München stellt sich mir so dar, wie ich es erhofft hatte. Ich bereue meine Entscheidung nicht und bin Dir unendlich dankbar.

Es gibt hier so viele Orte, die mich faszinieren. Obendrein ist es erstaunlich, welche Vielschichtigkeit mir hier begegnet. München ist ein Schmelztiegel, nicht nur aus Menschen aus dem Deutschen Reiche, ebenso aus einem Wirbel europäischer Rassen.

Die gebürtigen Münchner erscheinen mir vom Grundsatz her auffallend konservativ. Viele sehnen sich nach der alten Zeit. Zwar wirken sie ein wenig träge, aber davon darf man sich, so meine persönliche Vermutung, nicht täuschen lassen. Besagte Trägheit kann sich rasch in lautes Poltern und furchtlosen Tatendrang wandeln. In einem Moment sehnen sie sich nach Recht und Ordnung, am liebsten täten sie wohl wieder einen König einsetzen, mit all den Ständen aus Beamtentum, Militär und Adel, gleichwohl blitzt anarchistisches Gedankengut bei ihnen auf.

Die Bierhallen, die Cafés und Kneipen sind immer gut

besucht. Von Onkel Carl habe ich erfahren, dass dies nicht nur eine Tradition ist, sondern ebenso mit der Wohnungsnot zusammenhängt: Notunterkünfte und ungeheizte Wohnungen treiben die Menschen in Lokale. Davon abgesehen kann man dort herzhaft mit ihnen lachen und leidenschaftlich diskutieren. Hinterher gehen sie nach Hause, und am nächsten Tag hocken sie von Neuem an einem ihrer Stammtische.

Die Auswahl an Künstlerkneipen und Cafés ist eine Offenbarung für mich. Dort begegnen mir Freigeister, bei denen mein Vater sicherlich kopfschüttelnd das Weite suchen würde. Ein Mann wie er säße eher bei den konservativen Traditionalisten, um mit ihnen gemeinsam auf die Kommunisten zu schimpfen.

Diese großartige Stadt bietet mir so vieles: Kultur, Wissenschaft, Forschung und Politik. Letztens wurde ich von Onkel Carl in die Kammerspiele eingeladen. Ich bin begeistert von *Trommeln in der Nacht*, einem Stück von Bertolt Brecht. Vor wenigen Tagen sah ich Herrn Brecht sogar in einem Café sitzen, traute mich aber nicht, ihn anzusprechen.

Mutter, hier eröffnet sich mir die Möglichkeit, direkt dabei zu sein. Für mein großes Ziel kann es auf der ganzen Welt keinen besseren Platz geben! Ich bin glücklich, an allem teilhaben zu dürfen, das München zu dem macht, was es ist. Ich schreibe viel und ausführlich in mein Tagebuch.

Sicherlich willst Du wissen, wie ich mich mit Onkel Carl verstehe: Obwohl wir uns fast täglich sehen, bleibt etliches vor mir verborgen. Er spricht nicht viel. An seine stinkenden Zigarillos habe ich mich mittlerweile gewöhnt. Mir bleibt ohnehin keine andere Wahl. Weißt Du, dass er raucht? Wenn nein, habe ich Dich jetzt davon in Kenntnis gesetzt.

Trotz allem verstehen wir uns prächtig. Er zeigt mir die Stadt, bringt mich mit interessanten Menschen zusammen und wacht über mein Wohlergehen. Liebe Mutter, sorge Dich also nicht um mich!

Was meine Finanzen angeht, so habe ich bisher gut gewirtschaftet und mit Onkel Carl bei Taglohnarbeiten ein paar Mark hinzuverdient. In den nächsten Tagen wird es mir sicherlich gelingen, eine geeignete feste Arbeitsstelle zu finden.

Ich hoffe inständig, dass es Dir, meinem Vater und meinem Bruder die vergangenen Wochen gut ergangen ist! Grüß mir bitte alle und sage ihnen, dass ich glücklich bin. Ich habe Dich herzlich lieb!

Leopold

Auszug aus dem Nachlass Balthasar Geigers

14. November. – Letzte Nacht stillte ich meine Wollust am Körper eines fünfzehnjährigen Knaben. Er streunte herum, allein, verdreckt und ausgehungert. Anfangs ekelte ich mich. Ich mag sie sauber.

Der Knabe wollte schreien. Ich stopfte ihm meine Finger in den Schlund. Er erstickte daran. Seine körperliche Hülle warf ich in einen ausrangierten, modrigen Harritschwagen. Er stand in dem Hinterhof, in den ich mein Opfer gelockt hatte.

Tagebucheintrag von Leopold Kruger

15. November. – Gestern habe ich einen Brief an meine Mutter verfasst und abgeschickt. Morgen will ich Onkel Carl

zur Rede stellen. Dass Carls zwischenmenschliches Verhalten anders ist als erwartet, ist mir gleich in den ersten Tagen klar geworden. Wobei ich mir anfangs nicht viel dabei dachte, immerhin lernten wir uns erst kennen. Doch habe ich nicht damit gerechnet, dass sein Gebaren auf Dauer so bleiben würde. Bis heute hat er sich mit keinem Wort nach meiner Mutter erkundigt. Es gab bislang auch kein einziges echtes Gespräch zwischen uns, keinen Wortwechsel, den ich als solches hätte bezeichnen können. Es scheint, als interessiere ich ihn als Person gar nicht. Wir treffen uns, und ich trotte ihm nach. Aber bin ich denn ein abgerichteter Hund, der seinem Besitzer zu folgen hat? Ich habe es satt, ständig wie lästiges Beiwerk behandelt zu werden. Wenn ihm meine Begleitung zuwider ist, was sein Verhalten ja nahelegt, so soll er es doch einfach sagen. Ich komme auch ohne ihn zurecht und will nicht eine unliebsame Pflichterfüllung sein.

Anmerkung: Meine Geldreserven neigen sich dem Ende.

Auszug aus dem Nachlass Balthasar Geigers

16. November. – Mein Drang nach Männern und Knaben überkommt mich zu den unterschiedlichsten Tageszeiten. Im Dienst verweigere ich mich dem Begehren. Außerhalb der Arbeitszeiten gehe ich auf die Suche und nehme, was ich kriegen kann. Frauen bereiten mir nicht die ersehnte Art der Lust. Ich beende ihr Leben, ohne sie zu schänden.

Letzte Nacht mordete ich ein vornehm gekleidetes Weib. Ihr Befehlston, den sie anschlug, um mich zu verscheuchen, hielt mich nicht ab. Auch dass ihr Mann dem Stadtrat angehört, brachte ihr nichts. Mit der Erwähnung dieses Umstandes wollte sie mir wohl Angst einflößen. Sie hatte keine

Ahnung, dass sie ihrem leibhaftigen Todesengel gegenüberstand. Ich habe sie mit einer Schere kaputtgemacht.

Tagebucheintrag von Leopold Kruger

16. November. – Meine Verärgerung über Onkel Carls Verhalten und die daraus resultierende Forderung eines klärenden Gesprächs entlockten ihm anfangs nur ein verächtliches Grinsen. Mein Herz raste vor Wut. Nicht ernst genommen zu werden ist eine Schmach. Mein Zorn schien ihn zu beeindrucken, denn er schlug vor, sich im *Café Stephanie* zu treffen. Wenn er nicht eingelenkt hätte, wäre ich vermutlich sehr ungehalten geworden.

Es ist nicht seine Art, wortreiche Gespräche zu führen. Darüber beschwere ich mich nicht. Unnütze Unterhaltungen interessieren mich ja ebenso wenig. Doch sein Verhalten empfinde ich auf Dauer gesehen als respektlos.

Wir treffen uns in einer Stunde. Ich muss versuchen, meine aggressiven Gedanken bis dahin unter Kontrolle zu bringen. Mir kommt es so vor, als könnte mich auch nur ein falscher Satz von ihm zum Platzen bringen. Ich kenne mich so nicht. Ist es vielleicht die Großstadt, die mich verändert?

Tagebuch von Joseph Obermeier

16. November. – Der Kriminaldirektor und ich wurden heute vom Münchner Bürgermeister Eduard Schmid einbestellt. Man hatte die Frau eines BVP-Stadtrates bestialisch entstellt aufgefunden. Die brutale Art der Tötung und der

Umstand, dass keinerlei Schmuckstücke entwendet wurden, legen eine Zuordnung zur aktuellen Mordserie nahe.

Meine Frau und die Kinder beklagen meine ständige Abwesenheit.

Tagebucheintrag von Leopold Kruger

16. November. – Das Treffen ist vorbei. Zur Begrüßung setzte sich Carl stumm an den Tisch und schaute mich an. Natürlich hatte er wieder miefige Zigarillos dabei. Selbst, nachdem uns Kaffee serviert worden war, gab er keinen Ton von sich. Er rauchte und glotzte mich an.

Ich erklärte, wie sehr mir seine Art, mich anderen vorzustellen, stinkt. Ausschließlich zu erwähnen, dass ich »zu ihm gehöre«, sei aus meiner Sicht weder respektvoll, noch zeuge solches Verhalten von Anstand. Zwar glichen Carls Worte jedes Mal einer geheimen Zauberformel, nach der niemand mehr meine Anwesenheit infrage stellte, aber dennoch: Ich bin eine Person, ein Mensch mit einem Namen. Außerdem sein Neffe. Ob er sich für mich schäme?

Ich war froh, dies endlich laut ausgesprochen zu haben. Gleichwohl machte mich Carls Reaktion erneut wütend und sprachlos. Er lehnte sich entspannt zurück. Ich weiß nicht, wie lange wir uns angestarrt haben, bis ich seinen Blicken auswich. Irgendwann begann er endlich mit mir zu reden.

Im Gegensatz zu meiner eigenen Gemütslage klang Carls Stimme nüchtern und sachlich. Er sprach davon, mir die Stadt gezeigt und mich ins Theater eingeladen zu haben, weil ich beabsichtige, Schriftsteller zu werden. Ich sei von ihm in Männerrunden eingeführt worden, die sich die Mitglieder in ihrem Kreis mit Bedacht und sehr kritisch ausgesucht hätten. Ab und an habe er mir ermöglicht, mit Tagesarbeiten Geld zu verdienen. Wir gingen gemeinsam in Cafés und ins *Hofbräuhaus*. Ich hätte ihn sogar zum Besuch seines Kameraden in die Klinik begleiten dürfen. »Das ist mein Leben«, resümierte Carl. »Mehr hab ich nicht. Du nimmst daran teil.«

Mich überkam das Gefühl der Undankbarkeit. »Schau hinaus«, sagte er. Ich blickte durch das Fenster auf die Straße. »Das Land liegt am Boden. Arbeitslosigkeit, Wohnungsnot, Inflation, die Politik ist machtlos, und die Politiker wechseln beinahe jeden Monat. Hast du eine Ahnung, wie viele Waffendepots es in und außerhalb der Stadt gibt? – Viele befürchten, dass eine friedliche Veränderung nicht möglich ist. Ehemalige Freikorps lauern im Untergrund. Die SA zieht durch die Straßen. Es brodelt. Glaubst du da wirklich, es ist wichtig, wie ich mit dir rede?«, fuhr er fort.

Beschämt starrte ich zu Boden, während Carls Worte weiter an mein Ohr drangen. Ich solle lernen, wie die Dinge funktionierten, mir eine eigene Meinung bilden. Dann sagte er mit besonderer Vehemenz: »Sei standhaft und kein Schwächling, der sich beschwert, wie man mit ihm spricht. Und wenn dir was nicht passt, steh auf und wehr dich! Mit selbst auferlegter Schwäche kommst du nicht weit.«

Kleinlaut wollte ich wissen, ob ich mir seinen Respekt denn einzig durch Schweigen und Gehorsam erwerben könne. Er rieb sich über die Bartstoppeln, atmete laut ein und wieder aus. Rauch kam aus Nase und Mund, als er genervt ansetzte: »Du hast mich wohl nicht verstanden. Im Grunde sollte es dir egal sein, ob ich dich respektiere. Es geht um dich und um deinen Weg im Leben! Erkenne, wer du bist und wer du sein willst. Es gibt Menschen, denen die Fähigkeit und Stärke fehlt, der Mensch zu werden, der sie sein könnten. Schafe gibt es immer. Dann gibt es die, die sich und anderen helfen könnten, es aber nicht tun, weil sie wankelmütig, faul oder hinterhältig sind. Die Fähigkeit aufrecht, unerschütterlich und ehrenwert durch dein Leben zu gehen, die hast du allemal, da bin ich mir sicher. Du bist der Sohn deiner Mutter! Die Frage ist, ob du auch tust, wozu du fähig bist – verstehst du? Jeder besitzt ein Talent. Aber die wenigsten suchen danach und nutzen es für sich oder für andere. Es ist eine heilige Pflicht, die eigenen Talente für das Gute, für eine bessere Welt einzusetzen. Scher dich nicht darum, wie ich mit dir rede. Folge deinen Stimmen. Aber zögern darfst du nicht!«

Was konnte ich nach einer solchen Ansprache schon sagen? Nichts. Also schwieg ich. Mein Ärger über ihn war beinahe verflogen, als er mir an den Kopf warf: »Werde ein Mann!« Ich wollte mich verteidigen. Er winkte ab, schaute aus dem Fenster ins Nirgendwo und sagte: »Der Zeitpunkt, an dem du zum Mann reifst, kommt irgendwann von ganz allein. Es wird einen Moment in deinem Leben geben, wo du dich entscheiden musst. Das hat wenig mit dem Alter zu tun.«

Zumindest bezeugte er mir anschließend Respekt, was meine Entscheidung, alleine nach München zu gehen, betraf. Trotz der harten Arbeit auf dem Hof hätte ich bis vor einem Monat unter der Verantwortung meines Vaters gelebt.

Ich denke, Onkel Carl wollte mir damit nicht sagen, dass ein Mann nur dann ein echter Mann ist, wenn er eine Familie ernährt. Nein, er erklärte mir das Leben auf seine Art, nur hatte ich dies bisher nicht verstanden. Ich hoffe, seine Worte richtig zu interpretieren. Ohne Zweifel ist mein Onkel jemand, der seine Angelegenheiten selbst regelt!

Da wir nun schon zusammensaßen und tatsächlich miteinander sprachen, nutzte ich die Gelegenheit. Ich wollte wissen, was es mit dem Mann auf sich hatte, den er in dessen eigener Wohnung im Grunde regelrecht überfallen und mit einem Schlagring ins Gesicht geschlagen hatte. Bis heute hatte ich mich nicht getraut, danach zu fragen. Carl lächelte. Er hatte diese Frage längst erwartet und erzählte mir von der Mutter mit ihrem Kind im *Hofbräuhaus*, die man in derselben Nacht getötet hatte.

Diese Frau hatte ihn gebeten, den Mann ihrer besten Freundin zu »besuchen«. Denn der schlug seine Ehefrau regelmäßig, und Carl sollte dafür sorgen, dass damit Schluss sei. Beide Frauen arbeiteten im Bordell, und der Betreiber wollte die verprügelte Ehefrau rauswerfen. Ihr Mann hatte ihr ein blaues Auge und eine aufgeplatzte Lippe verpasst, das wirkte sich auf das Geschäft aus. Ich erinnerte mich an diesen ekelhaften Bordellbesitzer.

Am Ende unseres Treffens erzählte ich Carl von dem Brief an meine Mutter und meiner Lobeshymne über unser gutes Verhältnis. Er lachte laut. Ich bat ihn, einen ebensolchen Brief zu verfassen.

Jetzt, im Nachhinein, fällt mir auf, dass ich Onkel Carl heute zum ersten Mal lachen sah. Er ist ein ernster Mensch. Ernst und hart, zu sich und anderen.

Auszug aus dem Nachlass Balthasar Geigers

17. November. – Meine Aufzeichnungen enthalten eine separate Liste jeder genommenen Seele. Darauf sind selbst die erfasst, deren Leichen niemand findet. Man wird von ihnen in meinen Schriften erfahren und sich daran erinnern.

Frauen üben keinerlei Anziehung mehr auf mich aus! Ich mag hübsche junge Männer oder Knaben.

Bei schlechtem Wetter geht es umso leichter, willige Burschen zu finden: am Bahnhof oder an anderen einschlägigen Plätzen. Für ein Essen oder ein paar Bier bieten sie sich unverschämt an. Manchmal locke ich sie auch mit der Möglichkeit eines Nachtlagers oder mit Geld. Wenn sie tot sind, nehme ich ihnen die Banknoten wieder aus der Hose. Die Zahl der Landstreicher ist groß, und die Obdachlosenunterkünfte sind überfüllt. Aber ich muss vorsichtig handeln! Die Morde versetzen die Menschen in erhöhte Aufmerksamkeit.

Tagebucheintrag von Leopold Kruger

17. November. – Obwohl mich diese rückhaltlose Ehrlichkeit mir selbst gegenüber schmerzt, muss ich eingestehen, als Mann über keinerlei Erfahrungen mit dem anderen Geschlecht zu verfügen.

Mein Leben daheim war mir ein tristes Gefängnis, und die letzten Jahre hatte ich mich mehr und mehr zurückgezogen. Nach der Arbeit auf dem Hof vergrub ich mich in Büchern, flüchtete mich in Tagträume. Ich ließ mich dann im Stadel ins Heu fallen, schaute durch das geöffnete Tor hinaus auf die Berge, und meine Gedanken bekamen Flügel.

Vermutlich war ich einfach zu unglücklich und zu sehr mit mir beschäftigt, um Erfahrungen mit anderen zu sammeln. Es gibt niemanden, mit dem ich mich darüber unterhalten kann, also schreibe ich es nieder, in der Hoffnung, eines Tages herzlich darüber zu lachen.

Ich hätte noch eine Weile damit leben können, still und im Geheimen meiner Schwärmerei für Anna nachzugehen.

Aus mir unerfindlichen Gründen beschlich mich aber heute das Gefühl, meine Zurückhaltung ablegen zu müssen. Möglicherweise lag es an dem Gespräch mit Onkel Carl. Ich wollte die Beschränkungen der eigenen Grenzen überwinden. Ich Dummkopf! Es schmerzt mich, dies zu schreiben. Doch wenn nicht hier, in meinem Tagebuch, wo sollte ich sonst so aufrichtig sein?

Im *Hofbräuhaus* kam mir die Idee, Anna zu fragen, ob ich sie nach Hause begleiten dürfe – ohne Carl. Ich hatte mir alles so wunderbar ausgemalt. Meine Verliebtheit wäre nicht mehr nur heimlich, gleichzeitig würde ich mir Carls Respekt verdienen.

Aus unerfindlichen Gründen saß ich dem Trugschluss auf, Carl erwarte dies sogar von mir. Obwohl sie, wie ich mittlerweile erfahren habe, vierzehn Jahre jünger ist als er, himmelt sie ihn ständig an. Dabei passe ich schon von Alters wegen viel besser zu ihr! Immerhin bin ich nur drei Jahre jünger. Ich wollte ihr mein Herz und meine Seele zu Füßen legen. Damit scheiterte ich allerdings kläglich!

Ich hatte besonders darauf geachtet, leise zu reden. Wir standen vor dem Stammtisch und schauten einander an. Beide erstaunt über das, was ich ausgesprochen hatte. Ein süßer, verlegener Zug tauchte in ihrem Gesicht auf, dann lächelte sie, bedankte sich für mein Angebot und schlug es aus!

Scham und Ohnmacht überkamen mich. Inmitten der Bierhalle packte mich das Gefühl der Enge. Carl saß hinter mir am Tisch. Später lächelte er mir tröstend zu. Sicher kein Zufall. Er hatte die Unterhaltung gewiss mitangehört. Den restlichen Abend scheute ich mich, Augenkontakt zu ihm aufzunehmen, und starrte zu Boden.

Zu vorgerückter Stunde kam Anna nochmals zu mir

herüber. Sie habe mich nicht kränken wollen, aber außer meinem Onkel dürfe sie niemand nach Hause begleiten. Abermals hatte sie mit einem schweren Hammer auf meine verliebte, sensible und verletzliche Seele eingeschlagen. Dabei schaute sie zu ihm, mit träumerischem Blick. Er, der Idiot, unterhielt sich mit den anderen Männern am Tisch.

Überwältigt von der eigenen Dummheit überflutete mich das Gefühl der Verlorenheit und schmerzhaften Einsamkeit. Ich fühlte mich klein und unbedeutend. Statt meiner ist ihr Carl lieber, der Tagelöhner mit der dreckigen Schlafkammer. Mein Traum vom Glück ist zu Ende!

Ich verstehe sie nicht. Und ihn genauso wenig! Carl könnte dieses wunderschöne, gottbegnadete Geschöpf haben, stattdessen geht der störrische Esel das Risiko ein, dass sie des Wartens müde wird! Ob sie dann mich wählen würde? Ich muss Vorsicht walten lassen. Ich darf es nicht wagen, weiter auf Treibsand zu bauen.

Ich hoffe inständig, Carl erwähnt in seinem Brief an meine Mutter nichts von dieser Schmach. Zum ersten Mal seit meiner Ankunft möchte ich wieder daheim auf dem Hof in meiner Schlafkammer liegen. Nur ich und meine Träume – ohne all diese Menschen.

Brief von Carl Feuerbach an seine Schwester Elfriede Kruger, 18. November 1922

Liebe Schwester,
Du hattest recht: Leopold ist zu einem prächtigen jungen Mann herangewachsen. Mach Dir keine Sorgen! Ich bringe ihm alles bei, was er wissen muss.

Ich hoffe, dass es Dir und Deiner in Berchtesgaden verbliebenen Familie gut geht. Meine Segenswünsche begleiten euch.

Dein Bruder Carl

Auszug aus dem Nachlass Balthasar Geigers

19. November. – Heute wurde ich am Bahnhof beobachtet. Von einem Mann Ende zwanzig oder Anfang dreißig. Er folgte mir durch die Gleishallen. Ich ging in den Nordbau und tat so, als wollte ich ins Fundbüro. Er folgte mir. Um mir sicher zu sein, ob meine Vermutung richtig war, ging ich zum Eingang zurück und kaufte mir dort Briefmarken. Er war mir immer noch auf den Fersen. Ob er meine wahre Identität kennt? Ich weiß es nicht. Halluziniere ich? Ich habe Angst!

Auszug aus dem Nachlass Balthasar Geigers

21. November. – Mein Verfolger ist gewieft. Er weiß von meinem Dienst bei der Landespolizei und kennt die Lage meiner Wohnung. Dies sagte er mir frei heraus und furchtlos ins Gesicht. Anstatt mich zu verraten, hatte er mich seit längerer Zeit beschattet. Heute kam es zu einer Kontaktaufnahme.

So wie immer, wenn ich auf der Suche bin, trug ich alte abgetragene Kleidung und eine graue Schiebermütze, tief ins Gesicht gezogen. Die Menschen, denen ich bekannt bin, würden einen solchen Aufzug bei mir nicht vermuten. Ich mag es gepflegt. Dennoch wurde ich auf dem Bahnhofsvorplatz von diesem Mann angesprochen. Er nannte mich bei meinem Namen. Ich erzitterte. Ein Stilett trug ich griffbereit unter meiner Jacke.

Wir standen inmitten einer Menschentraube. Hätte er es gewagt, mich an einem unbeobachteten Ort anzusprechen, hätte ich sein Leben sofort beendet.

Mit einer kleinen Verbeugung bat er höflich darum, mich auf eine Tasse Kaffee einladen zu dürfen. Mein erster Gedanke war, sofort nach dem besten Fluchtweg zu spähen. Doch die Art, wie er mit mir sprach, und ein bewunderndes Funkeln in seinen Augen ließen mich zögern. Er versicherte mir, er habe nicht vor, mir zu schaden, es gehe vielmehr um einen geschäftlichen Vorschlag. Ich blieb äußerlich ruhig und entsprach schließlich seiner Bitte um eine Unterredung. Auch jetzt noch bin ich verwundert über diese Unerschrockenheit. Wusste er doch genau, wer ich bin! Die Entscheidung ob ich ihn töten würde, verschob ich auf später.

Dieser Kerl betreibt einen angemeldeten Handel mit gebrauchter Kleidung und Schmuck. Abseits legaler Wege organisiert er Waren sowohl durch Diebstahl als auch durch Schleichhandel. Auf Volksfesten, in Wirtschaften und am Bahnhof verkauft er sie weiter. Er plant, München in ein oder zwei Jahren zu verlassen und mit dem Ersparten nach New York auszuwandern.

Ohne jegliche Gemütsregung, irritierend sachlich und geschäftsmäßig sprach er von meinem Drang zu töten. Auch meine Gelüste nach mehr erwähnte er, ein Faktum, das durch die bisherige Opferzahl offensichtlich sei. Sein Vergleich mit der Opiumsucht, bei der man immer mehr von der Droge benötigt, missfiel mir zwar, doch lag er damit im Grunde nicht verkehrt. Und ja, davon wollte ich mehr, wobei das Risiko, gefasst zu werden, natürlich steigt, je mehr ich töte.

Der Vorschlag, den er mir dann unterbreitete, war ungeheuerlich. Seine Pläne beruhten einzig und allein auf widerwärtiger Habgier und blanker Berechnung. Um unser beider Interessen zu vereinen, bot er mir die Möglichkeit, meinen Drang ungehemmter als bisher und dennoch mit weniger Risiko ausleben zu können. Zugegeben, die Details haben mich verwirrt. Es wühlt mich zu sehr auf.

Neue Wege bieten ungeahnte Perspektiven, dennoch muss ich meine Entscheidung sorgfältig abwägen. Es liegt an mir, wann ich mich der Menschheit offenbare. Sobald ich aber jenes Bündnis des Bösen eingehe, kette ich mein Schicksal an eine weitere Person. Doch will ich Herr über mein Handeln bleiben und gänzlich allein bestimmen, wann ich zur Tat schreite und wann es tatsächlich endet. Es soll erst enden, wenn ich es will! Nur ich! Ich will nicht sterben, bevor mein Werk vollbracht ist. Ich befürchte, die Kontrolle zu verlieren.

Brief von Elfriede Kruger an ihren Sohn Leopold, 28. November 1922

Mein geliebter Sohn,
es wäre gelogen zu behaupten, ich würde mich nicht um Dich sorgen. Weder Dein Brief, noch der meines Bruders konnten meine Ängste besänftigen. Jeden Tag und jede Nacht denke ich an Dich und frage mich, wie es Dir ergeht. Erst in der letzten Nacht wurde ich von einem Albtraum heimgesucht, denn tatsächlich weiß ich von den schlimmen Morden, die weder Du noch Dein Onkel mit nur einem Wort erwähnen. Ich habe davon in der Zeitung gelesen, und ich kann mir sehr wohl denken, weshalb Du

diese Dinge unerwähnt lässt. Du willst die Nerven Deiner Mutter schonen.

Leider ist es mir nicht möglich, ausführlicher zu schreiben. Unsere Nachbarin, die liebe Paula, ist durch eine Lungenentzündung ans Bett gefesselt. Ich habe mich bereit erklärt, für sie zu sorgen, solange ihr Mann im Stall arbeitet. Du weißt ja, wie beschwerlich der Weg hinüber ist. Der tägliche Marsch dorthin und zurück und die Zeit ihrer Pflege nimmt mehr als vier Stunden in Anspruch. Zeit, die mir auf unserem Hof fehlt. Dein Vater schimpft mit mir.

In Liebe, Deine Mutter

Auszug aus dem Nachlass Balthasar Geigers

28. November 1922. – Der teuflische Pakt ist besiegelt!

Auszug aus dem Nachlass Balthasar Geigers

1. Dezember. – Meine Erinnerungslücken bleiben bestehen. Im Moment größter Erregung verschwimmt mir meine Wahrnehmung. Küsse und der süßliche Geschmack in meinem Mund sind die letzten Sinnesempfindungen. Ab dann verweigert mir mein Gedächtnis die Erinnerung. Wenn ich wieder bei Sinnen bin, klaffen tiefe Bisswunden an den Hälsen meiner Opfer. Gott hat in mir eine Bestie erschaffen!

Obwohl die Kleidung und die Taschenuhr meines letzten Opfers bereits verkauft sind, liegt der Leichnam noch abgedeckt unter dem Bett meines Geschäftspartners. Derzeit nächtigen wir beide in meiner Wohnung. Seit zwei Tagen gehe ich jetzt täglich in die mir zur Ausübung meines

Dranges überlassene Wohnung meines Komplizen, schneide Körperteile ab oder große Fleischfetzen heraus und werfe sie anschließend in die Isar.

Selbst wenn sich die Verbrechen meines Partners einzig auf den Verkauf irdischer Dinge beschränken, bin ich von dessen Kaltherzigkeit angeekelt. Eine Leiche, all das Blut und das Wissen um meine Tat lösen keinerlei Empfindungen bei ihm aus. Einzig der Profit interessiert ihn! Er erinnert mich an den alten Geiger. Pfui Teufel!

Tagebuch von Joseph Obermeier

4. Dezember. – Letzte Nacht hat es heftig geschneit. Für gewöhnlich mag ich diese Jahreszeit und habe deshalb mit meinen Kindern im Park einen Schneemann gebaut. Es war mir unmöglich, diese Stunden zu genießen. Die Serie der Leichenfunde ist zwar abgerissen, doch weiterhin tappen wir im Dunkeln. Wir haben Fingerabdrücke, aber keinen Verdacht, was den Täter betrifft.

Auszug aus dem Nachlass Balthasar Geigers

5. Dezember. – Eine Nachbarin meines Geschäftspartners hat sich über starke Gerüche beschwert.

Auszug aus dem Nachlass Balthasar Geigers

8. Dezember. – Niemand ist mir auf der Spur. Dennoch reißt es mich spät nachts aus dem Schlaf. Bilder eines riesigen

Ozeans, gefüllt mit Blut und blassen Hautfetzen, die ich von weißem Fleisch abziehe, rauben mir die Ruhe. Aus tiefster Finsternis höre ich das Wehklagen meiner Opfer. Der Teufel grüßt mich aus der Hölle!

Auszug aus dem Nachlass Balthasar Geigers

9. Dezember. – Die Entsorgung toter Menschen zwingt uns die unterschiedlichsten Wege auf. Im Ausstellungspark hinter der Ruhmeshalle vergruben wir die Überreste zweier Leichen. Der Boden war teilweise gefroren. Es war eine Mühsal. Mein Gefährte ermahnte mich, es sei auf Dauer zu aufwendig, auf diese Art Menschenkörper verschwinden zu lassen. Ich verachte ihn!

Heute überreichte er mir ein Hackbeil und ein Ausbeinmesser, eingewickelt in alte Zeitungen. Ich soll die Leichen zukünftig in kleinere Stücke zerlegen. Ich hasse ihn und befolge zugleich seine Ratschläge, beuge mich seinem Willen. Ich befürchte, mich in eine Abhängigkeit zu begeben. Meine Sucht nach Männern und Knaben ist kaum mehr zu beherrschen. Selbst untertags gelingt es mir nur schwer, mich zu bändigen. Zunehmend quält mich heftiger Kopfschmerz.

Brief von Elfriede Kruger an ihren Sohn Leopold, 14. Dezember 1922

Mein lieber Leopold,
ich weiß nicht, ob es Carl recht wäre, wenn er von dem Brief wüsste, den ich Dir beigelegt habe. Er hatte ihn während

des großen Krieges an mich geschrieben. Und auch wenn Ihr Euch schon sehr gut kennengelernt habt, so helfen Dir diese Zeilen vielleicht, ihn besser zu verstehen.

Ich wünsche Dir ein gesegnetes Weihnachtsfest!

Ich liebe Dich, Deine Mutter

Auszug aus dem Nachlass Balthasar Geigers

21. Dezember. – Am Abend durfte ich die Kaserne verlassen. Ich zog mich zu Hause um und begab mich auf den Vorplatz des Centralbahnhofs. Ungewöhnlich viele Reisende eilten zu so später Uhrzeit über den erleuchteten Vorplatz. Das Weihnachtsfest naht, und viele kommen nach Hause.

In der Bahnsteighalle suchte ich nach dem passenden Menschen. Ein junger Mann in der schmucken Ausgehuniform eines Leutnants schritt an mir vorüber. Ich schaute ihm hinterher. Leider verlor ich ihn, als er um die nächste Ecke bog. Zwei Männer neben mir unterhielten sich auf Französisch. Alt und aufgedunsen.

Ich ging in den südlichen Flügelbau, wo ich eine Gruppe Männer erblickte. Schlank und schneidig standen sie in ihren Anzügen in einer Runde beisammen. Doch ich suche die Einsamen und ging zu den Eingängen der Wasch- und Baderäume. Dort werde ich meist fündig.

Männer, Frauen und Kinder flüsterten in Grüppchen. Andere bettelten und sprachen Fremde an. Ich entdeckte einen jungen Mann. Inmitten vieler anderer stand er alleine herum. Ich sprach ihn an, worauf er mir mit der Polizei drohte. Trotz meiner Ungeduld muss ich besser darauf achten, nicht zu leichtsinnig zu werden. Ich entfernte mich schnell.

Zurück in der Eingangshalle verspürte ich eine Berührung an meiner Schulter. Nach der rüden Abfuhr erschrak ich; ich hatte Angst, man würde mich verfolgen. Aber es war ein anderer junger Bursche, der mich beobachtet hatte und mir nachgegangen war. Fast schon flehend blickte er mich mit seinen blauen Augen an. Mittelgroße Gestalt, sehr schlank – er wirkte gebrechlich, hatte eine blasse Haut. Einundzwanzig. Er war hungrig. Wir einigten uns auf ein Essen und eine Übernachtung.

Die Temperaturen waren rasch gefallen, und das Treiben auf dem Vorplatz war ruhiger geworden. Laternen erhellten die Nacht. Ich vertröstete seinen Wunsch nach etwas Essbarem auf später und erklärte ihm, er würde etwas bekommen, sobald er mir seine Gunst erwiesen habe. Nach einer Stunde erreichten wir die Unterkunft meines Geschäftspartners.

Ich entzündete ein paar Wachskerzen. Das kleine Dreckloch sah richtig gemütlich aus.

Nachdem ich die Tür abgesperrt hatte, steckte ich den Schlüssel in meine Hosentasche. Der Gedanke an die vor uns liegende Nacht erregte mich sehr. Ich konnte es kaum mehr erwarten, nahm hastig das silberne Kruzifix vom Nachtkästchen, legte es in eine Schublade und verhüllte den Spiegel über dem Waschbecken mit einem Leinentuch. Mein Gast wurde unruhig. Diese Handlungen wirken befremdlich auf andere, aber für mich ist es wie ein zwanghaft auszuführendes Ritual. Ich muss das tun. Der junge Mann hatte dadurch Angst bekommen, außerdem fragte er schon wieder nach etwas zu essen. Ich erinnerte ihn streng an die Abmachung. Meine tatsächlichen Pläne nicht kennend, nickte er zaghaft.

Wenig später lag er nackt unter mir und vergrub das Gesicht im Kissen. Bei jedem meiner Stöße ächzte er in die Daunen und krallte die Finger in das Laken. Ich nahm mir alles, was ich wollte: erst den Körper, dann sein Leben. Abermals verfiel ich dabei in jenen geheimnisvollen ekstatischen Rausch. Erneut riss mich eine seltsame Wildheit mit sich fort in die Besinnungslosigkeit, und ich kam erst wieder zu Bewusstsein, als ich nackt vor dem Bett stand. Schweißbenetzt glänzte meine Haut bei Kerzenschein.

Aus dem Hals des Burschen spritzte immer noch Blut. Meine geistige Abwesenheit konnte also nicht lange gedauert haben. Das Laken und die Bretter an der Wand hatten sich aber schon dunkel eingefärbt. Meine Lippen waren feucht, und die Ernte meiner Bisse lief mir über das Kinn hinab.

Die Seele meines Opfers hatte die Pforte zum Jenseits bereits passiert, also packte ich den Leichnam an Schulter und Hüfte. Es rumpelte, als er vor dem Bett zu Boden fiel.

Bei Kerzenschein lag er vor mir, mit all den Muskeln, Sehnen und dem Geflecht von Adern und Nerven. Sein lebloses Gesicht starrte mich an. Ich flüsterte ein Totengebet.

Eine große Müdigkeit überfiel mich, und alles, was ich noch tun konnte, war, die Kerzen zu löschen und mich auf die feuchte Matratze zu legen. Ich erinnere mich an ein bleiches Mondlicht, das gleich darauf von dunklen Wolken verzehrt wurde und mir angenehme Finsternis bescherte.

Stunden später schreckte ich aus einem bleiernen Schlaf hoch und starrte eine Weile in die Dunkelheit, bis ich eine Kerze entzündete. Das geschändete Fleisch lag unverändert vor dem Bett. Ich stieg darüber hinweg und stärkte mich mit Kaffee und gekochten Kartoffeln vom Vortag.

Die Wohnung ist nach Osten ausgerichtet. Vor dem Fenster dämmerte irgendwann der Tag, und der Himmel färbte sich rötlich. Minutenlang starrte ich hinaus. Schließlich wusste ich genau, welche Plackerei nun auf mich zukam.

Inzwischen ähnelt sich der folgende Ablauf von Mal zu Mal mehr: Zuerst lege ich die Kleidung sauber zusammen und verstaue sie mit den Schuhen und anderen Habseligkeiten hinter einer Butzenklappe in der Wand. Dann wuchte ich den Körper auf den Tisch und lege ein Tuch über das Gesicht. Ich mag es nicht sehen. Hinterher öffne ich mit drei Schnitten die Bauchdecke, entnehme die Eingeweide und werfe sie in einen Eimer. Der Darm stinkt. Um mich davon abzulenken, summe ich eine Melodie aus Kindertagen. Das erinnert mich an die schöne Zeit mit meiner Mutter.

Das Blut aus dem Bauch schöpfe ich entweder mit der Hand in den Eimer, oder ich tupfe die Bauchhöhle mit einem Tuch aus.

Die Rippen lege ich mit zwei Schnitten frei und drücke sie so lange, bis es im Schultergelenk knackt. Dann kann ich sie einzeln mit dem Messer herausschneiden. Herz, Lunge und Nieren entferne ich als Nächstes. Auch diese werfe ich in den Eimer. Es ist kein kleiner Eimer, sondern der größte, den ich für wenig Geld bekommen konnte.

Nach dieser Arbeit, die alles andere als leicht ist, trenne ich den Kopf, die Beine und Arme ab. Beine und Arme schneide ich nochmals an den Gelenken durch und löse das Fleisch von den Knochen. Um mehr Platz zu haben, schiebe ich die abgeschnittenen Teile unter das Bett, bevor ich mich ihnen später wieder zuwende. Zwischen all der schweren Arbeit trinke ich Kaffee oder schlafe etwas. Keinesfalls darf ich in einen unkonzentrierten Zustand verfallen.

Bevor ich die Köpfe kaputtmache, skalpiere ich sie und ziehe die restliche Kopfhaut mit den Fingern ab. Eine Heidenarbeit ist das! Ich schwitze dabei immer unsäglich. Hinterher schneide ich die Kopfhaut in Längsstreifen, dann einmal quer durch und werfe sie in den Eimer. Als Nächstes schlage ich mit einem Beil rundherum Kerben und heble die Schädeldecke auf. Das Gehirn werfe ich in den Eimer, und das Blut im Inneren tunke ich wieder mit einem Tuch auf. Da ist aber nicht viel. Damit die Klopfgeräusche nicht zu laut werden, lege ich mehrere Tücher über den Kopf und schlage die restlichen Knochen dann mit einem Hammer klein.

Die Wirbelsäule zerteile ich in ungefähr zehn Zentimeter lange Stücke. Finger und Zehen schneide ich einzeln ab. Auch sie kommen in den Eimer.

Wenn ich damit fertig bin, decke ich den Eimer mit einem Tuch ab, bringe ihn hinunter zur Toilette im Hinterhof und spüle seinen Inhalt ins Klosett. Damit dies tadellos funktioniert, muss man vorher alles sehr klein schneiden. Einen Darm kann man nicht einfach so wegspülen. Auch die Lunge schneide ich kaputt. Das mache ich aber noch im Brustkorb, bevor ich alles herausnehme, um möglichst wenig Blut im Raum zu verteilen. Für den Fall, dass die Toilette verstopft, habe ich einen Draht. Oder ich fasse hinein, um alles freizubekommen. Letztens hat mich eines der alten Weiber hier gefragt, warum der abgedeckte Eimer denn so stinke. Wir begegneten uns im Treppenhaus. Es ist so einfach ... Ich erzählte ihr von nächtlichen Toilettengängen auf dem Eimer, weil ich zu faul sei, hinunterzugehen.

Von den Knochen schabe ich das restliche Fleisch, wickle sie danach in Zeitungspapier, stopfe sie in eine Aktentasche und verlasse damit das Haus. Um einen ganzen Körper verschwinden zu lassen, muss man schon sechs-, siebenmal gehen. An verschiedenen Stellen werfe ich die Überreste in die Isar, und plumps ist er weg, der Mensch.

Aber man muss schon wohlüberlegt vorgehen. Man kann die Reste eines Körpers nicht einfach so ins Wasser werfen.

Zehen gehen nicht unter. Beim ersten Mal sah ich sie unter einer Brücke davonschwimmen. Beim zweiten Mal warf ich zuerst alle Teile in einen Eimer mit Wasser, um zu schauen, was untergeht und was oben schwimmt.

Ab und an verbrenne ich etwas im Ofen. Reste von Haaren, liegen gebliebene Hautfetzen oder Fingernägel. Einen Körper zur Gänze wegzumachen, ist eine aufwendige Mühsal.

Wenn alles erledigt ist, gebe ich Kernseife in eine Blechwanne mit Wasser und schrubbe den Boden mit Lappen und Bürste. Getrocknetes Blut löst sich nur zäh, besonders aus den Dielenritzen. Die Bettwäsche ziehe ich ab und lehne die Matratze zum Trocknen an die Wand. Bettlaken, Decken- und Kissenbezug, Tücher und Lappen weiche ich in einer Wanne mit Sodawasser ein. Nach dem Auswringen behandele ich die Stoffe nochmals mit Seife. Hinterher schleppe ich die nasse Wäsche in den Keller. Dort ist die Waschküche. Ich habe die Gewohnheiten der Weiber aus dem Gebäude lange studiert, sie erledigen ihre Wäsche zu anderen Zeiten.

Aus den Trögen steigt Wasserdampf, und in der Luft liegt ein reinlicher Geruch von Soda und Seifenlauge. Die Kochzeit beträgt ungefähr zwanzig Minuten. Mehrmals wende ich die Wäsche mit einem Stab. Es folgt erneutes Auswringen, Nachbehandeln mit Seife und Bürste. Und am Schluss stecke ich alles in kaltes Wasser. Bleichen und Stärken braucht es nicht.

In der Wohnung spanne ich eine Leine quer durch den Raum und hänge die Teile zum Trocknen auf. Während ich dann jeden Gegenstand im Zimmer putze, sogar die Fensterscheibe und die Türklinke, verbreitet sich der Duft frisch gewaschener Wäsche im Raum.

Viel Arbeit, aber das kommt davon, wenn man gründlich ist. Wenn endlich alles geputzt, geschrubbt, gefegt und gewaschen ist, schlafe ich oder gehe spazieren. Manchmal stelle ich mich nachts an das unbeleuchtete Isarufer.

Menschen sind dumm und achten nur auf ihr eigenes Leben. Niemand ahnt, was unter der schwarz schimmernden Oberfläche des Flusses ruht.

Auszug aus dem Nachlass Balthasar Geigers

23. Dezember. – Neuerdings führt mir mein Partner Knaben und junge Männer zu. Mittlerweile kennt er meinen Geschmack. Groß, schlank, zwischen fünfzehn und fünfundzwanzig, kein Schnurrbart. Brillenträger mag ich auch nicht leiden. Keine Jungen mit Mädchengesicht. Einfach hübsche junge Männer. Puppenjungs*. Er bietet ihnen etwas zu essen und Bier, manchen auch Morphium oder Geld, das ich ihnen hinterher wieder abnehme.

Am gestrigen Tage gerieten wir jedoch in einen Streit. Nach seinem Willen sollte ich besser ältere Männer kaputtschneiden, weil die mehr Geld dabeihaben und teurere Uhren tragen. Und auch deren Frauen sollte ich töten, um an ihre Kleidung, Ringe und Broschen zu kommen. Ich tue böse Dinge, aber keine Dinge, die mir nicht in die Wiege gelegt wurden. Ich jage nicht wegen des irdischen Besitzes.

Als wäre dieser Streit ein Vorbote gewesen, erwies sich der junge Mann von heute Abend als Kuckucksei. Er sprang aus dem Bett und versuchte, mir die Öllampe, die auf dem Tisch steht, über den Kopf zu schlagen. Ich stach ihm ein Messer bis zum Heft nach unten in den Nacken. Warmes Blut spritzte mir ins Gesicht. Er starb sofort.

Harte Gegenstände, die offen herumstehen, habe ich jetzt mit einem Draht am Tischbein befestigt oder in den Schränken verstaut. So verhindere ich, dass man sie als Waffe gegen mich einsetzen kann. Ich mag nicht mehr geschlagen werden. Der alte Geiger hat mich oft genug verprügelt. Wie auf einen Hund hat er auf mich eingedroschen. Ich hasse ihn! Keiner darf das mehr mit mir machen. Bei dem Gedanken vergeht mir die Lust weiterzuschreiben. Für jetzt höre ich auf ...

Ein Tag ist lang, und inzwischen geht es mir wieder besser. Mein Partner hat eine weitere geschäftliche Übereinkunft getroffen. Ab sofort beliefert er einen mir unbekannten Metzger mit »Pferdefleisch«. Er nennt ihn den Fleischerfritz. Ob ein ehrbarer Metzger den Unterschied zu Menschenfleisch erkennt, ob ihm bewusst ist, welches Fleisch er da verwurstet, kann ich nicht sagen. Vielleicht ist es ihm auch egal, was er verkauft. Diese Habgier ist ekelhaft!

Auszug aus dem Nachlass Balthasar Geigers

23. Dezember, nachts. – Ich bin noch immer aufgewühlt. Sobald mein Werk vollendet ist und ich der Welt meine wahre Existenz mitteile, werde ich den Namen und die Adresse meines Partners preisgeben. Bis dahin benutze ich ihn, wie er mich benutzt. Ungeachtet dessen muss er am Ende bestraft werden für seine Niedertracht.

Morgen ist Heiligabend. Ich träume schlecht. Obwohl mir meine Mutter einen Platz im Himmelreiche besorgen wird, überkommt mich tiefe Angst. Tote Seelen kehren zu ihren Gebeinen zurück. Ich schneide die Köpfe ab und mache die Augen heraus. Hinterher schlage ich die Schädel und die Augen kaputt. Keiner von den vielen kann mir aus dem Reich der Toten etwas anhaben. Sie können mich nicht sehen und können nicht mehr sprechen. Auch im Himmel nicht. Meine Mutter wird dort auf mich achten. Ich bete dafür.

Tagebucheintrag von Leopold Kruger

24. Dezember. – Wir haben den Weihnachtsabend. Onkel Carl hat eine dicke Kerze auf den Tisch gestellt und einen abgerissenen Tannenzweig danebengelegt. Jetzt schläft er. Das Holz im Ofen knackt, und ich sitze am Tisch. Bis eben habe ich aus dem Fenster in die Dunkelheit gestarrt, ohne etwas zu sehen. Einfach nur in die Leere einer finsteren Nacht geblickt und auch den Kopf leer gelassen. Ab heute wohne ich bei meinem Onkel.

Vereinzelte Taglohnarbeiten genügten nicht für mein Auskommen. Das Geld meiner Mutter ist aufgebraucht. Wenn sie von all dem wüsste, würde sie mich sofort nach Hause zitieren. Ich habe es unterschätzt, das Leben in der Stadt, und bin meinem Onkel sehr, sehr dankbar. Sein Angebot, zu ihm zu ziehen, untermauerte er mit wortlosem Verständnis. Ich sah es in seinem Gesicht. Kein Vorwurf, keine Standpauke. Seine gemäßigte Ruhe schwebt durch den Raum und überträgt sich nun auch auf mich.

Ich bin überrascht, wie schnell ich mich an das elektrische Licht im Fremdenheim gewöhnt hatte. Denn hier im Häuserblock, in dem jetzt auch ich daheim bin, gibt es keinen solchen Anschluss. Es ist so, wie ich es von zu Hause her kenne.

Anders als daheim ist es aber sehr eng. Glücklicherweise benötigt Carls Habe nicht viel Platz. So reicht der Stauraum doch für uns beide. Die Hälfte des Kleiderschranks kann ich benutzen. Alle anderen Habseligkeiten hat Carl in einer messingbeschlagenen Holzkiste verstaut. Meine Bücher staple ich auf dem Boden, und direkt unter dem Fenster liegen zwei Decken, auf denen ich schlafen kann.

Eine gewaltige Zäsur nach nur zwei Monaten. Onkel Carl hat mir versprochen, meiner Familie nichts davon mitzuteilen. Was schreibe ich hier? Ich lebe ab heute bei meinem Onkel. Er ist ebenso Familie. Ich bin froh, ihn zu haben. Wie es weitergeht? Das ist mir noch unklar, auch deshalb sitze ich hier am späten Weihnachtsabend und denke nach.

Frontbrief von Onkel Carl (übersandt von meiner Mutter), Verdun, November 1916

Liebe Schwester,
seit drei Monaten befinde ich mich nun an der Westfront, im französischen Verdun. Menschlichkeit im Kampf gibt es nicht. Stolz und Ehre sind dahin. In toten Wäldern liegen schwärzliche und grünliche Leichname inmitten von Mückenschwärmen. Abseits der Schützengräben rennen schwere Tanks, Kavallerie und Infanterie immer wieder gegeneinander an. Heute hat der Feind die Höhe genommen, morgen wir. Die Haubitzen donnern, Qualm mit Erdklumpen in der Luft. Die erste Granate tötet, die zweite zerfetzt, und die dritte vergräbt unsere Knochensaat des Todes. Stacheldraht und Gas, die Perversion kennt keine Grenzen.

In Granatlöchern und Schützengräben verstecken wir uns wie die Würmer. Wir waschen uns nicht und stinken wie wilde Tiere. Unsere Begleiter: Flöhe, die Krätze, Ratten. Letzte Nacht wurde einem Kameraden das halbe Ohr abgebissen. Heute hat er sich einen Klappkäfig aus Drahtzaun gebastelt. Er hofft, dadurch nicht mehr um sein Fleisch fürchten zu müssen. Ein Mensch legt sich freiwillig in einen Sarg aus Drahtgeflecht, tief unter der Erde.

Vaterland – niemand ahnte, was du uns abverlangen würdest. Die Fratze des Teufels lacht über uns, und wir machen weiter. Ich tue, was ich tun muss.

Es ist mir eine Glaubensprobe, weniger von Gott gestellt; vielmehr eine Probe an mich und meinen Willen, diesen Krieg zu überleben. Ich töte Menschen in großer Zahl. Gott bescherte mir ein finsteres Talent. Ich verfluche ihn dafür, gleichwohl nutze ich es in dieser Hölle auf Erden!

Wir werden uns wiedersehen, liebe Schwester.

Verdun – ein schreckliches Wort!

Carl

Auszug aus dem Nachlass Balthasar Geigers

Weihnachten: *Stille Nacht*, das Lieblingslied meiner Mutter. In der Kirche musste ich weinen. Dunkle Augen starren mich an und sagen nichts. *Psalm 23.*

Der Herr regiert mich, und nichts wird mir mangeln.

Auf einem Weideplatze, da hat er mich gelagert: am Wasser der Erquickung mich erzogen.

Meine Seele bekehret: mich geführt auf die Wege der Gerechtigkeit, um seines Namens willen.

Denn wenn ich auch wandle mitten im Todesschatten, so will ich nichts Übles fürchten, weil du bei mir bist. Deine Ruthe und dein Stab, die haben mich getröstet.

Du hast einen Tisch vor meinem Angesichte bereitet wider die, so mich quälen. Du hast gesalbet mit Öl mein Haupt: und mein berauschender Becher wie herrlich ist er!

Und deine Barmherzigkeit folget mir all' die Tage meines Lebens; daß ich wohne im Hause des Herrn auf lange Zeit.

Ich betrinke und betäube mich mit Schnaps.

Tagebuch von Joseph Obermeier

26. Dezember. – Heute hat man die Leiche eines geschändeten Knaben entdeckt. Selbst der Kriminaldirektor kam hinzu. Man fand den stinkenden Leichnam in einem ausrangierten Harritschwagen. Ich musste mich übergeben. Würmer kamen aus seinem Schädel.

Tagebucheintrag von Leopold Kruger

26. Dezember. – Der liebe Gott bescherte uns ein Weihnachtsgeschenk. Krankheit und böse Erfahrungen mögen sich wie ein unheilvoller Mantel über den menschlichen Geist legen, doch bleibt man innen derselbe, ein Leben lang.

Ich begleitete Carl in die Klinik, und schon, als wir den ersten Schritt in den Saal machten, schrie jemand: »Ich brauche Ruhe, was störst du mich?«

Ich stand neben Carl und drehte mich um. Niemand kam hinter uns her. »Meinetwegen, Feuerbach, dann hock dich halt her zu mir«, sagte die Stimme dann. Es war tatsächlich Alfred! Er stand vor dem Fenster und rief uns durch den Saal entgegen. Erstaunt schaute ich zu Carl. Er lächelte, und seine Augen glänzten warm. »Du hast mir doch versprochen, dein vorlautes Mundwerk unter Kontrolle zu halten, wenn ich dich hier unterbringe.« Er eilte auf Alfred zu, umarmte ihn und klopfte mehrfach mit der flachen Hand auf seinen Rücken. Alfred geriet ins Schwanken. Er ist unsicher auf den Beinen, setzte sich auch gleich auf das Bett und schaute mich an. »Du bist also der Leopold. Dein Onkel hat mich auf impertinente Art und Weise stundenlang zugequatscht und hat's genossen, weil ich ihm nicht widersprechen kann. Ich weiß also alles von dir.« Er grinste zu Carl hinüber. »Seit wann –?«, fragte der, und wir setzten uns an Alfreds Bett.

»Seit heut in der Früh. Keine Ahnung, wie lang es so bleibt. – Weißt du einen Witz? Ich könnte einen vertragen. Ich hab mir letzte Nacht in die Hose gepisst.«

Carl lachte, und auch ich stimmte unfreiwillig ein.

»Und? Was macht die Schriftstellerei?«, fragte mich Alfred und drehte den Kopf zu Carl. »Der da, dein hässlicher Onkel, der leibhaftige Feuerbach, hätte gerad genug Geschichten für dich. Aber hör nicht auf ihn. – Tut er immer noch so geheimnisvoll mit seinen Zigarillos?« Dann beugte er sich vor und flüsterte: »Ab und zu ist er ein Aufschneider, weißt du?«

Carl schien sprachlos vor Freude. Zweifellos war er überwältigt davon, Alfred so zu sehen. »Du bist hier drin immer noch der Hässlichste, also reiß dich ein wenig zusammen«, sagte er nach einem Zögern süffisant und klopfte auf Alfreds Knie.

»Und du, schau bloß, dass du wieder abhaust. Du senkst die Intelligenz hier drin.«

Meine Überraschung wich keine Sekunde, jedes Wort dieser Konversation brachte mein Weltbild ins Wanken.

Alfred kenne ich als bemitleidenswerten Krüppel und Carl als ernsten, beinahe verbitterten Mann. Plötzlich waren beide ganz anders.

»Säuft er immer noch so viel?«, erkundigte sich Alfred bei mir.

»Bloß Kaffee«, erwiderte ich überfordert.

Carl betitelte Alfred als alten Schwätzer. »Schmalhans«, konterte der grinsend. Mit einem Mal spiegelte sein Gesicht tiefe Ernsthaftigkeit. Er hob den Kopf, fuhr sich mit den Fingern durch seine schneeweißen Haare und schaute Carl in die Augen. »Mein alter Freund.« Für einen kurzen Moment verzog sich Alfreds Mundwinkel. Speichel tropfte heraus. »Glaubst du immer noch an den alten Mann da oben?«

Carl blickte zu Boden, Alfred hingegen auf das große Holzkreuz an der Wand. Er atmete, als zerreiße es ihm die Brust, und flüsterte: »Ich frage mich, was sie in Afrika – ohne Krankenhaus und Ärzte – mit den Plemplem machen?«

»Ich bin da. Ich werde immer da sein«, sagte Carl.

»Das ist doch alles Dreck!« Alfred schaute an sich hinunter und betrachtete seine zittrigen Hände. »Scheiße, bin ich im Arsch.« Er begann bitterlich zu weinen.

Auszug aus dem Nachlass Balthasar Geigers

30. Dezember. – Um mich vor dem Wahnsinn zu bewahren, lege ich eine Grauzone zwischen mich und meine Taten. Ich bete zu Gott. Er hat mich erschaffen und dennoch verlassen. Und ich bete zu der Jungfrau Maria und allen Heiligen. Sie werfen mich meinen Opfern zum Fraß vor. Gefallene Engel werden zu Teufeln!

31. Dezember. – Ich mache die Köpfe ab, schneide die Augen heraus und zerschlage alles, trotzdem verfolgen sie mich. Sie starren mich an. Ich höre Schritte, sehe aber niemanden. Doch die Geräusche kommen näher. Mein Denken entgleitet mir wie Wasser zwischen meinen Händen. Ein rauschiger Zustand der Taubheit in meinem Kopf blockiert meine Gedanken. Ich bin dem Wahnsinn nahe. Ich habe sie totgemacht, doch sie kommen wieder. Nein, ich will nicht mehr schreiben, es strengt mich an. Mein Denken ist kaputt. Ich bin böse. Lieber Gott, verzeih mir.

3

Allgemeine Zeitung

Süddeutsches Wochenblatt Großdeutsche Rundschau
München

Sonntag, 2. September 1923:
Kurstanz an der Berliner Börse

Sonntag, 9. September 1923:
Letzter Dollarkurs: 48 Millionen

Sonntag, 23. September 1923:
Letzter Dollarkurs: 165 Millionen

Sonntag, 7. Oktober 1923:
Letzter Dollarkurs: 740 Millionen

Tagebucheintrag von Leopold Kruger

15. Oktober 1923. – Der heutige Tag ließ mich zum ersten Mal seit Längerem intensiver an zu Hause denken. Ich bin nicht stolz auf das, was wir heute getan haben. Dass ich trotz meiner Herkunft mitgemacht habe, obwohl ich die Sorgen der Bauern kenne, bereitet mir Kopfzerbrechen.

Fritz, der Metzger, hat Carl und mir jeweils ein Fahrrad geliehen. Um den Schutz der Dunkelheit zu nutzen, warteten wir mit der Abfahrt, bis die Sonne die Giebel der Häuser streifte. Dann radelten wir zu dritt aufs Land hinaus. Es war anstrengend, aber die eigentlichen Strapazen lagen noch vor uns. Ein Schneesturm überraschte uns auf halbem Weg. Bedingungen, mit denen keiner gerechnet hatte. Wir haben Oktober. Die Natur ist in Unordnung geraten!

Carl kannte den Weg, Fritz und ich fuhren stoisch hinterher. Ich kann nicht abschätzen, wie viele Kilometer wir uns von der Stadt entfernten. Bei abklingendem Tageslicht sah ich überschaubare Ansammlungen von Häusern, einsame Hofstellen und die Umrisse von Kapellen. Dazwischen weite, ebene Flächen, immer mal wieder unterbrochen von Hainen oder größeren Wäldern.

Nachdem es zu schneien begonnen hatte, war binnen einer Stunde alles in eintöniges Weiß gehüllt. Unsere Blicke verloren sich im milchigen Treiben. Wie es Carl gelingt, sich bei solch einem Wetter zu orientieren, ist mir ein Rätsel.

Wir erreichten also unser Ziel, einen Rübenacker, und lehnten die Räder an verschneite Birken am Feldrain. Trotz der Kälte hatte mich die Fahrt ins Schwitzen gebracht. Von meinem Kragenrand lief mir geschmolzener Schnee unangenehm den Rücken hinunter.

Ich konnte mein Umfeld nur mehr erahnen. Der Wintereinbruch hinderte uns aber nicht daran, uns das zu holen, was sich im Boden verbarg. Wir zogen an den schneebedeckten Blättern der Steckrüben, und der Acker gab das Wurzelgemüse frei. Mit hastigen Handgriffen entfernten wir feuchte Erdreste und verstauten die Ernte in mitgebrachten Säcken.

Dicke Schneeflocken legten sich auf unsere gebeugten Rücken. Ständig versank ich mit meinen Stiefeln im matschigen Erdreich und verlor das Gleichgewicht.

Fritz beklagte sich, weil wir Rüben statt Kartoffeln sammelten. Irgendwann konnte Carl es nicht mehr hören und sagte genervt, er solle endlich das Maul halten. Ein voller Magen sei ein voller Magen, egal, was man zu fressen bekomme.

Dann fiel ein Schuss. Wir zuckten zusammen. In der Ferne schrien Männer. Panisch spähten wir ringsum, doch das nächtliche Schneegestöber verwischte die Umrisse aller Dinge. Selbst das, was sich in nächster Nähe befand, war fast unsichtbar geworden. Fritz' Nerven waren furchtbar angespannt. Ich sah ihn nicht, aber hörte ihn hektisch atmen.

Ich duckte mich, krallte meine Hände in den Matsch und schlug die Stiefelspitzen in den Boden. Auf allen vieren robbte ich über die Erde. Einen Arm hatte ich durch die Schlinge meines Rucksacks gesteckt und zog ihn im Schnee und Dreck neben mir her.

Trotz des weißen Labyrinths gelang es uns zusammenzufinden. Carl flüsterte: »Wenn die nicht uns meinen, schießen sie spätestens auf uns, wenn sie von uns wissen.« Er packte seinen Rucksack und rannte in gebückter Haltung voran zu den Rädern. Erneut fiel ein Schuss, und ein Mann im Nirgendwo brüllte, er habe einen erwischt. Ich schaute erschrocken zu Carl, dann zu Fritz. Wir standen nah beisammen. Jeder wohlauf.

Es befanden sich auf den umliegenden Feldern also tatsächlich noch andere Erntediebe, die nicht so viel Glück hatten wie wir.

Am Wegrand knirschte der Schnee. Brennnesseln, Klatschmohn und Schafgarbe, alles verschwunden im Weiß. Schweigend schwangen wir die Rucksäcke auf unsere Rücken, richteten die Räder und legten jeweils einen befüllten Leinensack über den Lenker.

Mit Bauern, die ihre Ernte verteidigen, ist nicht zu spaßen! – Wenn mein Vater wüsste, was ich heute getan habe, würde er mich an meinen Haaren nach Berchtesgaden schleifen.

Nach Mitternacht erreichten wir ausgekühlt und entkräftet die Metzgerei. Carl wischte wulstige Schneeschichten von meinen Schultern und aus meinem Kragen. Ich war kaputt.

Fritz wohnt mit seiner Frau und den beiden Kindern direkt über dem Laden. Wir schleiften die drei Säcke in einen Lagerraum. Sie und auch einer der Rucksäcke waren für ihn und seine Familie bestimmt. Mit einem Mal begann Fritz zu weinen. Gleich darauf fluchte und schimpfte er über den Krieg, die harten letzten Jahre – und dass alles umsonst gewesen sei. Er sei Metzger und müsse seine Kinder nun mit gestohlenen Rüben sattkriegen.

Nachdem wir auch die Räder im Lagerraum abgestellt hatten, machten sich Carl und ich auf den Nachhauseweg. Die Riemen meines Rübenrucksacks schnitten schmerzhaft in meine Schultern. Mittlerweile fühlte sich alles aufgescheuert an. Ungefähr in dem Moment hörte es auf zu schneien. Mit einem Mal war alles klar. Der Mondschein und die Lichter der Laternen reflektierten im Schnee. Unsere Stiefel versanken bis zu den Knöcheln. Die letzten Schritte durch die feuchte, schwere Masse fielen mir unendlich schwer.

Gegen halb drei Uhr morgens, vor einer knappen Stunde, sind Carl und ich zu Hause angekommen. Meine Fußsohlen brennen, und die Zehen sind immer noch kalt. Mit dem Rücken sieht es nicht besser aus. Bei jeder Bewegung hatten sich die Rüben tiefer in die Muskeln entlang der Wirbelsäule gedrückt.

15. Oktober. – Irgendein Schmierfink musste ja auf die Idee kommen, die Morde wieder in das öffentliche Bewusstsein zurückzuholen. Tagtäglich erinnern mich meine Magenschmerzen daran, dass wir diese Bestie noch nicht hinter Schloss und Riegel bringen konnten. Es bedarf keiner groß aufgemachten Erinnerung in der Zeitung. Seit einem Jahr schwebt dieses Schreckgespenst über der Stadt!

Am Abend war ich schlecht gelaunt, was weder meiner Frau noch meinen Kindern verborgen blieb. Es kam zum Streit, und ich verließ die Wohnung ohne Ziel. Zufälle sind unergründlich. Ich hockte mich in die *Bavaria-Lichtspiele*, und ausgerechnet heute fand eine Sondervorstellung für Gruselliebhaber statt. Letztes Jahr hatte ich noch in jede Vorstellung Zivilbeamte geschickt, was uns jedoch keine Erkenntnisse brachte.

Die Sesselreihen waren noch hell erleuchtet und die Leinwand durch einen Vorhang verhüllt. Gleich darauf wurde das Licht unnatürlich grau. *NOSFERATU – Eine Symphonie des Grauens.*

Die halb verweste Kreatur mit tief liegenden Augen und lückenhaftem Gebiss bewegte sich erst huschend und dann zögerlich in Schwarz-Weiß über die Leinwand.

Obwohl ich den Film bereits gesehen hatte, ließ er mich ein zweites Mal erschaudern. Unweigerlich musste ich an meine Begegnung mit Max Schreck im vergangenen Jahr denken – und an den Grund für unser so schmählich verlaufenes Treffen. Ich schäme mich heute noch dafür.

Obwohl nichts zu hören war, vernahm ich in Gedanken jedes einzelne Röcheln. Graf Orlok, kahlköpfig und hager, überfällt Thomas Hutter im Schlafzimmer. Am nächsten

Morgen erwacht der junge Makler mit Bissmalen am Hals, und sein blutgieriger Gastgeber macht sich mit Särgen, die mit Erde befüllt sind, auf die Reise in die Hafenstadt Wisborg ... Graf Orlok raubt das Leben seiner Opfer. Nicht als Mensch, mehr als Insekt, trinkt er ihr Blut.

Die blutrünstige Bestie des Films hatte die Bissmale am Hals der Leiche im Englischen Garten wieder vor meinem inneren Auge auftauchen lassen.

Als ich nachts aus dem Kino kam, wieherte in der Ferne das Pferd einer wartenden Droschke und schlug ungeduldig mit den Hufen. Mir war unheimlich zumute.

Tagebucheintrag von Leopold Kruger

16. Oktober. – Nach den gestrigen Strapazen hat mir Carl einen Besuch im Müller'schen Volksbad spendiert. Diese Badeanstalt ist eine wunderbare Sache und ein wohligwarmer Ausgleich zu dem derzeit herrschenden Wetter. Der Schnee war zwar so rasch weggetaut, wie er gekommen war, doch heute stürmte es den ganzen Tag. Ein wilder Orkan fegte durch München. Bäume knickten um, Schindeln fielen auf Bürgersteige, und Frauen klammerten sich an den Armen ihrer Männer fest. Immer mal wieder setzte Platzregen ein.

Auf unserem Weg ins Volksbad jedoch hatte der Regen eine Weile pausiert. Es war spät am Nachmittag, und die Straßen spiegelten das graue Dämmerlicht, immer wieder peitschten heftige Windstöße zwischen den Gebäuden hindurch. Droschkenkutscher weigerten sich, auf den Bock zu steigen, und auch der übrige Straßenverkehr kam fast vollends zum Erliegen.

Es ist ein unwirkliches Gefühl für mich, der ich in Berchtesgaden aufgewachsen bin, solch wilde Launen der Natur inmitten einer Weltstadt zu erleben.

Als wir die Ludwigsbrücke überquerten, spürte ich die immense Kraft des Windes. Halb entlaubte Uferbäume rauschten, und herbstlich bunte Blätter wirbelten auf der Straße. Mit einem Mal übertönte das Krachen eines berstenden Baumes das heftige Heulen des Windes.

Eine Frau lief vor uns. Krampfhaft presste sie eine Hand auf ihren Hut. Zwar blieb ihr blauer Wollfilz mit seiner Vogelgarnitur und einem Besatz aus Federn und Seide auf ihrem Kopf, doch konnte sie es nicht vermeiden, dass ein Teil der Verzierung abriss und in den Fluss flatterte. Sie schaute dem Federschmuck mit empörter Miene nach, um dann mit der anderen Hand erneut an einer Hundeleine zu ziehen und im Stechschritt weiter durch den Sturm zu marschieren. Der kleine weiße Zwergpudel am anderen Ende der Leine hatte große Mühe, gegen den Wind anzukommen. Wir erreichten gleichzeitig mit den beiden den Vorbau am Eingang der Badeanstalt. Tapferer kleiner Hund, dachte ich mir. Sein Frauchen schien mir mehr um den nicht mehr perfekten Sitz ihres Hutes besorgt als um ihren vierbeinigen Begleiter.

Die Architektur des Bauwerks erinnert mich an einen römischen Badetempel. Obgleich ich einen solchen noch nie betreten habe, bin ich mir doch sicher, dass diese Bauwerke genauso ausgesehen haben müssen: dicke Mauern, viel freier Raum, unterteilt durch Säulen aus Stein, hohe Gewölbedecken, tunnelartige Gänge, Rundbögen, Stuck und verzierte Eisengitter. Was sollte bei den Römern anders gewesen sein?

Über die zwei Badehallen, getrennte Bereiche für Männer und Frauen, spannt sich ein imposantes Tonnengewölbe.

Wir gingen allerdings ins Untergeschoss zu den Wannen- und Brausebädern. Auch ein Hundebad befindet sich auf dieser Ebene. Auf dem Weg hörten wir hinter uns die Frau, deren Hut so arg in Mitleidenschaft gezogen worden war, immer noch vor sich hin schimpfen. Mit wem sie schimpfte, wusste sie wohl selbst nicht. Doch trug sie ihren Pudel nun auf dem Arm. Die Urkräfte des Windes hatten ihn sichtbar strapaziert.

Durch eine Glasscheibe können Hundebesitzer das Waschritual verfolgen, das an ihren Vierbeinern vollzogen wird. Ein Hundecoiffeur rubbelt die Tiere ab und steckt sie danach in eine Warmluftbox. Nicht meine Welt, stattdessen freute ich mich auf eine eigene, warme Badewanne. Ein Badediener mit weißer Gummischürze nahm uns in Empfang. Endlich würde die Kälte aus meinen Gliedern weichen.

Daheim waschen wir uns gewöhnlich mit kaltem Wasser, das wir in einer Schüssel auf den Tisch stellen, und einem Waschlappen. Mit der Zeit haben sich bei Onkel Carl und mir einige Sitten herausgebildet, über die wir nie geredet haben, die aber unseren Alltag miteinander auf so engem Raum erträglich machen. Dazu gehört, dass wir uns morgens mit Waschen und Toilettengang abwechseln. Wenn ich auf das im Flur gelegene Klosett gehe, kümmert sich Carl um seine Körperpflege, und dann bin ich dran, während er das stille Örtchen, gewöhnlich mit einem Zigarillo, aufsucht. So hat jeder seine Ruhe. Wobei ich fast annehme, dass es Carl unwichtig ist, wo ich bin, während er sich wäscht. Es wäre ihm vermutlich egal, wenn ich direkt danebenstünde.

In den Kabinen im Bad befinden sich eine Wanne, eine Bank und eine Ablage. Das Wasser lief bereits ein, und knapp unterhalb der Decke hing eine Uhr, auf die der Badediener deutete. Ich hatte genau dreißig Minuten Zeit. Nach zwanzig Minuten wollte er vorsorglich an die Tür klopfen, um mich daran zu erinnern.

Im dampfenden Wasser begannen meine kalten Zehen zu kribbeln. Ein herrliches Gefühl!

Tagebucheintrag von Leopold Kruger

16./17. Oktober. – Inflation und Armut reißen das Land in den Abgrund. Und bei meinen Erlebnissen in der Stadt überfällt mich die Sorge um meine Familie jetzt regelmäßig. Carl und ich befanden uns auf dem Weg ins Centrum. Wir wollten ins *Hofbräuhaus*. Kurz vor der Reichenbachbrücke hatte sich mitten auf der Straße eine Menschentraube um eine Kutsche gebildet. Ein Schutzmann lief wild fuchtelnd herbei. Gleich darauf fiel ein Schuss.

Doch anstatt wegzulaufen, blieben die Leute stehen und tuschelten. Wir drückten uns durch die Ansammlung, bis wir sehen konnten, wieso hier alle dicht beieinanderstanden: Ein Pferd lag auf der Straße. Der Wagenkutscher nahm gerade das Brustblattgeschirr ab. Daneben kniete der Schutzmann in einer Blutlache. Ein Vorderbein des Pferdes war unnatürlich verdreht, offenbar gebrochen. Vermutlich war das Tier in einem der tiefen Schlaglöcher, von denen es in dieser Straße mehrere gibt, hängen geblieben und hatte soeben den Gnadenschuss bekommen, den wir gehört hatten.

Ein kleiner, kräftiger Mann drängte sich flink an mir vorbei, in der einen Hand ein Beil, in der anderen ein langes Messer.

Der Schutzmann hatte die Situation wohl schon früher erfasst als ich. Statt die Pistole wegzustecken, richtete er sich auf und griff mit der freien Hand nach dem Gummiknüppel an seinem Gürtel. Seine Haltung zeigte äußerste Entschlossenheit, weshalb er mir geradewegs aus einer Wildwestgeschichte entsprungen schien. Wie ein Revolverheld stand er unerschrocken einer Übermacht gegenüber. Doch als er in die Menge schrie, bemerkte ich meinen Irrtum. Die Stimme klang nicht unerschrocken oder gar entschlossen, sie klang brüchig und dünn.

Der Mann mit dem Beil schaute umher. Zwei oder drei Männer schoben sich nach hinten aus dem Zuschauerkreis hinaus und verschwanden. Ein paar aber nickten dem Beilträger schweigsam zu, was er zum Anlass nahm, aus der ersten Reihe herauszutreten.

Den Knüppel drohend erhoben, drehte sich der Schutzmann einmal um die eigene Achse und schrie: »Leute! Macht keinen Blödsinn!« Doch der Rädelsführer sprang trotzdem nach vorne und schlug das Beil in den Hals des Tieres.

Der Schutzmann feuerte zweimal in die Luft. Einige wichen zurück. Die Schrecksekunde änderte allerdings nichts an der Entschiedenheit der hungernden Menschen. Statt einzugreifen, zog der Schutzmann den Kutscher an der Jacke und trat zur Seite. Was sollte er anderes tun? Menschen erschießen, weil sie Hunger haben?

Anwohner schauten entsetzt aus ihren Fenstern. Ein paar allerdings kamen herunter. Auch sie wollten ihren Anteil.

Pferdeblut breitete sich auf den Pflastersteinen aus. Immer mehr Messer kamen hinzu. Lange und kurze. Jeder, der es durch das Gedränge schaffte, schnitt oder schlug Fleisch aus dem toten Tier.

Carl und ich setzten unseren Weg fort. Bis wir im *Hofbräuhaus* ankamen, schwiegen wir. Es hatte uns schier die Sprache verschlagen.

Das Gasthaus selbst war nur spärlich besucht. Noch vor einem Jahr hatte man nach freien Plätzen suchen müssen. Diese Zeiten sind vorbei.

Anna war da – so wie immer. Sie trug ein schwarzes Mieder, behängt mit Silberkettchen und Schaumünzen. Auch nach einem Jahr löst ihr Lächeln die gleiche Wohltat wie ein warmer Sonnenschein in mir aus. Auch Carls Untätigkeit ihr gegenüber hat sich in den vergangenen Monaten nicht geändert, und ich muss das Trauerspiel mit anschauen. Ab und an versetzt das mein Inneres in Raserei.

Als wir zu unserem Stammtisch kamen, fanden wir nur einen kleinen Teil der üblichen Gesellschaft vor, und als Anna uns Kaffee brachte, erkundigte sich Wilhelm bei ihr nach dem Preis einer Semmel. Der Tagespreis betrug tatsächlich 900 Millionen Mark! Unfassbar! Wäre die Lage nicht so ernst, müsste man bei der Entwertung unseres Geldes aufs Herzlichste lachen. Doch in der Realität leiden die Menschen Hunger. Eine Schande für unser Land!

Also verzichtete Wilhelm auf seine Semmel, klopfte seine schwarze Tonpfeife am Aschenbecher aus und stopfte lieber eine neue Füllung. Er ist ein tadelloser, einwandfreier Kerl. Es tut mir leid, ihn so zu sehen.

Seit Längerem schon trinken manche bis zu drei Stunden an einer Maß, bloß, um nicht heimgehen und in enttäuschte Gesichter schauen zu müssen.

Carl erzählte von dem geschlachteten Pferd. Ein US-Dollar entspräche jetzt 4,2 Billionen Mark, berichtete ein anderer. So stand es heute angeblich in der Zeitung. Allgemeines Kopfschütteln und resignierte Blicke ermunterten Wilhelm, seine Ansicht bezüglich der Tagelöhner kundzutun: Mittlerweile zähle da nur noch ein bestimmter Typus als guter, zuverlässiger Arbeiter. Gerade intelligent genug, um die Tätigkeit ausreichend zu erledigen; aber kein Stück schlauer, nicht gescheit genug, um sich zu beschweren. Sollte einer aufbegehren, werde er beliebig ausgetauscht. Aufgrund der hohen Arbeitslosigkeit sei das kein Problem.

Carl erhob mit einem Mal seine Stimme und verkündete, die heutige Tischrechnung zu übernehmen. Jeder, der Hunger hatte, sollte sich etwas bestellen. Einer aus der Runde warf die berechtigte Frage auf, wie Carl es schaffte, immer wieder an Geld zu kommen. Mein Onkel blieb die Antwort schuldig.

Im Gegensatz zu den anderen hege ich allerdings eine Vermutung. Gewiss hatte er abermals einen dieser mysteriösen Briefe erhalten. Ich habe nur dreimal etwas davon mitgekriegt, doch bin ich mir sicher, dass solche Sendungen regelmäßig eintreffen, anders kann ich es mir nicht erklären. Bei der aktuellen Inflation muss es sich dabei inzwischen jedoch um ein regelrechtes Paket handeln. Über den Absender und den Grund jener seltsamen Post hält sich Carl mir gegenüber bis heute bedeckt. Obwohl wir seit einem knappen Jahr zusammenwohnen. Immer noch verleiht ihm die Verschwiegenheit seine Vergangenheit betreffend eine geheimnisvolle und gleichzeitig respekteinflößende Wirkung.

Carl schaute zum Eingang und merkte an, dass der Mann, der soeben die Wirtschaft betreten hatte, 1871 beim Krieg in Frankreich dabei gewesen sei. Alle drehten sich um. Er war alt, hatte tiefe Falten im Gesicht und humpelte gebückt an einem Gehstock. Er trug einen schwarzen Rundhut mit einer breiten, flachen Krempe und einen abgewetzten, knielangen Festtagsrock. Mit respektvoller Geste grüßte er herüber. Alte Schule. Im Grunde hätten die Jüngeren zuerst grüßen müssen. Jetzt erwiderte die Runde aber ebenso respektvoll seinen Gruß. Der Kriegsveteran nahm zittrig seinen Hut ab und setzte sich alleine an einen leeren Tisch.

Anna rief zur Schenke: »Dem seine Maß geht aufs Haus.«

»Der«, sagte Wilhelm und deutete mit dem Kinn zu ihm hinüber, »der hätt mehr verdient als das Gnadenbrot hier drin. Der hat beim vorletzten Krieg gekämpft, und wir beim letzten. Jetzt sitzen wir alle da. Verbraucht, zerschunden und pleite.«

Albert, ein Mann um die fünfzig und einer der Stillsten in der Runde, blickte verschämt auf den Tisch. Dann fragte er Carl, ob er seiner Frau und der Monika auch ein Essen mitbringen dürfe. Albert steht seine weiche, gute Seele ins Gesicht geschrieben. Er tut mir unendlich leid. Carl nickte kurz zu ihm hinüber.

Mein Magen knurrte ebenfalls, und dies bereits seit Wochen täglich, aber Leid bei anderen zu sehen, schmerzt mich mehr, als das eigene zu ertragen. Albert und seine Frau haben keine Kinder, beschäftigen ein Hausmädchen und galten früher als gut situiert. Lohn bekommt die Monika schon lange nicht mehr. Armut und Entbehrung haben das Dienstverhältnis aufgehoben und in eine schicksalhafte Wohngemeinschaft gewandelt. Mit vereinten Kräften kämpfen sie ums Überleben.

Kurz vor der Sperrstunde orderte Carl eine zusätzliche Runde Bier für alle. Nur er selbst und ich tranken weiterhin Kaffee. Nebenbei bemerkte ich, wie Albert eine Pille aus einer Schildpattdose nahm, sie schluckte und sich mit einem rot karierten Taschentuch über den Mund wischte. »Das Herz«, antwortete er auf meinen fragenden Blick hin mit glasigen Augen. Der Mangel an Arbeit, Geld und Essen hatte wohl auch sein Herz kraftlos werden lassen. Die Lage unseres Landes katapultiert aufrechte Männer, Männer, die für unser Land gekämpft haben, Männer, die für gewöhnlich niemandem etwas schuldig bleiben, in eine Situation, in der sie froh sein müssen, altes Brot auf dem Tisch zu haben. Es ist beschämend. Ich mag mir gar nicht ausmalen, wie es meiner Familie in Berchtesgaden ergeht. Manchmal plagt mich das schlechte Gewissen, immerhin fehlen durch meine Abwesenheit zwei helfende Hände. Carl ist da ganz anderer Meinung: Durch meine Abwesenheit sei ein Maul weniger zu stopfen. Ich bin mir unschlüssig!

Kurz vor Mitternacht kam der Obermeier Joseph herein, bis dahin war er wohl in der Dienststelle gewesen. Er glich einem blassen Schatten seiner selbst. Er fiel mehr auf die Bank, als dass er sich setzte.

Als letzte Bestellung des Abends brachte Anna dem Joseph eine Maß Bier. Nachdem er einen großzügigen Schluck daraus genommen hatte, schob er den Krug von sich weg und seufzte mit müder Stimme: »Steht morgen sowieso in der Zeitung: Wir haben am Isarufer Knochen entdeckt.«

Zuerst war mir nicht klar, wovon er überhaupt sprach. Carl hingegen hatte sofort die Tragweite dieser Aussage erfasst. Ich bemerkte, wie er Joseph mit einem ungläubigen Funkeln in den Augen anschaute. Wilhelm meinte, jemand hätte wohl einen Hund geschlachtet, weil keiner mehr was zu fressen habe.

Joseph machte eine wegwerfende Handbewegung, rieb sich die Stirn und sagte knapp: »Er war's!«

Keiner gab einen Mucks von sich. Seit bald einem Jahr lastet ein ungelöster Kriminalfall auf der Stadt. Zahlreiche Zeitungen äußerten sich seither ausgesprochen kritisch zu den Fähigkeiten der Münchner Polizei.

Kein Wunder also, dass der Joseph, den ich selten – und wenn, dann nur zufällig im *Hofbräuhaus* oder im Café sehe –, nie gut gelaunt ist. Vielmehr scheint er immer angespannt und überreizt. Jetzt, nachdem er alle erschreckt hatte und niemand sich getraute, etwas zu sagen, erzählte er unaufgefordert von den bisherigen Ermittlungen. »Letztes Jahr haben wir innerhalb von ein paar Wochen dreizehn Leichen gefunden. Bis heute haben die Ermittlungen keinerlei Ergebnisse hervorgebracht. Und jetzt tauchen auf einmal aus der Isar zwei Oberschenkelknochen auf. Die Gelenkenden sind mit scharfen Werkzeugen abgeschnitten worden. Die Knochen stammen von zwei unterschiedlichen Männern. Das hat heute ein Professor der medizinischen Fakultät eindeutig festgestellt. Ihr Alter ist in beiden Fällen vorerst auf Anfang zwanzig geschätzt worden. Da man aufgrund der aktuellen Entdeckungen bei allen Dienststellen wegen weiterer ungewöhnlicher Fundstücke und mysteriöser Meldungen gefragt hat, ist dann heute herausgekommen, dass Kinder beim Spielen am Ufer vor drei Monaten ebenfalls Knochen gefunden haben. Den abgetrennten Teil einer Wirbelsäule. Der Polizist, den man damit betraut hat, hat den Fund für Überreste von einem Tier gehalten und deswegen bloß eine kurze Aktennotiz gemacht. Danach hat er den Beweis in den Müll geworfen. Als wir das erfahren haben, ist der Professor direkt zu dem Beamten gefahren und hat sich die Knochen genau beschreiben lassen. Das ist dem guten Mann wohl recht schwer gefallen, weswegen sich der Professor das Exponat einer menschlichen Wirbelsäule hat bringen lassen. Der Beamte war sich dann sicher, dass es sich um Knochen derselben Art gehandelt haben muss. Unglaublich! Der Depp hat die Knochen drei ganze Tage auf seinem Schreibtisch liegen lassen, bevor er sie dann weggeworfen hat. Aber zumindest hat er sich deswegen dann doch noch gut daran erinnern können. Was auch noch dafür spricht, dass es wohl

Knochen von Menschen waren, ist die Tatsache, dass die zwei Fundstellen bloß einen Kilometer auseinander liegen.«

Joseph schimpfte über die elende Schlamperei, einen solchen Fund drei Tage auf dem Schreibtisch liegen zu lassen, nur um ihn dann wegzuwerfen.

Morgen früh in der Dämmerung wolle die Münchner Polizei damit beginnen, die Isar abzusuchen. Albert erkundigte sich nach der genauen Stelle. Joseph verwies auf strikte Geheimhaltung. Er nahm erneut einen großen Schluck Bier, um sich gleich darauf die Hände vors Gesicht zu schlagen: »Wenn wirklich Knochen in der Isar versenkt worden sind, wo sollen wir denn da anfangen? Habt ihr überhaupt eine Ahnung, was das bedeutet? Wir müssten den kompletten Fluss durchwühlen. Amtsgewalt hin oder her, ich weiß nicht einmal, ob wir das können.« Joseph machte einen schlimmen Eindruck. Die Arbeit schädigt seine Gesundheit.

Später standen Carl und ich draußen unter den Arkaden und warteten auf Anna. Nach Josephs Geschichte hatte Carl darauf bestanden, sie nach Hause zu begleiten.

Mir passte das überhaupt nicht. Ich fühlte mich unwohl, allein mit den beiden. Im *Hofbräuhaus* ist das anders. Doch nur mit den zweien unterwegs zu sein, war mir sehr unangenehm.

Laternen erhellten die Nacht. Es regnete. Seit unserer Aktion auf dem Rübenfeld hat es zwar nicht mehr geschneit, dafür aber viel geregnet. Anna wollte ihren üblichen Weg gehen, auch wenn es ein paar Meter weiter war als nötig. Sie nutzt den Heimweg immer, um nach der Arbeit abschalten zu können. Die Straßen und Gassen waren wie leer gefegt. Wir gingen hinüber zum neuen Rathaus, am Fischbrunnen und der Mariensäule vorbei. Ich wollte wissen, was es mit den Figuren daran auf sich hat. Bisher waren mir diese, aus welchen Gründen auch immer, noch nie aufgefallen. Carl konnte darauf Antwort geben. Irgendwie weiß er stets alles. Engel bekämpfen die Dämonen der Pest, der Hungersnot, des Krieges und der Ketzerei. Dargestellt als Viper, Basilisk, Löwe und Drache.

Wir spazierten durch einen Torbogen und an der Heilig-Geist-Kirche vorbei. Dort begegnete uns am Isartorplatz ein berittener Polizist. Er grüßte uns mit einer Handbewegung an den Kopf. Ich schaute auf den langen Säbel, der am Sattel baumelte, und dachte an die Morde.

Auf der Ludwigsbrücke glänzte der nasse Asphalt, rechts vor uns lag das Deutsche Museum, links das Volksbad. Ein gespenstischer dünner Nebel kroch den Fluss herauf. Leichter Wind strich über unsere Gesichter, und die schwarze Isar floss nahezu geräuschlos unter der Brücke hindurch. Als befände sich Leben in ihnen, wurden die Nebelwolken rasch zunehmend dichter. Eine Szene von eigenartig schauriger Schönheit.

Morgen werden wir Anna wieder nach Hause geleiten. Vorher arbeitet Carl bei diesem Gruber im Bordell. Wir sprechen nicht darüber, und es ist mir gleich, was er dort tut. Für gewöhnlich setze ich mich in ein Café, wenn er dort ist, und lese in meinen Büchern.

Tagebuch von Joseph Obermeier

17. Oktober. – Vor vier Stunden noch saß ich bis zur Sperrstunde im *Hofbräuhaus*. Ich kann nicht schlafen. Langsam schleicht sich der Morgen heran. Seit zwei Tagen begleitet mich anhaltende Übelkeit. Nun breche ich auf, in einen Tag voll beklemmender Ungewissheit.

17. Oktober. – Hinter mir liegt eine schlaflose Nacht. Am frühen Morgen haben wir damit begonnen, den Knochenfunden auf den Grund zu gehen. Beamte hatten bereits in der Nacht alles abgesperrt. Später war nahezu das komplette Kommissariat bei tiefster Dunkelheit am Isarufer beschäftigt. Um neugierige Passanten fernzuhalten, postierten wir zusätzlich Schutzmänner auf den nahe gelegenen Brücken und an beiden Seiten des Ufers.

Es sprach kaum jemand. Kollegen in Zivil, uniformierte Schutzmänner, die Leute von der Spurensicherung: Jeder kannte seine Aufgaben. Kreuzende Laternenlichter erzeugten bizarre Schatten in der Stille.

Um eine sofortige Einschätzung zu möglichen Funden abzugeben, standen zwei Gerichtsärzte bereit. Für ihre Untersuchungen baute man einen Tisch auf und umgab ihn mit einem Sichtschutz zu allen vier Seiten. Als man in diesem kleinen Raum unter freiem Himmel die Lampen entzündete, zeichneten sich auf dem Stoff der Trennwände die Umrisse der Ärzte und ihrer Assistenten ab.

Die Zweige einzelner Trauerweiden hingen in die kalte Flut, und an manchen Stellen war das Ufer sehr abschüssig, was den Tauchern sowohl den Einstieg als auch das Herauskommen erschwerte. Da die Isarströmung darüber hinaus heimtückisch sein kann, bekam jeder Taucher ein Seil umgebunden. Zwei Schutzmänner am Ufer hielten jeweils das andere Ende.

Der Erste, der aus dem Wasser kam, zitterte, als müsse er an der grimmigen Kälte zugrunde gehen. Jeder der Taucher hatte einen Leinensack für eventuelle Funde erhalten. Vor Erschöpfung ließ er ihn zu Boden fallen, was zu großer

Verärgerung bei Herrn Winkelmann, meinem Vorgesetzten, führte: »Herrschaftszeiten, das sind Beweise, die wirft man nicht auf den Boden!« Trotz seines niederen Ranges schrie der Taucher erbost zurück: »Wenn du damit ein Problem hast, kannst du gerne selber ins Wasser steigen.« So konnte er unmöglich mit Herrn Winkelmann sprechen. Ich eilte gleich hinzu, um die Situation zu beruhigen.

Dem zweiten Taucher lief ich vorsorglich entgegen, nahm ihm die grausige Ernte ab und trug sie zu den Ärzten in den abgesperrten Bereich. Wir hatten tatsächlich Knochen gefunden! In meinem Hals pochte es. Mir wurde schwindlig.

Herr Winkelmann beschwerte sich, weil ihm alles zu langsam voranging. Ich bat ihn, mit mir ein paar Schritte am Ufer zu gehen – einfach, um ihn von den anderen wegzubringen. Die sollten ungestört ihre Arbeit verrichten.

Winkelmanns Einstellung ist leider typisch für einen Mann, der seit Jahren tagaus, tagein hinter dem Schreibtisch hockt. Ich versicherte ihm, wir würden alles tun, was in unserer Macht stünde. Wobei wir unmöglich verhindern könnten, dass die Bevölkerung etwas davon mitbekäme. Bald würden gewiss die ersten Reporter auf einer der Brücken auftauchen. Winkelmann wurde stocksauer, aber ich holte ihn rasch aus seiner Traumwolke auf den Boden der Tatsachen zurück. Menschenknochen in der Isar! Reporter waren wahrlich unser geringstes Problem.

Er blieb stehen, schaute mir übellaunig ins Gesicht; und ich kann nicht sagen, was mich geritten hat, als ich meine Gedanken laut aussprach: »Das ist halt die Praxis. Hinter einem Schreibtisch schaut es anders aus.« Natürlich bekam ich postwendend eine Rüge; auch mahnte er mich streng, meinen Tonfall zu mäßigen.

Am liebsten hätte ich einfach alles hingeworfen. Stattdessen habe ich mich entschuldigt.

Wir kamen schnell wieder zum Thema, für gekränkte Eitelkeit war jetzt der falsche Zeitpunkt. Das war wohl auch dem Herrn Winkelmann klar. Und als ich meine Vermutung äußerte, dass die Strömung wohl einen Großteil der Knochen bereits weitergespült habe, verstand Herr Winkelmann sofort, was ich ihm damit mitteilen wollte, und schlug die Hände vors Gesicht: »Sie wollen mir aber jetzt nicht sagen, dass es eine Spur aus Knochen bis nach Freising und Landshut gibt?« Ich besänftigte ihn. Aber unter den aktuellen Umständen können wir weder abschätzen, wie viele Menschen tatsächlich umgebracht wurden, noch, an wie vielen verschiedenen Stellen man die Knochen entsorgt hatte.

Außerdem beschäftigen mich noch andere Dinge: Was war mit dem Fleisch der Opfer geschehen? Ich weiß nicht, was ich glauben soll. Aber viele Menschen hungern, und der Schwarzmarkt blüht. Winkelmanns Gesichtszüge verzerrten sich angeekelt.

Er berichtete daraufhin, man wolle ihm schon seit Monaten Beamte aus Berlin schicken, weil die Münchner Polizei seit einem Jahr keine Fortschritte verbuchen kann. Das war mir neu! Über das Fehlen von Erkenntnissen wusste ich ja leider besser Bescheid als andere, doch dass sich Berlin dafür interessierte, war mir bisher verborgen geblieben. Ich versicherte ihm, wir würden das schon alleine hinbekommen, und bat ihn, uns »Berlin« vom Hals zu halten.

Damit gab ich ein Versprechen, das ich nicht hätte geben dürfen. Einen Dreck haben wir bisher hinbekommen! Nichts wissen wir!

Winkelmanns Lob, das direkt folgte, schmerzte in meinen Ohren: »Ihre Einstellung gefällt mir. Wir in München regeln unsere Angelegenheiten selber. Ganz meine Meinung!«

Währenddessen gingen wir eine Kuppe hinauf, die den Uferbereich von der Straße trennte. Wir schauten nach Osten und betrachteten stumm das zarte Farbenspiel am Horizont. Selbst die für gewöhnlich rötliche Tönung von Nacht zu Tag wirkte heute grau und blass. Ein unheimlicher Alb drückt auf die Stadt.

Tagebucheintrag von Leopold Kruger

17. Oktober, nachmittags. – Carl geht jede Woche in die Klinik, um Alfred zu besuchen, aber ich begleite ihn nur sehr selten. Er verbietet es mir zwar nicht, doch er fragt mich auch nicht sehr oft, ob ich mitkommen möchte, und mich aufzudrängen liegt mir fern.

Obwohl ich ein knappes Jahr bei meinem Onkel wohne, haben wir uns bis heute immer noch nicht so gut kennengelernt, wie man das eigentlich angesichts der Verwandtschaft und bei einem Zusammenleben auf so engem Raum erwarten würde. Wir leben nebeneinanderher. Reden nicht viel. Er verlässt die Wohnung oft alleine, ich ebenso. Manchmal sind wir gemeinsam unterwegs. Eine friedliche Koexistenz.

Woher seine Verbindung zu Alfred rührt, habe ich nie gefragt. Denn eines habe ich über Carl gelernt: Er hegt eine große Abneigung gegenüber Fragen zu seiner Person und Vergangenheit. Ich werde nicht müde, das immer wieder niederzuschreiben, da ich diesen Umstand als einen gewichtigen Punkt in unserer Beziehung betrachte. Wenn er etwas erzählen will, macht er dies meist unaufgefordert.

Lästiges Nachhaken bewirkt das Gegenteil. Wir vertragen uns, weil ich mit dieser Marotte umzugehen weiß.

Zuletzt hatte ich Alfred im Sommer gesehen. Die langen, muffig riechenden Gänge lösten – wie jedes Mal – auch heute wieder Unbehagen bei mir aus. Manchmal hörten wir krampfhaftes Gelächter, welches durch die Gänge hallte. Auf lautes Lachen folgten häufig kurze, spitze Schreie, bevor die Laute verstummen.

In Alfreds Wachsaal saß vorne an der Tür ein Patient mit gesenktem Kopf am Bettrand und schielte uns von unten herauf an, als wir eintraten. Ab diesem Moment ließ er uns nicht mehr aus den Augen. Er nahm die Füße hoch, brütete im Bett vor sich hin und starrte uns an. Es bereitete mir Angst. Auch ich ließ ihn nicht mehr aus den Augen. Erst durchzuckte es ihn, dann kicherte er hysterisch, gefolgt von einem finsteren Blick. Diese rasch wechselnden Stadien des Irrsinns wiederholten sich immer wieder. Zucken, Kichern, böser Blick. Zwischendrin gab es eine Unterbrechung, und er warf mir ein überlegenes Lächeln quer durch den Saal zu. Mir schauderte vor diesem Mann.

Alfred hockte am Bettrand und starrte zu Boden. Carl begrüßte ihn mit aufgesetzter Munterkeit: »Servus, mein Freund!« Alfred hob träge den Kopf und seufzte so lange und tief, dass man meinte, es zerreiße ihm die Brust. Dann starrte er wieder ziellos nach unten. Mir schenkte er keinerlei Beachtung.

Also setzte ich mich stumm ans Fußende seines Bettes. Carl setzte sich ihm gegenüber. Als Alfred stotternd versuchte, etwas zu sagen, schüttelte Carl sacht den Kopf. Es gelang Alfred nicht, auch nur ein einziges Wort klar auszusprechen.

Er war sehr abgemagert, die Gesichtsknochen standen

hervor. Sein Zustand war schlimm anzuschauen. Ich musste an das eine Mal denken, als ich ihn bei geistig und körperlich »hellerer Verfassung« erlebt hatte. Das war letztes Weihnachten gewesen. Heute hingegen verbarg sich sein Wesen hinter einem gefängnisähnlichen Dämmerschlaf, und als ihm Speichel aus dem Mundwinkel tropfte, blickte Carl bewusst in eine andere Richtung.

Plötzlich schrie einer: »Bombe!«

Alfred riss panisch die Augen auf und verfiel in einen Zustand höchster Erregung, seine Augen hatten den Ausdruck eines gehetzten Tieres. Carl sprang vom Stuhl, während sich ein Patient vor den Fenstern zu Boden warf. Es war der, der die vermeintliche Warnung gebrüllt hatte.

Andere brabbelten laut und hörten sich an wie aufgescheuchte Hühner. Der Patient, dessen Blicke zuvor kichernd und zuckend an mir gehaftet hatten, steckte die Finger in die Ohren und presste die Augen zu, wie ein Kind, das die Worte nicht hören mag. Ein anderer im Bett neben uns atmete laut, in unregelmäßigen Stößen. Sein Gesicht verfinsterte sich, bevor er einen Schreianfall bekam.

Alfred kippte nach hinten ins Bett und rollte sich zitternd zusammen. Sein ganzer Körper vibrierte, die Unterlippe bebte. Alle paar Sekunden durchzuckte es ihn.

Carl schrie ihn an: »Alfred! Alfred!« Doch Alfreds Nerven waren überreizt und befanden sich nicht mehr unter seiner Kontrolle. Der Mann am Boden schrie immer noch. Keine Worte. Nur harte, unartikulierte Laute.

Pfleger eilten durch den Saal. Ich wusste nicht, was ich tun sollte, die Situation ängstigte mich. Carl hingegen packte Alfred bei den Schultern. Er dachte wohl, mit einem festen Griff könnte er das Zittern stoppen. Stattdessen urinierte Alfred in die Hose.

Ein Pfleger rief herüber, er würde zu uns kommen, sobald er den Mann auf dem Boden ruhiggestellt hätte. Der schlug nämlich mittlerweile wild um sich, während seine Schreie durch den Trakt hallten. Als er von drei Pflegern in eine Zwangsjacke gepresst wurde, erging er sich in allerlei unzusammenhängenden Wahnreden.

Carl legte sich kurzerhand zu Alfred ins Bett und schlang die Arme fest um den bebenden Körper seines Kameraden. Die Zeit schien mir unermesslich langsam zu vergehen, bis Alfred endlich eine Beruhigungsspritze bekam. Nervenfieber leuchtete aus seinen erschöpften Augen. Nach der Medikamentengabe schlief er rasch ein, und bevor wir gingen, wechselte Carl ihm die Hose.

Diese armen Geschöpfe nenne ich von nun an »Nebenmenschen«. Ihr bedauernswertes Dasein hat wenig gemein mit dem Menschsein, wie ich es bislang kannte. Sie existieren neben einer Welt, zu der sie keinen Zutritt mehr haben.

Abends wollte Carl überraschenderweise, dass ich ihn in Grubers Bordell begleite. Zu meiner eigenen Verwunderung stimmte ich zu. Auf dem Weg erzählte er mir einiges über den Besitzer des Bordells. Im Grunde sei er ein Mann von vorzüglicher Herkunft. Sein Charakter entspreche aber in keinster Weise dem der restlichen Familienmitglieder. Sobald er sein Erbe in die Finger bekam, habe er es auf Rennplätzen verschleudert und den Salonlöwen gespielt. Mit dem kargen Rest habe er dann das Bordell gekauft.

In den vergangenen Monaten hatte Carl dort immer öfter gearbeitet. Es ist mir egal, was er dort treibt. Aber er soll nicht denken, ich interessiere mich nicht für ihn. Also ging ich mit.

An der Einrichtung hatte sich nichts Wesentliches verändert, seit ich damals in den ersten Tagen meiner Ankunft dort gewesen war. Zumindest, soweit ich mich daran erinnere. Ein mit Marmor eingefasster Kamin, Sofas und Sessel, bezogen mit dunkelroten, abgenutzten Samtstoffen. Gegenüber der Eingangstür führt ein Teppich gleicher Farbe die Treppe hinauf. Der Handlauf aus Messing ist immer noch fleckig, das Silber erblindet und die zugezogenen Vorhänge sind vergilbt. Einzig der Lüster in der Mitte des Raumes könnte neu sein.

Ein Holzfeuer prasselte im Kamin, und Grubers massiger Körper füllte einen der beiden Sessel. Ich kann schlecht sagen, ob er näher an der Sechzig oder Vierzig ist. Auf einem Tisch standen leere Gläser, eine geöffnete Flasche Cognac und die Reste einer Mahlzeit. Nachdem er sich mit rotem Kopf aus dem Sessel hochgewuchtet und Carl begrüßt hatte, beäugte er mich aufmerksam und fragte, ob ich Kundschaft sei. Natürlich war dies nicht der Fall! Dass wir uns im vergangenen Jahr schon einmal begegnet waren, hatte er nicht mehr im Gedächtnis.

Nach kurzer Absprache erklärte er sich einverstanden, dass ich Carl bei der Arbeit begleitete. Gerade rief Gruber die Treppe nach oben, man solle für uns eine Kanne Kaffee herrichten, als sich die Eingangstür öffnete und Carl ein lautes »Du?« entglitt.

Wie angewurzelt stand dort Wilhelmine, eine Kollegin von Anna. Mit feuerrotem Gesicht bat sie Carl, sie nicht so vorwurfsvoll anzuschauen. Die Zeiten seien schwer, und die Arbeit als Bedienung reiche nicht aus, um genug Essen auf den Tisch zu bringen. Ihr kleiner Sohn sei hungrig und ihr Ehemann ein einbeiniger Kriegskrüppel. Sie sei also dankbar um jeden Groschen, den sie dazuverdienen könne. Grubers aufgedunsenes Gesicht überzog ein Lächeln. Dieser Mann ekelt mich an. Ich war froh, als er nach oben verschwand.

Wilhelmine trat näher und bat Carl, sie nicht zu verurteilen. Der fasste unter ihr Kinn, drückte es sanft nach oben, blickte sie an und flüsterte: »Ich bin da, wenn es Probleme gibt.« Sie schniefte, drehte sich mit glasigen Augen weg und lief ebenfalls hinauf. Auf der Treppe kam ihr ein dicker, kahlköpfiger Mann entgegen, dem noch die Schweißperlen auf der Stirn standen. Das Holz der Stufen knarzte unter seinem Gewicht. Sofort versperrte Carl ihm den Weg. Da rief Gruber von oben: »Alles bezahlt.« Carl trat zur Seite. Mein Onkel ist dort also der Wachhund und Geldeintreiber!

Gruber kam zurück und stellte eine Kanne Kaffee sowie zwei Becher auf den Tisch. Ich fragte, ob der Mann heute der erste Gast gewesen sei. Er lachte lauthals: »Wo denkst du hin? Ich bin in einem Gewerbe, das so alt ist wie die Menschheit selbst. Da fressen die Männer lieber nur eine Suppe oder gar nichts, bloß, dass sie bumsen können!« Dann schlug er Carl einen Handel für den heutigen Abend vor: Die Eva sei angeblich ein Rasseweib, und ein Schäferstündchen mit ihr habe mindestens den Gegenwert von Carls heutigem Lohn.

Carl setzte sich, zündete ein Zigarillo an und fixierte mich mit fragendem Blick. Daraufhin schaute Gruber ebenfalls zu mir herüber. Überfordert, wie ich war, begann sich mir alles zu drehen. Im Nachhinein weiß ich nicht mal mehr, was ich geantwortet habe. Ich erinnere mich nur an Grubers quiekendes Lachen, als er die Treppe wieder nach oben wackelte.

Mich beschlich der Verdacht, Carl könnte mich einzig deshalb hierher mitgenommen haben. Damit ich den Schritt ins Mannsein tue. Doch das will ich so nicht. Nicht auf diese Weise. Denn von süßer Zartheit, Vertrauen und Harmonie gibt es dort keine Spur. Mir war unglaublich heiß.

Die Eingangstür öffnete sich erneut. Ich war erleichtert, verlagerte sich doch die Aufmerksamkeit weg von mir. Vier Männer traten ein. Sie schienen im gleichen Alter wie ich zu sein. Zu ihren Anzügen trugen sie glänzende Schuhe. Ich kam mir wie ein Bauerntrampel vor, mit meinen klobigen Stiefeln, der abgetragenen Jacke und meiner Angst davor, entjungfert zu werden.

Mit überzogenem Gehabe sagte einer zu Carl: »Mein lieber Herr. Wir möchten hier ein kleines Vermögen loswerden. Haben Sie denn die richtigen Damen für uns?« Zwei von ihnen begannen kindisch zu lachen.

Carl blieb sitzen, wiegte leicht den Kopf und raunzte: »Da rein!«, was zu irritierten Blicken führte. »Da rein, hab ich gesagt«, wiederholte Carl mit der ihm eigenen Kargheit. Er stand auf und erklärte, dort befinde sich das Auswahlzimmer, er würde gleich ein paar Damen schicken.

Gruber war oben auf der Treppe stehen geblieben und hatte die Szene verfolgt. Als die vier im Nebenraum verschwunden waren, tadelte er Carls rüdes Verhalten, dann rief er nach seinen Pferdchen, wie er sie nannte.

Zwölf Frauen in Negligé, Chiffonkleidchen und sonstiger aufreizender Kleidung machten sich auf den Weg ins Erdgeschoß. Wobei meine Wangen schon wieder zu glühen begannen, als sich die Damen teils anmutig, teils aber auch plump die Treppe herunterbewegten. Als Erstes fiel mein Blick auf eine große Schwarzhaarige mit lose hängendem, weißem Kleidchen, durch dessen dünnen Stoff man hindurchschauen konnte. Sie war durch und durch ein Weib. Als die Zweite herunterkam, eine Frau mit einem netten Gesicht, blonden, lockigen Haaren und genug, an dem sich ein Mann festhalten konnte, klopfte mir Gruber lächelnd auf die Brust. Er schaute mich an und riss die Augen weit auf. Mir schien es, er wollte mit »seinem Besitz« prahlen. Das Haar der Dritten war von einem tiefen Dunkelrot, lang und kräftig, glänzend und prachtvoll. Eine andere wirkte mir sehr schüchtern. Sie kam mit einem engelsgleichen Lächeln herunter und trug ein Samtband um den Hals.

Nachdem sich alle eingefunden hatten, ging Gruber voran in den Nebenraum. Die Damen traten der Reihe nach ein. Als würde er Zirkusattraktionen ankündigen, nannte er ihre jeweiligen Namen. Dann schloss er grinsend die Tür.

Carl fiel genervt in den Sessel. Wir hörten das Geschachere. »Ich möchte die und die!«, schrie einer enthusiastisch. Nach fünf Minuten kamen die Herren wieder heraus. Gruber lächelte und rieb sich die Hände. »So, meine Herren«, seine Stimme klang honigsüß, bevor er unmissverständlich bekanntgab: »Bezahlt wird allerdings sofort!« Carl stand auf und stellte sich vor die Treppe. Die Damen warteten bei geöffneter Tür im Nebenraum.

»Und wenn wir nicht zufrieden sind?«, fragte einer der Freier.

»Entweder so oder gar nicht«, entgegnete Gruber in geschäftsmäßigem Tonfall. »Jeder von Ihnen möchte zwei Damen, das heißt: acht Frauen sind belegt. In ein oder zwei Stunden ist hier Hochbetrieb, und Sie möchten sich drei Stunden austoben. Was ich gut verstehen kann, bei solch reizvollen Damen. Aber Sie belegen mir in der Zeit zwei Drittel meiner Kapazitäten ... Die jungen Herrschaften verstehen?« Mit einem Mal wirkte er nicht mehr so zuvorkommend und freundlich. Er senkte den Kopf, blickte kühl von unten herauf und ließ keinen Zweifel an den Bedingungen: »Gleich oder gar nicht! – Also, wenn ich bitten darf ...«

Griesgrämig legten die jungen Männer die vereinbarte Summe auf den Tisch. Nachdem das Geschacher vorüber war und sie die Treppe nach oben gingen, ließen sich die Damen mehr oder minder bereitwillig begrapschen. Die jungen Herren johlten, als wären sie Teilnehmer einer Klassenfahrt.

Grubers Lippen kräuselten sich zu einem Lächeln, und die kleinen, fettgepolsterten Augen leuchteten, als er das Geld in einer hölzernen Dose mit Schiebedeckel verstaute. Dieser Mann scheint mir eine Mischung aus Tyrann, Feigling und Kriecher zu sein.

Carl und ich setzten uns vor den Kamin und tranken Kaffee. Aus den oberen Stockwerken drang Musik herunter. Gruber hatte das Grammophon angeschaltet. Ein Bild erschien in meinem Kopf, wie er von Tür zu Tür schlich, durch die Schlüssellöcher schaute und mit den Fingern nochmals den Verdienst ausrechnete.

Die restlichen Stunden verliefen ruhig. Ein mir unbekannter Mann löste Carl gegen Mitternacht ab, und wir gingen zum *Hofbräuhaus*, um Anna abzuholen und heimzugeleiten. Auf unserem Weg fragte mich Carl allen Ernstes, ob ich mir nicht vorstellen könne, dort ebenfalls zu arbeiten. »Geld stinkt nicht. Die Zeiten sind schlecht.« Es schade nicht, möglichst viele verschiedene Optionen zu haben. Das »Zuschlagen« werde er mir schon beibringen.

Ich versteinerte. Er marschierte weiter. Nach ein paar Schrecksekunden legte ich einen kurzen Spurt hin und holte wieder auf, dann erwiderte ich, meine Mutter würde ihm die Augen auskratzen, wenn sie von diesem Angebot erführe. Er lachte.

03. November. – Ich kann nicht schlafen. Es ist kurz vor vier Uhr morgens. Mein letzter Eintrag liegt zwei Wochen zurück. Meine Lust, die Dinge zu dokumentieren, war völlig verschwunden, warum auch immer. Erwähnenswerte Ereignisse mein Leben betreffend gab es ohnehin nicht.

Seit den Knochenfunden haben wir Anna jede Nacht auf ihrem Heimweg bewacht. Auch heute sind wir Schlag Mitternacht ins *Hofbräuhaus* gekommen. Doch sie war noch gar nicht müde, und bevor sie zu Hause wach im Bett läge, wollte sie lieber noch hinüber ins *Orlando*. Es waren ja nur ein paar Schritte. Wir beschlossen, sie zu begleiten. An die Dreisamkeit habe ich mich mittlerweile auch gewöhnt und leide nicht mehr darunter. Im Gegenteil, zwischenzeitlich empfinde ich Annas Nähe manchmal sogar wieder als Wohltat, und auch, wenn sie meine Gefühle niemals erwidern wird, so weiß ich doch, dass sie mir wohlgesonnen ist.

Kurz nach Mitternacht gingen wir also über den Platz auf das Café zu. Eine hohe Bogenlampe warf einen Lichtkreis vor den Eckbau. Durch die Rundbogenfenster fiel gedämpfter Schein in die halbdunklen Arkaden. Darüber ragten die Volutengiebel in den klaren Sternenhimmel.

Ich mag Cafés – und dieses ganz besonders. Marmorplatten auf gusseisernen Gestellen, dunkle Thonetstühle, Spiegel an den Wänden. Verzierte Säulen unterteilen den offenen Gewölberaum. Doch irgendetwas war anders.

Es dauerte ein wenig, bis mir bewusst wurde, was sich verändert hatte: Jede zweite Glühbirne war herausgeschraubt. Zwischen strahlenden Inseln herrschte dämmriges Schummerlicht. Auch die Lokalbesitzer müssen den Gürtel enger schnallen.

Auch von der angeregten Stimmung, die mir so sehr gefiel, war nicht viel übrig geblieben. An einem Tisch saßen zwei Männer, die leise miteinander sprachen, einer von ihnen mit gebrochenem Akzent. An einem anderen Tisch blickte ein Mann trübselig vor sich hin, und in einer dunklen Ecke starrte ein ehrwürdiger Greis ins Nichts. Die Atmosphäre glich der in einem Wartesaal vor Abfahrt des letzten Zuges. Die depressive Stimmung übertrug sich ohne Umschweife auf mich.

Wir setzten uns an eines der Fenster, und wenn man aus dem Halbdunkel nach draußen schaute, wirkte die Lampe auf dem Platz viel heller, als sie tatsächlich war.

Weder Carl noch ich hatten heute die Zeitung gelesen. Doch Anna war gut informiert. Als Bedienung erfährt sie manchmal mehr, als ihr lieb ist. Die Leute tuscheln gern und ausgiebig.

So erzählte sie, dass mittlerweile große Abschnitte der Isar aufwendig abgesucht worden seien und die Polizei heute endlich eine erste Schätzung der Opferzahl herausgegeben habe: mindestens 17! Die Leichen, die man zuvor in Parks und auf Friedhöfen entdeckt hatte, nicht eingerechnet. Mir verschlug es die Sprache. Auch jetzt noch hallt ein dumpfes Gefühl in meiner Brust, das ich nicht beschreiben kann und so noch nie gespürt habe. Der Mensch ist doch ein Tier!

Regungslos starrte Carl aus dem Fenster. Anna berichtete weiter von Tuscheleien über eine Ausgangssperre.

Carl atmete genervt und gab einen knurrenden Laut von sich. Ohne seinen Blick vom Fenster abzuwenden, drückte er sein Zigarillo aus, presste Rauch aus den Lungen und zündete sich sofort ein neues an. Ich folgte seinem Blick aus dem Fenster. Ein Mann tauchte leicht schwankend aus dem

Eingang des *Hofbräuhauses* auf. Gleich darauf sahen wir in einer der dunklen Ecken des Platzes ein Licht aufblitzen. Einen Moment später erkannten wir die Uniform eines Schutzmannes. Er ging die Nebengassen ab. Dort, wo er wegen schlechter Lichtverhältnisse nichts erkennen konnte, öffnete er die Blende seiner tragbaren Laterne.

Das Kinn in die Hand gestützt sagte Anna nachdenklich: »Einer allein kann doch gar nicht so viele umbringen.«

Woraufhin Carl sie eine Weile musterte, als würde er in ihren Kopf hineinwollen. Anfangs schaute er sehr ernst und angespannt, dann flog ein weiches Leuchten über sein Antlitz. Ich schätze, er beneidete sie um ihre unbedarften Gedanken und das Privileg nicht gemachter Erfahrungen. Im Krieg hatte Carl die wohl bisher dunkelsten Stunden der menschlichen Rasse miterlebt und weiß, wozu unsere Spezies fähig ist. Dann senkte er seinen Blick auf das silberne Kruzifix, das an einer einfachen Kette um ihren Hals hing. Seine Augen begannen dabei gespenstisch zu flackern.

Auf dem Nebentisch lag die aktuelle Ausgabe des *Simplicissimus*. Anna griff danach, schlug zielsicher eine bestimmte Seite auf und schob sie zu Carl über den Tisch. Erst als sie ihm auf den Arm tippte, war er wieder bei uns und beugte sich über die politisch-satirische Wochenschrift.

Den Artikel habe ich später herausgerissen und hier eingeklebt:

München – eine wahre Weltstadt: Endlich haben wir selbst einen … niemand braucht mehr neidisch nach London zu schielen. München hat nun seinen eigenen »Jack the Ripper«. Bei uns heißt er vielleicht Sepp oder Franz – und er ist noch viel schlimmer als das Original. Die Schauergeschichten, die er uns in der Landeshauptstadt vorsetzt, machen mittlerweile rund um die Welt Furore!

Wir entschuldigen uns aufrichtig bei Paris, Wien und Rom, denn der Preis geht an die bayerische Metropole und der Dank an die Münchner Polizei. Ihr habt uns diese Attraktion beschert! Keine Entente und kein Vertrag aus Versailles wird uns das mehr streitig machen, werden wir doch für einen Kontrakt mit der Überschrift »Massenmörder abzugeben« keinen geeigneten Abnehmer finden.

Alsbald sollte sich das Beamtentum aber anschicken und doch endlich zur Tat schreiten. Ansonsten gehen unserer Stadt und dem Reiche am Ende die Bewohner aus – und unserer kleinen Zeitung die Leser!

Ein Bösewicht treibt sich auf Münchens Straßen herum; der Knochenmann geht mit geschliffener Sense umher, ein Schlächter, ein Unmensch, ein Tier ... Wo ist der Held, der sich ihm mutig entgegenstellt?*

4

Tagebuch von Joseph Obermeier

3. November. – Heute wollte ich Carl besuchen. Doch er war nicht in seiner Wohnstätte anzutreffen. Dabei hätte ich ihn zu gerne gesehen. Die Konversation mit einem Kameraden ist mitnichten vergleichbar mit dem abendlichen Austausch mit meiner Frau und den Kindern. Die Offenheit ist eine andere.

Dessen ungeachtet, dass wir mehrere Jahre keinen Kontakt mehr hatten, ist er mein engster Freund und Kamerad. Obwohl er nach dem Krieg alle Türen hinter sich zugeschlagen hatte. Keine feste Anstellung, keine ordentliche monatliche Bezahlung, keine sozialen und gesellschaftlichen Verpflichtungen, er ist frei von alldem. Dennoch weiß ich, dass wir uns in bitteren Stunden aufeinander verlassen können. Der Pakt aus unseren Jungendtagen besteht noch immer, da bin ich gewiss.

Über die mangelnden Resultate der derzeitigen Ermittlungen, die entsetzlich an mir nagen, hätte ich mich mit Carl austauschen wollen. Trotz des ausbleibenden Erfolgs ist mein Dienstherr immer noch der festen Meinung, ich sei der richtige Mann auf dieser Position. Bis heute ist es mir unmöglich, mir mein Ansehen bei der Kriminalpolizei zu erklären.

Carl kennt diesen Wesenszug an mir. Im Gegensatz zu meiner Frau. Ich habe mich niemals getraut, ihr zu gestehen, welch zweifelnden und schwachen Menschen sie zum Manne nahm. Jetzt ist es mir unmöglich, mich ihr noch anzuvertrauen. Stattdessen reduziere ich unsere gemeinsame Zeit immer mehr. Um die düsteren Dämonen und meine innere Leere vor ihr zu verbergen, rechtfertige ich meine Abwesenheit schon seit Jahren mit Überstunden. Um in meinem Büro wohnhaft zu werden, würde ich lediglich noch Schlafrock und Pantoffeln benötigen. Alles andere ist da, um ganze Nächte hier auszuharren, sogar Essen im Schrank. Der aktuelle Fall macht alles noch viel schlimmer. Er frisst mich auf, raubt mir den Verstand. Heute musste ich mich viermal übergeben. Ich weiß nicht, wie lange es mir noch gelingt, meine wahre Verfassung geheim zu halten.

Manchmal wünschte ich, es Carl nachzutun. Alle Fesseln abzustreifen. Ohne Verpflichtungen käme ich besser zurecht. Seit jeher bin ich leichte Beute für tiefen Gram.

Hunderte einzelne Knochen, die nun aufgereiht und unter Bewachung in der Schwere-Reiter-Kaserne liegen, sind der wesentliche Grund für meinen Zustand. Dabei arbeitet unsere Spurensicherung Tag und Nacht. Chirurgische Kapazitäten der Universität wurden hinzugezogen. Nach dem neuesten Kenntnisstand geht man von mehr als dreiundzwanzig Opfern aus – eine unfassbare Zahl. Seit der letzten offiziellen polizeilichen Pressemeldung hat sie sich nochmals erhöht. Sämtliche Knochen stammen ausschließlich von Männern und Knaben.

Es erscheint uns unwahrscheinlich, dass in München mehrere Serienmörder gleichzeitig ihr Unwesen treiben. Die Morde des vergangenen Jahres gehen sicherlich auf ein und dieselbe Täterschaft zurück. Anfangs stand ich mit dieser Einschätzung allein da. Doch langsam erhalte ich mehr und mehr Zustimmung seitens meiner Kollegen. Diese Bestie, sofern es sich um einen Einzeltäter handelt, hat »lediglich« die Vorgehensweise geändert. Der mögliche Grund hierfür liegt im Dunkeln, wie so vieles andere auch. Bis zu den Funden in der Isar konnten wir – abgesehen von dem jungen Mann im Englischen Garten – wenigstens alle Leichen identifizieren. Jetzt hat sich das Blatt gewendet, und dies in einer Zeit, in der uns täglich mehrfach Meldungen über vermisste Personen erreichen. Das geht jetzt schon seit Kriegsende so, mal mehr, mal weniger. Doch seit fünf Jahren verschwinden viele Flüchtlinge, manchmal über Nacht, und ziehen weiter. Die Vermisstenmeldung landet bei uns, obwohl sie »wohlauf« sind. Andere entscheiden sich aufgrund von Armut und Wohnungsnot bewusst für das Landstreichertum.

Nun muss ein möglicher Zusammenhang zwischen Vermissten und einzelnen Knochen hergestellt werden. Keine Ahnung, ob uns dies gelingt. Die bisherigen Untersuchungen gleichen einem Trauerspiel in mehreren Akten.

Wir weiten die Kreise der Ermittlungen nochmals aus. Die Vielzahl der Spuren und potenzieller Zusammenhänge ist erschlagend. Deshalb beziehen wir ab sofort auch Informanten unter Schiebern und Schwarzmarkthändlern sowie Detective und wachsame Bürger mit ein. Ein Flugblatt und eine polizeiliche Pressenotiz mit einem Aufruf werden vorbereitet. Lehrer, Verwaltungsbeamte, Schaffner der Trambahnen, Droschkenkutscher und Dienstmänner, jeder wird darum ersucht, mitzuhelfen und wachsam zu sein.

Dieser Kriminalfall weitet sich zu einem Politikum von höchster Wichtigkeit aus. Der Telegraph läuft heiß. Heute bekam ich Nachrichten aus London und Wien. Scotland Yard und unsere Kollegen in Österreich bieten ihre Unterstützung an. Zu allem Überfluss erwarten wir für nächste Woche eine Delegation aus Berlin. Wir konnten sie unmöglich noch länger abwimmeln. Beamte aus der Hauptstadt wollen sich jetzt ein eigenes Bild von der Lage verschaffen.

Politische Wirren, Inflation, Armut und Hunger – und Morde, viele Morde. Die Lage in der Stadt ist angespannt und droht zu kippen. Um die Ordnung aufrechtzuerhalten, wurde die Präsenz der Sicherheitskräfte in München verstärkt. Darüber hinaus hat man mir zugesagt, im Fall der Fälle auf die Kasernierten der Bayerischen Landespolizei zurückgreifen zu können.

Gerade blicke ich aus dem Fenster meines Büros in der »Löwengrube«. Die Laternen erhellen die Finsternis, trotzdem besteht die Stadt für mich einzig aus bedrohlichen Mauern und dunklen Fensterhöhlen. Hier im Gebäude ist alles still, totenstill. Großer Gott, es werden Menschen getötet, und alles, was ich tun kann, ist dazusitzen und aus dem Fenster zu schauen. Ich bete um eine Nacht ohne weitere Opfer!

Meine Frau und die Kinder schlafen sicher längst. Ich werde mich erneut in die Kaserne aufmachen. Seit den Funden im Fluss nenne ich die Kollegen von der Spurensicherung »Knochenmänner«. Sie sollen nicht den Eindruck haben, sie müssten mehr arbeiten als andere.

Tagebuch von Joseph Obermeier

5. November. – Die Tage und Nächte sind arbeitsreich, die Stunden eines Tages zu wenig. Ich bin müde. Es ist unmöglich, Ruhe zu finden. Wenn ich mit meinen Gedanken am Ende bin, mir die Buchstaben vor den Augen verschwimmen, gehe ich in die Kaserne zu meinen Kollegen. Das massive Aufgebot an Wachsoldaten und der militärische

Sprachgebrauch erinnern mich an die Tage des Krieges. Die Leute vom gerichtsärztlichen Labor haben zusätzliche Assistenten von der Universität angefordert.

Unter all den Knochenfunden ist kein einziger Schädel. Knochen der Oberarme, der Füße, Stücke der Wirbelsäule, Rippen ... alles wurde anthropometrisch vermessen. Die Sortierung nach Männern und Knaben ist abgeschlossen.

Egal, zu welcher Tages- oder Nachtzeit ich die Dienststelle verlasse, bei meiner Rückkehr finde ich ein neues Bündel Papiere vor. Notizen über mögliche Spuren und Hinweise. Herr Winkelmann sitzt mir im Nacken, und ihm der Bürgermeister und das Innenministerium, ständig in Kontakt mit Berlin.

Inzwischen suchen Teile der Bevölkerung mit Rechen und Heugabeln an den Ufern der Isar nach weiteren Funden. Wir müssen das unterbinden!

Erste Vorwürfe der mangelnden Bearbeitung zurückliegender Vermisstenfälle werden laut. Wenn man diese ordentlich verfolgt hätte, wäre es niemals zu einer solch hohen Opferzahl gekommen – sagen die Leute auf der Straße.

Sonderbeamte werden eingesetzt. Sämtliche Karteien müssen neu durchgearbeitet werden. Gestern tauchte ein verzweifeltes Ehepaar in der Dienststelle auf. Die Frau schrie aufgebracht herum, jammerte und schluchzte. Ihr Sohn sei seit drei Monaten vermisst, sie wollten die Gebeine abholen. Der Mann war aggressiv und klagte den Polizeiapparat an.

Als ob wir nicht schon genug am Hals hätten, bekommen wir jetzt auch noch von anderen Städten des Reiches ergebnislose Vermisstenmeldungen zugesendet. Selbst aus Wien und Salzburg.

Hoffentlich bleibt bei diesem Arbeitspensum genügend Zeit, vielversprechende Details als solche zu erkennen. Es wäre fatal, wenn Oberflächlichkeit die Oberhand gewänne.

Herr Winkelmann hat sämtliche Abteilungen angewiesen, mich auf dem kurzen Dienstweg über aktuelle Ermittlungen zu informieren. Ich entscheide dann, ob die jeweiligen Informationen wichtig für uns sind.

Der Schlüssel zur Identifizierung der »Isaropfer« muss sicherlich in den Vermisstenmeldungen gesucht werden. Menschen verschwinden. Man weiß nicht, warum. Die Bevölkerung wird ungeduldig. Die Menschen wollen wissen, wer tatsächlich wie Abfall in der Isar entsorgt wurde.

Tagebucheintrag von Leopold Kruger

5. November. – Zu meinem Erstaunen lud mich Carl heute zu einem abendlichen Konzertbesuch ein. Obwohl ich mich viel mehr für Literatur, Theater und Schauspiel interessiere, sagte ich dankend zu.

Aufgrund von Carls Spendierlaune vermute ich eine neue Geldlieferung, wo auch immer er sie erhält. In die Wohnung wird jedenfalls nie etwas gebracht. Das hätte ich in all der Zeit längst mitbekommen.

Besagtes Konzert fand im Herkulessaal der Residenz statt. Ein passender Anlass, um meinen schwarzen Anzug aus dem Schrank zu holen. Ich verdanke ihn meiner Mutter, denn mein Vater hatte nie verstanden, weswegen ausgerechnet ich einen Sonntagsanzug bräuchte. Er sieht noch aus wie neu. Carls Anzug hingegen schimmert abgewetzt an den Ellenbogen. Entweder war er früher kräftiger, oder er hat ihn gebraucht erworben. Damit das Sakko einigermaßen sitzt, müsste er wohl sieben bis acht Kilogramm zunehmen.

Nach dem Konzert planten wir einen Abstecher ins *Stephanie.* Zwar gehen wir dort ohnehin zweimal die Woche hin, aber nach einem Konzert würde sich ein solcher Besuch anders anfühlen, meinte Carl. Nämlich besser, viel besser. Kunst und Caféhaus gehören seiner Ansicht nach zusammen.

Onkel Carl schien mir voller Vorfreude auf diesen Abend. Eine Stimmung, die ich bisher noch nie bei ihm hatte feststellen können. Umso mehr überraschte mich, welche Wendung der Abend nahm.

In dem Musiksaal aus dem späten 18. Jahrhundert saßen eine bildhübsche Dame und ihr Begleiter vor uns. Sie hatte einen zierlichen, schlanken Hals und dunkelbraunes, sanft gewelltes Haar. Er war hager und ebenso adrett gekleidet wie sie. Neben mir saß eine Dame ganz aufrecht mit einer auffälligen Kette aus großen Perlen. Ihr stumpfes, weißes Haar war allerdings unvorteilhaft zu einem riesenhaften Knoten geschlungen.

Wie befürchtet musste ich mich gegen Ende der Vorstellung aus dem Halbschlaf in die Wachheit zurückkämpfen, wobei mir Carls emotionale Reaktion auf dieses Konzert auffiel und mich irritierte. Ich vermag nicht zu beurteilen, ob einzig die Musik seinen Gefühlswandel herbeigeführt hat. Vielleicht verbindet er mit jenen Melodien angenehme Erinnerungen? Vielleicht lag es aber auch an der Umgebung des Konzertsaals ... Ich kann lediglich niederschreiben, was ich gesehen habe: Tränen liefen über Carls Wangen. Und es störte ihn nicht im Geringsten, dies in meinem Beisein zuzulassen. Ich konnte mich einer gewissen Rührung nicht erwehren.

Kurz vor Schluss stand er auf und flüsterte mir zu, er wolle draußen auf mich warten. Ein älterer Herr hinter uns empfand Carls Verhalten wohl als störend. Sein lautes Räuspern quittierte Carl mit einem verächtlichen Blick.

Ich sortierte mich in meinem Sessel und verließ den Saal, noch während das Publikum applaudierte.

Carl stand bereits an der Straße. Mit im Mundwinkel hängendem Zigarillo schaute er nach oben in die Sterne. Als ich ihn ansprach, drehte er sich mit feuchten Augen um und teilte mir mit, er wolle heute nirgendwo mehr hin. Dann reichte er mir Geldscheine. Ich solle ins Café gehen und mir hinterher eine Droschke gönnen. Doch ich lehnte ab. Nicht nur, weil ich alleine keine Lust hatte, sondern auch, weil ich es nicht einsah, Geld für eine teure Droschke zu verschwenden.

Carl zuckte gleichgültig mit den Schultern, und ohne ein weiteres Wort zu verlieren, marschierten wir nebeneinanderher zurück in die Wohnung. Ich erinnerte mich an meine Anfangszeit in München.

Wir schritten an finsteren, abweisenden Vorderzimmerfenstern vorbei, und ein aufkommender Nachtwind winselte durch verlassene Straßen. Außer den Geräuschen, die der Natur entsprangen, drang kein von Menschen verursachter Ton an meine Ohren. Eine beängstigende Stille lag über allem. Ich dachte an den Schlachter, der sein Unwesen treibt, und auch Carl erschien mir grüblerisch, mehr als sonst, und ... ich möchte fast sagen zornig.

Auf Konversation zu verzichten, bin ich gewohnt, aber mich beschlichen ernsthafte Sorgen um ihn. Außerdem rauchte er mehr als üblich.

Zu Hause pfiff der Wind durch die Fensterritzen. Carl legte sich sofort ins Bett. Ich hockte noch eine Weile am

Tisch und las in einem meiner Bücher. Ab und an flackerte das Kerzenlicht, wenn sich der Ausläufer eines kräftigen Windstoßes in den Raum gezwängt und es bis an den Tisch geschafft hatte.

Nach einer Weile warf Carl die Decke plötzlich mit einer heftigen Bewegung von sich, sprang aus dem Bett und baute sich mitten im Zimmer auf. Eine Weile starrte er mich mit prüfendem Blick an, um dann in rauem Ton zu fragen, welches Buch ich vor mir liegen habe. Einen Moment lang überkam mich der Eindruck, er wolle sich gleich auf mich stürzen, so hart und kalt war sein Gesichtsausdruck. Stattdessen hastete er aber zu meinen Büchern. Sie liegen gestapelt auf dem Boden, seitlich des Fensters. Einige wenige habe ich von zu Hause mitgebracht, andere in München gekauft. Bisher hatte sich Carl nie dafür interessiert. Mit erhobener Stimme wollte er nun plötzlich wissen, wer zum Teufel dieser Arthur Conan Doyle sei und was ich überhaupt für Zeug läse.

Überrumpelt von seinem herrischen Tonfall blieb ich stumm. Er kramte weiter, und ich hörte ihn abfällig flüstern: »*Dracula* – von Bram Stoker.« Woraufhin ich energisch entgegnete: »Ein sehr gutes Buch!« Er schlug es auf, kam an den Tisch, hielt es an die Kerze und rezitierte ein paar Zeilen daraus. Dann warf er *Dracula* auf den Tisch und griff nach dem Buch, welches ich aufgeschlagen vor mir liegen hatte. »*Die Armanenschaft der Ario-Germanen.*« Er sagte hypnotisch »Guido von List« und wurde laut: »Weißt du überhaupt, um was es darin geht?« In seinen Augen glomm eine dunkle, furchteinflößende Glut. Ich wollte etwas erwidern, aber er achtete gar nicht auf mich, sondern schimpfte los, in diesem Buch werde ein Plan für ein alldeutsches Reich durch die arische Rasse dargestellt. Er habe dieses

Buch an der Front gelesen und dort auch verbrannt. Wer es mir denn verkauft hätte?

Ich verstand die Welt nicht mehr. Man bekommt es in jedem Buchladen.

Mit meinem Buch in der Hand ging er zum Herd und blickte mich energisch an. »Dann verbrenne ich diesen Schund eben zum zweiten Mal!« Perplex sah ich zu, wie die Seiten in Flammen aufgingen.

Verschiedene Gefühle durchbrausten mich wie ein Sturmwind. Sein respektloses Verhalten und die Art, wie er mit mir und meinem Besitz umging, machten mich furchtbar wütend.

Andererseits lässt er mich in seiner Wohnung schlafen und finanziert mein Leben in München. Tausend Gedanken schossen binnen eines Augenblicks durch mein Gehirn. Ich wollte losschreien, davonrennen, aber auch mit ihm darüber sprechen. Gleichzeitig wurde mir bewusst, wie sehr ich ihm ausgeliefert bin. Ich brachte keine Silbe heraus.

Carl kramte im Schrank und zog etwas aus einem Fach. Er drehte sich um und warf mir ein Buch in den Schoß. Ich nahm es in die Hand und las: *Faust. Eine Tragödie* – von Johann Wolfgang von Goethe. »Wenn du schon Geschichten über den Teufel und das Böse lesen musst, dann lies das! Verschwende dein Leben nicht mit schlechten Büchern!« Er fauchte beinahe und fügte kopfschüttelnd hinzu: »Bram Stoker …«

»*Dracula* ist ein exzellentes Buch«, wehrte ich mich abermals. Es interessierte ihn nicht. Carls Aufmerksamkeit war nun darauf gerichtet, Streichhölzer zu finden. Dann steckte er sich ein Zigarillo in den Mund und nahm es nicht mehr heraus. Die Glut bewegte sich im Halbdunkel auf und ab, als er mit unheimlicher Gewissheit flüsterte: »Diesen Dracula hat noch keiner gesehen, aber Mephistopheles ist real – er schleicht sich an, um das Böse aus uns herauszulocken.« Nach diesen Worten stellte er sich rauchend ans Fenster und starrte in den Sternenhimmel. Ich war ruhig geblieben.

Langsam beginne ich, meine Meinung über Carl zu überdenken. Ich wollte, ich könnte in seinen Geist sehen, ihn ergründen. Der Frontbrief aus Verdun kam mir in den Sinn.

Ich verzichtete darauf, die Situation eskalieren zu lassen. Stattdessen widmete ich mich meinem Tagebuch, woraufhin er wortlos die Wohnung verließ, was mir Gewissenbisse bereitete. Er ging, weil ich da war. Ich bin Gast in seiner Wohnung, und nicht nur dies: Auch nach einem Jahr bin ich immer noch Gast in seinem Leben.

Tagebuch von Joseph Obermeier

6. November. – Die Hinweise erschlagen uns. Zwischen allerlei blödsinnigen Verdächtigungen wird es zunehmend schwieriger, den Überblick zu behalten. Unsere Kriminalsekretäre und -assistenten müssen sich mit den seltsamsten Meldungen auseinandersetzen. Ein »unsteter« Lebenswandel scheint bei bösartigen Weibern auszureichen, um wildeste Phantasien über ihre Nachbarn in die Welt zu setzen. Prügelnde Ehemänner werden zu potenziellen Serienmördern. Alten Weibern sollte man das Tratschen verbieten.

Ein Fabrikarbeiter erschien verdächtig, weil er regelmäßig befüllte Leinensäcke in seine Wohnung geschleppt hatte. Außerdem hätten die Nachbarn seltsame Klopfgeräusche vernommen. Eine rasche Durchsuchung lüftete das Rätsel: Der Hunger greift um sich, und der Verdächtige hatte sich wohl geschnappt, was er zu fassen bekam. Katzen, Hunde, selbst einen Schwan hatte er irgendwo in der Stadt gefangen, erschlagen, geschlachtet und in der Wohnung verzehrt.

Neuerdings gelten auch politische Zugehörigkeiten als Verdachtsmoment. Ein sechzigjähriger Arbeiter tauchte irregeleitet in der Dienststelle auf. Im Wahn bezeichnete er Kommunisten als rote Teufel. Lebhaft rechtfertigte er abstruse Theorien über einen kommunistischen Massenmörder. Er sah die tollsten Zusammenhänge. Vielleicht bin ich zu begriffsstutzig, um solchen Interpretationen folgen zu können. Leider ist dies aber kein Einzelfall. Es gibt viele, welche die Morde in den Machtverhältnissen begründet sehen. Eine Gruppe älterer Herren mit vornehmem Äußeren, bei denen es sich um klar denkende, ernsthafte Personen handelt, kam ebenfalls auf uns zu. Trotz meines Zeitmangels bestanden sie vehement auf einem persönlichen Gespräch. Der Rädelsführer, ein Mann mit blondem Schnurrbart und scharfen Zügen, erläuterte mir ihre Theorie: Sie betrachteten die Morde als verdeckte politische Säuberung und erwähnten dabei auch die SA. Darüber hinaus gebe es genügend ehemalige Mitglieder der Freikorps, die mit den Verhältnissen unzufrieden seien. Diese Männer hätten im Krieg das Töten gelernt, was wiederum die hohe Opferzahl erkläre. Wer einmal getötet habe, wisse damit umzugehen und täte es gewiss wieder. Reine Verschwörungstheorien!

Wäre ich mit mehr Phantasie gesegnet, hätten sie mich vielleicht sogar davon überzeugen können. Sicherlich müssen wir die Ecken ausleuchten, auch dort hinschauen, wo normalerweise Schatten ist, doch was uns hier aufgetischt wird, ist Unfug! Allerdings treibt uns der bisherige Misserfolg vor sich her. Keinesfalls will ich mir Untätigkeit vorwerfen lassen. Also höre ich mir solchen Unsinn an!

6. November. – Carl und ich hatten gestern Nacht noch einen furchtbaren Streit. Nachdem er die Wohnung verlassen hatte, kam er gegen drei Uhr früh zurück. So ruhig ich mich halten konnte, bevor er gegangen war, so aufgebracht war ich bei seiner Wiederkehr.

Ein großmäuliger Nichtstuer ist er! Ein Mann, dessen tägliche Pflichten aus Besuchen im Caféhaus, Freundschaftsdiensten und Gelegenheitsarbeiten bestehen, sollte sich nicht anmaßen, über meine Lektüre zu bestimmen!

Genau das wollte ich ihm mitteilen. Ich richtete mich vor dem Tisch auf und sagte ihm, dass ich mir ein solches Verhalten jetzt und in Zukunft nicht mehr bieten lassen würde. Der Streit eskalierte. Carl schrie mich an: Ich würde mein Leben verschwenden, und er werde definitiv nicht untätig dabei zusehen. Vor lauter Wut durchschlug er mit der Faust das Türblatt. Ein jäher Schreck erfasste mich, mir stockte der Atem. Scham kroch in mir hoch, denn im Grunde wusste ich, dass ich mich ausgesprochen undankbar zeigte. Ich bin Gast und habe aufbegehrt. Andererseits war ich voller Zorn. Denn jetzt erst erkenne ich Carls Absicht: Mit zunehmender Vertrautheit will er mir ein Geschirr nach seinem Willen anlegen.

Nach Carls Wutanfall schwieg ich. Was hätte ich auch sagen sollen? Und was tun? Meine Habseligkeiten packen und gehen? Und wohin? Ich besitze weder Geld noch eine Bleibe, und der Weg nach Berchtesgaden wäre ein Zeugnis meines Scheiterns.

Carls Augen ruhten mahnend auf mir; er wollte nicht, dass der Streit erneut angefacht würde. Es war, als schließe sich eine Tür zwischen uns.

Heute Vormittag hat er ein Brett über das Loch in der Tür genagelt. Die Mauer aus undurchdringlichem Schweigen steht weiter. Wir sind einander überdrüssig.

Jetzt sitze ich im *Café Orlando*, verfasse diesen Eintrag und teile mir den Tisch mit einem spindeldürren, rotgesichtigen Mann, der unentwegt raucht.

Doch je mehr Zeit verstreicht, desto mehr plagt mich mein schlechtes Gewissen. Carl gibt mir eine Herberge und übernimmt beinahe sämtliche Lebenshaltungskosten für mich. Die Erkenntnis der Abhängigkeit schmerzt.

Sogar, wenn es mir gelänge, eine feste Anstellung zu bekommen, so reichen die Löhne derzeit nicht einmal, um halbwegs über die Runden zu kommen. Darüber hinaus ist bei der hohen Arbeitslosigkeit die Wahrscheinlichkeit ohnehin gering, eine Stelle zu ergattern. Es gibt genügend Menschen, die nichts besitzen außer ihrer Arbeitskraft.

Ich muss strebsamer sein, stelle ich doch gerade eine gefährliche Wechselhaftigkeit an mir fest. Ausreden und Faulheit haben sich wie ein wohliges Tuch mit betäubender Wirkung über mich und meine Pläne gelegt.

Brief von Carl Feuerbach an seine Schwester Elfriede Kruger, 6. November 1923

Grüß Dich, Elfriede,
bevor sich Deine Sorge um Leopold steigert, weil Du einen Brief von mir erhältst, will ich Dir gleich zu Anfang versichern: Er ist wohlauf, und es mangelt ihm an nichts. Der Grund für diese Zeilen liegt in einem innigen Verlangen, meine Gedanken mit einem Menschen zu teilen, der mich schon lange und noch aus einer anderen Zeit kennt. Denn

selbst Jahre der Trennung können den Blutsbanden nichts anhaben.

Mein Lebensweg widerspricht den Träumen meiner Jugend. Betrachte ich heute die Umstände, unter denen Du München verlassen hast, bin ich gewiss, Du kannst meinen Gram nachvollziehen.

Es ist bedeutungslos, ob mich die Mauern einer Baracke oder eines Schlosses umgeben. Feines Tuch und glänzende Schuhe haben keinen Wert für mich. Nach solchen Dingen zu streben liegt mir nicht. Reichtum und Ruhm zu erlangen, ist mir kein Bedürfnis. Doch spüre ich eine tiefe Sehnsucht nach einem anderen Leben – dabei lastet die Gewissheit, Vergangenes nicht ändern zu können, immer mehr auf mir.

Leopolds Anwesenheit und der Blick in seine hoffnungsvollen jungen Augen bringen meine Gemütsverfassung in Unordnung. Ich befürchte ... ach, was schreibe ich: Ich weiß, ich war ungerecht zu Deinem Buben.

Ich will ihn dabei unterstützen, seinen Weg zu finden. Zugleich verleiten mich meine Erfahrungen dazu, ihm meinen Willen aufzuzwingen. Welche Talente in ihm schlummern, vermag er gewiss nicht einmal zu erahnen. Er sucht nicht danach! Das schmerzt mich. Ein volles Jahr ist vergangen. Nun bin ich ungeduldig und möchte ihm die Richtung weisen.

Aber er ist erwachsen. Ein Umstand, den wir alle beide respektieren müssen. Endlich spricht er allerdings seine Meinung und Verärgerung über gewisse Dinge offen aus. Ein Umstand, den ich sehr begrüße!

Viel mehr als bei ihm liegt es jetzt an mir, aus dieser Veränderung zu lernen. Ich muss wohl geduldiger sein. Um Gewissheit über die eigenen Talente zu erlangen, bedarf es oftmals eines langen Weges.

Der Funke, der meine ungehaltene, ja dunkle Stimmung entfachte, wurde letzte Nacht entzündet. Erinnerst Du Dich noch an jene schönen Theater- und Konzertabende mit unseren Eltern? Sie eröffneten uns eine Welt abseits des Alltags. Eine Welt der freien Gedanken, erfüllt von wunderschöner Musik. Träume bekamen Flügel. Wir schmiedeten kühne Pläne für die Zukunft.

Bei einem Konzertbesuch mit Leopold überwältigte mich die Erinnerung so sehr … ich wurde fürchterlich zornig. Zornig auf mich und auf mein Leben. Ich habe kein gutes Leben gelebt. Leopold macht mich nachdenklich. Auch ich war jung, hatte Pläne und zögerte, sie umzusetzen. Dann offenbarten der große Krieg und Verdun meine wahren Talente. Seither ist es mir verwehrt, ein normales Leben zu leben, wo ich doch weiß, ich wäre ein Handlanger des Teufels, sollte ich meiner Berufung folgen.

Gefangen im Irrglauben an Vaterland und Ehre habe ich mich für den falschen Weg entschieden. Gott weiß, wie sehr ich ihn dafür verachte, hatte ich doch auf ihn gehofft – und er mir diesen finsteren Weg aufgezwungen. Nach meiner Rückkehr entschied ich mich für ein Leben in tiefer, dunkler, totengleicher Einsamkeit. Kein fremdes Auge sollte die Geheimnisse meiner Seele erblicken. Ich wählte ein Dasein ohne Pflichten – weder meinem Land noch einer eigenen Familie gegenüber.

Doch ganz für sich zu sein, heißt auch, der Angst und dem Schrecken ausgeliefert zu sein. Auch diese Dämonen habe ich besiegt. Aber seit Leopolds Anwesenheit beginnt die feste Mauer, auf der meine Entscheidung fußt, zu bröckeln. Ich gebe mich schmerzhaften Grübeleien hin. Andererseits können nur die glücklichsten Menschen Verpflichtungen eingehen, ohne zugleich Dinge tun zu müssen, die sie nicht möchten. Männer buckeln sich krumm für Frau und Kind. Es endet erst mit dem Tod. Eine Frau will immer nur den Ehrgeiz in einem Manne wecken. Frau und Kind würden mich dazu zwingen, ihr Wohlergehen über alles zu stellen. Dies würde erfordern, meine Talente zu nutzen. Ich kann sonst nichts.

Dem Unglücklichen kann man auf dem Weg in ein neues Leben Mut zusprechen, dem Schuldigen nicht.

Ich schreibe sprunghaft meine Gedanken nieder und verwirre Dich bestimmt. Aber es tut gut, dies mit Dir zu teilen.

Sei abschließend noch einmal versichert, dass Leo wohlauf ist und seinen Lebensunterhalt wacker bestreitet. Bei seinem Vermieter ist er keine Mark und keinen Pfennig im Rückstand. Den Notgroschen, den Du vor seiner Ankunft Deinem Brief beigelegt hattest, sende ich Dir somit zurück. Er braucht ihn nicht. Außerdem galoppiert die Inflation in so gewaltigen Schritten, dass er sich für diesen Betrag nicht einmal mehr eine Scheibe Brot kaufen könnte. Ich lege zusätzliches Geld bei, mit dem ich Dich und Deine Familie unterstützen will. Solltest Du sie noch nicht entdeckt haben, wirst Du gefaltete Scheine in diesem Umschlag finden.

Liebe Schwester, ich hoffe innigst, dass Ihr Euch wohl befindet. Auch wenn Dein Ehemann gewiss keinen Wert darauf legen wird, so grüß ihn bitte dennoch herzlich von mir. Ebenso meinen zweiten Neffen.

In tiefer Verbundenheit

Carl

Tagebuch von Joseph Obermeier

7. November. – Bei all dem Irrsinn blieb mir keine andere Wahl: Ich habe ein weiteres Glied in die Kette eingefügt und einen tüchtigen Beamten dafür ausgewählt. Seine Aufgabe besteht darin, belangloses Zeug von mir fernzuhalten. Er filtert und reicht einzig die wichtigsten Hinweise an mich weiter. Bei Unsicherheiten besprechen wir uns. Er ist ab sofort der Einzige, der mir Bericht erstattet und Zugang zu meinem Büro besitzt. Als Unterstützung habe ich diesem armen Kerl zwei fleißige Sekretärinnen beigestellt. Wenn er gute Arbeit leistet und wir den Fall klären, wird seiner Beförderung vom Kriminalassistenten zum Kommissar nichts im Wege stehen. Ab sofort sollen wichtigtuerische Stadträte und Bürger ihre haltlosen Verdächtigungen und die üble Nachrede über Hinz und Kunz bei ihm abladen.

In zwei Tagen kommt die Delegation aus Berlin. Mir dreht sich der Magen um bei dem Gedanken. Meine Gesundheit bereitet mir Probleme.

Tagebucheintrag von Leopold Kruger

7. November. – Mein Onkel ist ein undurchsichtiger Mensch. Erst jetzt begreife ich, wie sehr er mich auf meinem Wege unterstützt. Zweifellos ist er ein treuer Verbündeter an meiner Seite. Und nach dem, was ich am heutigen Tage erfahren durfte, ist Carls Herz größer und gütiger, als es meiner bisherigen Vermutung entsprochen hat. Wir vertragen uns wieder.

Gemeinsam besuchten wir Alfred. Auf dem Weg in die Klinik wollte Carl am Postamt vorbei. Ich sollte draußen auf ihn warten, mittlerweile weiß ich auch, warum: Als wir die Wohnung verließen, hing sein Rucksack locker und leicht um die Schulter. Als er aus dem Postamt kam, war er prall gefüllt. Eine Geldlieferung war angekommen.

Seit einem Jahr wohne ich bei ihm. Die Abholung des Geldes hatte er bisher vor mir verborgen. Ich sehe darin einen Vertrauensbeweis und einen Schritt der Offenheit, um unseren Streit vergessen zu machen.

Alfred hatte vergangene Nacht einen Selbstmordversuch unternommen. Sein Leiden verläuft wellenartig, mit kurzen lichten Momenten. In einem seelischen Tief bei klarem Bewusstsein und gleichzeitiger Kontrolle über den Bewegungsapparat war er zur Tat geschritten, um seine traurige Existenz zu beenden. Ich will mir kein Urteil darüber erlauben, ob sein Scheitern gut ist. Aber es gibt für ihn wohl nichts Lebenswertes mehr in seinem Dasein.

Carl wurde furchtbar wütend und schrie auf ihn ein. Alfred tat mir leid. Er verzerrte das Gesicht und brachte dennoch keine Silbe heraus. Immer wieder krampfte sein Körper, gefolgt von einem unkontrollierbaren Zucken. Dann begann er sogar zu weinen. Ich habe mich sehr unwohl gefühlt, das aus nächster Nähe mitzuerleben. Speichelfäden klebten an seinem Kinn, und Tränen liefen ihm über die Wangen. Arme Kreatur. Der Anblick war mir unerträglich.

Auch Carls Augen überzog ein wässriger Schimmer. Mir scheint, dass seine Nerven zunehmend dünner werden. Unser gestriger Streit und die plötzliche Unruhe in seinem Wesen, gefolgt von Momenten völliger Tristesse, sind nur einige Belege. Wenn ich Geld besäße, so verwendete ich eine große Summe dafür, zu erfahren, was ihn so sehr beschäftigt.

Einer von Alfreds Mitpatienten drehte sich andächtig um. Durch seine dünnen grauen Haare schimmerte an vielen Stellen die blanke Kopfhaut. Mit belegter Stimme sagte er: »Das Leben ist nichts anderes als das Warten auf etwas anderes.« Ein hintergründiger Satz, wie ich meine, der mich ins Grübeln brachte.

Keinesfalls will ich auf das »Leben danach« warten, sondern die verbleibende Zeit meines irdischen Daseins nutzen. Liegt dies an meinem Alter? Ich erwarte die Abenteuer, dic vor mir liegen, und nicht das dunkle Tal, in dem sich alle Pfade treffen. Aber für solche »Nebenmenschen«, wie ich sie in einem zurückliegenden Eintrag genannt habe, ist es wohl am schlimmsten, in klaren Momenten die eigene Situation zu begreifen. Alfred wollte das quälende Warten auf den Tod abkürzen, denn pflegende Menschenhände und warme Suppe vermögen bei dieser Art der Krankheit nicht zu heilen.

Ich hoffe sehr, einst ein unbeschadeter alter Mann mit vielen gesunden Enkeln zu werden.

Carl bat um ein Gespräch mit dem behandelnden Psychiater und der Schwester Oberin. Alfreds Arzt ist ein großer magerer Mensch mit einem unsympathischen Gesicht. Die Schwester Oberin war vom Kopf bis zu den Füßen weiß gekleidet, hat ein paar Pfunde zu viel und strenge Züge. Ab und an zog aber auch ein warmer, gütiger Ausdruck über ihr Gesicht.

Auf Carls Wunsch sollte ich bei der Unterredung dabei sein, und man führte uns in eine quadratische Kammer mit kahlen Wänden, einem vergitterten Fenster und einem Tisch mit vier Stühlen. Ein Holzkreuz hing an der Wand.

Carl schritt mit selbstsicherer Forschheit in den Raum, schwang den Rucksack auf den Tisch und fragte: »Wie viel?«

Die Schwester Oberin sprach von zwei Monaten Rückstand, zog einen Zettel heraus und las eine astronomisch hohe Summe ab.

Erst als Carl Geldscheine aus dem Rucksack holte und sie zu einem Haufen auf dem Tisch zusammenwarf, begriff ich, dass er Alfreds Aufenthalt bezahlt.

Schein für Schein wurde von der Schwester Oberin glatt gestrichen und fein sortiert auf einen Stapel gelegt. Nachdem die geforderte Summe beisammen war, erkundigte sich Carl nach den Kosten für die nächsten drei Monate. Er wollte auch diese sofort begleichen. Die Oberin lehnte dies ab und erklärte, er könne höchstens die Kosten für die restlichen Tage im November bezahlen. Alles andere sei nicht verhandelbar. Wegen der ständigen Preissteigerungen könne man heute unmöglich sagen, was Alfreds Unterbringung im Dezember kosten würde.

Bis dahin hatte sich der Arzt still verhalten, doch jetzt ergriff er das Wort und stellte Carl die Frage, ob er Alfred tatsächlich weiterhin in der Klinik unterbringen wolle. Mit überheblichem Ton legte er dar, dass mit keinerlei Verbesserung des Zustandes seines Patienten mehr zu rechnen sei. Bei der abschließenden Empfehlung, doch lieber ein Obdachlosenheim für ihn zu suchen, glitten Carls Blicke mit finsterem Ausdruck über den Arzt und die Schwester. Es war unübersehbar, welche Wut der Doktor in ihm ausgelöst hatte. Als Carl erwiderte, Alfred werde die Klinik erst verlassen, wenn er geheilt sei, quittierte der Doktor das mit einem arroganten Lächeln. Mein Onkel griff daraufhin beherzt in den Rucksack und hielt ihm eine Hand voll Scheine vor das Gesicht. Seine Worte klangen hart und gepresst: »Ich zahle, also spar dir dein Grinsen!«

Besänftigend legte die Schwester Oberin ihre Hand auf

Carls Schulter. »Herr Feuerbach, Sie zahlen jetzt schon seit fünf Jahren und –«

Carl unterbrach sie mit Entschiedenheit: »Und ich bin keinen Pfennig schuldig geblieben. Ich zahle, also behaltet ihr ihn hier!« Dann packte er den Rucksack und verschwand, ohne sich zu verabschieden, durch die Tür. Der Arzt schüttelte mit blasiertem Lächeln den Kopf.

Der Weg aus dem Gebäude hinaus führte uns an schweren Türen mit Beobachtungsschlitzen vorbei. Die Vorstellung, welch arme Teufel sich dahinter verbargen, jagte mir Angst ein. Doch stärker noch als das Gefühl des Mitleids war die Furcht.

Auch, wenn ich mir nicht sicher war, wie fragil Carls Gemütslage war, fragte ich ihn dennoch, an welcher Krankheit Alfred überhaupt leide. Er zündete sich ein Zigarillo an, schwieg zuerst und murmelte dann: »Er war im Krieg!«

Seither haben wir kein einziges Wort mehr gewechselt. Inzwischen ist der Tag längst vorbei. Es ist kein böses, kein verärgertes Schweigen, das zwischen uns herrscht. Eher ein Gleichklang. Onkel Carl ist ein seltsamer Mensch. Zweifellos wohnen zwei Seelen in seiner Brust – oder sogar mehr als zwei. Obwohl er meist keinen Wunsch nach dem Umgang mit Menschen verspürt, ist er der gütigste Mann, den ich kenne. Ich bin stolz darauf, mich seinen Gefährten nennen zu dürfen. Jetzt schläft er, und vor dem Fenster hat sich rabenschwarze Finsternis ausgebreitet.

Wenn ich diesen Eintrag zu Ende verfasst habe, werde ich in dem Buch lesen, das er mir in der Nacht unseres Streites gegeben hat. *Faust* – von Goethe. Ein Buch über den Pakt mit dem Teufel!

5

Tagebuch von Joseph Obermeier

8./9. November. – Noch am gestrigen Morgen schien ein weiterer erfolgloser Tag vor mir zu liegen. Vor dem Frühstück übergab ich mich, und im Büro verwendete ich dann den Vormittag darauf, Akten zu studieren. Belangloses Zeug, mit dem ich mich wohl oder übel bis zur Mittagsstunde beschäftigen musste. Denn ob es mir passte oder nicht: Am nächsten Tag würde eine Delegation aus Berlin vor meinem Schreibtisch stehen. Zu diesem Zeitpunkt hatte ich nicht die leiseste Ahnung, was ich denen erzählen sollte. Die Essenz unserer bisherigen Bemühungen? Es gab keine! Noch nicht. Und ich ahnte nichts von dem, was auf mich zukommen würde.

Meine Mittagspause verbrachte ich mit Grübeleien im Büro. Ich weiß nicht, wie lange ich dabei in den Vorhof zur Ettstraße hinunterstarrte. Die beiden steinernen Löwen bewachten das Haupttor, so wie immer. Als ob nichts anders wäre als sonst. Irgendwann stand ein Kollege in der Tür; ich ärgerte mich, weil ich sie offen gelassen hatte. Abgesehen davon wissen alle, dass einzig mein Assistent Herr Mayr und unsere Sekretärinnen die Erlaubnis haben, mich zu stören. Dem jungen Mann war das gleichgültig.

Er verharrte auf der Schwelle, räusperte sich ein paarmal und redete anschließend wild drauflos. Er stellte sich als Kollege für Hehlerei, Betrug und Schwarzmarkthandel vor und kam dann direkt auf seine Ermittlungen im Schwarzmarktmilieu und den dubiosen Verkäufer einer Trachtenjacke zu sprechen. Er berichtete von einem Mann, der ihn vor zwei Tagen aufgesucht und ihm folgende Geschichte erzählt hatte:

Am Vormittag desselben Tages parkte dieser Zeuge sein Auto am Marienplatz. Als er am Brunnen vor dem Rathaus auf das Eintreffen seiner Frau wartete, erregte ein Passant seine Aufmerksamkeit. Denn die Jacke, die dieser Mensch trug, besaß verblüffende Ähnlichkeit mit der seines 22-jährigen Bruders Thomas. Nun ist eine Trachtenjacke in München keineswegs eine Seltenheit, doch als der Mann den rechten Ärmel der Jacke genauer betrachtete, war er sich plötzlich ganz sicher, die Jacke seines Bruders vor sich zu haben. Denn dieser hatte sich bei einem Sturz im Vollrausch ein Loch auf Höhe des Oberarms in den Stoff gerissen. Die Mutter weigerte sich, die Näharbeit zu verrichten, weswegen der junge Mann selbst Hand anlegte – mehr schlecht als recht. Der Faden entsprach nicht einmal der Jackenfarbe. Deshalb fällt die geflickte Stelle sofort auf.

Da die Familie vor vier Monaten eben diesen Thomas als vermisst gemeldet hatte, war das Interesse des Mannes begreiflicherweise groß. Er ging auf den Träger der Jacke zu und sprach ihn an.

Nach längerer Diskussion erwies sich das Kleidungsstück als Schwarzmarktware.

Einer wohlwollenden Fügung ist es zu verdanken, dass es sich bei dem Jackenkäufer um einen kreuzanständigen Bürger handelt. Eine eventuelle Strafe wegen seines Schwarzmarktkaufs schreckte ihn nicht ab. Gemeinsam ging er mit dem Bruder des Vermissten auf die nächste Polizeidienststelle. Er erklärte sich sogar bereit, den Centralbahnhof aufzusuchen (dort hatte er die Jacke gekauft) und verdeckt nach dem Verkäufer Ausschau zu halten.

Zwischenzeitlich lägen genügend Beweise und Zeugenaussagen vor, um besagten Verkäufer wegen Schwarzhandels und Hehlerei festzusetzen.

Aus Höflichkeit hatte ich mir die Geschichte angehört, gratulierte zu dem Erfolg und schickte mich an, den übereifrigen Kollegen wieder aus meinem Büro zu komplimentieren. Schließlich habe ich mit solchen Delikten rein gar nichts zu tun. Doch er ließ sich nicht beirren, tat, als hätte er meine Verabschiedung nicht mitbekommen, und berichtete weiter. Und ich bin froh darüber! Ich war tatsächlich dem Irrtum aufgesessen, er wolle lediglich ein wenig vor mir prahlen.

Am heutigen Vormittag, fuhr er fort, hätten Kollegen die Wohnung des verdächtigen Schwarzmarkthändlers aufgesucht, ihn nicht angetroffen und daraufhin eine Durchsuchung in seiner Abwesenheit durchgeführt. Rechtlich sei das alles geklärt gewesen, versicherte mir der Beamte. Was er mir dann erzählte, ließ mich aufhorchen: Er habe soeben erfahren, dass die Kollegen vor Ort Knochensplitter in der Größe kleiner Nägel im Ofen gefunden und verbrannte Haarreste an der Verschlusskante entdeckt hätten.

Mein seit Wochen anhaltender Drang, mich übergeben zu müssen, verschwand mit einem Wimpernschlag. Ich steckte meine Dienstpistole ein, und wir brachen umgehend auf!

Unser Ziel befand sich in einer großen dunklen Mietskaserne. Im Treppenhaus bröckelte der Putz von den Wänden. Das Mansardenzimmer befand sich im dritten Stock.

Als wir den oberen Treppenabsatz erreichten, empfingen uns ernste Gesichter. Der leitende Beamte eilte sofort auf mich zu und schüttelte mir lebhaft die Hand. Ich kenne ihn schon länger, konnte aber seine kriecherische, fast schon unterwürfige Art noch nie leiden.

Ich betrat das Zimmer. In die Jahre gekommenes Mobiliar, von Motten zerfressene Vorhänge. Gleichwohl habe ich selten eine so aufgeräumte und akribisch saubere Wohnung betreten. Es roch nach Seife.

Das Bett steht links der Tür. Gegenüber schaut man auf eine Dachschräge mit Fenster. Von der Tür aus gesehen rechts befindet sich ein Gasofen, daneben eine Butzenklappe in der Wand (knapp zwei Meter breit und fast anderthalb Meter hoch). Ein Emailwaschbecken ist direkt neben der Tür angebracht, darüber hängt ein Spiegel. In der Mitte des Zimmers: ein Tisch und Stühle. Die Toiletten sind im Hinterhof in einem separaten Häuschen.

Was entgegen der peniblen Sauberkeit sofort ins Auge stach, waren seltsame dunkelbraune Stellen auf dem Holzboden. Die Dielen sind exakt an diesen Stellen aufgeraut und gesplissen. Zweifellos hatte man versucht, die Flecken mit harten Bürsten zu entfernen. Der größte Fleck bedeckte nahezu die Hälfte des Bodens und erstreckte sich von unter dem Bett bis zur Mitte des Raumes.

Auf dem Tisch lagen ein Hackbeil, ein Hammer sowie ein Ausbeinmesser. Ein Kollege erklärte, man habe die Werkzeuge in einer Schublade gefunden, eingewickelt in saubere Tücher. Beim Anblick gestapelter Blecheimer in einer Ecke überkam mich tiefster Ekel. Ein abscheulicher Verdacht stieg in mir auf. Fleischerarbeiten an menschlichen Körpern!

Vermutlich spiegelte sich diese Schlussfolgerung in meinem Gesicht. Denn einer der Kollegen nickte mir zu, als hätte ich es laut ausgesprochen. Auf dem Nachtkästchen sah ich ein kleines Kruzifix. Ein Schauer durchrieselte mich. Als daraufhin ein Kollege die Butzenklappe öffnete, wurde sichtbar, dass der Raum dahinter übervoll mit ordentlich gestapelten Kleidungsstücken war. Sofort stachen mir eine Schülermütze und kurze Hosenträger für Knaben ins Auge.

Die Lampe auf dem Tisch und andere Gegenstände im Raum hatte man mit einem dünnen Draht befestigt. Sie lassen sich ein wenig anheben, mehr aber nicht.

Als ich eine fette Fleischfliege an der Wand entlangkrabbeln sah, rannte ich hinaus und übergab mich im Gang. Seit zwei Tagen hatte ich nichts mehr gegessen. Ich würgte eine grünliche Flüssigkeit heraus. Was die Bewohner des Stockwerks über mich dachten, war mir völlig gleichgültig. Wenn sie erfahren, was sich Wand an Wand neben ihnen abgespielt hat, werden sie ihre verächtlichen Blicke bereuen.

Nachdem ich mir eine Zigarette geschnorrt hatte und vor dem geöffneten Fenster in der Wohnung stand, erkundigte ich mich nach dem aktuellen Aufenthaltsort des Verdächtigen. Ich blickte in schweigende Gesichter – und wurde zornig, furchtbar zornig! Am liebsten hätte ich einen der Anwesenden aus dem Fenster geworfen.

Ich konnte es nicht fassen und kann es immer noch nicht: Seit dem Vortag hatte man ihn nicht mehr beschattet. Man war davon ausgegangen, ihn heute in der Wohnung aufzugreifen. Unverzüglich kehrte meine Übelkeit zurück. Ich brüllte durch den Raum, wollte mich weder in der Lautstärke noch in der Wortwahl mäßigen. Es wollte mir einfach nicht in den Kopf, warum man den Mann unbeaufsichtigt gelassen hatte. Wir jagen eine Bestie!

Der leitende Beamte der Abteilung für Schwarzmarkt und Hehlerei erklärte mir mit hochrotem Gesicht und klagender Stimme, ihm hätte das nötige Personal gefehlt. Er ging sogar so weit, mir vorzuwerfen, dass Herr Winkelmann und ich ja alle verfügbaren Kapazitäten abgezogen hätten, um den Serienmörder zu fassen. Ein Umstand, der es ihm unmöglich gemacht habe, gleichzeitig die Durchsuchung und eine Überwachung anzuordnen. Außerdem seien sie von einem kleinkriminellen Ganoven ausgegangen.

Ich betitelte ihn als unfähigen Deppen, wichtigtuerisch und träge. Hinterher fluchte ich ausgiebig. Schließlich ließ ich unverzüglich nach weiteren Beamten schicken: Kollegen vom Morddezernat. Bewaffnet und in Zivil.

Falls der Täter von der Durchsuchung noch nichts mitbekommen hatte, musste er früher oder später zu Hause auftauchen. Im selben Augenblick, als ich diesen Gedanken aussprach, überkam mich eine furchtbare Wut auf mich selbst. Mein Gehirn hatte nicht so flink gearbeitet, wie es bei einem Mann in meiner Position sein sollte. Ich jage nicht irgendwen. Ich jage den größten Serienmörder Europas!

Was, wenn der Täter längst zurückgekehrt war und uns beobachtet hatte? Wir hätten ihn ein zweites Mal verloren! Zudem hatte ich keine Ahnung, wie der Mann aussah. Eine Photographie lag uns nicht vor; die Ermittlungen und Überprüfungen fanden über den Namen des Wohnungsmieters statt. Die einzigen Beamten, die ihn dem Aussehen nach identifizieren konnten, waren die beiden, die ihn vor der Wohnungsdurchsuchung beschattet hatten. Im Augenblick führten sie die Befragungen der Nachbarn durch. Ich ließ sie holen.

Die beiden waren unauffällig in Zivil gekleidet. Ich übernahm das Kommando und ordnete an, ohne Rücksicht und mit aller Härte vorzugehen. Alle Anwesenden, die bewaffnet waren, überprüften ihre Pistolen.

Der eine, der den Täter identifizieren konnte, bezog auf dem Bürgersteig gegenüber dem Hauseingang Posten, der andere im Hinterhof. Auch von dort konnte man ins Gebäude gelangen. Jedem von ihnen wurde ein zweiter Beamter beigestellt. Alle in Zivil und bewaffnet. Zwei Uniformierte schickte ich zu ihren Dienststellen zurück. Uniformen hätten zu viel Aufsehen erregt.

Wir wiesen sämtliche Nachbarn auf dem Stockwerk an, ihre Wohnungen zu verlassen. Wem dies nicht möglich war, der sollte die Tür absperren. Erst nach viermaligem Klopfen sollten sie ihre Türen wieder öffnen. Ich hoffte, in vier bis fünf Stunden wäre alles vorüber.

Meine Hoffnung wurde enttäuscht. Stundenlang beobachtete ich von meinem Wagen aus den Hauseingang. Einer der beiden Beamten, die das Äußere des Mannes kannten, saß zwischenzeitlich neben mir.

Als die Nacht hereingebrochen war, zogen dunkle Wolken über den Himmel. Hin und wieder leuchtete der Mond dazwischen hervor, ausgezackt von den Giebeln der gegenüberliegenden Häuserzeile. Gespenstische Stille hatte sich breitgemacht.

Mich eingeschlossen befanden sich zwölf Beamte im Einsatz. Auf den Bürgersteigen vor dem Gebäude versteckten sich Kollegen hinter Mauervorsprüngen oder in schwarzen Torbögen. Andere befanden sich in der nahe gelegenen Parkanlage hinter Bäumen und halb entlaubten Sträuchern. Im Hinterhof waren weitere Polizisten postiert, und in der Wohnung saßen zwei in der Dunkelheit. Sollte es der Täter unbemerkt nach oben schaffen, würden sie ihn gebührend empfangen.

Inzwischen hatte man mir von den Aussagen der Nachbarn berichtet. Wir waren einem Mann Ende zwanzig auf der Spur, muskulöse Statur, blondes Haar. Da er das Haus zu unterschiedlichen Uhrzeiten verlässt, hatten einige Nachbarn vermutet, er sei wohl arbeitslos. Wir wissen jedoch von seinem Handel mit gebrauchten Waren.

Manchmal werde die Wohnung aber auch von einem zweiten Mann benutzt. Das hatte uns eine alte Frau mit großem Mitteilungsbedürfnis berichtet. Auf ihre Nachfrage im Treppenhaus hin erklärte der eigentliche Mieter, es handle sich dabei um den Bruder »vom Land«. Um Gelegenheitsarbeiten zu übernehmen, komme der ab und an nach München und nutze dann die Wohnung des Bruders als Schlafstätte. Mitunter ist die Neugierde alter Weiber doch ein glücklicher Umstand für uns Polizisten!

Besagter Bruder vom Land grüßt angeblich nicht, verhält sich stets bedeckt und zurückhaltend. Obwohl es somit zwei Wohnungsnutzer gibt, bleibt die Unterkunft an manchen Tagen und Nächten aber auch leer.

Seltsame Klopfgeräusche, die zu den unterschiedlichsten Zeiten aus der Wohnung drangen, erklärte der Mieter damit, dass er seine Schuhe und die seiner Bekannten selbst besohle.

Gegen Mitternacht fühlte ich meine Zehen nicht mehr. Längst war die Kälte in den Wagen gekrochen, und die Scheiben beschlugen von unserem Atem. Nebelschwaden waberten durch den vereinsamten Straßenzug und legten sich wie ein Leichentuch auf alles, was in Reichweite war.

Irgendwann schlief ich dann ein und erwachte kurz darauf mit einer dumpfen Leere im Gehirn, als ich die Hand des Kollegen auf meiner Schulter spürte. Er nickte verständnisvoll, und wir sprachen nicht weiter darüber. Kälte und bleierne Müdigkeit machten es mir schwer, aufmerksam zu bleiben.

In den frühen Morgenstunden des 9. Novembers sollte die Ablösung kommen. Bis auf die beiden Beamten, die den Gesuchten identifizieren konnten, und mich war der Austausch durch ausgeruhte Kollegen vereinbart worden.

Es kam niemand! Meine Unsicherheit wuchs, ob ich nicht doch eine spätere Uhrzeit ausgemacht hatte. Hundemüde starrte ich aus dem Wagen. Immer wieder verschwammen mir die Konturen vor den Augen.

Der Tag dämmerte, und die Nebelfetzen hellten zunehmend auf. Der Wechsel der Tageszeiten ähnelt den Gezeiten des Meeres.

Nach einer weiteren Stunde monotonen Wartens verließ ich den Wagen und ging nach oben in die Wohnung. Es war mir ein Bedürfnis, nach den dortigen Beamten zu sehen. Ebenso übermüdet wie ich saßen sie mit dem Rücken zum Fenster, die Tür im Auge.

Meine Hauptsorge galt weniger dem Schichtwechsel als vielmehr der Gefahr, dass mit zunehmender Erschöpfung die Konzentration sinkt. Es durfte kein Fehler passieren! Wenn die Ergreifung wegen unachtsamer Beamten misslänge, wären wir dem Spott ganz Europas ausgesetzt. Meine Nervosität stieg, und ich beschloss, zum Wagen zurückzugehen.

Auf dem Bürgersteig spähte ich die Straße entlang in beide Richtungen. Nichts außer aufgereihten Laternen. Ich pfiff leise. Ein Kollege streckte den Kopf hinter einem Mauervorsprung hervor und winkte mir zu. Zu meiner Linken trat der andere aus einer Hofeinfahrt zwischen zwei Häusern.

Um die Müdigkeit aus meinen Gliedern zu vertreiben, schlenderte ich ein wenig auf und ab. Der Tag erwachte in völliger Ruhe, überzogen von schwerem, feuchten Morgentau. Als ich stehen blieb, um mir eine Zigarette anzuzünden, hörte ich Schritte und drehte mich um.

Ein einzelner Fußgänger kam in meine Richtung. Er trug einen Hut und torkelte leicht. Ich schaute zum Wagen. Mein

Kollege beobachtete uns. Ich griff nach meiner Pistole unter dem Mantel, zog sie aber nicht hervor.

Der Passant sah nicht nach unserem Verdächtigen aus, dessen Alter mit Ende zwanzig angegeben worden war. Auf mich kam ein Mann im Rentenalter zu. Aus kurzer Distanz sprach er mich an, und trotz der frühen Uhrzeit war er in einer überaus gesprächigen und aufgekratzten Laune. Er verhielt sich beinahe aufdringlich, kam immer näher an mich heran, und als er fragte, ob ich schon von den Vorgängen in der Stadt gehört hätte, wehte mir eine Bierfahne ins Gesicht.

Ich nickte in der Vermutung, er werde sogleich die Morde ansprechen. Stattdessen sprach er »vom kleinen Österreicher« und dass der endlich ernst mache.

Ich verstand ganz und gar nicht, was er mir zu sagen versuchte. Doch in dieser Ungewissheit ließ er mich nicht; er habe die ganze Nacht im *Bürgerbräukeller* ausgeharrt. Dort habe Hitler in Begleitung von Göring und Erich Ludendorff den Beginn der »nationalen Revolution« verkündet.

Ich bat umgehend um genauere Informationen und erfuhr, dass der Mann am vergangenen Abend in den *Bürgerbräukeller* gegangen war, um Gustav von Kahrs Rede über die Ziele seiner weiteren Politik zu hören. Anwesend waren unter anderem Lossow, Seißer, Knilling und weitere Mitglieder des bayerischen Kabinetts.

Kurz nachdem von Kahr mit seiner Rede begonnen hatte, betrat wohl Hitler den Raum. Er sei auf einen Stuhl gestiegen und habe mit einer Pistole in die Decke geschossen, um sich Aufmerksamkeit zu verschaffen. Gleich darauf wurden die Regierungsmitglieder in einem Nebenraum festgesetzt. Erich Ludendorff, General der Infanterie, erschien auf der Bildfläche.

Bei dieser Schilderung drückte mir der Mann ein Flugblatt in die Hand. Der Vollständigkeit halber habe ich dieses eingeklebt. Ein Putsch war im Gange! Es sind historische Zeiten.

Proklamation

an das deutsche Volk!
Die Regierung der November-
Verbrecher in Berlin ist heute für
abgesetzt erklärt worden.
Eine provisorische deutsche
Nationalregierung
ist gebildet worden, diese besteht aus
Gen. Ludendorff
Ad. Hitler, Gen. v. Lossow
Obst. v. Seisser

Angeblich, so erzählte der Mann weiter, habe Röhm zeitgleich zu der Aktion im *Bürgerbräukeller* das Wehrkreiskommando besetzt. Plötzlich klopfte er mir auf die Brust, lächelte und gab mir den guten Rat, heute die Straßen Münchens zu meiden.

Umgehend ließ ich ihn stehen und rannte zu den Kollegen im gegenüberliegenden Park. Ich pfiff, und auch die beiden anderen, die sich auf den Bürgersteigen aufhielten, eilten herbei. Auch den Beamten aus dem Wagen winkte ich zu mir.

Kalter Morgentau kroch im Gras meine Hosenbeine hinauf. Die ganze Nacht hatten die Männer durchgefroren hinter Bäumen und Sträuchern verbracht. Nicht einer hatte sich beschwert. Leider musste ich ihnen mitteilen, dass es keine Ablösung geben würde, und erzählte von dem Umsturz.

Sie nahmen die Nachricht sehr gefasst und ohne großartige Regung auf. Die Wirren des vergangenen Jahrzehnts hatten sie so sehr abgestumpft, dass selbst ein Putsch sie nicht mehr überraschte.

Trotz dieser Schicksalsstunden durften wir uns nicht von unserem Vorhaben abbringen lassen. Ich instruierte alle, auf ihren Posten zu bleiben. Ehrlich gesagt wusste ich auch nicht, was wir anderes hätten tun sollen. Anschließend ging ich zu den Männern im Hinterhof und dann nochmals in die Wohnung hinauf. Als alle Bescheid wussten, setzte ich mich wieder in den Wagen. Meine Gedanken schossen im Zickzack durch mein Gehirn. Und zu allem Überfluss hatte mein Kollege keine Zigaretten mehr, die ich hätte schnorren können.

Weitere Stunden vergingen. Der Tag war längst angebrochen, und es hatte sich nichts weiter ergeben.

Zur Mittagsstunde erschien mir unsere Ahnungslosigkeit über die politischen Vorgänge unerträglich. Denn sie betrafen ja auch uns, die wir im Dienste der Polizei stehen, maßgeblich. Selbst wenn es mir zutiefst widerstrebte, musste ich »meine Männer« vorübergehend alleine lassen. Ich musste in Erfahrung bringen, wie sich die Münchner Polizei positionierte. Auf welcher politischen Seite des Putsches standen wir? Was war mit unserem Polizeipräsidenten passiert? Wurde unsere Polizeiführung von einer der politischen Parteien kontrolliert? Hatte man sie festgesetzt oder gar erschossen?

Ich lief nochmals in den Park und erklärte den dortigen Kollegen mein Dilemma. Einer der beiden übernahm das Kommando und unterrichtete die restlichen Beamten. Mit dem, der mit mir im Wagen ausgeharrt hatte, raste ich ins Centrum. Auf dem Weg erklärte ich ihm, umgehend mit Herrn Winkelmann sprechen zu müssen. Ich hoffte, ihn in der Dienststelle anzutreffen – oder zumindest zu erfahren, wo er sich aufhielt.

Ein Putschversuch geht nie ohne Gewalt. Jederzeit hätten wir unversehens in einen Straßenkampf geraten können. Selbst ob wir es in die Dienststelle schaffen würden, erschien mir nicht gewiss. In jeder Kurve beschlich mich die Angst, geradewegs in eine Menschenmenge zu rasen. Fast hätte ich dann eine Kutsche gerammt. Irgendein Vollidiot hatte sie verwaist mitten auf einer Seitenstraße stehen lassen. Die vier Pferde waren angespannt, vom Kutscher fehlte jede Spur. Keine Ahnung, was hier weshalb passiert war. Um auszuweichen, holperte ich auf den Bürgersteig und raste weiter in die Ludwigstraße Richtung Odeonsplatz.

Kurz darauf fand unsere Fahrt ein jähes Ende. Ich legte eine Vollbremsung hin. Berittene Einheiten der Landespolizei hatten sich verteilt. Der Odeonsplatz war mit Panzerwagen und Stacheldrahtbarrieren abgeriegelt. Dahinter stand unerschütterlich die Feldherrnhalle. Sie sah aus wie immer, dennoch war alles anders. In Position gebrachte Kanonen und geschätzt hundert Mann, die ihre Maschinengewehre im Anschlag hielten. Mit dem Wagen gab es definitiv kein Durchkommen mehr.

Ich hoffte auf die Autorität meiner Dienstmarke. Zu Fuß rannten wir auf die Absperrung zu. Ein paarmal fasste ich dabei unter meinen Mantel. Doch selbst die Sicherheit, eine Pistole bei mir zu tragen, konnte mich nicht beruhigen.

Jemand schrie: »Sie kommen!« Ich schaute um mich, blickte suchend in alle Richtungen. Doch außer abwartenden Sicherungsposten und Schaulustigen sah ich niemanden. Gleichwohl vernahm ich dumpfe Klänge eines (noch) unsichtbaren Chors. Offenbar bewegten wir uns auf unserem Weg zur Dienststelle geradewegs darauf zu. Es hallte aus Richtung der Theatinerkirche über den Platz. Die Gesänge wurden lauter.

Dann tauchte aus der Residenzstraße eine singende Menschenmenge auf und marschierte, zwar noch in einiger Entfernung, aber von der gegenüberliegenden Seite der Absperrung, direkt auf uns zu. Hitler und Ludendorff in der ersten Reihe. Schüsse fielen!

Mein Kollege und ich sprangen von der Straße und duckten uns in die Nische einer Eingangstür. – Ein Albtraum! – Weitere Schüsse fielen. Menschen schrien und rannten in wilder Hast durcheinander.

Mit gezogener Waffe presste ich mich schutzsuchend an die Mauer, als ein Wachtmeister der Landespolizei hoch zu Ross vor mir zum Stehen kam. Das Pferd begann zu wiehern und zu schnauben und wild auszuschlagen. Nachdem der Reiter das Tier wieder unter Kontrolle hatte, fixierte er mich mit einer Holzlanze und forderte mich schreiend auf, die Pistole auf den Boden zu werfen.

Ich brüllte meinen Dienstrang und zog meine Marke aus dem Mantel. Mein Kollege ebenso. Der Wachtmeister wandte sich umgehend ab und ritt auf eine Gruppe Schaulustiger zu. Sie sollten verschwinden, schrie er und trieb sie mit halb abgesenkter Lanze vor sich her. Mit einem Mal herrschte völlige Stille!

Wir kamen aus unserer Deckung. Vor uns tote Menschen, Waffen, aus denen noch Rauch emporstieg, und vor Entsetzen verstummte Passanten.

Ich zuckte zusammen, als mir mein Kollege die Hand auf die Schulter legte. Er spähte über die Straße und sagte zögerlich: »Ich bin mir nicht sicher, aber …« Dann brach er ab, starrte weiter, bis er plötzlich laut sagte: »Da! Er ist es!«

Ein Beben durchfuhr meinen Körper. Obwohl ich nicht wusste, wie unser Gesuchter aussah, blickte ich angestrengt in die Richtung, in die mein Kollege gedeutet hatte: »Schau, er geht in den Hofgarten!« Ich wusste nicht, wen er meinte.

Menschen rannten kreuz und quer, und der Geräuschpegel stieg wieder. Während ich mir den Mörder rasch beschreiben ließ, erblickte ich einen berittenen Schutzmann, den ich von früher her kenne. Ich winkte und rief ihn bei seinem Namen: Balthasar Geiger.

Bevor wir die Spur des Täters in dem Chaos verlieren konnten, sollte Balthasar ihn zu Pferd stellen. Der hatte mich sofort erkannt, kam auf mich zugeritten, und wie ich meine Marke hervorziehen wollte, winkte er ab. Er wusste, wer ich bin und wie ich mein Brot verdiene.

Nervös weihte ich ihn ein. Sein aufmerksamer Gesichtsausdruck zeugte davon, dass er mir trotz der gebotenen Eile folgen konnte und die Brisanz der Situation sofort erfasste!

Mein Kollege beschrieb ihm mit wenigen Worten den Gesuchten und deutete in dem Durcheinander in Richtung des Hofgartentors. Balthasar tätschelte das Pferd, flüsterte in sein Ohr, straffte dann die Zügel mit einer Hand – während er mit der anderen den Säbel zog. Flink riss er das Tier herum und versetzte ihm einen Hieb. Der Gaul bäumte sich auf, bevor er mit klappernden Hufen über den Platz galoppierte.

Wir folgten zu Fuß, und in der Hektik stieß ich mit einem hochgewachsenen Mann zusammen. Sein Hut flog durch die Luft, und er stürzte schimpfend zu Boden. Ross und Reiter verschwanden vor meinen Augen im Hofgarten. Ich rannte weiter.

Am Eingangstor des Hofgartens angekommen, sahen wir aus der Entfernung unseren Verbündeten. Er hatte die Zielperson bereits eingeholt. Noch bevor das Pferd zum Stillstand gekommen war, sprang Geiger hurtig aus dem Sattel und rammte die Säbelklinge geradewegs in die Brust des Mannes.

Für einen kurzen Moment verharrte Geiger wie versteinert mit ausgestrecktem Arm, die Klinge in dem Menschen gegenüber. Als er den Stahl herauszog, sackte sein Vis-à-vis auf die Knie und kippte zur Seite.

Mein Schock über das Ableben der Bestie hielt sich in Grenzen. Vielmehr war ich von der Tatkraft Balthasars beeindruckt, obgleich auch von der fehlenden Gegenwehr überrascht.

Es ging alles blitzschnell, und mit den Worten »Du hast gesagt, er ist der Ripper, warum hätte ich da zögern sollen?«, steckte mein früherer Kamerad den blutbeschmierten Säbel weg.

Mir war's recht. Dieser grausame Mörder, dieser Schandfleck der Schöpfung, hatte den Tod ohnehin verdient – so oder so!

Ich beugte mich über den Leichnam: muskulös, blondes Haar. Sogar gut aussehend, bis auf den Mund. Der hatte einen grausamen Zug, wie das Maul eines Raubtieres. Vielleicht erschien mir das aber auch nur deshalb so, weil ich von den Taten weiß. Angeekelt wandte ich mich ab.

Jetzt sitze ich in meinem Büro. Kollegen haben die Identität dieses Mannes anhand gefundener Ausweisdokumente überprüft. Er ist der Mieter der Todeswohnung. Meine Anspannung weicht. Endlich.

Am Nachmittag hätte ich die Delegation aus Berlin treffen sollen. Niemand ist aufgetaucht. Vielleicht sind sie wegen Hitlers Versuch, die Regierung zu stürzen, gleich wieder abgereist. Preußische Angsthasen!

München-Augsburger Abendzeitung

München, Samstag den 10. November 1923
Einzelpreis 12 Milliarden M.

Die nationalen Wirren in München
Fortbestehen des Ministeriums Knilling –
Kahr und Lossow mit Reichswehr und
Landespolizei gegen die Hitler-Erhebung
Blutige Zusammenstöße zwischen
Hitler-Sturmtruppe und Landespolizei

–

Aufatmen!
Münchner »Ripper« von berittenem Wachtmeister im Hofgarten zur Strecke gebracht*

Tagebucheintrag von Leopold Kruger

10. November. – *Bayerische Staatszeitung, Münchner Post, Das bayerische Vaterland, Neue Süddeutsche Illustrierte*; sämtliche Zeitungen berichten über den gestrigen Putschversuch der NSDAP. Adolf Hitler gelang die Flucht. Der General der Infanterie namens Ludendorff wurde festgenommen, aber inzwischen schon wieder auf freien Fuß gesetzt.

In einem Feuergefecht vor der Feldherrnhalle waren achtzehn Personen ums Leben gekommen: vier Polizisten, dreizehn Putschisten und ein unbeteiligter Schaulustiger. Bei der Erstürmung des Wehrkreiskommandos in der Schönfeldstraße gab es zwei weitere Todesopfer. Die Bayerische Landespolizei hat unverzüglich mit der nötigen Härte durchgegriffen und die Ordnung in München wiederhergestellt!

Im Traum hätte ich mir nicht ausgemalt, welch aufreibende Zeiten ich hier erlebe. Eine der heutigen Zeitungen werde ich zusammen mit meinen Tagebüchern aufbewahren.

Auch der Fall des »Münchner Jack the Ripper« ist reif für die Geschichtsbücher. In dem kriegsähnlichen Durcheinander vor der Feldherrnhalle wurde er zufällig von einem ermittelnden Beamten erkannt, von einem Schutzmann der Reiterstaffel gestellt und in Notwehr getötet. Ich bin gespannt, was uns Joseph darüber erzählen wird.

Tagebuch von Joseph Obermeier

10. November. – Eine polizeiliche Pressenotiz wurde herausgegeben. Münchener Bürger, die im vergangenen Jahr gebrauchte Kleidung gekauft haben, werden darum gebeten, diese vorübergehend bei der Polizei abzuliefern. Alles wird katalogisiert, ausgestellt und dann wieder zurückgegeben. Ich hoffe, viele Menschen kommen der Aufforderung nach!

Wir wollen die Kleidung auf langen Tischen in der Kaserne ausbreiten und von Angehörigen vermisster Personen begutachten lassen. Vielleicht erhalten wir so Aufschluss darüber, welche Vermissten zu den Opfern gehören. Denn sollte deren Kleidung als Gebrauchtware verkauft worden sein, ist davon auszugehen, dass die Person getötet wurde. Anhand von Alter und Größenangaben zu den vermissten Personen versucht die Gerichtsmedizin dann Knochenfunde zuzuordnen.

Die Bekleidung, die in der Wohnung des Täters sichergestellt wurde, wird ebenso zur Ansicht bereitgehalten. Es liegt noch eine Heidenarbeit vor uns!

Die Sehnsucht nach Ruhe und Absolution zog mich heute in die Kirche. St. Peter ist ein beschaulicher Ort, dessen Stille sich auf die Besucher überträgt. Ich ließ mir die Beichte abnehmen. Zum einen bin ich froh, diese schlimme Zeit hinter mir zu lassen, zum anderen habe ich auf egoistische Weise beruflichen Stress in den Kreis meiner Familie getragen.

Später ging ich hinüber ins Rathaus. Der Bürgermeister wollte mich sehen. Seine Lobeshymne auf die Münchner Polizeiarbeit erschien mir heuchlerisch und peinlich! Außerdem suchen wir weiter nach diesem mysteriösen Bruder. Besondere Verdachtsmomente gegen ihn liegen uns nicht vor.

Die Spurensicherung bemühte sich, brauchbare Fingerabdrücke in der Wohnung zu finden. Dem Anschein nach muss aber relativ kurz vor der Durchsuchung die letzte Putzaktion stattgefunden haben. Dennoch bin ich mir gewiss, den Haupttäter gestern in die Leichenhalle verbracht zu haben! Alles andere wird sich im Nachgang klären.

Damit sie nach all den Strapazen einmal durchatmen können, habe ich den leitenden Beamten und all ihren fleißigen Helfern ab sofort zwei Tage Sonderurlaub erteilt.

Tagebucheintrag von Leopold Kruger

11. November. – Mein Leben hat eine schreckliche Wendung erfahren. Ich bin unfähig, einen klaren Gedanken zu fassen!

Tagebuch von Joseph Obermeier

11. November. – Gott im Himmel! Der Albtraum geht weiter! In einer Umkleidekabine des Müller'schen Volksbads wurde die Leiche eines zweiundzwanzigjährigen Mannes entdeckt – die Schlagader mit brutalen Bissen zerfetzt. Das Innere der Umkleidekabine glich einer Schlachtbank – die weißen Handtücher, der Bademantel, die Wände – alles blutbespritzt. Ein schrecklicher Anblick!

Wäre der junge Mann nicht zusätzlich stranguliert worden, wäre er aufgrund des massiven Blutverlustes verendet.

Laut gerichtsärztlicher Untersuchung war es vor dem Mord zu erzwungenem Analverkehr gekommen. Morgen berate ich mich aufs Neue mit einem Sachbearbeiter für Homosexuelle.

Ich bin der ratlose Kapitän eines Schiffes auf Irrfahrt. Mein Zigarettenkonsum ist auf zwei Päckchen am Tag angestiegen. Die Übelkeit ist wieder da!

Tagebucheintrag von Leopold Kruger

12. November. – Mein Körper und meine Nerven befinden sich in Aufruhr. Ich will an das Geschehene nicht denken und bekomme es gleichwohl nicht mehr aus meinem Kopf.

Die Freiheit, ein unbekümmertes Leben zu führen, wurde mir geraubt. Nun schreibe ich, ohne meine tatsächlichen Gefühle und Gedanken ausdrücken zu wollen, denn ich leide unsäglich und verfasse diese Notizen einzig zu dem Zwecke, mich zumindest für eine gewisse Zeit abzulenken.

Gestern hat man Adolf Hitler in Haft genommen. Carl hat verärgert den Kopf geschüttelt. Er hätte das Ganze mit einer Kugel gelöst. Ich kann seine Härte in diesen Dingen einfach nicht nachvollziehen. Sicherlich hängt es aber mit dem Krieg und seiner Abscheu gegen völkisches Gedankengut zusammen.

Joseph hatte Carl um ein Treffen im *Orlando* gebeten. Ich begleitete ihn dorthin. Am Nebentisch sah ich eine bezaubernde junge Frau. Groß, schlank und dunkelhaarig. Sie trug ein dezentes Reisekostüm und saß einem alten, glattrasierten Mann mit weißem Schnurrbart gegenüber. Wahrscheinlich war es ihr Vater. Das hoffe ich wenigstens und will mir alles andere nicht vorstellen. Menschen sind böse, hintertrieben und schlecht, aber auch naiv und dumm.

Joseph machte einen elendigen Eindruck. Kreidebleich zog er in kurzen Abständen hektisch an einer Zigarette. Ich ahnte den Grund seiner Nervosität.

Nach anfänglichem Schweigen begann er zu erzählen, sich absolut sicher gewesen zu sein, dass der »Ripper« zur Strecke gebracht worden war. Obwohl nichts davon in der Zeitung stand, wusste ich sofort, er würde sogleich über eine Leiche im Volksbad sprechen. Ich bin gefangen in einem Fegefeuer zwischen Wahn und Wirklichkeit. Mein dunkles Geheimnis macht mich verrückt ... Tatsächlich berichtete er von der Leiche. Mir wurde schwindlig.

Mit gebrochener Stimme führte er anschließend aus, zurückliegende Fakten hätten einen stimmigen Zusammenhang ergeben, sodass er und fast alle Beteiligten bei der Polizei der Meinung waren, der Getötete im Hofgarten sei der »Ripper« gewesen. Immerhin war er als Mieter der Mordwohnung gemeldet. Doch hatten sie sich alle geirrt. Joseph als leitender Ermittler am allermeisten.

Mit einem Mal schaute Carl zu mir. »Du warst doch gestern im Volksbad? Ist dir was aufgefallen?« Joseph starrte mich sofort neugierig an. Ich verneinte kurz und knapp. Ich log.

Joseph erzählte weiter, die ersten Leichen habe man im vergangenen Jahr an öffentlichen Plätzen gefunden. Dann war die Serie scheinbar abgerissen. Keine Leichenfunde, also keine Morde mehr. So dachte man zumindest. Von da an wurden jedoch alle Morde in einer Wohnung begangen. Gefolgt von der Zerstückelung der Körper, die im Anschluss in der Isar verschwanden.

Dass ein Täter sein Vorgehen ändere, sei keine Seltenheit. Nach den schrecklichen Knochenfunden wurde der Mieter, in dessen Wohnung Menschen getötet und zerstückelt worden waren, zur Strecke gebracht. Nun, da die Unterkunft nicht mehr zur Verfügung stehe, tauche kurz darauf erneut eine Leiche in der Öffentlichkeit auf. Männlich, jung.

Es lägen Aussagen der Nachbarn vor, der vermeintliche Täter habe sich die Wohnung mit seinem Bruder »vom Land« geteilt. Zwischenzeitlich ergab die Überprüfung, dass kein Bruder existiert – einzig eine Schwester in Freising. Das letzte Treffen der Geschwister liegt drei Jahre zurück.

Joseph sagte, es fänden sich unbestreitbare Spuren an der Leiche im Volksbad, die jenen von vor einem Jahr ähneln. Er schlug sich die Hände vor das Gesicht und schwieg einen Moment.

Ein Polizeiphotograph hatte am Vormittag in der Leichenhalle ein Bild des vermeintlichen Täters angefertigt. Morgen wird es in allen Tageszeitungen gedruckt. Münchens Einwohner sollen Hinweise liefern.

Carl bohrte nach, weshalb Joseph einen zwingenden Zusammenhang zwischen den Morden zu erkennen glaube. Josephs Antwort blieb verschleiert. Er sprach vage von ähnlichen Verletzungen.

Mehr wollte er partout nicht dazu sagen. Carl hakte weiter nach und erkundigte sich demonstrativ nach den Ergebnissen des Fingerabdruckvergleiches, wobei er erwähnte, Joseph habe ihm ja einmal erzählt, dass er auf diese Art der Spurensicherung große Stücke halte und sie doch angeblich die Zukunft in der Kriminalistik sei.

Joseph schlug auf die Marmorplatte des Tisches und weigerte sich, mehr darüber zu sagen. Warum auch immer. Ob Carl ihn ärgern wollte, weiß ich nicht. Jedenfalls wirkte er auf mich, als fühle er sich in seiner Skepsis bezüglich neuer Ermittlungstechniken bestätigt, was Joseph offenbar ganz und gar missfiel. Dessen Nerven lagen blank. Er zog seine Jacke aus und rollte die Ärmel seines Hemdes nach oben; die Nachfrage zum Thema Fingerabdrücke hatte ihn noch mehr in Rage gebracht. Ich hatte den Eindruck, dass er keinesfalls beabsichtigte, sich vor Carl zu rechtfertigen, wie Polizeiarbeit zu erledigen sei. In mir kroch die Frage empor, weshalb sich Joseph überhaupt mit Carl treffen wollte.

Ganz plötzlich, ich hatte ihn jedenfalls nicht kommen sehen, stand – er – vor uns! Paralysiert starrte ich ihn an. Ich konnte es nicht fassen und zweifelte ernsthaft an meiner Wahrnehmung! Diesen Moment kann ich wegen der Fülle an Gedanken und Gefühlen, die mich überschwemmten, gar nicht beschreiben. Ich blickte in alle Richtungen. Niemand wusste, was ich wusste. Zugleich war ich mir nicht sicher, ob die Anwesenheit des Mannes nur meiner Einbildung entsprang. Ich wollte schreien und schwieg. Wollte wegrennen und blieb.

Kurz dachte ich tatsächlich, er sei ein Geist, den nur mein Auge erblickt. Als aber Joseph aufstand und ihn mit einem herzlichen Händedruck begrüßte, erzitterte mein Innerstes noch mehr. Ich hätte nur den Arm ausstrecken müssen, um ihn zu berühren. Er stand leibhaftig vor mir! Ich rührte mich keinen Millimeter und hielt die Luft an.

Carl blieb sitzen. Anstatt diesem Mann ebenfalls die Hand zu reichen, lehnte er sich im Stuhl zurück, lächelte verhalten und nickte ihm zu.

Gleich darauf erfuhr ich seinen Namen: Er heißt Balthasar Geiger und ist jener Schutzmann, der den angeblichen »Ripper« vor zwei Tagen zur Strecke brachte. Ich starrte stumm in meinen Kaffee, ohne den Hauch einer Ahnung, was ich tun sollte!

Joseph wandte sich an mich. In seiner mir unbegreiflichen Euphorie über Geigers Anwesenheit war ihm mein Zustand wohl entgangen. Er berichtete mir, er und Carl hätten als Kinder in derselben Straße wie Balthasar Geiger gewohnt. Übelkeit kroch in mir hoch.

Er stand noch immer vor dem Tisch. Für einen kurzen Augenblick schaute ich zu ihm nach oben. Er lächelte und setzte sich mir gegenüber. Er wusste genau, ich hatte unser dunkles Geheimnis nicht preisgegeben. Er wusste genau, ich konnte es nicht. Ich schämte mich!

Carl, Joseph und Geiger sind im gleichen Alter. Geiger besitzt sogar eine gewisse optische Ähnlichkeit mit meinem Onkel.

Joseph deutete fragend auf Geigers Augenbraue. Dort zeichneten sich die Spuren eines Schlages ab. Ich kannte den Grund. Ich hatte ihm einen unbeholfenen Hieb mit dem Ellenbogen verpasst. Geiger hingegen sprach von dem Berufsrisiko eines Wachtmeisters der Landespolizei. Das nahm Joseph zum Anlass, Geigers rühmliches Handeln im Hofgarten zu schildern. Er bezeichnete es als Großtat und grandioses Beispiel einer vorbildlichen Reaktion. Ohne lange Erklärungen habe er die Lage blitzschnell eingeschätzt und gehandelt.

Carl schien mir distanziert. Ich war froh darüber. Mein Onkel hatte ihm ja weder die Hand gereicht noch hatte er in die bewundernde Lobeshymne eingestimmt. Ganz im Gegenteil. Er saß ihm mit ernstem Gesicht gegenüber. Abwartend und beobachtend.

Alle drei rauchten. Carl Zigarillos, die anderen Zigaretten. Ich saß mittendrin. Meine Übelkeit verstärkte sich. Bei solch einem Gestank komme ich zumindest nie in die Versuchung, damit anzufangen. Abgesehen davon ist es mir immer noch unfassbar. Niemand ahnt, dass Balthasar Geiger »der Ripper« ist! Nicht einmal der Hauch eines Verdachtes haftet an ihm. Ich bin verzweifelt. Scham und Schuld verbieten es mir, mich zu offenbaren!

Auf Josephs Frage, wann sich Carl und Geiger das letzte Mal gesehen hätten, verzog Geiger nachdenklich das Gesicht. Carl hingegen sagte sofort: »Vor dreiundzwanzig Jahren!« Geiger lächelte.

Dieses Lächeln war so grausam für mich, dass ich auf die Tischplatte vor mir starrte. Auch als Geiger nachfragte, wer ich sei, blieb ich stumm. Joseph warf mir einen Blick zu, wie man ihn einem unartigen Kind zukommen lässt. Offenbar um die Peinlichkeit meines Schweigens zu übertünchen, erzählte er von meiner Verwandtschaft zu Carl. Geiger lächelte teuflisch zu mir herüber.

Ich hasse ihn und werde ihn töten! Böse Gedanken – von denen ich niemals gedacht hätte, sie jemals gegen einen Menschen zu hegen.

Zu Anfang unseres Treffens wirkte Joseph extrem gedrückt. Seit Geiger mit am Tisch saß, verbesserte sich seine Stimmung. Mit abgestützten Ellenbogen legte er die Fingerspitzen aneinander, als wollte er eine offizielle Nachricht bekanntgeben. Er verkündete dann, er sei der festen Überzeugung, mit den beiden fähigsten Personen Münchens an einem Tisch zu sitzen, die ihn bei der Jagd nach dem wahren Mörder unterstützen könnten. Dass ich nur Beiwerk in dieser Runde war, brauchte er nicht zu erwähnen.

Carl lehnte sich irritiert zurück. Geiger runzelte die Stirn. Eine Ironie des Schicksals, einer solchen Unterhaltung mit dem Wissen über die Unwissenheit anderer beizuwohnen.

Geiger schaute mich kurz an – mir wurde heiß und kalt – und sagte, er habe den Täter doch zur Strecke gebracht. Er spielt sein Spiel. Dieses Schwein!

Joseph erzählte von der Leiche im Volksbad. Geiger gab sich geschockt. Er hätte Schauspieler werden können.

»Leute«, sagte Joseph eindringlich, wobei er sich fast beschwörend über den Tisch reckte, »wo immer die Bestie sein mag, ich hoffe, ihr Untergang ist nahe. Ich werde erst ruhen, wenn diese Kreatur ausgelöscht ist. Balthasar, du hast mich sehr beeindruckt, und du bist Wachtmeister. So jemanden wie dich kann ich gebrauchen. Ich brauche Leute, die nicht lange fackeln. In der derzeitigen Lage krieg ich alles genehmigt – und wenn ich dich haben will, kommst du zur Kriminalpolizei. Eine riesige Chance für dich. Und ich bin für jede Hilfe dankbar.« Dann schaute er zu Carl. »Über dich und deinen Mut muss man in München kein Wort verlieren.« Während er weitersprach, fasste er meinen Onkel am Unterarm und sah ihn bittend an. »Mein Freund, ich brauche dich! Ich weiß nicht mehr weiter!«

Geiger schmunzelte, was nur ich sah. Josephs Blick war auf Carl gerichtet, der umgehend klarstellte, er habe mit der Sache nichts zu tun, und dies solle auch so bleiben. »Aber Carl –«, entgegnete Joseph. Mein Onkel unterbrach ihn mit einem entschlossenen Nein.

Joseph begann zu zittern. Ich sah es, als er nach den Zigaretten griff. Sein Blick schweifte zu Geiger. Der schwieg vorerst und sah ihn lange an. »Ich habe einen Mann getötet! Das heißt nicht, dass ich ein guter Kriminalpolizist wäre.«

Joseph widersprach ihm. Er habe zum richtigen Zeitpunkt richtig gehandelt, und dies sei mehr wert als irgendeine Ausbildung. Geiger blieb skeptisch. Er wolle es sich überlegen und in zwei Tagen in die »Löwengrube« kommen. Immer noch bin ich verwirrt. Was soll ich tun?

Mein Durcheinander im Kopf verstärkte sich mit dem Eintreffen von Anna. Aus der Vorsichtsmaßnahme, sie wegen der Morde nach Hause zu geleiten, war längst Gewohnheit geworden. Nachdem wir uns mit Joseph im *Orlando* verabredet hatten, hatte Carl sie gebeten, nach ihrem Schichtende ebenfalls dorthin zu kommen.

Zu meiner Verwunderung verhielt sich Carl Anna gegenüber jedoch sehr unhöflich. Josephs Aufforderung, ihm zu helfen, hatte bei ihm eine furchtbar miese Stimmung hervorgerufen. Er starrte abwesend aus dem Fenster. Am liebsten wollte er gehen, glaube ich.

Joseph machte Anna dann mit Geiger bekannt. Sie reichte ihm die Hand, und dieses Dreckschwein hat sie berührt. Mir war, als hätte mir jemand ins Gesicht geschlagen. Durch eine hektische Bewegung verschüttete ich meinen Kaffee, Geiger verabschiedete sich dann relativ rasch. Ob es an mir lag, weiß ich nicht. In jedem Fall war ich erleichtert!

Joseph zog kurz darauf eine Uhr aus der Westentasche, blickte auf das Ziffernblatt und meinte, er müsse ebenfalls aufbrechen. Er ging aber erst, nachdem er sich nochmals an Carl gewendet hatte: »Ein Held nimmt die Herausforderung an, wenn der Zeitpunkt gekommen ist. Und du, was machst du? Du versteckst dich!«

»Was bildest du dir eigentlich ein?«, entgegnete Carl ihm mit erhobener Stimme, die einen drohenden Unterton hatte. Alle im Café drehten ihre Köpfe. Joseph ging.

Ich kann nicht einschätzen, wieso Carl derart barsch reagierte. Anna und ich verhielten uns möglichst ruhig. Wir wollten ihn nicht weiter reizen, und so saßen wir eine kleine Weile schweigend beisammen. Meine Gedanken drehten sich ohnehin im Kreis. Carls Stimmungen sind mein geringstes Problem.

Der Grund für die Szene zwischen Carl und Joseph schien Anna nicht weiter zu interessieren. Zumindest erkundigte sie sich nicht danach. Sie kennt Carls Launen. Für solch abweisendes Verhalten braucht es bei ihm keinerlei triftige Gründe. Wir verloren kein Wort darüber, und der restliche Abend verlief wie so viele zuvor.

Am Ende brachten wir Anna nach Hause. In meinem derzeitigen Zustand wäre es mir unmöglich, mich einer Frau zu nähern. Ein Zustand, der nun auch die letzten Reste kühner Träumereien vertrieben hat. Ich werde diese wundervolle Frau niemals die meine nennen.

Niemand außer mir kennt die volle und reine Wahrheit! Ich kenne den Mörder, er hat mein Leben ruiniert. Gleichwohl bin ich zum Schweigen verdammt!

12. November. – Heute wurde ich von Carl vorgeführt. Von zurückliegenden Morden liegen uns Fingerabdrücke vor. Dieses kriminalistische Werkzeug ist relativ neu. Im Grunde vertraue ich auf die Wissenschaft, und doch habe ich sie nicht vollumfänglich genutzt. Wir hätten die Abdrücke der Täterleiche mit denen abgleichen müssen, die uns von den Tatorten des letzten Jahres und aus der Wohnung vorliegen. Wir, und vor allem ich, taten es nicht. Obwohl ich in den letzten Monaten ständig darauf drängte, ganz genau nach entsprechenden Spuren zu suchen, hatte ich sie abschließend zur Klärung nicht mehr herangezogen!

Der von Balthasar getötete Mann im Hofgarten handelte mit Schwarzmarktkleidung und war gemäß einer Überprüfung der Ausweispapiere offizieller Mieter der Todeswohnung. Fall geklärt – ich Vollidiot!

Ich hatte mir den Abschluss dieses Falles wohl so sehr gewünscht, dass mein Unterbewusstsein kurzerhand den leichtesten Weg gegangen ist.

Die neue Untersuchungsmethode des Fingerabdruckvergleichs gehört bislang nicht zum Standardprozedere, noch nicht zumindest, und ich hatte es in meiner Euphorie schlichtweg versäumt, anzuordnen, dass auch dieser Leiche die Fingerabdrücke abgenommen werden, um sie mit den vorliegenden abzugleichen. So wären wir sofort und unwiderruflich darauf gestoßen, dass ein zweiter Täter im Spiel sein muss. Aufgrund des Mordes im Volksbad erfolgte nun im Nachgang die diesbezügliche Überprüfung, wobei herauskam: Die Abdrücke passen nicht zueinander. Ein grober Fehler, noch dazu, weil wir von dem anderen Wohnungsnutzer wussten. Statt mich zurückzulehnen, hätte ich auf das Höchste alarmiert sein müssen. Meine Kollegen nehme ich in Schutz. Sie waren wohl ebenso erleichtert wie ich, die Mordserie für beendet erklären zu können. Aber ich, der leitende Ermittler, halte die Zügel in meinen Händen, und habe schlampig und nachlässig gearbeitet.

Carl hingegen setzt sich an den Tisch im Café, raucht Zigarillo, hat mit dem Fall nichts zu tun und bringt wie selbstverständlich den Abgleich der Fingerabdrücke zur Sprache. Und dies, obwohl er kein Kriminalbeamter ist und solchen Neuerungen seit jeher skeptisch gegenübersteht. Manchmal hasse ich ihn dafür, die richtigen Gedanken zum richtigen Zeitpunkt zu haben. Schon während unserer Kindheit war das so gewesen.

Ich werde meiner Stellung nicht gerecht und musste mir das von Carl unter die Nase reiben lassen. Ich bin furchtbar wütend deswegen.

Falls es zu einer ministeriellen Inspizierung kommt, um Versäumnisse nachzuweisen, werde ich alle Schuld auf mich nehmen. Meine minderen Fähigkeiten fallen zunehmend auf!

Tagebuch von Joseph Obermeier

13. November. – Meine Frau und die Kinder schlafen längst. Ich habe sie heute gar nicht zu Gesicht bekommen. Mittlerweile sitze ich an meinem Sekretär im Wohnzimmer und schreibe bei Kerzenschein.

Heute erschien das Photo des getöteten Mittäters in den Tageszeitungen. Die nachfolgenden Ereignisse schlugen mit einer solchen Wucht ein, dass ich noch immer aufgebracht bin. Meine Hände zittern, während ich schreibe.

Am späten Nachmittag erhielt ich einen Anruf. Man berichtete mir von einem Leichenfund. Eine dreiundachtzigjährige Frau. Trotz des hohen Alters, so erzählte man mir, war sie rüstig und nach wie vor in der Lage gewesen, sich selbst zu versorgen. Sie lebte alleine. Ihre Tochter besaß einen zweiten Wohnungsschlüssel. Sie war es dann, die die Leiche im Wohnungsgang entdeckt hatte. Erwürgt, mit bloßen Händen. Weder hatte jemand die Tür aufgebrochen noch etwas gestohlen.

Dabei hätte ein Blick in die Küche genügt. Es wäre einiges zu holen gewesen. Dort fand man frisches Gemüse, Milchschüsseln, einen Laib Brot und Käselaibe. Dinge, die sich in diesen Zeiten nicht jeder leisten kann. Alles stand geordnet auf der Anrichte, bestätigte uns die Tochter. Selbst den Schmuck, den die Frau besessen hatte, fanden wir, fein in kleine rechteckige Blechdosen sortiert, in der Schublade. Die Dokumentenkassette, in der sie ihr Bargeld aufbewahrte, war unversehrt. Das Portemonnaie lag daneben.

Einzig ein Beistelltischchen im Gang war umgekippt, ansonsten konnten wir keinerlei Spuren eines Kampfes oder eines Einbruches entdecken.

Die arme Frau hatte ihrem Mörder also selbst die Tür geöffnet. Vermutlich am späten Vormittag oder am frühen Nachmittag. Zwischen der Tat und dem Eintreffen der ersten Beamten lagen nur wenige Stunden. Man informierte mich aber erst später.

Die Wohnung befindet sich im äußersten Westend, in einem dunklen Mietshaus. Ich hörte mir die Aussagen der Nachbarn an – und dies änderte alles!

Jetzt bin ich todmüde. Ich lege mich erst einmal ins Bett und will dann morgen mit Carl in Kontakt treten. Ich brauche ihn – mehr denn je!

Vier Uhr früh: Von meinen Albträumen bin ich aufgewacht und kann nicht mehr schlafen. Vor meinen geschlossenen Augen erscheinen teuflische Fratzen. Ich träumte von dem Film *Nosferatu* und sah Max Schreck als Vampir. Die vielen Knochen, die Bissmale. Jetzt sitze ich hier und friere erbärmlich, trotzdem werde ich mich gleich in die Dienststelle aufmachen. Ich befinde mich in einem dämonischen Spiel, Gut gegen Böse!

Tagebucheintrag von Leopold Kruger

13. November. – Ich wollte den heutigen Tag alleine verbringen. Bis Mitternacht saß ich im *Café Stephanie*. Ich vertiefte mich, so gut es ging, in Goethes *Faust* und in verschiedene Tageszeitungen. Ablenken konnte ich mich nicht damit. Mein mangelndes geistiges Gleichgewicht reißt mich ständig aus der Lektüre. In meiner derzeitigen Situation ein Buch über einen Teufelspakt zu lesen, ist dumm. Dennoch tue ich es. Ich will mich nicht schonen, will mich gegen meine Gefühle und meinen Schmerz zur Wehr setzen. Gleichzeitig überlagert der Wunsch nach Rache all mein Denken.

In der Zeitung entdeckte ich die von Joseph angekündigte Photographie. Sie zeigt einen mir unbekannten Menschen. Alle Bevölkerungskreise sind aufgerufen, Informationen zu diesem Mann mitzuteilen.

Ich dachte an Balthasar Geiger, und mir geht der junge Mann aus dem Volksbad nicht aus dem Sinn. Ich war es, der über sein Schicksal entschieden hat! Nun liegt er in einer kalten Leichenhalle.

Kurz vor Mitternacht tauchte plötzlich Carl im Café auf. Seine Laune war miserabel, und als er sich zu mir setzte, rumpelte er so heftig gegen den kleinen Marmortisch, dass meine Kaffeetasse umfiel. Er grummelte: »So, das war's!«, und erzählte mir von einem Fausthieb in Grubers Gesicht. Ein dickbäuchiger Mann mit Mundgeruch und fettigen Haaren hatte darauf bestanden, dass eine der Frauen etwas mit ihrem Mund machen sollte, das sie nicht wollte. Der Freier hatte ihr dann wütend mit der Faust ins Gesicht und in den Bauch geschlagen. Carl glaubt, er hat ihr sogar eine Rippe gebrochen. Der Kunde bekam von ihm daraufhin eine ordentliche Abreibung verpasst, und Gruber war sauer; die Frau war ihm völlig egal. Also hatte Carl auch dem Bordellbesitzer eine verpasst.

Jetzt liegt Carl auf dem Bett und starrt durch das Fenster nach draußen, während ich meine Notizen verfasse. Der Mond scheint blaugrau herein. In ein paar Minuten werde auch ich mir meine Schlafstätte auf dem Boden herrichten. Meine kreisenden Gedanken und die Zerrissenheit, mein weiteres Handeln betreffend, begleiten mich auch in der Nacht.

Ich denke viel an zu Hause. An die trockenen Tage im August, an denen der Geruch von frisch gemähtem Gras in der Luft liegt, und an den Regen im Sommer. Gerechte, wilde Natur, ohne all das Böse der menschlichen Rasse.

Tagebucheintrag von Leopold Kruger

14. November. – Vor Sonnenaufgang klopfte es an der Wohnungstür. Ich schlief ohnehin nicht, und auch Carl war die Nacht über unruhig gewesen. Als er die Tür öffnete, reckte ich mich vom Boden aus in die Höhe und sah den schwarzen Umriss eines huttragenden Mannes im Türstock.

Bevor der Fremde wieder verschwand, wechselten sie leise Worte. Ich hörte die schweren Schritte des Besuchers im Gang, während sich Carl im Dunkeln eilig anzog. Joseph hatte einen Boten geschickt und wartete in der »Löwengrube« auf ihn. Carl hatte nichts dagegen, dass ich ihn begleitete.

In der morgendlichen Stille waberte Nebel auf der Straße. Zwei Autoscheinwerfer schickten ihr Licht hindurch. Der Mann von vorhin saß hinter dem Lenkrad und hatte mit laufendem Motor auf uns gewartet.

Binnen zweier Tage schien mir Joseph um Jahre gealtert. Auch ein paar Löffel warme Suppe hätten ihm wohl gutgetan. Anstatt aufzustehen, um uns zu begrüßen, blieb er sitzen und dirigierte alles von seinem Platz hinter dem Schreibtisch aus. Den Beamten, der uns durch das Gebäude geleitet hatte, wies Joseph an, umgehend das Büro zu verlassen, bevor er mich schweigend anstarrte. Müde und genervt teilte er mir mit, dass er mich zwar mochte, aber … Bevor Joseph weitersprechen konnte, fiel ihm Carl ins Wort. Er bestand auf meiner Anwesenheit.

Nach kurzem Zögern atmete Joseph tief aus: »Dann soll es halt so sein. Setzt euch hin, ihr zwei. Alles, was ich jetzt erzähle, bleibt unter uns. Klar?« Seine Augen ruhten immer noch auf mir. Ich nickte, natürlich nickte ich, und natürlich kann er sich auf mich verlassen.

Schweigend griff Joseph nach seinen Zigaretten. Nach mehreren Lungenzügen stemmte er sich vom Stuhl hoch, drückte die Zigarette wieder aus und stellte sich vor das große Fenster hinter seinem Schreibtisch. Er steckte die Hände in die Hosentaschen, und mit dem Rücken zu uns sagte er: »Alles, was ich euch anvertraue, unterliegt höchster Geheimhaltung! Und lasst mich bitte aussprechen. Unterbrecht mich nicht!« Er atmete hörbar und zündete sich eine neue Zigarette an. Ein Rauchschleier zog über das Fenster.

»Die ersten Morde wurden an Frauen, Kindern und Männern begangen. Bis auf ein kleines Mädchen in der Wohnung über einem Wirtshaus entdeckte man alle Opfer an öffentlichen Plätzen. Auf Friedhöfen, im Englischen Garten, in Hinterhöfen oder finsteren Gassen. Die Auswahl der Opfer und Orte schien wahllos und ohne nachvollziehbares Muster. Stets ging der Täter mit außergewöhnlicher Brutalität und Grausamkeit vor. Bei dem siebten Opfer, einem jungen Mann, entdeckten wir zum ersten Mal Bissspuren am Hals. Sein Mörder hatte ihn tatsächlich in die Schlagader und in den Kehlkopf gebissen.

Diese Informationen sind bis heute streng geheim. Die Öffentlichkeit weiß nichts davon, und selbst in der Dienststelle sind nur sehr wenige eingeweiht.

Ungefähr drei Monate nach dem ersten Fund auf dem Nordfriedhof brach die Serie ab. Sämtliche bis dahin durchgeführte Ermittlungen waren erfolglos. Wir tappten im Dunkeln. Du weißt, Carl, wie verzweifelt ich war!«

Joseph drehte sich um und setzte sich hinter den Schreibtisch. »Ein knappes Jahr später kam es zu den Knochenfunden in der Isar. Der oder besser gesagt die Täter hatten also keineswegs mit dem Morden aufgehört, sondern lediglich ihr Vorgehen geändert. Die Morde wurden unbemerkt in einer Wohnung verübt, die Körper zerlegt, ausgeweidet und die Knochen entweder zerschlagen oder in der Isar versenkt. Es handelte sich bei diesen Opfern ausschließlich um junge Männer oder Knaben.

Was mit dem Fleisch geschehen ist, will ich mir gar nicht ausmalen! Ich fürchte mich vor solchen Gedankengängen und dem, was dabei herauskommen könnte. Einer Nachbarin wurde mal Bouillon angeboten. Angeblich hatte der Bruder vom Land zu viel davon gekocht.

Die Kleidung und alles andere, was die Opfer mit sich geführt hatten, wurde auf dem Schwarzmarkt verkauft.

Bei den Opfern handelte es sich meist um Wohnungslose, Landstreicher oder verwaiste Kinder. Diese treiben sich zuhauf am Hauptbahnhof, in Obdachlosenheimen oder vor der Freibank herum. Wir vermuten, es handelte sich bei einigen auch um Homosexuelle. Ein Umstand, der unsere Ermittlungen erschwert, weil sich viele davon in geschlossenen gesellschaftlichen Kreisen aufhalten. Wenn dort jemand verschwindet, überlegt man es sich zweimal, ob man Kontakt mit der Polizei aufnimmt.

Die Spur zu der Wohnung, in der sich das alles abgespielt hat, ergab sich aufgrund eines Zufalls. Eine am Schwarzmarkt gekaufte Trachtenjacke brachte alles ans Licht. Einzelheiten hierzu sind für euch unwichtig. – Unsere Jagd galt also besagtem Wohnungsmieter, und der wurde dann von Balthasar mit einem Säbel im Hofgarten aufgespießt.

Ein komischer Zufall, wenn ich jetzt so darüber nachdenke. Vielleicht war es Schicksal, wenn es denn so etwas gibt. Keine Ahnung.

Aus Gesprächen mit den Nachbarn erfuhren wir, dass mitunter auch ein zweiter Mann die Wohnung benutzt hat. Aber der offizielle und einzige Mieter war der im Hofgarten Getötete. Dieser unbekannte zweite Mann hatte nie ausführlicher mit einem Nachbarn gesprochen. Höchstens knapp gegrüßt und in unregelmäßigen Abständen übernachtet. Manchmal bloß eine Nacht, manchmal zwei hintereinander.

Eine neugierige Nachbarin hatte wohl einmal nach seiner Identität gefragt, woraufhin er sich als der Bruder vom

Lande vorstellte. Er komme immer mal nach München, um Gelegenheitsarbeiten zu verrichten. Leider fragte die Nachbarin nicht nach seinem Namen.

Ob dieser sogenannte Bruder nun der Haupttäter oder ein weiterer Komplize ist, wissen wir nicht. In jedem Fall muss er aber davon mitbekommen haben. Der Fußboden ist von Blut verfärbt, und die Matratze ist starr und steif von eingetrocknetem Blut. Vermutlich wurden die Opfer im Bett totgebissen.

Das Ärgerliche: Unsere Nachforschungen haben ergeben, dass es gar keinen Bruder gibt, sondern einzig eine Schwester. Hätten wir ... hätte ich schneller recherchiert, wären wir sofort auf diesen Widerspruch gestoßen.

Nachdem Geiger jenen Mann im Hofgarten, also den Mieter der Wohnung, getötet hatte, war ich der festen Überzeugung, es sei vorbei und der Haupttäter seiner gerechten Strafe zugeführt. Dann geschah dieser Mord im Volksbad! Versteht ihr?

Die Wohnung war kaum entdeckt, und schon taucht die erste Leiche wieder an einem öffentlichen Ort auf. Der Mörder ist in sein altes Schema zurückgefallen!

Ohne Zweifel läuft dort draußen immer noch ein Monster herum. Ein Vampir, ein Werwolf in Menschengestalt. Der eigentliche Täter muss jener mysteriöse Bruder sein, und er ist homosexuell. Laut Auskunft unseres Rechtsmediziners hatte er bei dem letzten Opfer mit Gewalt Geschlechtsverkehr erzwungen. Ich will gar nicht wissen, was der Doktor dafür tun musste, um das feststellen zu können.

Vielleicht hatten der Wohnungsmieter und der Haupttäter sogar ein Verhältnis. Homosexualität ist strafbar, und solche Burschen sind froh, jemanden zu finden, der ebenso veranlagt und verschwiegen ist. Nebenbei haben sie ihre

Kasse mit der gebrauchten Kleidung ihrer Opfer aufgebessert. So viel zur Vorgeschichte. Herrgott – ich hoffe, dieser Albtraum endet bald!

Wie ihr wisst, haben wir ein Photo von dem getöteten Wohnungsmieter in der Zeitung veröffentlicht. Das hatte ich euch im Café ja angekündigt, noch bevor Balthasar zu uns gestoßen ist. Dass ich es vor ihm nicht wiederholt habe, war ein Zufall, und es steckte keine Absicht dahinter. Wirklich reiner Zufall!

Mittlerweile habe ich bezüglich meiner Bitte, mich bei der Jagd nach dem Mörder zu unterstützen, auch eine Nachricht von Balthasar bekommen. Doch diese ist anderer Art als gedacht.

Aber ich erzähle chronologisch: Gestern Nachmittag rief man mich zu einem Mordfall. Eigentlich bin ich dafür nicht zuständig. Eine alte Frau wurde in ihrer Wohnung erwürgt. Eine Tat, die wir mit unserem Serienmörder nie in Verbindung gebracht hätten. Der Tathergang, die Art und Weise, das Opfer, das alles passt nicht dazu.

Eher nebenbei stolperten die Ermittler aber in eine völlig neue Richtung. Die Befragung der Nachbarn brachte zutage, dass der Mann, dessen Photographie gestern in der Zeitung abgebildet war, des Öfteren in diesem Haus übernachtet hatte.

In vielerlei Hinsicht verhalten sich Menschen immer wieder ähnlich. Wie in der anderen Wohnung gab es auch hier Hausbewohner, die nachgefragt hatten, wer denn der junge Mann sei, der häufig zu Besuch komme. Ihnen wurde dann auch eine ähnliche Geschichte aufgetischt. Bei dem Gast – und dieser Gast war eben der Tote aus dem Hofgarten –, handle es sich um den jüngeren Bruder eines Mieters. Er käme vom Land, um sich in München ab und an etwas dazuzuverdienen. Hierfür nächtigte er in der Wohnung des Bruders. Angeblich kam er aus der Nähe von Garmisch.

Identische Geschichten. Zwei Männer, eine Wohnung, der arbeitende Bruder vom Land.

Wir gehen davon aus, die alte Frau hatte ihren Nachbarn im Treppenhaus abgepasst – die Wohnungstür hinter sich offen. Sie wollte ihn wohl nach dem Photo des vermeintlichen Bruders in der Zeitung befragen.

Dummes, altes Weib! Wir hatten in dem Text ausdrücklich dazu aufgefordert, die Kriminalpolizei zu informieren, sollte man etwas wissen. Vor diesem Schritt wollte sie wohl erst einmal mit ihrem Nachbarn direkt sprechen. Sie ahnte nicht, um welche Zusammenhänge es ging.

Der Mann, der ein Stockwerk über ihr wohnte, wusste offenbar nichts von der Zeitungsmeldung, sonst wäre er, denke ich, nicht wieder in das Haus gekommen. So wurde er jedoch mit der Frage und dem Hinweis auf die Zeitungsmeldung überrascht, zerrte die Alte in ihre Wohnung und erdrosselte sie im Gang. Es gibt keinerlei Einbruchsspuren. Nichts wurde gestohlen, obwohl einiges zu holen gewesen wäre.

Jetzt kommt Balthasar ins Spiel. Die Vernehmung der übrigen Nachbarn brachte alles ans Licht. – Er ist es! Er ist ihr Nachbar gewesen! Er hat den jungen Mann bei sich schlafen lassen. Balthasar ist unser Serienmörder. Er hat Menschen auf bestialische Weise getötet, Männer vergewaltigt, ihre Hälse mit den Zähnen zerfetzt, Leichen zerteilt, ausgeweidet und was weiß ich noch alles.

Die beiden hatten sich als Brüder ausgegeben. Hatten in der Wohnung des jeweils anderen geschlafen, und selbst, wenn beide gemeinsam in einer Wohnung nächtigten, gab es keinerlei Verdacht wegen homosexueller Ausschweifungen. Immerhin waren alle der Meinung, es handle sich um Brüder. Vielleicht gab es auch eine Art sexuelles Hörigkeitsverhältnis zwischen den beiden. Ich weiß es nicht.

Die Morde und das Schlachten der Opfer erledigte Balthasar ausschließlich in der Wohnung des anderen. In Balthasars Wohnung fanden wir nicht den Hauch einer Spur. Seit gestern ist er verschwunden. Auch die Vorgesetzten und Kameraden von der Landespolizei und die Verwaltung in der Kaserne konnten uns nichts über seinen Aufenthalt sagen.

Alles fügt sich zusammen und greift ineinander. Wäre die Frau nur gleich auf die Dienststelle gegangen und hätte Meldung gemacht! Dann wäre sie jetzt noch am Leben, und wir hätten Balthasar vielleicht schon längst gefasst. Aber die restlichen Nachbarn sind nicht besser. Einer wollte sich nicht einmischen und war deshalb nicht zur Polizei gegangen, ein anderer wollte dies erst heute tun.«

Joseph erzählte uns das alles, als führte er ein Selbstgespräch. Dann schwieg er, ließ sich erschöpft in die Lehne zurückfallen und rieb sich die Stirn.

Ich war mir unsicher, wie ich mich verhalten sollte. Doch ich spürte einen Anflug von Erleichterung. Nun war es offenbar: Balthasar Geiger ist der Mörder! Dennoch war es mir weiterhin unmöglich, meine Verwicklungen preiszugeben.

Carl schwieg, ich ebenso. Joseph rauchte und beugte sich wieder über den Tisch: »Stellt euch das mal vor: Balthasar hat seinen Komplizen und möglichen Liebhaber im Hofgarten niedergestochen, ohne mit der Wimper zu zucken! So erklärt sich jetzt auch dessen fehlende Gegenwehr.

Die Wege des Schicksals sind unergründlich. Der Putsch, unsere Jagd, die Begegnung mit Balthasar. Das ewige Spiel zwischen den Mächten. Himmel und Hölle, Gut und Böse. Der Teufel spielt Schach mit Gott – um unsere Seelen.

Mein Ansinnen, das ich am Hofgarten vorbrachte, nämlich den eigenen Komplizen zu jagen, muss Balthasar sehr überrascht haben. Falls es tatsächlich eine seltsame Reaktion seinerseits gegeben haben sollte, so hätte ich diese in dem ganzen Durcheinander unmöglich richtig deuten können. Minuten vorher wurde ein Putsch niedergeschlagen, Menschen waren erschossen worden. Schaulustige liefen panisch umher. Da ist jeder in nervöser Unruhe.

Mir war nichts aufgefallen, was mich stutzig gemacht hätte. Sein Eifer, so dachte ich, sei seinem Pflichtgefühl geschuldet. So viel Phantasie, die Zusammenhänge zu durchschauen, hat wohl keiner.

Sicherlich ist die eigenmächtige Durchführung eines vorweggenommenen Todesurteils auch bei einem Massenmörder kritisch zu sehen. Noch dazu auf offener Straße. Doch ich sah kein Problem darin, wenn man bedenkt, welch ein Monster wir jagten. – Auch der Bürgermeister machte uns deswegen keine Vorhaltungen.

Dennoch hätte mich die ganze Aktion misstrauischer machen müssen. Nicht bloß Geigers aggressives Handeln, sondern auch das Verhalten des Flüchtenden. Für gewöhnlich ist der Drang, am Leben zu bleiben, enorm. Aber sobald er Balthasar erblickt hatte, tat er nichts, rein gar nichts. Er blieb einfach nur stehen. Als Balthasar zustach, verstand dieser Kerl vermutlich die Welt nicht mehr.«

Stille kehrte im Büro ein, bis Carl betont ruhig fragte: »Und was möchtest du jetzt von mir?«

Joseph schaute seinen Freund fragend und ein wenig irritiert an. Seine Nerven waren angegriffen, und er war so überrascht, dass er mehrere Sekunden benötigte, um darauf zu antworten. Er dachte wohl, Carl würde auch so verstehen, worauf er hinauswollte, und murmelte etwas von einem Zettel. Carl zog daraufhin einen solchen aus der Hosentasche und faltete ihn auf. Ich las von der Seite: »Ich brauche dich!« Ich vermute, Carl hatte ihn von dem Boten heute Morgen in die Hand gedrückt bekommen.

Joseph sagte: »Wir haben einen Pakt! Und –«

»Ich weiß!«, fiel ihm mein Onkel ins Wort. »Aber weder du noch deine Frau oder deine Kinder sind in Gefahr.«

Joseph wurde laut: »Menschenskind, Carl, verstehst du nicht?« Er schlug auf den Tisch. »Wir haben als Kinder mit Balthasar auf der Straße Räuber und Gendarm gespielt. Er ist bei dir und bei mir daheim ein und aus gegangen. Und jetzt –«

»Balthasar war schon immer anders als wir«, unterbrach ihn Carl erneut.

Joseph stand auf und schaute wieder aus dem Fenster. Er flüsterte: »Du meinst die Sache mit dem Hund und den Hühnern. Eben weil wir ihn kennen, müssen wir ihn zur Strecke bringen, Carl. Du und ich!« Wieder legte er an Lautstärke zu: »Carl, ich glaube, du verstehst nicht. Sofort als mir klar geworden ist, dass Geiger der Mörder ist – dass er der »Ripper« ist – habe ich sofort alle Beamten zurück in die Dienststelle geschickt. Nicht einmal die Spurensicherung habe ich ihre Arbeit zu Ende bringen lassen. Vorher habe ich jeden Einzelnen von ihnen scharf ins Gebet genommen und erklärt, dass diese Angelegenheit absoluter Geheimhaltung unterliegt und sie mit niemandem, auch mit keinem Kollegen, darüber sprechen dürfen.«

Nur Josephs Vorgesetzter, ein gewisser Herr Winkelmann, und er selbst wüssten über alles Bescheid. Weder der Polizeipräsident noch der Bürgermeister würden die aktuellen Wendungen kennen. Joseph fuhr fort, wir müssten bei den aktuellen politischen Wirren sehr vorsichtig sein.

Woraufhin Carl entgegnete: »Wir?«

»Ja, wir!«, sagte Joseph. »Ich bin ab sofort der einzige Beamte, der in dieser Sache weitermacht. Anders geht es nicht. Herrgott! Vor fünf Tagen fand ein Putschversuch statt. Menschen kamen zu Tode. Jeder zieht politisch in eine andere Richtung. An den Stammtischen brodelt es. Die Bevölkerung ist arbeitslos und hungert. – Und der »Ripper« ist ein Wachtmeister. Wenn das rauskommt, kann es die Stimmung zum Kippen bringen.

Die Obrigkeit hat schon genug zu kämpfen. Wenn der schlimmste Serienmörder unserer Zeit ein Polizist ist, ein Mann, der für die da oben arbeitet, bringt das möglicherweise alles zum Einsturz.

Außerdem stünde sofort der Verdacht fehlerhafter Ermittlungen im Raum. Der Ruf nach einer ministeriellen Inspizierung würde laut werden. Gleichzeitig würde vermutlich alles in den Zeitungen breitgetreten und ausgeschlachtet. Presse und Bevölkerung würden schwere Vorwürfe gegen unseren Polizeiapparat und unsere Justiz erheben. So beginnen Revolutionen! Die Menschen rufen ohnehin nach einer neuen Führung in Bayern und Deutschland. Diese Sache könnte der Funke sein, der einen Flächenbrand auslöst. Ich brauche dich, nicht nur, weil du mein Freund bist, sondern auch, weil du kein Beamter bist.«

Carl schwieg. Nach einer Weile fragte er mit skeptischer Stimme: »Du ganz allein?«

»Nicht ich allein. Wir zwei«, sagte Joseph. »Du und ich. Ich kann niemanden mit einbeziehen, dem ich nicht tausendprozentig vertraue.« Mit einem Mal flüsterte er, als würde er uns ein weiteres Geheimnis anvertrauen: »Und du kannst das!«

Carl zündete sich ein Zigarillo an. Sein Blick war anders als sonst, ernsthafter, mit einer Spur von etwas, das ich niemals bei ihm gesehen hatte.

»Carl, du kannst das«, wiederholte Joseph. »Besser als ich.«

Mein Onkel atmete tief durch und seufzte schwer. Rauch stieg aus seiner Nase nach oben. Er stand auf, stellte sich neben Joseph ans Fenster und sagte: »Du sprichst vom Töten!«

Beide blickten hinaus in die Stadt. Irgendwann sagte Joseph: »Dein Vaterland braucht dich. Ich brauche dich, Carl.«

»Geiger hatte doch einen Bruder?«, fragte Carl. Joseph erklärte, er sei vor zwanzig Jahren an Typhus gestorben.

Ich erhob mich, ging an das andere Fenster und bat Carl um ein Zigarillo. Die Überraschung in seinem Gesicht wich schnell einem freundlichen Zwinkern, mit dem er mir eins herüberreichte. »Dann haben wir ab jetzt noch mehr Geheimnisse vor deiner Mutter.« Ich lächelte verlegen, obwohl mir überhaupt nicht danach war. Carl hat ja keine Ahnung! Niemand hat eine Ahnung, was in mir vorgeht.

Diese Unterredung wird mir auf ewig in Erinnerung bleiben. Sieht man mal ganz von meiner eigenen Verwicklung in die Geschichte ab, schwanke ich zwischen Schaudern und Faszination. Hier ging es um nichts Geringeres als um die geheimsten Details der größten Mordserie Europas in der Neuzeit. Und ich saß dem leitenden Ermittler gegenüber, der meinen Onkel um Hilfe bat. In einer solchen Situation hätte mir wohl sogar meine Mutter jenen stinkenden Stumpen zugestanden.

Ich kann nicht sagen, wie lange wir drei aus den Fenstern starrten. Der Morgennebel hatte sich verzogen, und matschgraue Wolken hingen über der Stadt. Nach einer gefühlten Ewigkeit fragte Joseph Carl, ob er die Geschichten von früher geglaubt habe. Der Sinn dieser Frage ist mir bis jetzt nicht klar. Jedenfalls wirkte Joseph in diesem Moment wie ein kleiner Junge, der seinen Vater darum bittet, ihm die Welt zu erklären.

Carl erwiderte leise: »Nein, aber mir kamen sie in Frankreich wieder in den Sinn.«

Joseph bekreuzigte sich. »Ich weiß nicht, ob wir es hier mit einem Teufel oder allen Teufeln zusammen zu tun haben. Aber Geiger ist das pure Böse.«

Erneut kehrte Stille ein, bis Joseph kaum hörbar »danke« sagte. Carl und er schauten sich kurz in die Augen. Blicke reichten.

Dann schwor mich Joseph nochmals auf absolute Geheimhaltung ein. Zu Carl sagte er: »Mach ihn weg! Mach ihn weg, für uns alle.« Sie reichten sich die Hände. Ein Schauer lief mir über den Rücken. Josephs Worte klangen wie Totenglocken.

Den restlichen Tag herrschte tiefes Schweigen zwischen Carl und mir. Seit dem Pakt, den Joseph und er heute geschlossen haben, scheint mir ein schwarzer Schleier über meinem Onkel zu hängen. Eine merkwürdige Ruhe umgibt ihn, er ist in sich gekehrt und liest schon seit Stunden in der Bibel. Ich wusste noch nicht einmal, dass er eine besitzt. Ich widme mich meinem Tagebuch.

Inzwischen ist es finstere Nacht. Ich sitze bei Kerzenschein am Tisch. Auch Carl hat sich eine Kerze ans Bett gestellt, um weiterlesen zu können. Irgendwo habe ich einmal über Krieger im Orient gehört. Sie beten und töten.

Ein bisschen erinnert mich diese Stimmung an zu Hause. Sie gleicht dem Vorabend des Erntebeginns. Jeder ist in sich gekehrt und weiß, welch harte Arbeit und Strapazen der nächste Sonnenaufgang mit sich bringt.

Ein unheimliches Abenteuer liegt vor uns. Mein Onkel Carl geht auf die Jagd und wird meinen ärgsten Feind zur Strecke bringen!

Tagebuch von Joseph Obermeier

14. November. – Wir jagen ein wildes Tier. Wilde Tiere erschießt oder erschlägt man, wenn sie anfangen, in die Dörfer zu kommen, um Unheil anzurichten. Ein schlimmes Stück Arbeit liegt vor uns. Nach jedem Mord erscheint es mir mehr und mehr wie ein Sakrileg, jemals wieder Freude zu empfinden. Herr im Himmel, hilf uns! Es muss beendet werden.

6

Tagebucheintrag von Leopold Kruger

15. November. – Da ich vergangene Nacht wenig geschlafen habe, bekam ich mit, dass auch Carl sich immer wieder unruhig hin und her wälzte. Bei Morgendämmerung hörte ich dann Raben vor dem Fenster.

Unter der Tür war uns ein Brief durchgeschoben worden. Post von Carls Vermieter. Eine Ankündigung, alle Wohnungen mit elektrischem Licht und Stromanschlüssen auszustatten, was wohl mit einer Mieterhöhung einhergehen wird. Genervt knüllte Carl das Papier zusammen und warf es zu den Holzscheiten am Boden.

Entgegen meiner Vermutung verlief der Tag bisher unaufgeregt. Zuerst haben wir Fritz in der Metzgerei besucht. Der schickte uns zu einem Kunden, einem hochgestellten Beamten, wie er sagte. Dessen Mutter war letzte Woche verstorben. Holzschränke, ein schweres Sofa und Kleinkram mussten auf ein Pferdegespann geladen werden. Nach drei Stunden war alles vorbei, und wir waren um ein paar Milliarden reicher.

Jetzt sitzen Carl und ich an verschiedenen Tischen im *Orlando*. Er will ungestört einen Brief verfassen. Ich schreibe derweil diese Zeilen nieder.

Am Nebentisch sitzen vier elegante Herren, von denen jeder mit Zylinder und Spazierstock hereinstolziert kam. Solch großspurige Eleganz ist meinem Onkel wesensfremd. Ich schätze ihn umso mehr dafür.

Brief von Carl Feuerbach an seine Schwester Elfriede Kruger, 15. November 1923

Liebe Schwester,
ich betrachte Dich als meine engste Vertraute. Schicksalhafte Umstände zwingen mich, mich erneut an Dich zu wenden.

Vor einiger Zeit führte ich ein Gespräch mit Deinem Buben. Es ging um den eigenen Weg im Leben und darum, sich der eigenen Talente bewusst zu werden. In jedem schlummert eine besondere Begabung. Manche entdecken diese nie, nicht, weil sie nicht wollten, sondern weil ihnen die Chance oder der Wille dazu fehlt, danach zu suchen. Für die Chancen, die man bekommt, kann man nichts, mangelnder Wille allerdings hat keinen Respekt verdient.

Als noch schlimmer erachte ich es, wenn man sich seines einzigartigen Talents und somit seiner Bestimmung bewusst wird und dieser nicht folgt. Jeder hat eine solche Bestimmung, ob sie einem gefällt oder nicht.

Meine Bestimmung – besser gesagt: mein leidvolles »Talent« – offenbarte sich in Frankreich. Auf dem Schlachtfeld wurde ich zum Sklaven meiner Veranlagung. In mir schlummert etwas, auf das ich nicht stolz sein kann. Seit ich dies weiß, erwehre ich mich dessen und beschreite damit eben jenen Weg, welchen ich bei anderen kritisiere. Längst hätte ich mir damit einen steilen Aufstieg im Dienste des Reiches erarbeiten können. Ich wollte nicht.

Jetzt aber zwingen mich dringende Angelegenheiten und persönliche Verwicklungen, Dinge zu tun, die ich niemals wieder tun wollte. Eine Aufgabe, die es verlangt, dass ich mich erneut der tiefen Finsternis, die ich in mir trage, hingebe. Nichts geschieht ohne Grund. Es muss wohl so sein.

Deutschland und Bayern hatten mich mit Orden beschenkt. In Frankreich hätte man mich auf die grausamste aller Arten zu Tode gefoltert. Ich habe getötet, ich habe viel getötet und verspürte dabei keinerlei Regung in mir. Kein Mitleid, kein Bedauern, es kostete und kostet mich keine Überwindung. Ein dunkles Talent!

Für den Sieg und um Kameraden zu retten, tat ich schlimme Dinge. Der Tod ist der große Gleichmacher, und manche sagen über mich, ich sei sein Meister. Wäre ich normal, so müsste ich mich wohl für die Dinge hassen, die ich tat. Ich tue es nicht, und diese Erkenntnis offenbart mir die dunkle Seite meiner Seele. Ich verabscheue es: zu wissen, man ist anders als die anderen. Barmherzigkeit, Mitleid und Güte meinen Feinden gegenüber sind mir fremd. Ich suche die menschliche Regung in mir und finde sie nicht.

Ein Kreuzzug gegen das wahrhaft Böse liegt nun vor mir. Um siegreich zu sein, werde ich die Dämonen meiner Seele erneut in die Freiheit entlassen.

Falls ich dabei zugrunde gehe, dann soll es so sein. Genau deshalb vertraue ich Dir ein Geheimnis an: In regelmäßigen Abständen erhalte ich Geld von einer hochgestellten Persönlichkeit. Unsere Verbindung entstand auf dem Schlachtfeld. Aus Dankbarkeit versicherte er mir, für mein weiteres Auskommen zu sorgen. Ich bin genügsam, wie Du weißt, und so habe ich den Großteil für die Unterbringung Alfred Stadlers verwendet. Du kennst ihn aus unserer Kindheit. Ihn und mich verbinden Kriegserlebnisse auf eine Weise, wie es kein anderes Ereignis hätte vollbringen können.

Im Falle meines Ablebens möchte ich Dich bitten, meinen Gönner über die Umstände, die dazu geführt haben, zu informieren. Wenn es so weit kommen sollte, wird Dich

Leopold sicherlich in die Lage versetzen, die Einzelheiten schildern zu können.

Bitte ihn darum, die Zahlungen nicht einzustellen. Jener Mann wird meinem Wunsche Folge leisten! Eine Hälfte soll Leopold bekommen, um damit sein Dasein als Schriftsteller zu finanzieren. Der Rest soll für Alfreds Unterbringung aufgebracht werden.

Ein verschlossener Umschlag ist beigelegt. Darin sind Name und Adresse meines Gönners verzeichnet. Auch enthält er einen kurzen Brief an ihn. Bitte öffne diesen Umschlag erst, wenn Du von meinem Ableben unterrichtet wirst. Trotz dieser Zeilen bin ich der festen Hoffnung auf ein Wiedersehen!

Gott segne und behüte Dich!

Carl

Tagebucheintrag von Leopold Kruger

15. November, Fortsetzung. – Zurück in der Wohnung. Alfred geht es unverändert schlecht. Carl schien es heute ein besonderes Anliegen, seinen alten Kameraden zu besuchen. Trotz der Umstände verlief der Tag wie viele andere.

Gerade wurde ich bei meinen Aufzeichnungen unterbrochen. Denn Carl zog unter dem Bett eine flache Holztruhe hervor. Ich kann mich nicht erinnern, dass er diese geöffnet hätte, seit ich hier wohne. Er klappte die Truhe auf und griff nach einer Keule, deren Länge etwa der des Unterarmes eines erwachsenen Mannes entspricht. Das Holz ist verwittert, rissig und hat Kerben. Am unteren Ende baumelt eine Handschlaufe aus Leder. An der oberen Seite, die auf den Gegenstand treffen soll, den es zu zertrümmern gilt, ist das

Holz am dicksten. Dort befinden sich kurze, eingeschlagene Stahlspitzen, die an einen Morgenstern erinnern.

Mit einem speckigen Lederriemen knüpfte er eine Schlaufe, die er sich über die linke Schulter legte, und befestigte die Keule daran. Danach nahm er einen feldgrauen Mantel aus dem Schrank. Die Abzeichen riss er herunter und warf sie in den Ofen. Es war sein Feldmantel aus dem Krieg.

Dann griff er nach einem Dolch, auch dieser lag in der Truhe, beäugte die Klinge, warf ihn auf den Tisch und knurrte: »Ob du mitgehst, überlasse ich dir. Du bist alt genug. Aber wenn …« Er schwieg und schaute mich finster an. Ich verstand und starrte auf den Dolch.

Die Klinge misst ungefähr zehn Zentimeter. Der Griff ist aus Holz und besitzt einen Handschutz, sodass man damit auch zuschlagen kann. Eine Mischung aus Kampfmesser und Schlagring.

»Wenn keiner mehr geschossen hat, sind wir mit Keulen und Messern übereinander hergefallen«, sagte Carl.

Ich griff nach der Waffe. Das Holz ist mit einer speckigen braunen Schicht überzogen. Meine Finger fügten sich in die klebrigen Kerben. Die Waffe liegt hervorragend in der Hand, gleichwohl erschrak ich bei dieser Erkenntnis und warf sie auf den Tisch zurück.

Carl deutete mit dem Zeigefinger auf meine Brust. Ich solle immer versuchen, das Herz zu treffen, und die Klinge so fest und so tief wie möglich in den Körper stoßen. Wenn man das Herz erwische, könne der Widersacher keine Gegenwehr mehr leisten. Die Lunge zu treffen sei fast ebenso gut, und auch die Eingeweide seien ein gutes Ziel.

Schnitt- oder Stichverletzungen an Muskeln seien ineffektiv. Obwohl manche später an einer Infektion der Wunde stürben, sei darauf kein Verlass. Außerdem sei es dem

Gegner immer noch möglich, sich zu wehren. Carl erzählte, wie sie die Klingen mit Fäkalien beschmiert hätten. Falls der Stich nicht sofort tödlich war, so bekam er dadurch dennoch eine tödliche Wirkung. Ein solcher Infekt war bei der ärztlichen Versorgung auf dem Schlachtfeld nicht mehr aufzuhalten. Die Verwundeten krepierten später jämmerlich.

Nach dieser Einführung in den Umgang mit dem Dolch schaute er mich durchdringend an und schärfte mir ein, ich solle nur zustechen, um zu töten. Schnell und fest! Das Bild meiner Mutter tauchte vor mir auf. Was würde sie sagen, wenn sie von dieser Unterweisung wüsste?

Er deutete auf meinen Hals. Da müsse eine Verletzung möglichst viel Schaden anrichten. Am besten durchtrenne man die Schlagader.

Dieses Gespräch erschien mir gänzlich unwirklich.

Wenn man jemandem von hinten effektiv töten will, muss man die Klinge über dem obersten Halswirbel rammen, dort, wo der Kopf ansetzt. Der Widersacher stirbt sofort. Das funktioniere auch mit einem Eispickel, lehrte er mich.

Falls ich dabei wäre, wenn Carl Geiger aufspüren sollte, befahl er mir, mich zurückzuhalten, selbst wenn Carl bei einem Zweikampf sterben sollte. Ich sei diesem Mann nicht gewachsen. Geiger würde mich zerstückeln. Das glaubte ich Onkel Carl aufs Wort. Den Dolch solle ich nur in absoluter Notwehr verwenden. Dann – und nur dann –, wenn mein eigenes Leben in Gefahr sei.

Ich muss wohl sehr verwirrt dreingeschaut haben. Er legte mir die Hand auf die Schulter: »Hast du verstanden?« Ich bekam es mit der Angst, blickte nochmals auf den Dolch und begann zu frieren. Kurz darauf verschwand Carl mit der Keule unter dem grauen Feldmantel durch die Tür. Obwohl er mir freistellte, ihn zu begleiten, folgte ich ihm nicht.

Ich versank tief in Gedanken. Trotz meines Vorhabens, Geiger zu töten, weiß ich nicht, ob ich es vermag. Einen Menschen zu töten, selbst einen, den man abgrundtief hasst, bedeutet, die Pforte zur Finsternis zu durchschreiten.

Vor dem Fenster herrscht tiefe Dunkelheit. Mein Onkel ist da draußen. Er ist auf der Jagd!

Tagebucheintrag von Leopold Kruger

16. November. – Bei Carls Rückkehr zeigten sich erste Anzeichen des kommenden Tages vor dem Fenster. Ich hatte keine Minute geschlafen. Carl verhielt sich leise und legte sich ins Bett. Ich denke, er hatte nicht bemerkt, dass ich wach war.

Später stellte ich mich vor das Bett und beobachtete ihn. Sein Kiefer krampfte. Die Muskeln über den Wangenknochen offenbarten das ganz deutlich. Nach einer Weile knirschte er mit den Zähnen. Ohne Zweifel führte er einen inneren Kampf.

Ich ließ ihn schlafen und ging zu Fritz, um ein paar Holzscheite zu holen. Der Winter steht vor der Tür. Wenn sich die Natur zur Ruhe begibt und die Sonne keine Kraft mehr besitzt, sinken die Temperaturen von Tag zu Tag.

Erst um zwei Uhr nachmittags ist Carl aufgestanden, und wir gingen ins *Orlando*: Kaffee trinken, Zeitung lesen. Auf meine Frage, wo er sich letzte Nacht aufgehalten habe, antwortete er lapidar: »Da und dort. Überall!«

Später besuchten wir Sankt Peter. Vom Café aus sind es zur Kirche nur wenige Minuten zu Fuß. Joseph, Alfred, meine Mutter und Carl wurden dort getauft. Sie alle hatten früher ein paar Häuser weiter im Tal gewohnt.

Während Carl im Beichtstuhl saß, spazierte ich durch das barocke Gotteshaus. Mit einsetzender Abenddämmerung wurde es darin zunehmend düsterer. Karge Reste des schwindenden Tageslichts fielen durch die Kirchenfenster. Im Halbdunkel betrachtete ich wertvolle Bilder von Loth und Albert Zimmermann. Von wem die Glasgemälde sind, weiß ich nicht. An den Heiligenfiguren bin ich schnell vorbeigegangen. Ihre starren Gesichter mochte ich nie leiden. Bei trübem Licht erschienen sie mir noch schauriger. Ich erkenne keinen Unterschied zwischen Teufelsfratzen und Heiligen. Beide haben tote Augen.

Ein Mann kam herein, schlich geräuschlos an den Bänken vorbei und zündete Wachskerzen am Altar an. An nächtlichen Sakralbauten, erbaut aus kalten, steinernen Mauern, durchbrochen von dunklen Fensterhöhlen, kann ich nichts Schönes entdecken.

Carl blieb ziemlich lange im Beichtstuhl. Als er heraustrat, bekreuzigte er sich mit Weihwasser, schaute mich an und sagte: »Jeder von uns kann edel und göttlich sein, aber auch der Repräsentant des Bösen.« Ich schwieg.

Auf dem Heimweg legte Carl ein rasches Tempo vor. Immer wieder blickte er zu den Giebeln nach oben. Es schien mir, als dränge er darauf, daheim zu sein, noch bevor der Mond aufging.

Zu Hause legte er sich sofort den Lederriemen mit der Keule um die Schulter, schlug sich einen dicken Schal um den Hals und streifte sich den Feldmantel über. Es war mir, als schlüpfte er in eine Rüstung.

Ohne ein Wort oder auch nur einen Blick zu mir verschwand er aus der Tür; heute hatte er weder gegessen noch gefragt, ob ich ihn nachts begleiten wolle. Wieder einmal bin ich zum Warten verurteilt.

17. November. – Jeder Mord ist ein blutiger Sieg über uns. Heute Morgen fand man wieder eine Leiche: einen nackten jungen Mann mit Bissspuren am Hals. Hunderte Menschen haben ihn gesehen. Balthasar verhöhnt uns. Er verhöhnt mich!

Professor Meyer aus der Gerichtsmedizin hatte mir bereits bei dem Fund im Englischen Garten von letztem Jahr erklärt, dass der Mörder wohl in sexueller Ekstase zubeißt. Ob jedoch hinter diesem Biss eine tödliche Absicht steckt oder reiner Lustgewinn, da war er sich nicht sicher.

In jedem Fall befinden sich die Bissspuren immer im Bereich der Schlagader, des Kehlkopfes oder in der Nähe des Nackens. Der Mediziner vermutet, dass dies mit den Positionen beim Geschlechtsakt in Zusammenhang steht.

Der junge Mann hatte einen Schädelbruch, und ihm wurde eine Schere in die Schläfe gerammt. Geiger wollte Aufsehen erregen und hatte die Leiche direkt vor dem Rathaus im Fischbrunnen entsorgt. Ein komplett entkleidetes Opfer an einem öffentlich einsehbaren Ort ist neu.

Ich kann nicht sagen, wie viele Menschen in aller Herrgottsfrüh daran vorbeigelaufen sind, ohne etwas zu ahnen. Wenn man keinen Grund dazu hat, schaut man nur zufällig in den Brunnen. Bis der Leichnam jemandem auffiel, hatten Autos vor dem Rathaus geparkt, und in den Büros brannten die Lichter.

Den Mord im Volksbad hatte ich noch vertuschen können. Der Öffentlichkeit wurde darüber nichts mitgeteilt. Nun schlägt die Aufregung wieder hohe Wellen. Selbst der Magistrat ist herausgekommen, um zu gaffen. Jeder wollte einen Blick in den Brunnen werfen, und angeekelt wandte sich auch jeder gleich wieder ab. Ein Stadtrat diskutierte mit mir und erkundigte sich wichtigtuerisch, was ich jetzt zu tun gedächte. Mir fiel nichts Besseres ein, als zu sagen: »Die Leiche aus dem Brunnen holen.« Wie dann um 11 Uhr das Glockenspiel begann, blickte ich reflexartig zum Spielerker hoch, was diesen Dampfplauderer noch wütender machte. Ich habe bei Gott Wichtigeres zu tun, als mich um die Befindlichkeiten eines Stadtrates zu kümmern.

Drei Kollegen und ich hievten die Leiche aus dem Brunnen. Ein junger Mann, keine dreißig Jahre alt. Gleich darauf gab uns ein Passant einen Hinweis. Der Mann war sich zwar nicht ganz sicher, aber er glaubte, das Opfer 1918 bei Dreharbeiten für *Der schwarze Jack* kennengelernt zu haben. Das war der erste Isarwestern gewesen, den man gedreht hatte.

Kollegen werden in der Leichenhalle ein Photo anfertigen und damit bei den Verantwortlichen von ARRI, der Produktionsfirma des Streifens, Erkundigungen einholen.

Ob sich das Opfer aus Geldnot, Hunger oder purer homosexueller Lust mit seinem Mörder eingelassen hat, werden wir vermutlich nie erfahren.

Augenblicklich sitze ich im *Orlando*. Zu Carl habe ich einen Boten geschickt. Ich muss dringend mit ihm sprechen.

Tagebucheintrag von Leopold Kruger

17. November. – Heute Morgen fand ich Carl mit dem Mantel bekleidet in seinem Bett. Ich weiß nicht, wann er nach Hause gekommen ist. So, wie er war, hatte er sich hingelegt. Die Keule lag neben ihm auf der Matratze. Er scheint sich in eine Art »Kriegszustand« versetzt zu haben, der bis in das Nachtlager hinein Wirkung entfaltet.

Vormittags kam ein Bote an unsere Tür. Ich bat ihn, leise zu sprechen. Der Mann teilte mir mit, Joseph Obermeier warte zwecks dringender Angelegenheiten im *Café Orlando* auf Carl. Es widerstrebte mir, ihn zu wecken. Ich tat es dennoch.

Diesmal stand kein Wagen für uns bereit. Wir fuhren mit der Tram, tatsächlich war es die erste Tramfahrt meines Lebens. Anfangs vermied ich solche Ausgaben aus Angst, nicht genug Geld zu haben, und dann hatte ich mich an die stundenlangen Fußmärsche durch München gewöhnt.

Heute hatte Carl den Feldmantel erstmals tagsüber an. Darunter verborgen trug er den Lederriemen mit der Keule daran über der Schulter. Vereinzelte Passanten musterten ihn von oben bis unten. Einer schrie ihm auf dem Bürgersteig nach, ob er denn nicht wisse, dass der Krieg längst vorbei sei. Als wir das Café betraten, schaute auch Joseph missbilligend, sagte aber nichts dazu. Stattdessen berichtete er von einem Leichenfund im Fischbrunnen. Mir wurde schlecht.

Die Vorstellung, unbedarft in den Brunnen zu schauen und dort eine blasse, nackte Männerleiche mit einer Schere im Kopf zu entdecken, der man den Kehlkopf herausgebissen hatte, ist alles andere als angenehm.

Ein klares Zeichen der Verachtung seitens Geiger. Joseph sah alt und verbraucht aus. Meine ganz spezielle persönliche Betroffenheit fiel niemandem auf, schließlich war jeder geschockt von den Ereignissen.

Josephs Zeit war knapp bemessen, und als er aufbrach, verabredeten wir uns für zehn Uhr abends im *Hofbräuhaus*.

Wieder zu Hause fragte mich Carl, ob ich ihn heute Nacht begleiten wolle. Trotz meiner Rachegedanken dem Mörder gegenüber war ich mir unsicher. Angst, brennende

Neugierde und der Wunsch, Geiger eigenhändig ein Messer in die Brust zu rammen, bemächtigten sich meiner nahezu gleichzeitig. Schlussendlich stimmte ich zu. Den Rest des Tages werden wir schlafen, um ausgeruht in die vor uns liegende Nacht zu gehen.

Tagebucheintrag von Leopold Kruger

17./18. November, Fortsetzung. – Punkt zehn Uhr betraten wir die Schwemme im *Hofbräuhaus*. Anna stand hinter dem Ausschank. Joseph hatte abseits des üblichen Stammtisches einen Tisch freigehalten. Unaufgefordert brachte Anna zwei Portionen Kaffee für Carl und mich. Doch kam sie mir distanziert vor, ihr Gesicht war verschlossen, und sie schaute uns kaum an.

Joseph sah sehr müde aus und glich einem schrecklichen Zerrbild seiner selbst. Er zog einen langen Umschlag aus der Jacke, legte ihn auf den Tisch, wollte auf den Inhalt aber erst später zu sprechen kommen.

Ich will alles der Reihe nach niederschreiben: Joseph starrte Carl prüfend an, woraufhin Carl gereizt erwiderte: »Ich erwische ihn.« Joseph blieb stumm, und nach einer Zeit sagte Carl: »Es geht bloß nicht von heute auf morgen.«

Joseph verzog die Mundwinkel, blickte sich nach ungebetenen Zuhörern um und zog ein Blatt Papier aus dem Umschlag. Mit düsterer Miene schob er das Schriftstück zu uns herüber.

Meine Augen hasteten sogleich über die Zeilen ... Balthasar Geiger hatte ihm geschrieben. Ein Kälteschauer durchrieselte meinen Körper. Schreckliche Zeilen, schlimme Zeilen. Ein dunkler Mantel des Grauens legt sich über uns alle. Mein schreckliches Geheimnis raubt mir den Verstand. Er verhöhnt uns. Jeden von uns! Ob es leichter wäre, wenn ich mit jemandem darüber spräche? Ich weiß es nicht.

Nachdem Carl alles gelesen hatte, kaute er schweigend auf einem Zigarillo. Joseph sagte, er könne den Brief weder behalten noch zu den Akten legen. Falls man ihn von dem Fall abziehe, womit er täglich rechne, würde man Fragen stellen. Man würde wissen wollen, weswegen er die Identität des Mörders nicht preisgegeben habe. Ganz München sucht jetzt wieder nach einem unbekannten Mörder. Einzig Joseph und Carl suchen gezielt nach Geiger.

Auf Winkelmanns Beistand könne er sich in solchen Dingen nicht verlassen. Dieser sei ein Opportunist und besitze kein Rückgrat. Am Ende könne irgendein übereifriger Beamter noch auf die Idee kommen, Joseph hätte Geiger gedeckt, weil sie sich von früher her kennen.

Carl sah dies anders. Immerhin könne sich Joseph erklären. Aber der widersprach. Unter seinen Kollegen gebe es, wie überall, unterschiedliche politische Meinungen. Viele in der Dienststelle bewunderten auch Hitler und dessen Ansichten. Obwohl der Putsch gescheitert sei, könne man diesen Brief für einen weiteren Umsturzversuch ausnutzen. Wenn man einen Polizeipräsidenten oder Beamte im Innenministerium stürzen wolle, müsse man nur das Scheitern der Polizei öffentlich ausschlachten. Diese negative Stimmungsmache falle dann auf die Regierung zurück. Keinesfalls wollte Joseph sein Handeln für politische Zwecke missbraucht sehen, egal von wem.

Während ich Josephs Ausführungen folgte, fühlte ich mich in einem unwirklichen Zustand gefangen. Obwohl ich dem Gespräch mit klarem Geist folgen konnte, empfand ich jeden meiner Herzschläge als unangenehm intensiv.

Ein seltsames Gefühl. Als wollte es damit Aufmerksamkeit von mir erzwingen, pochte mein Herz aufgeregt in meiner Brust. Ich blickte auf meine Hände und Finger. Kein Zittern war zu sehen, obwohl mein Inneres von einer fürchterlichen Unruhe heimgesucht wurde. Ein Zustand, der auch jetzt, während ich diese Zeilen schreibe, noch anhält.

Carl war meine merkwürdige Befindlichkeit im *Hofbräuhaus* wohl aufgefallen. Er bestellte ein doppeltes Stamperl Schnaps, lächelte mir Trost und Zuversicht zu und schob mir das Glas herüber. Wortlos legte er ein Zigarillo daneben. Ich nahm beides. Wenn er doch nur wüsste, wie grauenhaft die Zusammenhänge tatsächlich sind!

Carl weiß lediglich, dass Balthasar meinen Namen in dem Brief an Joseph erwähnt hat. Ein Massenmörder, der Männer vergewaltigt und tötet, findet mich hübsch. Die Wahrheit ist viel schrecklicher.

Carl bat Joseph um den Brief. Er beabsichtigt, morgen mit Alfreds Arzt in der Psychiatrie darüber zu sprechen, und Joseph gab das Schriftstück sofort bereitwillig aus der Hand. Er war froh, es los zu sein.

Ganz beiläufig fragte mich Carl, ob ich den Dolch dabeihabe. Hatte ich nicht, doch es hätte keiner Rüge bedurft, um mir klarzumachen, dass ich ihn künftig immer mit mir führen sollte. Carl ermahnte mich dennoch.

Als Anna frischen Kaffee brachte, erkundigte sich Carl nach ihrem Schichtende. Sie zuckte leicht zusammen, so, als habe man ein Kind beim Stibitzen von Süßigkeiten erwischt. Ihr Gesicht errötete, und Carl stand auf und führte sie am Arm aus der Schwemme. Von meinem Platz aus beobachtete ich ihre Unterhaltung draußen unter den Arkaden. Ihr Wortwechsel dauerte nicht lange. Mich beschlich eine Vermutung, und auch Joseph verzog skeptisch die Mundwinkel.

Anna kam zuerst wieder herein. Ich hörte sie zu einem anderen Kellner sagen, er solle an unserem Tisch abkassieren. Dann rief sie zu uns herüber, sie wünsche uns einen guten Nachhauseweg.

Carl roch nach kalter Luft und Rauch, als er sagte: »Wir gehen!« Anna wollte also nicht mehr von uns nach Hause gebracht werden.

Statt unserer nächtlichen Mission zu folgen, wollte Carl zu meiner Verwunderung heim und schlafen. Joseph nahm es missgestimmt, aber schweigend zur Kenntnis und verabschiedete sich mit einem Schulterklopfen.

Die Giebel zackten den mondhellen Himmel. Die Nacht war klar und kalt, unser Atem tauchte in kleinen weißen Wolken vor unseren Gesichtern auf. Vor dem *Hofbräuhaus* waren uns noch vereinzelte Passanten begegnet, doch nach einigen Gehminuten erschien mir München menschenleer. Wir durchquerten den Englischen Garten. Bereits auf halber Strecke fror ich fürchterlich. Vermutlich lag das nicht ausschließlich am kühlen Wetter, sondern auch an meinen angegriffenen Nerven.

Entfernte Geräusche drangen in den Park. Gleichzeitig erblickten wir im gelben Mondlicht einen Schutzmann hoch zu Ross. In der Ferne ritt er lautlos über das taunasse Gras. Der Dampf des Pferdes stieg wie Nebel empor. Kurz darauf verschwanden Ross und Reiter im Dunkel zwischen den Bäumen.

Nachdem wir eine Zeit stumm nebeneinanderher gegangen waren, erkundigte ich mich nach den Geschichten über Geiger. Joseph hatte ja kürzlich gefragt, ob Carl sie geglaubt habe. Carl blieb stehen. Ich drehte mich zu ihm um. Er schaute mich an und wollte wissen, ob ich an den Teufel glaube.

So recht wusste ich nicht, was ich antworten sollte, sagte dann aber Ja; denn wenn ich an Gott glaube, so dachte ich, muss ich auch an den Teufel glauben.

Carl steckte die Hände in die Manteltaschen und ging mit einem Zigarillo zwischen den Lippen weiter. Die Glutspitze leuchtete in der Dunkelheit, während er sprach. Schon als Kind sei Geiger, der in derselben Straße wie Joseph, Alfred, Carl und meine Mutter gewohnt hatte und aufgewachsen war, anders als alle anderen gewesen. Schon damals bösartig.

Aus späteren Erzählungen hatte Carl erfahren, selbst Geigers Eltern hätten dies relativ schnell nach der Geburt bemerkt. Sie hatten gespürt, dass mit ihrem Buben etwas nicht stimmte. Wie das bei einem kleinen Kind festzustellen war, konnte Carl nicht beantworten. Er konnte nur über die Zeit berichten, als sie alle schon groß genug waren, um miteinander zu spielen.

Geiger stieß Spielkameraden von Mauervorsprüngen, einfach nur, um zu sehen, was geschieht. Wenn sie sich verletzten, bekam er einen fast unheimlichen Gesichtsausdruck. Einmal zertrümmerte er den Schnabel einer Gans mit einem Stein, weil er wissen wollte, ob sie dann weiterhin etwas fressen konnte. Später schnitt er einem Hasen die Ohren mit einer Schere ab. Natürlich wandte sich irgendwann jeder von ihm ab.

»Erst, als wir älter wurden, haben wir Geschichten darüber gehört, was mit Geigers Mutter passiert war«, fuhr Carl fort. »Als Kinder hat man uns das verheimlicht. Sie ist 1886 in der Peterskirche gestorben. Es hieß, Balthasars Eltern hätten den dortigen Pfarrer bekniet, er solle den Teufel aus ihrem Buben austreiben. Da war er gerade sechs Jahre alt. Angeblich ist an ihm dann in der Peterskirche ein Exorzismus durchgeführt worden. Dafür waren wohl extra der

Bischof und ein Priester aus Rom angereist. Ob das alles stimmt, weiß keiner so recht. Bei der Zeremonie, so erzählte man sich, ist die Mutter dann vor den Augen ihres Mannes und der Geistlichen tot umgefallen. Ihr Herz hat einfach aufgehört zu schlagen.«

Ich dachte, ich hätte mich verhört. Er sprach von einer Teufelsaustreibung! Carl hingegen sagte ruhig: »Ich weiß nicht, ob die Geschichte stimmt. Man hat sie sich aber noch nach vielen Jahren erzählt. Heute ist Balthasar ein menschenschlachtender Massenmörder. Ob er wahrhaftig vom Teufel besessen ist, kann keiner wissen. Jeder besitzt eine dunkle Seite, hat aber immer die Wahl, ob er sich ihr ergibt oder nicht.«

Über der Wiese sah ich tanzende Flecken im Mondlicht. Fledermäuse. Sie wirbelten umher und verschwanden dann ins Nirgendwo. Mich schauderte. Ich bin hier in eine Sache geraten, die ich mir in meiner Phantasie unmöglich hätte erdenken können.

Tagebucheintrag von Leopold Kruger

18. November. – Joseph, Carl und ich marschierten in die Klinik in der Nussbaumstraße. Joseph zierte sich anfangs mitzukommen. Erst auf dem Weg dorthin legte er Stück für Stück die Beweggründe für sein widerstrebendes Verhaltens dar: Es lag weder an dem Doktor noch an der Klinik, sondern vielmehr an Alfred. Zuletzt waren sie sich vor dem großen Krieg begegnet. Zwar würde er ihn auch heute nicht sehen, doch die räumliche Nähe verstörte ihn. Nachdem Alfred als Krüppel in die Heimat zurückgekehrt war, hatte Joseph den Kontakt nicht mehr aufgenommen.

Denn statt sich im Schützengraben dem Kampf auf Leben und Tod zu stellen, hatte Joseph Polizeidienst in München geleistet. Carl und Alfred waren in den Krieg gezogen. Es war von Amts wegen bestimmt worden, Joseph habe in der Heimat seinen Dienst am Volke zu leisten.

Zu dem Zeitpunkt hatte ihn das nicht belastet. Im Reich war man damals siegesgewiss und euphorisch. Der Aufbruch in den Krieg schien für niemanden dramatisch, eher erstrebenswert. Es herrschte ein allgemeines Überlegenheitsgefühl, alle sprachen von einem schnellen Ende des Krieges. Mit verheerenden Folgen oder gar großen Verlusten rechnete damals niemand. Ein ganzes Land befand sich im Zustand der Naivität. Doch rasch zeigte sich dann die grausige Realität. Schreckliche Geschichten erreichten die Heimat, und Josephs Gewissen plagte ihn mehr und mehr. Millionen von Menschen starben oder wurden zu Krüppeln.

Seither ist es ihm unmöglich, Alfred unter die Augen zu treten. Jeden Tag müsse er daran denken, wenn er im Spiegel in das Gesicht eines feigen Drückebergers schaue, erklärte er uns.

Carl warf sein Zigarillo auf die Straße. »Moment mal! War das der Grund, weswegen du auch mich nie in der Klinik besucht hast?«

Joseph blieb stehen und blickte zu Boden, bevor er schwer atmend ansetzte, sich zu verteidigen: In ganz München hätte man nach dem Krieg darüber geredet, Carl Feuerbach habe mit seinem bisherigen Leben gebrochen und wolle niemanden mehr sehen.

Ich mischte mich ein. Dass man auch Carl in einer Klinik untergebracht hatte, hörte ich zum ersten Mal. Ohne mich anzuschauen, antwortete er: »Eine Irrenanstalt war's!« Dann spuckte er zu Boden.

Ich hatte wirklich geglaubt, meinen Onkel inzwischen einigermaßen gut zu kennen. Ein Irrtum! Statt weiter über seinen Verbleib nach dem Krieg zu sprechen, wandte er sich an Joseph und widersprach dessen Sicht, ein Drückeberger zu sein. Niemals hätten Alfred oder er so über ihn gedacht.

Josephs Augen begannen feucht zu glänzen. Wir gingen bereits an der Umfriedungsmauer der Klinik entlang, als Carl insistierte: »Du hast eine Frau, zwei Kinder und bei der Polizei deinen Dienst erfüllt. Hör auf mit solchen Gedanken. Stell sie ab!«

Ob die Worte etwas in Josephs Gedankenwelt bewirken? Ich glaube nicht. Das Bild von sich selbst kann man nicht einfach so ändern.

Als wir kurz darauf dieses gespenstische Bauwerk betraten, machte ich mir anders als sonst heute keine Gedanken über die armen hilflosen Nebenmenschen in den Sälen. Vielmehr war ich auf die Reaktion des Arztes auf unser Anliegen gespannt. Immerhin war er von Carl wenige Tage zuvor scharf angegangen worden. Vielleicht war dies auch der Grund, weshalb wir eine volle Stunde im Gang auf ihn warten mussten. Bis uns der Arzt kühl, aber dann doch endlich begrüßte, hörte ich ständig Schritte und Stimmen hinter Türen, hörte Schlüssel klappern und Schlösser knarren.

Erstaunlicherweise schüttelte Joseph seine Selbstvorwürfe und die Unsicherheit blitzschnell ab. Respektgebietend gab er sich anhand seiner Dienstmarke als Kriminalinspektor des Morddezernats zu erkennen. Während er von der Dringlichkeit absoluter Verschwiegenheit in dieser Angelegenheit sprach, blickte der Doktor konsterniert auf Carl und mich.

Er wusste, dass Carl definitiv kein Polizeibeamter war. Verächtlich musterte er dessen Feldmantel. Und ich, ich war ohnehin zu jung, um mit einer angeblich so wichtigen Ermittlungssache vertraut sein zu dürfen.

Der Ausdruck auf seinem Gesicht zeugte ganz klar von der Frage, weswegen man von ihm Geheimhaltung verlangte, wenn Kerle wie wir darüber Bescheid wussten.

Das Dienstzimmer des Doktors besaß all die Attribute, welche die Wirkungsstätte eines Gelehrten wohl aufweisen sollte: Das Zentrum bildete ein großer Schreibtisch mit Leselampe. Neben einem Papierbündel stand ein verschlossenes Glas mit einem menschlichen Gehirn, eingelegt in Formaldehyd. Mich ekelte! Auf einer riesigen gerahmten Zeichnung an der Wand war das menschliche Skelett mit all seinen Sehnen und Muskeln dargestellt, und hinter eingefassten Glastüren standen Unmengen dicker Bücher. Ein paar davon schienen mir sehr alt. Zu gerne hätte ich darin blättern wollen. Je älter etwas ist, umso mehr Autorität strahlt es aus. Gleichwohl bin ich mir nicht sicher, ob das Wissen der Alten nicht komplett dem Neuen weichen muss.

Die Aufmerksamkeit des Doktors richtete sich einzig auf Joseph, den Herrn Kriminalinspektor. Der erklärte, dass der Brief eines gesuchten Mörders vorliege und er die Fachmeinung des Doktors einholen wolle. Er solle freundlicherweise dessen Psyche anhand des Schriftstückes analysieren. Der Gelehrte fragte schnippisch, ob es bei der Polizei denn keine geeigneten Ärzte mehr gebe. Joseph sprach von der Notwendigkeit einer Zweitmeinung und dass er ein Entgegenkommen sehr zu schätzen wüsste. Dann sagte er noch etwas über den ausgezeichneten Ruf des Doktors, aufgrund dessen sie sich für ihn entschieden hätten. Um die Worte wirken zu lassen, legte Joseph an dieser Stelle geschickt eine Kunstpause ein. Alles erstunken und erlogen. Gleichwohl fühlte sich der Arzt geschmeichelt und nickte gönnerhaft.

Das offene Geheimnis, um welche Morde es ging, hing unausgesprochen im Raum. Ganz gewiss war es für den Doktor offensichtlich.

Mit schmal gezogenen Lidern, aus denen die Augen hell hervorleuchteten, studierte der Gelehrte anschließend aufmerksam Geigers Brief. Inzwischen ist er in meiner Verwahrung, Carl hat mich darum gebeten.

Wie Du siehst, mein lieber Joseph, könnt Ihr nichts gegen mich unternehmen. Ich vermute, dass Du meine andere Nachricht bereits erhalten hast.

Der junge Mann hatte sich gewehrt, wie die meisten. Er war ebenso machtlos wie Ihr alle. Es waren schon so viele: Frauen, Kinder und junge Männer. Nicht alle waren so hübsch. Mein Hunger ist noch nicht gestillt. Ich nehme, was ich kriege. Bei manchen lasse ich mir Zeit, sie hinüberzuschicken ins Schattenreich – Zeit, so viel ich will. Sie leiden. Ich spiele. Manchmal erlöse ich sie auch.

Ich hätte ihn ablegen können, wo immer mir danach gewesen wäre. Selbst vor Deiner oder Carls Wohnungstür. Sucht er nun nach mir? Soll Carl Feuerbach mein Jäger sein? Ich vermute dies, denn Deine Fähigkeiten, Joseph, erachte ich nicht als Herausforderung.

Vom heutigen Tage an ist die Geschichte des Fischbrunnens untrennbar mit der meinen verbunden. Selbst in hundert Jahren wird man sich an meine Taten erinnern. München sollte mir dankbar sein, und ebenso Du, lieber Freund meiner Kindheit. Nur durch mich genießt Du höchste Aufmerksamkeit bei Deinen Vorgesetzten. Jetzt bist Du wer! Ohne mich wärst Du mit Deinem unbedeutenden kleinen Leben in Vergessenheit geraten.

Über uns wird man eines Tages Bücher schreiben. Selbst

in amerikanischen Lichtspielhäusern werden die Menschen Zeugen sein, wenn mein Kopf unter dem Fallbeil liegt, und am Denkmal für die Opfer wird mein Name stehen!

Aber, mein alter Kamerad, bleib geduldig. Es wird erst beendet sein, wenn ich es Euch gestatte, mir Fragen zu stellen.

Es waren so viele, dass ich mich zuweilen nicht einmal mehr erinnere. Doch in meinen Schriften werdet Ihr die Wahrheit lesen – und wie leicht es ging.

Richte mir Carl Feuerbach die besten Grüße aus und beglückwünsche ihn zu seinem prächtigen Neffen. Er ist hübsch!

Balthasar

Das ständige Stirnrunzeln des Doktors war wohl berufsbedingt. Nach der ersten Lektüre fragte er, wer Joseph sei. Der hob die Hand. Der Arzt blickte zu mir und meinte: »Und Sie sind dann vermutlich der Neffe von Herrn Feuerbach?« Ich nickte. Er las den Brief von Neuem. Nebenbei machte er sich Notizen. Joseph wies ihn darauf hin, es dürfe nichts Schriftliches zurückbleiben und dass er die Aufzeichnungen hinterher an sich nehmen müsse. Der Doktor murmelte: »Ja, ja.« Der Bleistift huschte weiter über das Papier.

Ich kann nicht sagen, wie oft er den Brief gelesen hat. Einmal unterbrach er, holte ein dickes Buch aus einem der Schränke, murmelte in sich hinein und begann erneut zu lesen.

Nach einer Zeit räusperte er sich, bevor er uns seine Meinung kundtat. Manche Dinge seien auch ohne ein Studium der menschlichen Psyche herauszulesen, erklärte er. Es gebe aber tiefgründige Einzelheiten, die es gelte, nach ärztlicher Kunst zu entschlüsseln.

Für Balthasar stehe eines fest, resümierte der Doktor dann: Er habe keinesfalls die Absicht, bis zu einem natürlichen Lebensende unentdeckt zu bleiben. Er wolle der ganzen Welt zeigen, wer er sei und was er getan habe. Balthasar wolle Aufmerksamkeit. Zum einen für die grausamen Details der Taten, zum anderen aber auch für die eigene Person, wenn aus seiner Sicht alles vollbracht sei.

Er sei sich absolut gewiss, den Zeitpunkt seiner Verhaftung selbst bestimmen zu können. Dass er bis dahin gejagt würde, gefalle ihm sogar. Es passe ja in sein Schema, das Interesse aller auf sich zu ziehen! Sicherlich sei er sogar der Meinung, man müsse ihm bei seiner Ergreifung Dankbarkeit entgegenbringen. In Balthasars Welt habe er selbst die Kontrolle über alle Vorgänge, und wenn er gefasst würde, dann einzig, weil er es zuließe.

Joseph berichtete von den Umständen der Morde, den beiden Wohnungen, der wechselnden Opferauswahl, den Jünglingen, der Ausführung seiner Gräueltaten.

Die Meinung des Doktors fiel differenziert aus: Mit einem Mord verbinde Balthasar generell Lust und Macht. Wenn er eine Frau oder ein Kind töte, handele es sich aber eher um eine schnelle Triebbefriedigung, die losgelöst sei von sexuellen Bedürfnissen. Der Doktor nannte das eine Art »Zwischenmahlzeit«, um die Zeit zum nächsten Hauptgang zu überbrücken. Ein solcher »Hauptgang« speise sich aus der Vorliebe für junge Männer, gepaart mit dem Drang, diese körperlich und sexuell zu beherrschen, bevor er sie umbringe. In der Welt seiner abnormalen Neigungen stelle dies den Gipfel der Lust und die maximale Befriedigung dar. Die »Leibspeise«, vereinfacht ausgedrückt!

Was der Arzt weniger zu beurteilen vermochte, war Balthasars Verhalten im normalen, täglichen Leben. Durchaus könne es sich um einen Menschen handeln, der nicht Piep sagen könne, bevor er sexuell erregt sei, dann aber, nach entsprechender Stimulation, alle Hemmungen verliere.

Dass Balthasar bis vor Kurzem Wachtmeister bei der Landespolizei war und dass die These, er sei möglicherweise ein verstockter, verklemmter Mann, nicht stimmt, verschwieg Joseph.

Der Verkauf der Kleidung sei wohl eher den aktuellen Umständen geschuldet, die sich durch Inflation und die allgemeine Armut ergäben, vermutete der Doktor weiter. Balthasar gehe es nicht um Geld. In seiner eigenen Wahrnehmung komme er einer göttlichen Figur gleich.

Durch die Nutzung einer fremden Wohnung als Tatort, bei der es sich womöglich um die Heimstätte einer Liebesbekanntschaft handle, war es ihm vollumfänglich möglich, nach den Taten in das gewohnte Umfeld zurückzukehren. So konnte er seinem »Hunger« mit reduziertem Risiko noch mehr Nahrung geben und seinen perversen Drang noch ungehemmter ausleben als zuvor. Ansonsten wäre eine solch immense Opferzahl niemals zustande gekommen. »Auf der Straße« wäre das unmöglich gewesen. Die zweite Wohnung habe ihn in die Lage versetzt, seiner Sucht freien Lauf zu lassen. Vergleichbar einem Süchtigen, der direkt neben einer Opiumhöhle wohne.

Der Doktor war sich allerdings sicher, dass Balthasar so oder so irgendwann wieder Morde »auf der Straße« begangen hätte. Nur im Verborgenen weiterzumachen, hätte dem Wunsch nach Aufmerksamkeit widersprochen. Denn im Grunde lechze Balthasar danach. Auch was die Knochen in der Isar angehe, so habe er gewiss nicht vorgehabt, diese bis in alle Ewigkeit unentdeckt dort schlummern zu lassen.

Von den Knochen in der Isar hatte Joseph gar nichts erwähnt. Der Doktor hatte automatisch eins und eins zusammengezählt.

Er erklärte weiter, Balthasar werde nach seiner »freiwilligen Ergreifung« sicherlich voller Stolz davon erzählen. »Schaut, was ich vor euren Augen getan und wie ich euch alle an der Nase herumgeführt habe!«

Joseph erwähnte daraufhin Eintrittskarten für Vorstellungen in Lichtspielhäusern, die man bei verschiedenen Opfern gefunden hatte, und dass es sich dabei immer um denselben Film gehandelt habe. Einen Film über einen blutsaugenden Vampir.

Als Grund, warum das Ganze vergangenes Jahr (1922) begonnen hatte, befand der Arzt dann einen Zusammenhang mit *Nosferatu* absolut für möglich. Es gebe zweifellos Menschen, die in eine Art Blutgier verfallen könnten. Zu beißen und sogar das Blut zu trinken, könne den Gipfel sexueller Lust bei solch einem Krankheitsbild darstellen. Es handle sich womöglich um eine Situationspsychose. Mir ist bis jetzt unklar, was genau das bedeuten soll.

Ob derartige Phantasien schon vor diesem Film in Balthasar schlummerten, konnte der Psychiater nicht beurteilen. Falls ja, sei der Kinobesuch der Auslöser gewesen, diese in die Tat umzusetzen. Ebenso gut könne der Film aber auch einen Funken in ihm entfacht haben, der vorher nicht existent gewesen sei.

Zusammenfassend urteilte der Doktor, dass der homosexuelle Geschlechtsverkehr den Täter so sehr errege, dass dieser in einem Akt der Geschlechtsgier in die »Beute« beiße, vielleicht sogar das Blut trinke und die Opfer hinterher töte. Diese Abfolge stelle die größtmögliche Befriedigung dar.

Eine ähnliche Dominanz, wie er sie über die Opfer besitze, glaube er auch über Zeitpunkt und Umstände seiner Festnahme zu haben. Diese stelle die Krönung seines Schaffens dar, mit maximaler öffentlicher Aufmerksamkeit.

Der Verfasser des Briefes sei ein Mensch von erheblicher moralischer Minderwertigkeit mit Abnormitäten im Geschlechtsleben. Eine erbärmliche Kreatur, jenseits aller sozialen Schranken. Einen Intelligenzdefekt schloss der Arzt aus. Vielmehr handle es sich um einen Menschen mit natürlichem Scharfsinn und unbeugsamer Entschlossenheit.

Mir drehte sich alles. Ebenso hätte ich selbst als zerbissene Leiche enden können. Ich schob diesen Gedanken weg, wie ich es jetzt erneut tue, während ich schreibe.

Weiterhin führte der Doktor aus: »So wahnwitzig es sich anhört: Aber wenn sich auf Dauer niemand für die Taten interessiert, weder die Polizei noch irgendwelche Zeitungen, würde ihn das psychisch zermürben! Ihn innerlich töten. Der Drang nach Bedeutung war zu Beginn der Serie bei Weitem nicht so ausgeprägt wie jetzt. Er ist wohl vielmehr von sich selbst und seinen Taten überrascht und in seiner kranken Vorstellung stolz darauf. Diesen Stolz will er öffentlich zeigen, und noch öffentlicher, als eine nackte Leiche im Brunnen vor dem Rathaus zu deponieren, geht es kaum mehr. Es wird schlimmer, und sollte er nicht die gewünschte Aufmerksamkeit erhalten, würde er sich vielleicht sogar sehr rasch der Polizei stellen – freiwillig!«

Gegen Ende seiner Analyse nahm der Psychiater nochmals den Brief zur Hand und brummte nachdenklich vor sich hin. Mit gerunzelter Stirn schaute er zu Joseph über den Schreibtisch. »Herr Inspektor, passen Sie gut auf Ihre Familie auf.« Dann drehte er sich zu mir und sagte mit erhobenem Zeigefinger: »Ich weiß nicht einmal, wie Sie heißen – aber Sie sollten sehr vorsichtig sein!« In mir zog sich alles zusammen.

Einen Moment herrschte Stille, bis der Doktor fortfuhr: »Ich denke, er würde Ihnen, Herr Obermeier, nichts antun. Das Gleiche gilt für Sie, Herr Feuerbach. Sie beide stellen für ihn die Gegner dar, die er braucht. Jeder Bösewicht braucht Gegenspieler, verstehen Sie? Nicht Ihnen, sondern Ihren Familien etwas anzutun, würde ihm noch einmal mehr Macht verleihen. Er spielt ein Spiel um Macht.«

»Und Tod«, ergänzte Joseph, wobei er seinen inneren Aufruhr zu überspielen versuchte. Zweifellos war er mit seinen Gedanken bei seiner Familie.

Nun war indes gesagt, was es zu sagen gab, und analysiert, was es zu analysieren galt. Joseph forderte den Brief samt den Notizen des Doktors ein und bat ihn ein letztes Mal um absolutes Stillschweigen.

Beim Verlassen der Klinik schlich ich zitternd und auf wackeligen Beinen durch das Treppenhaus. Joseph atmete schwer. Bereits im Dienstzimmer des Doktors war er aschfahl geworden.

Ich habe Geigers Weg bereits als mögliches Opfer gekreuzt, ihn erlebt – und war chancenlos. Ich weiß, wovor ich mich fürchte. Ich weiß, wie brutal er ist, und ich kenne die Geschichten über die getöteten Opfer. Meine Angst ist nicht namenlos. Meine Angst ist real. Der Mörder streift durch die Stadt, auf der Suche nach Menschenopfern! Vielleicht auf der Suche nach mir.

Auf der Straße strich kalter Wind in mein Gesicht, trotzdem glühten meine Wangen wie Feuer. Carl steckte sich einen Glimmstängel in den Mund und fragte murmelnd: »Hast du den Dolch dabei?« Ich verneinte. Er schüttelte verständnislos den Kopf. In Gedanken stimmte ich seiner Verärgerung zu. Wie bin ich dumm und leichtsinnig! Alles, was ich bei mir trug, war ein Füllfederhalter. Ein Geschenk meiner Mutter. Das geschriebene Wort ist eine Waffe. Im Kampf – Mann gegen Mann – wird es mir aber nicht viel nützen.

Carl, Joseph und ich sind nun Teil einer Schicksalsgemeinschaft. Keiner von uns beabsichtigt, Geiger vor ein weltliches Gericht zu bringen.

Um Weiteres zu besprechen, wollte Joseph ins *Hofbräuhaus*. Carl zog es ins *Orlando*, und ohne Joseph oder mich anzusehen, erzählte er von Anna. Sie hatte einen anderen Mann kennengelernt. Dieser Mann würde einzig das nehmen, was Carl nicht haben wolle, hatte sie sich bei ihm deswegen gerechtfertigt.

Bis ins *Orlando* wechselten wir kein Wort mehr. Kaum waren wir im Café angekommen, kam auch Heinrich herein, einer der Männer vom Stammtisch. Er machte Anstalten, sich zu uns zu setzen. Carl blickte ihn von unten herauf an und bedeutete ihm mit einer Geste, woanders Platz zu nehmen. Heinrich stand konsterniert vor einem leeren Stuhl an unserem Tisch. »Spinnst du jetzt ganz, Feuerbach?« Mein Onkel schaute ihn nicht einmal mehr an. Joseph stand auf und versuchte Heinrich zu besänftigen: »Heute ist ein schlechter Tag. Carl meint es nicht so.« Woraufhin Heinrich lautstark erwiderte: »Dann soll er sich daheim einsperren und nicht ins Caféhaus gehen. Feuerbach, ab und zu bist du ein richtiger Depp!« Dann nahm er eine Zeitung vom Ständer und hockte sich alleine an einen anderen Tisch. Während er sich eine Pfeife stopfte, schimpfte er vor sich hin, den genauen Wortlaut konnte ich aber nicht verstehen.

Joseph nahm Carl ins Gebet, mit alten Freunden nicht so umzuspringen. Der gab Joseph statt einer Antwort den guten Rat, unverzüglich seine Familie in Sicherheit zu bringen, und zwar noch am heutigen Tage! Joseph schien verärgert, weil Carl offensichtlich der Meinung war, ihn tatsächlich daran erinnern zu müssen. Seine Frau und die beiden Kinder werde er noch heute nach Starnberg fahren. Dort wohne ein Onkel von ihm.

Mir schärfte Carl ein, die Wohnung ab sofort nur noch in seiner oder in Josephs Begleitung zu verlassen. Natürlich betonte er nochmals, wie wichtig der Dolch sei ...

In den nächsten zwei Stunden schmiedeten die beiden einen Plan. Ich hörte aufmerksam zu. Einzelheiten hierüber schreibe ich nicht nieder ... noch nicht. Was geschehen wird, kann niemand vorhersehen. Ich will kein Risiko eingehen. Wer kann schon sagen, was mit mir oder Carl geschieht? Sollten meine Aufzeichnungen in die falschen Hände geraten, am Ende noch in Geigers, ist unser Plan zum Scheitern verurteilt!

Brief von Elfriede Kruger an ihren Sohn Leopold, 18. November 1923

Mein lieber Leopold,
nahezu jede Zeitungsmeldung, die mich aus München erreicht, beunruhigt mich. Ich zweifle längst daran, dass dies der richtige Zeitpunkt für Deinen Aufenthalt dort ist. Ich mache mir große Sorgen um Dein Wohlergehen!

Das Brodeln in der Bevölkerung, ein Putschversuch und eine Mordserie; sicherlich eine Zeit, in der Du viel erleben kannst und wohl auch wirst, ebenso ist es aber eine Zeit namenloser Gefahren.

Bitte schreib mir baldmöglichst, wie Du Deinen Lebensunterhalt verdienst und wo Du wohnst. Seit Deiner Ankunft in München, die immerhin schon ein Jahr zurückliegt, hast Du mir keine eigene Anschrift mitgeteilt. Immer noch versende ich meine Briefe an die Adresse Deines Onkels.

Auch will ich wissen, wie es um Deine Ambitionen steht, Deinen Lebensunterhalt als Schriftsteller zu bestreiten. Als sorgende Mutter in der Ferne fordere ich Informationen ein und bitte dich inständig, mir nichts vorzuenthalten! Bisher übte ich mich in einer mehr als großzügigen Geduld mit Dir!

Und lass mich bitte wissen, wie es Onkel Carl geht! Teile mir dies möglichst in allen Einzelheiten mit. Du schreibst gerne, deshalb stellt es für Dich keinerlei Last dar, meiner Bitte nachzukommen.

Deine Mutter

Brief von Elfriede Kruger an ihren Bruder Carl Feuerbach, 18. November 1923

Lieber Carl,
mit großer Besorgnis habe ich Deinen Brief gelesen. Dir ist sicher bewusst, dass ich mich nicht nur täglich um meinen Buben, sondern ebenso um Dich sorge. Ich fordere Dich auf, mir die Ereignisse zu schildern, die Dich bewogen haben, mir jene Zeilen zu schreiben.

Ich hoffe, Du verheimlichst mir nichts, was Leopolds oder Dein eigenes Wohlergehen betrifft! Voller Vertrauen habe ich meinen Sohn in Deine Obhut übergeben und fordere Rechenschaft über seinen Weg. Bitte schreib mir umgehend!

Leopold im Fremdenheim unterzubringen, war eine Übergangslösung. Ich habe geduldig auf eine Wohnadresse gewartet ... bis heute vergebens. Ich ersuche Dich, mir diese mitzuteilen!

Obwohl Du neben meiner Sorge sicherlich auch meine Verärgerung bemerkt hast, so will ich Dir dennoch versichern, dass Du Dich bezüglich Deines Anliegens auf mich verlassen kannst. Sollte Dir etwas zustoßen, werde ich die von Dir beschriebenen Anweisungen in Deinem Sinne vollziehen.

Sobald es meine Gesundheit erlaubt, komme ich nach München. Wenn ich dazu in der Lage gewesen wäre, wäre dies längst geschehen. Seit einiger Zeit bin ich jedoch ans Bett gefesselt. Der harte Herbst, ein früher Wintereinbruch und die viele Arbeit auf dem Hof haben mir eine Lungenentzündung beschert. Ich bin guter Hoffnung, diese Krankheit in ein paar Tagen auskuriert zu haben und dann meinen Buben und meinen Bruder in der Stadt zu besuchen! Wenn es so weit ist, werde ich Dir Datum und Uhrzeit meiner Ankunft mitteilen. Bis dahin warte ich auf einen Brief von Dir.

Leopold soll weder von meinem beabsichtigten Besuch, noch von meinem Gesundheitszustand erfahren. Ich vertraue auf Deine Verschwiegenheit!

Meine Segenswünsche begleiten Dich.

Elfriede

Tagebuch von Joseph Obermeier

18./19. November. – Es ist zwei Uhr früh. Die Jagd nach dieser dämonischen Kreatur beginnt erneut.

Die jüngsten Ereignisse haben mich gezwungen, das mir Liebste auf der Welt fortzubringen. Doch meine Frau und die Kinder sind jetzt an einem sicheren Ort, und ich sitze, in meinen Morgenrock gehüllt, spät nachts alleine in unserer kalten Wohnung. Erst wenn alles vorbei ist, werde ich meine Familie zurück nach München holen. Erst wenn wir das Raubtier erlegt haben, will ich meiner Familie wieder unter die Augen treten.

Die Jagd nach diesem Teufel beansprucht meinen Körper und Geist aufs Äußerste. Abgesehen von dieser verhassten Aufgabe, die zu meinem Lebenszweck zu werden scheint, beschäftigt mich heute Nacht aber auch etwas anderes: Freundschaft! Echte, wahre Freundschaft. Freunde, nicht durch Gewohnheit liebgewonnen, sondern um ihrer selbst willen, aufgrund inniger Verbundenheit. Mehr als Kameradschaft – ein Bündnis fürs Leben, ohne Eitelkeiten.

Dieser Schatz auf dem Feld menschlicher Beziehungen war mir zuteilgeworden, doch im Moment der Prüfung habe ich versagt. Ich habe Carls und Alfreds Freundschaft mit mir aus Egoismus verraten.

Zu Beginn des großen Krieges wurden Luftschlösser gebaut, mit prächtigen Uniformen, großen Reden und unzureichend ausgebildeten, zu hastig verpflichteten Soldaten. Nahezu alle waren der Meinung, ein schneller Triumph ohne große Verluste stünde unserem Vaterland bevor. Grenzenlose Großmachtträume! Alles kam anders. Carl und Alfred gingen durch die Hölle. Seither liegt ein düsterer Schatten auf ihrer beider Leben.

Bei bester körperlicher Gesundheit wurden mir Beförderungen zuteil, während man meine Freunde in Kliniken wegsperrte. Nicht meine Vaterlandsliebe werfe ich mir vor. Auch bin ich nicht betrübt darüber, den Krieg abseits der Schlachtfelder erlebt zu haben. Mein klägliches Verhalten meinen Freunden gegenüber ist es, das mich innerlich auffrisst.

Carl und Alfred haben unser Vaterland verteidigt – und teuer dafür bezahlt. Bewunderung erfüllt mein Herz, wenn ich an sie denke. Ganz München kennt die Geschichten von Carls Wagemut. Ab und an erzählt man noch heute davon, und jeder weiß, welchen Preis er für sein Überleben bezahlt hat. Der Teufel und er hatten darum gewürfelt!

Aber wie hätte ich Carl oder Alfred unter die Augen treten können, ohne ihren Hass auf mich zu ziehen? Trotzdem, es war falsch, mich dem nicht zu stellen! Es war falsch, ängstlicher Bequemlichkeit nachzugeben – aus Dummheit und Selbstsucht!

Genau in jenen Momenten, als sie geschwächt am Boden lagen, hätte ich für sie da sein müssen. Carl brauchte viele Monate, um sich wieder auf die Höhe alter Leistungsfähigkeit zu erheben. Seither lächelt er ein finsteres Lächeln, ein Lächeln ohne Hoffnung. Er war ein Ritter im Kampf Mann gegen Mann, aber die modernen Waffen unserer Zeit machen Männer wie ihn bald überflüssig. Ehrenmänner werden entbehrlich!

Alfred steckt immer noch in seinem Verlies geistiger Verwirrtheit. Wenn die Jagd vorüber ist, will ich meinem alten Kameraden in die Augen sehen und für ihn da sein. Das schwöre ich feierlich!

Doch ganz abgesehen davon habe ich in den vergangenen Monaten ein weiteres Mal meine Befindlichkeiten über die der anderen gestellt. Einzig durch mein Tun wurden Carl und sein Neffe Leopold in meine Obliegenheiten verwickelt. Ich befinde mich im Polizeidienst. Die Jagd nach Mördern und die Konfrontation mit all dem Schlechten auf der Welt sind Teil meines Berufes.

Obgleich Carls Fähigkeiten die meinen bei Weitem übersteigen, hätte ich meine Aufgabe nicht zu der seinen machen dürfen. Carls und Leopolds Verstrickung in diese Angelegenheit habe einzig ich zu verantworten.

Gott im Himmel, ich bitte Dich: Schütze meine Familie und meine Freunde! Aus tiefer Verzweiflung heraus bat ich um Carls Hilfe, aber meine minderen Fähigkeiten dürfen nicht schuld sein am Unheil anderer.

Obwohl ich die alten Geschichten kenne, habe ich sie ignoriert. Die Verbindung zwischen Balthasar und Carls Familie liegt zwar viele Jahre zurück, doch ändert dies nichts an dem, was damals geschah. Misserfolg und innere Not beraubten mich meiner Urteilsfähigkeit. Mein unüberlegtes Handeln führte zu einer gefährlichen Begegnung.

Erst jetzt im Nachhinein wird mir klar und auch bewusst, was sich hinter Balthasars sehnsüchtigem Gesichtsausdruck verbarg, als er Leopold anblickte. Ein Blick kann viele Gründe haben. Jetzt kenne ich den wahren und erzittere in Sorge um meine Freunde!

Leopold sieht mitgenommen aus. Mager und übernächtigt, mit dunklen Ringen unter den Augen. Sein strahlendes Wesen hat an Glanz verloren.

Vor meinem Fenster herrscht vollkommene Nacht. Um Kraft zu sammeln, beuge ich mich gleich meiner bleiernen Müdigkeit. Zuvor aber will ich meine künftigen Absichten in aller Klarheit zu Papier bringen. Immer wieder werde ich mir diese in Erinnerung rufen: Ich schwöre feierlich vor Gott, all mein künftiges Handeln in den Dienst zweier Angelegenheiten zu stellen. Von nun an will ich Carl und Alfred mit aufrichtiger Freundschaft begegnen. Und ich will diesen »Schlächter von München« jagen – bis zum Tode. Am Ende des Weges kann nur einer von uns beiden überleben.

Die philosophischen Worte des Doktors, mit denen er uns verabschiedete, kommen mir in den Sinn: »Wir sind Zeuge eines Rückfalls in den urmenschlichen Zustand. Jeder kennt die Sagen von Blutsaugern, Kannibalen und

Wolfsmenschen. Jetzt ist ein solches Wesen da, und es ist an die Öffentlichkeit getreten, obwohl wir alle glaubten, unsere Gesellschaft sei zivilisiert. Diese Taten zeugen von dem Tier in uns, das nie verschwunden ist. – Raubtiere gibt es in unserer Vorstellung nur noch in Urwäldern, Wüsten und im tiefen Meer. Doch wir haben unseren eigenen Lebensraum dafür geschaffen. Schauen Sie hinaus auf die Häuser, die Straßen und gezähmten Flüsse. Unsere städtische Umgebung bringt neue Raubtiere hervor. Die Leute sind entsetzt über die Morde, und doch töten dieselben Menschen Hunderttausende in einem Krieg und schmücken die, die am meisten töteten, mit Orden! Wir alle sind Tiere!«

Polizeiliche Pressemitteilung
20. November 1923

München, Haidhausen: Am späten Abend des 19. Novembers wurde auf dem Haidhauser Friedhof eine bekleidete Frauenleiche gefunden. Die Münchener Kriminalpolizei geht davon aus, dass die Frau Opfer desselben Täters wurde, der für die seit einem Jahr anhaltende Mordserie verantwortlich ist. Sie wurde erwürgt, nachweislich mitgeführte Wertgegenstände wurden gestohlen. Im Auftrag der Stadtverwaltung und der Polizei bitten wir die Bevölkerung, Ruhe zu bewahren. Zeugen, die Verdächtiges im Bereich des Friedhofes und der Pfarrkirche St. Johann Baptist beobachtet haben, bitten wir, in der nächstgelegenen Polizeidienststelle Meldung hierüber zu machen.

21./22. November. – Eine Nacht mit wirren Träumen liegt hinter mir. Als ich die Augen aufschlug, saß Carl rauchend am Tisch. Keine Spur von Müdigkeit, obwohl er die Nacht über nach Geiger gesucht hatte.

Jeder von uns beiden hatte einen Brief von meiner Mutter erhalten. Ich kenne den Inhalt von Carls Brief nicht, doch zwinkerte er mir zu und meinte, ich könne mich auf ihn verlassen. Gewiss hatte sie ihn ebenso wie mich ins Gebet genommen.

Trotz der Zusicherung seiner Verschwiegenheit und Loyalität ermahnte er mich, meiner Mutter mehr zu schreiben. Aber es fällt mir unsäglich schwer, wichtige Dinge wider besseres Wissen zu verschweigen. So schreibe ich lieber gar nicht.

Aus mir unerfindlichen Gründen zeigte Carl sich gut gelaunt. Manchmal kann ich diese Stimmungsschwankungen nicht im Geringsten nachvollziehen. Gleichwohl ergriff ich die Gelegenheit, mehr über seinen Klinikaufenthalt nach dem Krieg zu erfahren.

Kaum hatte ich meine Frage in Worte gefasst, war es vorbei mit der guten Stimmung. Etwas Düsteres trat in Carls Antlitz. Als er aber stumm am Kaffee nippte und nach einem Zigarillo griff, wusste ich, er würde mir tatsächlich Antwort geben.

Ein Seufzen. Ein tiefer Lungenzug. Dann sagte er: »Alfred und ich waren für eine Weile in der Kreisirrenanstalt in Haar. Unsere Leiden ... sie waren ... wie soll ich sagen ... sehr speziell, aber keine Seltenheit nach den ersten Kriegsjahren. Auf einmal hat es immer mehr von uns gegeben, die an der Krankheit litten. Die meisten haben noch heute damit zu kämpfen. Während des Kriegs und in der ersten Zeit danach hat man uns als nichtsnutzige Simulanten betrachtet. Solange man keine offene Wunde am Körper trug, galt man als gesund und voll einsatzfähig.

Die ständigen Granateneinschläge, der Kanonendonner und Explosionen in unserer Nähe, das Töten und die psychische Belastung, das alles hat uns verändert. Obwohl man weder angeschossen noch mit einem Bajonett attackiert worden war, war es manchen nicht mehr möglich, sich auf den Beinen zu halten. Andere haben keinen Bissen mehr hinuntergebracht. Sie sind zu dürren Skeletten abgemagert. Viele haben gestottert und gezittert.

Du hast Alfred gesehen: Bestimmte Gegenstände oder Wörter wie »Bombe« reichen aus, um einen Anfall auszulösen. Es haben nicht alle die gleichen Symptome gezeigt, aber ein paar arme Teufel hat es besonders hart erwischt.

Ich bin kein Arzt. Angeblich haben uns die Druckwellen der Bombeneinschläge viele kleine Gehirnerschütterungen zugefügt. Zu viele für ein Menschenleben. Bis man unsere Krankheit überhaupt ernst genommen hat, schrie man uns an: »Aufstehen, Soldat!« Und man hat uns als hysterische Feiglinge beschimpft. Viele mussten zurück in die Schützengräben und aufs Minenfeld.«

Carl legte eine lange Pause ein, bevor er weitersprach: »Das war am Anfang; es ist aber noch schlimmer geworden. Nachdem auf einmal Unmengen solcher Patienten von der Front nach Hause gekommen sind, gab es zu wenige Plätze in den Irrenanstalten. Doch glaub mir: Unser Vaterland ist erfinderisch, wenn es um Problemlösungen geht.

Mit unterschiedlichsten Methoden hat man einfach die Zahl der Patienten dezimiert. Einen Teil hat man wie gesagt in die Gräben zurückgeschickt, andere sind an Unterernährung im Lazarett und in den Anstalten gestorben. Sie sind unter Aufsicht verhungert. So schafft man Platz. Es war ihnen scheißegal! Unnütze Esser, die in den Augen der Ärzte simulieren, bloß um sich am Ende die Fürsorge zu erschwindeln, braucht das Reich nicht!

Als man uns schlussendlich doch sogenannte »Behandlungen« zukommen ließ, hat man wiederum Unterschiede nach Abstammung oder hierarchischer Stellung gemacht. Wegen meiner Verdienste hätte ich eine andere Therapie erhalten sollen als Alfred. Ich hätte Bäder und Beruhigungsmittel bekommen. Für die einfachen Soldaten, so wie Alfred einer war, galten andere Regeln.

Mit furchtbarer Wut hab ich dem Arzt die Medikamente aus der Hand geschlagen. Ich wollte die Tabletten erst nehmen, wenn Alfred die gleiche Behandlung bekommt wie ich. Der Arzt hat sich bestätigt gefühlt, dass ich dem Schwachsinn verfallen war, und mich als minderwertigen Psychopathen beschimpft. Ich hab ihm ins Gesicht geschlagen. Aber ich befand mich damals nicht auf der Höhe, war nicht bei Kräften. Es war ein schwacher, unbeholfener Schlag. Er hat über mich gelacht und mich als »Krüppel« bezeichnet. Zu der Zeit war ich tatsächlich einer. Er kann von Glück reden.

Jeder Arzt, eigentlich alle, die in den Anstalten gearbeitet haben, waren mit unserer Art von Patienten überfordert. Der Krieg hat Leiden hervorgebracht, die bis dahin nicht nur unerforscht, sondern ganz und gar unbekannt waren. Und weil zu der Zeit, als es die ersten »Krüppel« in dieser Hinsicht gab, absolut keiner auch bloß im Geringsten damit umgehen konnte, hat man schlichtweg die Existenz einer solchen Krankheit geleugnet. Sogar heute, fünf Jahre später, ist das teilweise immer noch so.

All die neuartigen Waffen und Kriegsgeräte, die Granaten, das Gas und die Tanks, waren vorher noch nie verwendet worden. Selbst wenn man nicht zerfetzt wurde, haben sie zu anderen Schäden geführt. Sie haben unser Innerstes erschüttert. Eine solche Ernte des Krieges hat nicht bloß die Heilanstalten, sondern das ganze Reich überfordert. In der Blüte ihres Lebens sind Tausende Männer in den Krieg gezogen. Zurück kamen zerschundene Ackergäule, zu nichts mehr zu gebrauchen.

Nach meinem Ausraster hat man Alfred und mich mit der sogenannten Kaufmann-Methode behandelt. Im Grunde ist das eine Foltermethode. – Glaub mir, ich weiß, wovon ich rede. – Unsere eigenen Leute haben uns gefoltert. Die, für die wir bereit waren, im Graben zu sterben.

Sie haben Wechselstrom durch unsere Körper geleitet, mit dem Ziel, auf diese Weise das Gehirn und die Nerven zu überlisten. Wenn alles an dir krampft, du das mitkriegst und nichts dagegen tun kannst ... es sind schreckliche Schmerzen. Man wollte uns die Krankheit mit Elektroschocks regelrecht austreiben. Einige sind dabei gestorben – und wieder ein paar unnütze Fresser weniger. Schwächlinge braucht kein Mensch, das Reich schon gar nicht!

Bis heute heißt es, eine Heilung ist fast nicht möglich. Ich habe wohl Glück gehabt. Anscheinend war ich nicht so schlimm erkrankt wie Alfred und die anderen. Zumindest hat sich mein Zustand gebessert, warum auch immer. Ich bin aber bis heute überzeugt davon, dass das gewiss nichts mit den Elektroschocks zu tun hatte.

Nach zwei Jahren hat man mich entlassen. Meine Nerven waren zwar immer noch angegriffen, aber ich bin wieder zu Kräften gekommen. Als Erstes habe ich für Alfreds Verlegung gesorgt. Wenn ich nicht für ihn zahlen würde, hätte man ihn vermutlich bis zum Tode mit Elektroschocks behandelt. Und falls er zu zäh gewesen wäre, hätte man ihn irgendwann als unheilbar in ein Obdachlosenheim abgeschoben.

Mittlerweile gibt es verschiedene Namen für die Krankheit. Manche sprechen zwar immer noch von Schwachsinn, andere nennen das Leiden jetzt Schützengrabenschock, Granatfieber oder Kriegszittern. Im Grunde ist es wahrscheinlich eine Art Nervenfieber.

Ab und zu kommt es noch hoch in mir. Ich fühle mich wie gelähmt, starre ins Leere und verliere mein Zeitgefühl. Das Zittern ist im Laufe der Jahre weniger geworden.« Carl lächelte verlegen. »Heute fällt das kaum noch jemandem auf.«

Ich hatte ihm gebannt gelauscht, seine Offenheit überraschte mich sehr. Mitleid und Bewunderung für meinen Onkel stiegen gleichermaßen in mir auf. Doch ich beschloss, den Moment zu nutzen, um weitere Fragen zu stellen, und so erkundigte ich mich nach diesen mysteriösen Geldpaketen.

So überraschend sich die Tür geöffnet hatte, so rasch schlug Carl sie wieder zu und murrte gereizt: »Ein Freund!« Dann stand er auf und starrte aus dem Fenster.

Kurz nach diesem Gespräch klopfte Joseph an unserer Tür. Er war furchtbar bleich und abgehetzt. Statt einzutreten und sich zu setzen, blieb er im Türstock stehen und teilte uns aufgeregt mit, unsere Nachricht sei angekommen, und Geiger habe sie prompt beantwortet.

Er sprach von einer Frauenleiche, die man exakt an dem Platz gefunden hatte, der im Zeitungsbericht angegeben war. Die arme Frau wurde erwürgt!

Dazu muss ich vermerken, dass Joseph vor zwei Tagen eine fingierte Pressemeldung an die Zeitung gegeben hat. Tatsächlich aber existiert die Leiche aus der arrangierten

Zeitungsnachricht nicht! Josephs und Carls Strategie war es, Geiger herauszufordern und zu reizen. Veranlassung hierfür war dessen eigener Brief. Denn seine Zeilen, die uns ja der Arzt dechiffriert hatte, gewährten einen Einblick in seine Welt: Ausschließlich er besitzt darin das Recht, seine anonyme Berühmtheit zu inszenieren und die Ereignisse zu lenken. Er träumt von unsterblichem Ruhm, und nur er darf bestimmen, was, wann und wie etwas geschieht. In der falschen Meldung wurde ihm aber nun ein Mord angelastet, der nicht auf sein Konto ging. In Wahrheit gab es ja keinen. Was Geiger allerdings nicht wissen kann. Immerhin konnte auch ein anderer die Frau erwürgt haben.

Erwartungsgemäß kam es wohl einer Schmach und tiefen Kränkung gleich, mit einem Mord in Verbindung gebracht zu werden, den er nicht begangen hat. Wir schoben ihm nicht nur diese Tat in die Schuhe, sondern stellten auch den Hergang anders dar als für Geiger mittlerweile üblich. Kein junger Mann, keine Bisse, keine Vergewaltigung. Vor einem Jahr hätte er sich vermutlich nicht einmal daran gestört, angeblich eine Frau auf einem Friedhof erwürgt zu haben, doch inzwischen hat er eine Entwicklung hinter sich. Der Mord an der alten Nachbarin geschah in Eile und aus dem Affekt heraus. Das hatte nichts mit dem inzwischen üblicherweise von ihm angestrebten Lustgewinn zu tun. Geiger hat sich in seiner Selbstdefinition und in seinem Handlungsmuster verändert. Zumindest vermuten wir das.

Doch nun berichtete Joseph davon, dass die Meldung aus der Zeitung quasi nachgestellt wurde, diesmal mit echter Leiche, am selben Ort. Vor zwei Stunden war sie gefunden worden.

Ich bekreuzigte mich, während sich Joseph bittere Vorwürfe machte. »Das Blut dieser armen Frau klebt an unseren Händen. Ohne die Falschmeldung läge dort jetzt gewiss nicht ihre Leiche!«, sagte er und schaute nach oben, als würde er den lieben Gott um Vergebung bitten.

Doch Carl widersprach Joseph: »Geiger hätte so oder so wieder gemordet. Vermutlich an einem anderen Ort und eine andere Person, aber gestorben wäre jemand.«

Ich konnte mich einer gewissen Abscheu gegenüber meinem Onkel nicht erwehren. Er sieht nicht den einzelnen Menschen. Carl sieht Menschenleben als anonyme Zahl. Für ihn handelt es sich um ein Leben, ohne Unterschied, welche Person dahintersteht – oder besser gesagt stand.

Trotz seiner Gewissensbisse hatte sich Joseph schon um alles gekümmert. Niemand durfte am Tatort etwas anfassen. Alle mussten sich fernhalten, weshalb er sich mit seinen Kollegen massiv angelegt hatte. Jeden Einzelnen erinnerte er daran, wer ihr Vorgesetzter war und wessen Anweisungen sie Folge zu leisten hatten.

Carl nickte zufrieden. Eine leibhaftige Frauenleiche soll nun unser Köder sein!

Wir packten uns in warme Jacken und Mäntel, wickelten dicke Schals um unsere Hälse und brachen umgehend auf. Auf dem Weg fragte mich Carl mehrfach, ob ich den Dolch dabeihabe. Nach dem dritten Mal hielt ich ihm diesen genervt unter die Nase.

Der Kirchenfriedhof im Stadtteil Haidhausen gehört zu den ältesten in München. Im Sommer mag dies anders sein, aber wenn der Winter kommt und die dunkle Jahreszeit Einzug hält, ist dieses Gräberfeld ein schauriger, ungemütlicher Fleck.

Bei unserer Ankunft empfingen uns drei Kollegen von Joseph. Um kein Aufsehen zu erregen, trugen sie Zivil. Sie passten auf. Niemand sollte den Friedhof betreten. Der

Friedhofsverwalter war von Joseph direkt informiert und angewiesen worden. Weder Anwohner noch Passanten wussten daher um die Leiche. Den alten Mann, der sie gefunden hatte, hatte Joseph ohne Aufsehen nach Hause begleiten lassen. Sogar Schweigegeld zahlte er ihm, damit er nichts über den Leichenfund erzählte. Zumindest für zwei Tage.

Der Friedhof ist an eine alte Pfarrkirche angeschlossen und von einer hohen Backsteinmauer umgeben. Josephs Kollegen erwarteten unser Eintreffen vor einem Torbogen, der mit einem Gitter verschlossen war. Auch alle anderen Eingänge waren verriegelt worden. Die Leiche lag irgendwo hinter der Mauer inmitten alter Grabsteine, unter halb entlaubten Bäumen.

Joseph hatte den Schlüssel für das Gittertor. Es quietschte schauerlich beim Öffnen. Wir traten hindurch und gelangten in einen natürlichen Tunnel, den das dicht verschlungene Geäst über uns bildete. Der Boden war gefroren und steinhart. Nach ein paar Schritten sah ich eine Schleifspur, sie zog sich durch das Herbstlaub auf der Erde, dann erblickte ich die Leiche. Eine junge Frau. Erwürgt, genau wie in der Zeitung beschrieben. Carl und Joseph hatten die Einzelheiten vorher selbst festgelegt!

Ich hielt Abstand. In das Gesicht der ermordeten Frau zu blicken, wollte ich mir ersparen. Mein Nervenkostüm war ohnehin schon geschwächt; mir genügte es vollauf, ihren Körper zwischen den Grabstellen liegen zu sehen.

Nachdem Joseph seine Kollegen nochmals aufgefordert hatte, absolutes Stillschweigen zu bewahren, und sie bat, nun den Tatort zu verlassen, warfen sie Carl und mir misstrauische Blicke zu. Ich konnte es ihnen nicht verübeln.

Ob sie Carl kennen, weiß ich nicht. Dem Eindruck nach kennt meinen Onkel in München aber fast jeder. Doch er ist kein Mitglied des Polizeiapparats, und ich bin ein junger, namenloser Kerl. Dass ihr Vorgesetzter mit uns alleine an einem Tatort bleiben wollte, gleichzeitig das Durchführen weiterer Untersuchungen verbot und sie ein zweites Mal an ihre Geheimhaltungspflicht erinnerte, führte gewiss zu vielen Fragen in ihren Köpfen. Die Polizisten gingen, wie ihnen geheißen. Einer murmelte noch etwas, gleich darauf hörte ich das Quietschen des Gittertores.

Josephs Vorgehen war ein großes Wagnis, was seine berufliche Zukunft anging. Doch damit greife ich wohl den Geschehnissen vor.

Carl, Joseph und ich blieben also zu dritt zurück. Meinem Empfinden nach lagen die Minusgrade im zweistelligen Bereich, und obwohl es vergangene Nacht nicht geschneit hatte, waren die Straßen glattgefroren. Als würde ich aus einer Höhle nach draußen blicken, sah ich vorbeifahrende Automobile durch die vergitterte Öffnung des Torbogens. Eingehüllte Fußgänger gingen vereinzelt auf den Bürgersteigen.

Carl und Joseph standen rauchend vor der Leiche. Fast wäre Carl auf die Hand der Toten getreten. Joseph zählte auf, was er dabeihatte: Dienstpistole, zwanzig Schuss Munition, Handschellen und ein Messer. Carl schlug stumm den Mantel auf und gab damit den Blick auf die Keule frei. Sie baumelte am Lederriemen von seiner Schulter. Hinterher drehten sich beide in meine Richtung. Ich spielte das Spiel mit, schob meine Jacke zur Seite und präsentierte den Dolch. Ich hatte ihn in meinen Gürtel gesteckt. Im Anschluss diskutierten die beiden tatsächlich darüber, ob sie genügend Zigaretten und Zigarillos hatten. Eine unwirkliche Szenerie!

Ich ließ meinen Blick über den Totenhof schweifen. Inmitten alter Lärchen, Linden und Eichen standen Gedenktafeln, Grabmäler, Kreuze aus Stein und Schmiedeeisen. Erschrocken trat ich zur Seite. Ich hatte mich direkt auf der Schleifspur postiert. Vor meinem geistigen Auge konnte ich sehen, wie die Frau von der Straße weg zwischen die Gräber gezerrt wurde; sah, wie ihre Schuhe Furchen und Rillen in die harte Erde zogen.

Wir haben dies alles verschuldet, wir haben ein Verbrechen begangen! Ohne die Zeitungsmeldung wäre die Frau jetzt nicht tot. Ich rannte hinaus zum Bürgersteig, was bei Carl einen Wutanfall auslöste. Er bestand darauf, dass ich in seiner unmittelbaren Nähe bleiben müsse. Auch ich wurde laut. Wenn er schon darauf bestehe, dann solle er sich gefälligst nicht neben eine Leiche stellen und so tun, als hätten wir alle Zeit der Welt. Er drehte sich weg und besprach sich mit Joseph. Beide wirkten sehr angespannt.

Hinterher teilten wir uns auf und suchten uns Plätze, die nicht direkt einsehbar waren, es jedoch erlaubten, das Umfeld der Leiche zu beobachten.

Jetzt, da ich mit diesem Eintrag bereits vergangene Stunden beschreibe, spricht nichts mehr dagegen, den von uns entwickelten Plan zu Papier zu bringen: Unser Vorhaben basierte auf verschiedenen Annahmen, unter anderem darauf, dass Geiger stets die Kontrolle behalten und »das Spiel« bestimmen will. Neben seiner Befriedigung durch den Akt des Tötens lechzt er nach Aufmerksamkeit. Die arme Frau von letzter Nacht stellte eine weitere »öffentliche Trophäe« in Geigers Sammlung dar – zumindest war dies unsere Annahme. Also wird er Aufmerksamkeit erwarten. Zeitungsmeldungen, Polizei, das übliche Aufsehen um einen Mord. Aber dies hatte es bereits vorab gegeben, ohne Leiche.

Mit unserem Vorgehen hatten wir beabsichtigt, Geiger zu einem Fehler zu verleiten. Mit der falschen Zeitungsmeldung wollten wir ihn reizen, ärgern, aus der Reserve locken. Dass er den Mord aber *nachstellt,* hatten wir natürlich nicht im Sinn. Aufgrund der neuen Situation passten Carl und Joseph nun unseren Plan an: Was die tatsächliche Frauenleiche betrifft, so sollte vorerst kein Artikel erscheinen.

Wir waren davon überzeugt, Geiger würde sich über kurz oder lang die Frage stellen, ob man die Leiche überhaupt schon entdeckt hatte, nachdem der Mord nirgends erwähnt wird. Der tote Körper liegt zwar mitten in der Stadt, aber dennoch abgelegen auf einem Friedhof.

Wir hofften also, Geiger würde zurückkehren und sich über den Verbleib der Leiche vergewissern wollen. Unsere Wache war somit eine auf unbestimmte Zeit.

Falls sich Geiger tatsächlich nähern würde, war nicht vorherzusehen, aus welcher Richtung er käme. Alle Eingänge wurden daher verschlossen – bis auf das Gittertor, durch das auch wir den Friedhof betreten hatten. Freilich konnte Geiger in der Nacht auch den Weg über die Mauer wählen. Wir wussten es nicht.

Joseph stellte sich hinüber zur Kirche und hielt dort verdeckt Ausschau. Carl und ich gingen auf die gegenüberliegende Seite und stellten uns abseits des Fundortes in die Nähe der Umfriedungsmauer. Hohe Sträucher und mit Efeu überzogene Grabsteine boten uns hier Sichtschutz. Neben uns ragte der Stamm einer alten Eiche in die Höhe.

Carl bestand erneut darauf, ich solle ihm keinesfalls von der Seite weichen. Er nervte mich mit seiner Sorge, und ich kam mir unsäglich unnütz vor. Doch mein Ärger interessierte Carl nicht. Ohne auf mich und meine Wut einzugehen, steckte er ein Zigarillo an und merkte an, die Leiche würde bei diesen Temperaturen zumindest nicht zu stinken anfangen.

Ich blickte hinüber. Eine solch pragmatische und gleichzeitig pietätlose Sicht auf die Dinge kann ohne Zweifel nur jemand an den Tag legen, der den Umgang mit toten Körpern gewöhnt ist. Einzig wegen Carls Vergangenheit kann ich ihm diese Empfindungslosigkeit nachsehen.

Carl qualmte unentwegt. Es war bitterkalt. Halb erfroren harrte ich neben ihm aus. Ihn schienen die Temperaturen unbeeindruckt zu lassen. Gegen drei Uhr nachmittags verlor ich das Gefühl in meinen Zehen und rollte sie immer wieder in den Stiefeln zusammen. Was aber ebenso wenig brachte wie das Aneinanderreiben meiner kalten Hände. Carl hingegen stand einfach nur da und starrte über den Grabstein, hinter den wir uns gestellt hatten. Er hatte die Hände in den Manteltaschen, ein Zigarillo hing zwischen seinen Lippen, und mit jedem Zug stiegen Wölkchen empor. Wenn er nicht geraucht hätte, hätte er auch eine dunkle, steinerne Statue sein können.

Bei einer solchen Kälte würde vermutlich niemand ohne Grund den Friedhof besuchen. Sollte es aber jemand außer Geiger tun, so wollten wir ihn unter einem Vorwand vertreiben. Abends und nachts durfte man den Friedhof dann ohnehin nicht mehr regulär betreten. Dann konnte es sich einzig um Geiger handeln.

Kurz vor fünf kroch die Dunkelheit heran. Das fahle Tageslicht schwand und wurde durch Laternenlicht, das von außen über die Mauer strahlte, ersetzt. Sollte sich jemand auf dem Friedhof herumtreiben, wäre zumindest ein Schatten zwischen den schwarzen Baumstämmen und Grabsteinen zu erkennen.

Die Temperaturen sanken weiter. Carl musterte mich von oben bis unten. Mein kläglicher Zustand war wohl nicht mehr zu übersehen. Er sprach mich auf meine blauen

Lippen an, die wohl trotz der herrschenden Lichtverhältnisse zu erkennen waren. Dann gab er mir Geld und forderte mich auf, in das nächstgelegene Wirtshaus zu gehen, mir einen Kaffee zu kaufen und mich aufzuwärmen. Seine vorherige Regel, ich dürfe nicht von seiner Seite weichen, war ihm unter diesen Umständen egal.

Ich ersehnte in der Tat nichts mehr als eine warme Stube. Trotzdem überkam mich ein schlechtes Gewissen. Dies sah er mir wohl an und sagte mit Nachdruck: »Geh einfach. Ich komme zurecht!«

Ich kam mir wie ein Schwächling vor. Allerdings hatte Carl recht, mir ging es miserabel. Eindeutig bin ich das schwächste Glied in unserer Dreiergruppe! Ich verließ den Friedhof durch das geöffnete Tor und suchte nach einem Gasthaus.

Vom heutigen Tage an werde ich mich immer, wenn es darum geht, meinen Mann zu stehen, daran erinnern. Ich werde mich erinnern an mein Versagen und meine Weichheit. Daran erinnern, nicht da gewesen zu sein, als es darauf ankam!

Mit dem Dolch unter meiner Jacke war ich am Morgen noch fest entschlossen aus der Wohnung gegangen. Ich wollte ihn bei passender Gelegenheit benutzen. Ich wollte eben nicht nur meinen Mann stehen. Ich wollte Geiger töten, sollte ich in seine Nähe gelangen. Ich wollte Carl und Joseph ein gleichwertiger Kamerad sein – und habe kläglich versagt.

Der Wirtsraum war überheizt und ich der einzige Gast. Der Ofen bullerte, das Feuerholz knackte. Ich trank Kaffee, und meine Glieder wärmten sich. Langsam kehrte das Gefühl in meinen Zehen und Fingerkuppen wieder ... gleich darauf muss ich eingeschlafen sein. Ich schäme mich!

Erst, als jemand an mir rüttelte, schrak ich hoch und hörte eine weibliche Stimme sagen: »Aufwachen, Dornröschen.« Ich riss die Augen auf und erblickte die Bedienung, die mir zuvor meinen Kaffee gebracht hatte.

Erschrocken blickte ich umher. Eine Uhr über dem Eingang zur Küche verriet mir, dass es bereits kurz vor elf Uhr nachts war. Eine Erkenntnis, die stechende Schmerzen in meinem Magen verursachte.

Die Frau begann zu lachen und teilte mir mit, ich hätte geschnarcht. Unbändiger Zorn überkam mich. Zorn auf mich selbst – und auch auf sie. Selbstgerecht und gönnerhaft sprach sie von dem Wirt, der ein Herz für arme Schlucker besitze. Da ich heute Abend der einzige Gast war, hatte man mich schlafen lassen. Ich fluchte laut, woraufhin sie verdutzt dreinschaute, einen Schritt zurücktrat und verärgert die Arme verschränkte. Mit scharfem Ton wies sie mich an, ich solle das Wirtshaus verlassen. Der Kaffee sei geschenkt.

Ich sprang von der Bank. Aus irgendeinem Grund meinte ich, klarstellen zu müssen, dass ich kein Obdachloser war. Ich warf ihr ein paar Geldscheine auf den Tisch. Im Nachhinein tut es mir fürchterlich leid, wie ich mich dieser Frau gegenüber verhalten habe.

Ich eilte zur Tür hinaus auf den Bürgersteig und zitterte am ganzen Körper. Panisch lief ich in Richtung der alten Pfarrkirche. Die Straßen waren leergefegt. Der Mond stand hell am Himmel, die Luft war klar und kalt. Bogenlampen warfen einsame Lichtkreise auf den glitzernden Gehweg. Ich rannte. Ich rannte, so schnell ich konnte. Die kalte Luft schmerzte in meiner Nase und in meinen Lungen.

Das Gittertor der Umfriedungsmauer quietschte. Solche Mauern und Tore errichtete man um Friedhöfe, um die Störung der Totenruhe zu verhindern. Ich schäme mich für die Sünde, die wir begangen haben!

Ich kehrte an den Platz zurück, an dem ich Carl verlassen hatte. Er war weg. In einem Zustand höchster Erregung drehte ich mich im Kreis, sah nur dunkle Grabsteine und Steinkreuze im schwachen Mondlicht. Eine unheilvolle Einsamkeit lag dazwischen. Dann hörte ich das Knattern eines Motors. Als der Wagen abbog, blitzten zwei Scheinwerfer kurz über der Mauer auf. Das Knattern wurde leiser. Gleich darauf wieder Totenstille. Ich hörte mich hektisch atmen.

Die Bäume und Grabmäler ragten stumm in den Nachthimmel. Ich ging zu der Leiche und kann nicht sagen, warum ich mich neben die Tote gekniet habe. Wir Menschen sind wohl einfach so. Ich entzündete ein Streichholz, hielt es vor das Gesicht und drückte mit meinem Zeigefinger auf ihre Wange. Gefroren. Es ist eine Schande, was wir dieser Frau angetan haben. Ich machte das Kreuzzeichen und wandte mich ab.

Meine Blicke irrten ebenso ratlos umher wie meine Gedanken. Wo war Carl? Was war passiert? Was sollte ich tun? Ich hastete zur Kirche hinüber. Auch Joseph konnte ich nicht finden. Also kehrte ich dorthin zurück, wo ich am Nachmittag mit Carl gestanden hatte. Auf den Platz unter der großen Eiche vor der Mauer. Unwillkürlich dachte ich an meinen Vater. Oft hatte er meinem Bruder und mir Geschichten über die Natur und das Brauchtum erzählt. Die Germanen hatten die Eiche dem Donnergott Donar gewidmet. Zugleich gilt die Eiche als Lebensbaum und ist ein Symbol für ewiges Leben, aber auch für Standhaftigkeit und Zähigkeit. Und unter einer solchen stand nun ich, der Schwächling. Der, auf den kein Verlass war. Allein auf einem gruseligen Friedhof. Ironie des Schicksals.

Nach einer Zeit hörte ich die Kirchenglocke. Meine Muskeln krampften vor Kälte, und meine Blase drohte zu platzen. Ich überlegte kurz, zu Josephs Dienststelle zu laufen. Aber würde ich um diese Zeit überhaupt hineinkommen? Und wäre das Joseph recht, wo er so auf Geheimhaltung drängte? Außerdem lag die Leiche immer noch unbedeckt und unwürdig zwischen den Gräbern. Am liebsten wäre ich schreiend davongelaufen.

Ich hielt eine unheimliche Wache, eine Totenwache. Es war mir unmöglich, noch einmal zu verschwinden und die Frau alleine liegen zu lassen. Ich blieb, wo ich war! Mehrmals meinte ich etwas zu sehen, das sich bewegte. Sinnestäuschungen infolge langen Hinstarrens. Trotz der Irrlichter in meinem Geist war ich festen Willens und bewegte mich nicht mehr weg.

Zehen, Finger, Nase und Ohren; die Kälte betäubte meinen Körper abermals.

Vor mir lagen Carls zerkaute Zigarillostummel. Langsam, aber sicher stellte ich mir die Frage, ob mein Onkel noch am Leben war, und wenn ja, welche Meinung er jetzt von mir hatte. Ich war gegangen und nicht mehr zurückgekehrt. Ich dachte kurz an meine Familie in Berchtesgaden.

Ich urinierte an die alte Eiche. Irgendwann kam der Nebel. Dicke, feuchte Schwaden waberten über die Mauer und hüllten den Friedhof ein. Vereinzelte Grablichter warfen helle Kreise in dem weißen Dunst. Menschen denken an ihre Verstorbenen und stellen kleine Lichter auf. Ob auch an mich eines Tages jemand denken wird? Ich weiß es nicht und hoffe darauf.

Nach einer Zeit verschwanden die milchigen Wolken in Richtung der Kirche, und es klarte wieder auf. Zwischen vier und fünf Uhr fuhr ein Wagen heran. Der erste seit einer gefühlten Ewigkeit. Die Stunden zuvor hatten einem Standbild geglichen. Das Automobil hielt auf dem Bürgersteig vor dem Gittertor. Ich konnte es hören, doch an Einzelheiten erinnere ich mich nicht mehr, vor lauter Müdigkeit verschwamm mir alles vor meinen Augen. Erst nachdem Joseph schon ziemlich nah bei der Leiche war, erkannte ich ihn. Drei Männer begleiteten ihn.

Ich stürmte zwischen den Gräbern auf ihn zu. Joseph fuhr herum. Er hatte meine Schritte gehört. Erleichtert packte er meine Schultern und schaute mich an. Ich fragte nach dem Verbleib meines Onkels. Bevor er mir antwortete, schickte er die drei Begleiter los, alles für den Abtransport der Leiche vorzubereiten. Dann sagte er ernst: »Geiger war da. Dein Onkel ist im Krankenhaus.«

Ich erstarrte. Trotz der Kälte kroch eine seltsame Hitze in mir hoch. Das Monster war gegen zehn Uhr aufgetaucht. Joseph wollte schießen, zögerte, tat es dann doch und verfehlte das Ziel. Anschließend gab es eine wilde Verfolgungsjagd zu Fuß.

Sie holten Geiger ein, doch er schaffte es, meinem Onkel im Handgemenge ein Stilett in die Schulter zu rammen. Eine Verletzung, die überraschend kam. Geiger weiß genau um die tödlichen Stellen des menschlichen Körpers. Offenbar hatte er nicht beabsichtigt, Carl zu töten.

Trotz der Verwundung meines Onkels erscheint es mir ein Stück weit unbegreiflich, wie es Geiger gelingen konnte zu entkommen. Schließlich wurde er nicht von irgendwem gejagt. Joseph ist ausgebildeter Polizist und trug eine Pistole bei sich. Und Onkel Carl, einem Mann von unbegrenztem Mut, traue ich die Schlagkraft dreier Männer zu. Doch andererseits können Wahnsinnige übermenschliche Kräfte freisetzen.

Während ich Joseph meinen Verbleib im Wirtshaus beichtete, näherte sich ein zweiter Wagen. Polizisten in Uniform kamen durch den Torbogen. Dann sah ich ihre Lampen zwischen den Gräbern aufblitzen.

Joseph fuhr mich nach Hause. Es gelang mir nicht zu schlafen. Ich stand wieder auf und verfasste diesen Eintrag.

Tagebucheintrag von Leopold Kruger

22. November. – Mein Onkel wird genesen. Angeblich wurde nichts Wichtiges verletzt. In zwei Tagen darf er das Krankenhaus verlassen. Um die Schulter nicht zu belasten, muss er den Arm für ein paar Wochen in einer Schlinge tragen.

Nach dem Besuch bei Carl wollte ich meiner Mutter schreiben. Ich war dazu nicht in der Lage. Ich schäme mich so! Weder habe ich eine eigene Unterkunft noch eine Anstellung, und was die Schriftstellerei angeht, so habe ich kein Gedicht, keinen Essay und keinen Roman verfasst. Nicht einmal ein Kapitel. Nach einem Jahr existiert nichts außer diesem Tagebuch.

Die Untätigkeit war nicht erzwungen. Ich pflegte die Tugenden eines Müßiggängers! Und neben all diesen Versäumnissen habe ich erneut versagt. Während mein Onkel sein Leben riskierte, wärmte ich schlafend meinen Körper. Keinesfalls will ich weiterhin auf diesem Pfade wandeln! Ehre, harte Arbeit, Fleiß, Ehrlichkeit – von jetzt an will ich mich diesen Werten verpflichten. Ich will meine Eltern und Onkel Carl mit Stolz erfüllen und ein mannhaftes Leben führen.

Selbst bei meinen Tagebucheinträgen war ich nicht immer ehrlich. Und das, obwohl diese Zeilen einzig für meine Augen bestimmt sind.

Wie darf ich davon träumen, jemals ein wahrhaft aufrichtiges Buch zu verfassen, wenn ich in meinen intimsten Aufzeichnungen nicht dazu imstande bin? Vielleicht birgt genau diese Minute, diese Sekunde, eben jene Erkenntnis, die Carl mir durch seine Unterstützung ermöglichen wollte. Mir wurde Zeit geschenkt, Zeit, um selbst an diesen Punkt zu gelangen. Aus tiefstem Herzen danke ich meinem Onkel dafür!

Im Moment der entscheidenden Einsicht offenbare ich meinem Tagebuch nun die volle Wahrheit über meine erste Begegnung mit Balthasar Geiger. Dieser Mensch, diese Ausgeburt der Hölle, lud eine verhasste Bürde auf meine Schultern, die mich ein Leben lang begleiten wird. Ich machte mich schuldig, vor Gott dem Allmächtigen und all seinen Heiligen. Es martert meinen Geist. Meine Seele ist befleckt! Ein Mensch starb. Nicht durch meine Hand, aber mein Handeln war Anlass für seinen qualvollen Tod.

Der 11. November, der Tag meiner Seelenprüfung und meines Scheiterns. An jenem Tage erlaubte ich dem Bösen, Einzug in meine Existenz zu halten, und unterlag angesichts der teuflischen Prüfung!

Ich befand mich ohne Carl im Müller'schen Volksbad. Die Badezeit war bald beendet und der Aufseher gerade hinausgegangen. Wir waren nur noch zu dritt in der großen Halle. Ein mir unbekannter junger Mann schwamm in entgegengesetzter Richtung zu mir im Becken. Ein Älterer saß am Rand und schaute ihm aus der Distanz dabei zu. Es war Balthasar Geiger, den ich zu diesem Zeitpunkt noch nicht kannte, aber im Café mit Carl und Joseph wiedersehen sollte.

Ich stieg aus dem Becken und trocknete mich ab, während die Angestellten im Gebäude alles für die Schließung vorbereiteten. Das Plätschern des Springbrunnens aus einer

Nebenhalle verstummte. Einzig die Bewegungen des Mannes im Wasser waren in der Halle noch zu hören.

Ich ging in eine der Umkleidekabinen. Sie befinden sich direkt am Beckenrand. Bevor ich die Tür hinter mir verschloss, schaute ich nochmals kurz zurück in die Halle. Der mir noch unbekannte Geiger nickte mir zu und warf einen ungewöhnlich langen und intensiven Blick herüber. Er erschien mir aufdringlich, und mir war es unangenehm, von ihm beobachtet zu werden.

Jede Kabine besitzt zwei Türen. Eine zur Badehalle und eine gegenüberliegende in den Gang, der nach vorne zum Eingangsbereich führt. Kaum hatte ich meine Kabine betreten, hörte ich verhaltenes Klopfen. Ich ignorierte es, vermutete, der Bademeister sei in die Halle zurückgekommen und wolle mich auf die baldige Schließung hinweisen. Es klopfte abermals. Ich entriegelte die Tür.

Dann ging alles sehr schnell. Geiger drückte gegen die Tür, öffnete sie und drängte mich zurück. Ich wusste nicht, wie mir geschah. Mit einer beängstigenden Wildheit im Gesicht schob er mich durch die Kabine gegen die andere Tür. Die, durch die er gekommen war, stieß er dabei mit einem Fuß wieder zu. Derart überrumpelt war ich eine leichte Beute seiner Entschlossenheit. Er presste mir den Unterarm an die Kehle und drückte mich fest gegen das Holz hinter mir. Mit ungläubigem Entsetzen rang ich nach Luft. Gesicht an Gesicht sagte er mit gedämpfter Stimme: »Du bist so hübsch.«

Ich wollte schreien. Es war mir unmöglich. Mit wechselndem Druck auf meine Kehle kontrollierte er meine Laute. Mal ließ er gerade so viel nach, dass ich ein bisschen Luft einatmen konnte, und gleich darauf drückte er wieder stärker zu, damit ich unfähig wäre, um Hilfe zu rufen.

Mit panischen Bewegungen versuchte ich mich zu befreien, schlug mit den Armen wild um mich und traf ihn über dem rechten Auge. Er schien meinen Schlag nicht einmal gespürt zu haben und drückte weiter brutal auf meinen Kehlkopf.

In einem Moment, in dem ich den Mund aufriss, um nach Luft zu schnappen, stieß er mir die Finger der freien Hand bis in den Gaumen, sodass ich meinen Kiefer maximal öffnen musste. So konnte ich weder zubeißen noch schreien. Mit dem Daumen griff er unter meinen Kiefer und stieß meinen Kopf gegen die Tür. In dieser Position nahm er den Unterarm von meinem Kehlkopf und flüsterte: »Wenn du dich nicht wehrst, wird's nicht so schlimm.« Wie es ihm dann gelang, mir einen Ledergürtel um den Hals zu legen, kann ich nicht sagen. Geiger war flink und energisch. Ich hingegen hatte Todesangst und drohte zu ersticken.

Geiger zog am Gürtel und zerrte an mir, wie an einem Hund. Ich war wehrlos! Er drehte mich um, presste meinen Oberkörper mit der Brust gegen die Tür, und ich spürte, wie er meine Badehose herunterzog. Geiger stöhnte leise in mein Ohr und drang in mich ein. Mit jeder Bewegung wurde er brutaler und zog erbarmungslos an dem Lederriemen. Ich wollte schreien. Konnte nicht.

Ich weiß nicht, wieso, vielleicht war es ein Geräusch aus der Halle. Jedenfalls verharrte er mit einem Mal regungslos und flüsterte: »Soll ich aufhören? Du darfst wählen. Willst du weiterleben? Dann hole ich mir den da draußen.«

Der Teufel und seine Dämonen gewannen die Oberhand über mich! Ich nickte und wurde so zum Henker des anderen. Ich nickte noch ein zweites Mal. Der Riemen wurde gelockert, und Geiger ließ von mir ab. Ich hielt meine Wange weiter an das Holz gepresst und traute mich nicht, mich umzudrehen. Wie erstarrt blieb ich einfach stehen und hörte, wie die Tür geöffnet und wieder geschlossen wurde.

Bevor ich die Kabine verließ, vernahm ich nebenan Geräusche. Leises Wimmern drang hinaus in die Badehalle und verstummte unter dem Gewölbedach.

Warum ich das einzige Opfer bin, das Geiger aus freien Stücken hat laufen lassen, kann ich nicht beurteilen. Vielleicht gibt es auch noch andere, von denen niemand weiß. Vielleicht war er sich inzwischen seiner Sache auch so sicher, dass er darin keine Gefahr sah. Ich weiß es nicht. Vielleicht gehörte dies aber auch zu einer Inszenierung, die schlussendlich zu seiner Ergreifung hätte führen sollen. Oder war es eine neue Variante seiner Machtphantasien? Menschen am Leben zu lassen, aber sie dennoch auf ewig ins Verderben zu stürzen. Eine perverse Spielerei. Seelische Folter, wie sie grausamer nicht sein könnte ...

Zu diesem Zeitpunkt wusste er nichts von meiner Verbindung zu Joseph und Carl, da bin ich mir sicher. Das ist wohl purer Zufall gewesen. Womöglich war es der Wille des unerbittlichen Schicksals, und es musste so geschehen! Wer vermag das zu beurteilen?

In jedem Falle hat der Dämon, der im Besitz seiner Seele ist, gewiss laut gelacht und sich die Hände gerieben. Die Macht, die er dadurch über meine gesamte Existenz gewann, die er in jeder einzelnen Sekunde über mich ausübt, könnte nicht größer sein. Er ließ mich wählen und machte mich dadurch zum elenden, zum ewigen Sünder!

Am nächsten Tag erfuhr ich von der Leiche im Volksbad. Geschändet, zerbissen, getötet. Niemals wird es mir gelingen, die drückende Last dieser Schuld abzustreifen. Wie kann ich je Vergebung erlangen? Ich schäme mich zutiefst für meine Schwäche. Der Heiland am Kreuz ist mein

Zeuge, doch bin ich nicht würdig, ihm unter die Augen zu treten.

Seither verdecke ich die Strangulationsmale an meinem Hals. Selbst in der Wohnung trage ich einen Schal. Nur nachts, wenn Carl schläft, nehme ich ihn manchmal ab. Es schmerzt immer noch.

Mein dunkelstes Geheimnis ist niedergeschrieben. Gleichwohl gelang es mir beim Verfassen dieser Zeilen nicht, die tatsächliche Schwere meiner Empfindungen in Worte zu fassen.

Nachts höre ich den dumpfen Klang der Schollen vom Spaten des Totengräbers, der auf einem einsamen Friedhof das Grab des jungen Mannes aushebt. Lebensangst überkommt mich. Ich stehe am Scheideweg zwischen Licht und Schatten.

Ich werde meine Einträge erst an jenem Tage weiterführen, an dem ich ein besserer Mensch bin – der Mensch, der ich sein kann. Die wahrhaft beste Version meiner selbst!

Falls ich sterben sollte, so bin ich gewiss, dass diese Aufzeichnungen meine Mutter erreichen werden. Gräme Dich nicht, darum bitte ich Dich! Ich musste meinen Weg gehen.

In tiefer Dankbarkeit,
Dein Leopold

Tagebuch von Joseph Obermeier

23. November. – Heute wurde ich von dem Fall abgezogen. Ich bin am Boden zerstört und zugleich unendlich erleichtert. Die Gewissheit, versagt zu haben, wiegt schwer. Andererseits ist es mir nun endlich möglich, die quälende Maske

abzulegen. Es ist nicht mehr nötig, meine mangelhaften Fähigkeiten zu verbergen.

Immer noch tauchen im Polizeipräsidium Angehörige von Vermissten auf. Vermutlich wird es eine interne Untersuchung geben. Auch politische Gegner unseres Staates melden sich zu Wort. Angeblich wurden Richtlinien zu lax gehandhabt. Ob und wem man mich zum Fraß vorwirft, ist mir gleichgültig. Es hat keine Bedeutung mehr für mich.

Die Identität des Mörders ist jetzt offengelegt. Wer immer mein Nachfolger sein wird, ich habe ihm alle Ermittlungsergebnisse ordnungsgemäß und pflichtbewusst niedergeschrieben. Es liegt nicht mehr in meiner Verantwortung!

7

Fünf Wochen später

Die Holzstufen im Treppenhaus knarrten unter Carls schweren Stiefeln. Joseph stieg hinter ihm her und klopfte sich Schnee von seinem Mantel. »Wie geht's eigentlich deiner Schulter?«

»Ich kann damit leben. Was machst du heute Abend?«

»Ich bin zu Hause. Sie warten schon auf mich.«

Carl stand eine Stufe über Joseph, fuhr erstaunt herum und schaute zu ihm hinab. »Deine Familie ist in München?«

»Irgendwann muss ja wieder Normalität einkehren. Hätte ich sie etwa auch über Silvester in Starnberg lassen sollen?«

Carl schüttelte ungläubig den Kopf.

»Es passiert schon nichts. Und du male nicht immer gleich den Teufel an die Wand. Seit der Sache am Friedhof ist nichts mehr vorgefallen.«

»Ihr seid alle Schafe. Geiger verschwindet nicht aus München, und töten wird er auch wieder. Vielleicht hat er es schon längst wieder getan.«

»Ich glaube, es ist besser, wenn ich jetzt gehe.«

Die beiden standen im Gang vor Carls Wohnung. »Jetzt hör auf und komm rein, du störrischer Esel.« Carl sperrte die Tür auf. »Leopold ist nicht da. Keine Ahnung, wo er sich herumtreibt.«

»Lenk nicht vom Thema ab. Ich bin nicht dumm. Ich weiß, dass Geiger wieder töten wird. Aber ich möchte meine Ruhe und endlich wieder normal leben.«

Carl knöpfte den grauen Feldmantel auf und legte die Keule auf den Tisch.

»Du hast sie immer noch dabei?«

»Jeden gottverdammten Tag. So lange, bis es vorbei ist.«

Brief von Carl Feuerbach an seine Schwester Elfriede Kruger (nie abgeschickt), 30. Dezember 1923

Meine liebe Elfriede,
ich bin ein schlechter Bruder. Du schriebst mir von Deiner Krankheit, und ich habe Dir nicht einmal Weihnachtsgrüße geschickt. Bitte verzeih mir! Ich möchte Dir mitteilen, dass es Deinem Leopold gut geht. Inzwischen hat er mit viel Ernsthaftigkeit begonnen, einen Roman zu verfassen. Allerdings will ich Dir auch gestehen, dass er seit Längerem mit in meiner Bleibe wohnt und erst seit zwei Wochen einen festen Arbeitsplatz hat. Angesichts der derzeitigen Lage im Land ist dies mehr, als andere zu wünschen wagen.

Ich wollte ihm Zeit verschaffen. Zeit, um in Ruhe einen Entschluss zu fassen, was sein künftiges Leben betrifft. So habe ich ihm bei mir Unterschlupf gewährt, damit er keine eigene Unterkunft finanzieren muss. So sehr ich anfangs damit gehadert habe, so sehr habe ich mich mittlerweile an ihn gewöhnt. Nun, da er tatsächlich eigene Schritte geht, vermisse ich es, ihn ständig an meiner Seite zu haben. Nicht nur als Teil der Familie, sondern als Kameraden in allen Lebenslagen! Durch Leopold ist es mir gelungen, mich wieder an den Umgang mit Menschen zu gewöhnen.

Sorge Dich also bitte nicht um Deinen Buben. Er sitzt wohl gerade in einem Caféhaus und schreibt an dem ersten Kapitel seines Romans. Ich bin zu Hause und verfasse diesen Brief.

Trotz seiner Abnabelung unterstütze ich ihn weiter. Zwischenzeitlich kann ich die Liebe zu Deinen Kindern und Deine Sorge um ihr Wohlergehen aus tiefstem Herzen verstehen.

Langsam verziehen sich auch die dunklen Wolken in meinem Geist. Dennoch wurde ich heute von unserem Freund aus der Kindheit, Joseph Obermeier, als Schwarzseher betitelt. Vielleicht hat er sogar recht. Ich weiß es nicht. Trotzdem spüre ich eine Veränderung an mir, und diese verdanke ich Dir und Deinem prächtigen Sohn. In melancholischen Momenten erleide ich Rückfälle, doch anders als früher kämpfe ich nun dagegen an. Nichts ist endgültig. Ich tat, was ich tat. Ich wandelte über ein Gräberfeld mit Leichendunst und Fäulnis. Die Nacht bestimmte meinen Tag. Meine Untaten sind ein Teil von mir. Aber wie ich mein weiteres Leben bestreite, sollte unabhängig sein von der Vergangenheit. Es ist schwer, die Tür endgültig zu schließen. Vielleicht ist es aber auch mir eines Tages vergönnt, im Kreise einer eigenen Familie alt zu werden.

Das Leben bisher war ein ständiger Kampf. Ich bin des Kämpfens müde. Ich will leben. Es liegt an mir, wie ich dies gestalte. Eine Erkenntnis, zu der ich erst bereit sein musste. Keine einzige Minute meines Lebens fühlte ich bislang vollkommene Freiheit. Ich bin ein Suchender. Seit jeher hielten mich mein Ehrgeiz, der gleichwohl ohne klares Ziel war, und später das Bewusstsein großer Schuld gefangen. Ich träume davon, endlich frei zu sein.

Wochen sind ins Land gezogen. Ich hoffe sehr, Du bist von Deiner Lungenentzündung genesen. Dennoch befürchte ich das Schlimmste, da ich bis heute keinen weiteren Brief von Dir erhalten habe.

Am 15. Januar treffe ich am Hauptbahnhof in Berchtesgaden ein. Ich möchte Zeit mit Dir verbringen und will mir über Deinen Zustand Gewissheit verschaffen. Zu viele Jahre sind verstrichen, seit wir uns gesehen haben. An den Weg zu Eurem Hof werde ich mich erinnern, wenn ich da bin und ihn gehe. Erwarte mich also zu Hause. Bitte schreib mir alsbald, wie es um Deinen Gesundheitszustand bestellt ist!

Mit den besten Wünschen fürs neue Jahr,

Carl

In der Nacht schlug jemand gegen die Tür. Umgeben von blaugrauer Dunkelheit öffnete Carl träge die Augen. »Carl, mach auf«, hörte er eine Frauenstimme rufen. Er sprang aus dem Bett und riss die Tür auf.

Mit erhobener Faust stand Anna im finsteren Hausgang und wollte gerade erneut klopfen. Langsam wanderte ihr Arm nach unten. Auch ihr Blick senkte sich.

Carl drehte sich um und lugte über den Tisch. Leopolds Schlafstelle auf dem Boden war unbenutzt. Er packte Anna an den Oberarmen. »Wo ist Leopold? Was ist los?«

Annas Körper zitterte, sie begann zu schluchzen.

Carl ließ sie los, trat zurück in die Wohnung und flüsterte: »Oh Gott! – Nein!« Er wandte sich zu dem Holzkreuz an der Wand. Leopold hatte es kürzlich gekauft und dort angebracht. Carl ballte eine Hand zur Faust und streckte sie dem Gekreuzigten entgegen. »Gott im Himmel – ich hasse dich! Ich hasse dich! Hörst du! Ich hasse und verachte dich!«

Anna drückte seine Faust nach unten. »Carl, nein. Versündige dich nicht. Leopold lebt! Komm, wir müssen zu ihm ins Krankenhaus.«

Er eilte zum Schrank. Geschlafen hatte er in seiner Tageskleidung, denn nachts war es bitterkalt im Zimmer und das Brennholz aus. Er streifte sich den Lederriemen mit der Keule über die Schulter und schlüpfte in den Kriegsmantel.

Dreißig Zentimeter Neuschnee hatte die Winternacht bisher gebracht. Auch wenn es zwischenzeitlich aufgehört hatte zu schneien, gestaltete sich der Weg in das Allgemein-Krankenhaus, das zwischen der Nussbaum- und der Lindwurmstraße liegt, beschwerlich. Droschken und Straßenbahnen fuhren erst in ein paar Stunden. Zu Fuß stapften sie in die Klinik, so schnell es ging.

Mehrmals erkundigte sich Carl, was geschehen war. Schwer atmend antwortete Anna in einem wirren Durcheinander, sprach von Blut, Schnee und dem armen Leopold. Sonst war aus ihr nichts herauszubringen. Sie weinte und wurde immer langsamer. Carl trieb sie an.

Erneut begann es zu schneien. Ein kalter Wind peitschte die Flocken in ihre Gesichter. Annas Kräfte schwanden. Erschöpft lehnte sie sich an eine Hausmauer und rutschte langsam nach unten in den Schnee. Carl versuchte, sie wieder nach oben zu ziehen. Ein stechender Schmerz durchfuhr seine Schulter.

»Lauf allein weiter. Ich kann nimmer.«

Er ging zu der Haustür, die ihnen am nächsten war. Von Klopfer oder Glocke keine Spur. Er schlug so lange dagegen, bis hinter den Fenstern das Licht anging. Die Tür öffnete sich, und Schneeflocken wirbelten in den Gang. »Was willst denn du um diese Uhrzeit von mir?«

Carl deutete auf Anna. Der Mann kniff die Augen zusammen und lugte aus der Tür.

»Bei dem Wetter kann ich die Frau unmöglich auf der Straße zurücklassen. Ich muss aber unbedingt ins Krankenhaus, und sie ist erschöpft. Darf sie sich bei Ihnen ausruhen? Sonst erfriert sie hier draußen.«

Der Mann gab skeptische Laute von sich, als eine ältere Dame hinzukam. Sie zupfte sich den Morgenmantel zurecht und erkundigte sich ebenfalls nach dem Grund der Störung.

Carl erklärte sich erneut. Die Dame nickte, und der Mann trat mit den Worten »na, von mir aus« zur Seite und ließ Anna eintreten.

»Du kommst später nach«, sagte Carl.

Anna blickte zu Boden. Carl rannte los.

Durchnässt und verschwitzt stand Carl an der Pforte des Allgemein-Krankenhauses. »Leopold Kruger. Wo ist er?«

Der Bedienstete erwiderte ruhig: »Sie wissen aber schon, welche Uhrzeit wir haben?«

»Leopold Kruger. Er muss heute Nacht hergebracht worden sein.«

»Auf meiner Liste steht nichts davon.«

Carl hastete weiter. Der Pförtner erhob sich aus dem Sessel und schaute ihm nach, bevor er sich wieder zurückplumpsen ließ.

Carl stürmte in den ersten Stationsgang, den er finden konnte, und sprach eine Schwester an. »Leopold Kruger. Wo ist er?«

Genervt wegen der Störung ihres Arbeitsablaufes rief die Krankenschwester einen Pfleger herbei, der Carl in die Notaufnahme begleiten sollte. Leopolds Verbleib würde sich da am besten klären lassen. Dort angekommen fragte Carl erneut nach seinem Neffen. Die Oberschwester hob selbstgerecht ihr Kinn. »Ja, einen Leopold Kruger haben wir hier. Was wollen Sie denn von ihm? Sind Sie Verwandtschaft?«

»Ja, ich bin sein Onkel.«

»Er wird gerade operiert.«

»Was? Warum?«

»Ich kann Ihnen nicht mehr sagen. Setzen Sie sich da drüben hin. Hernach wird ein Doktor zu Ihnen kommen.«

»Aber –«

»Nichts aber. Ich kann Ihnen wirklich nicht mehr sagen.«

Zum Warten verurteilt setzte sich Carl auf einen der Stühle im Gang. Nach einer endlosen Stunde kam Anna hinzu.

»Leopold wird operiert«, murmelte er, als sie neben ihm Platz nahm.

Sie schob ihren Arm unter den seinen und legte den Kopf an seine Schulter. Beide starrten vor sich hin. Nach einer Weile sagte sie kleinlaut: »Es tut mir alles so leid. Ich bin schuld daran.«

»Wie meinst du das?«

Sie zog ihren Arm zurück, und die beiden blickten sich an. »Wir, wir haben uns zufällig getroffen. Leopold ist aus dem *Orlando* gekommen und ich aus dem *Hofbräuhaus*.«

»Ja und?« Carls Tonfall war jetzt aggressiv.

»Schau mich nicht so an. – Wir haben uns kurz unterhalten und – du, du weißt doch, ich habe es dir ja gesagt, dass ich einen Mann kennengelernt habe.« Carl schwieg. »Der hat gestern Nacht auf mich gewartet.« Eine Träne löste sich aus Annas Wimpern. »Ich weiß nicht, warum, aber er hat mich bewusstlos geschlagen, der Leopold war da bei mir. Es ist alles so schnell gegangen.« Anna schniefte. Carl machte eine fordernde Handbewegung. »Ja, ja. Ich erzähl dir doch alles ... Ich bin in den Schnee gefallen, und ich weiß nicht, wie lange ich ohnmächtig war. Wie ich wieder aufgewacht bin, war ich fast komplett eingeschneit. Dann hab ich den Leopold liegen sehen. Der ganze Schnee um ihn herum war voll mit Blut. Ich bin zu ihm hingekrochen. Das ganze Blut ist aus dem rechten Arm gekommen.«

»Unten oder oben?«

Anna schaute irritiert.

»Unterarm oder Oberarm?«, fragte Carl erneut.

»Ich glaub, oben.« Sie schlug die Hände vors Gesicht.

»Dann hast du Hilfe geholt?«

Sie nickte. Er stand auf, drückte seinen Rücken durch und schaute zu ihr hinunter. »Wer?«

Mit tränenerfüllten Augen blickte sie auf. »Balthasar war's. Ich kann mir das nicht erklären.«

»Geiger? Du hast dich mit Geiger getroffen?«

Annas Körper schüttelte sich unter ihren Tränen.

»Geiger!«, schrie Carl erneut.

Eine Schwester kam schimpfend auf sie zu. Anna hielt sich die Hand vor den Mund und sagte zwischen den Fingern hindurch: »Entschuldigung, dass wir so laut waren.«

Carl drehte sich ungläubig weg. Die Schwester ging kopfschüttelnd. Gleich darauf packte er Anna und riss sie vom Stuhl hoch. »Dass Geiger Leopold was angetan hat, war mir klar. Aber dass du was mit ihm zu tun hast ... Was hast du mit Geiger zu schaffen?«

»Carl«, wisperte sie mit dünner Stimme. »Ich hab doch nix gemacht.«

»Los! Sag!«

»Ich hab ihn doch das erste Mal mit euch gesehen. Im Café. Weißt du das denn nimmer?«

Angewidert ließ Carl von ihr ab. Anna wischte sich Tränen von der Wange. »Vorher hab ich den gar nicht gekannt. Ein paar Tage später ist er im *Hofbräuhaus* aufgetaucht. Er ... er war nett und –«

Carl fixierte sie mit vorwurfsvollem Blick.

Anna schaute zu Boden. »Er war nett zu mir. Und hat gefragt, ob er mich heimbringen darf. Du ... ich bin dir so lang nachgelaufen, und irgendwann ist's mir halt auch zu blöd. Weil mit dir ... und da hab ich dann Ja gesagt.«

Als wollte er sich damit selbst beruhigen, atmete Carl tief durch. Zornig, aber doch irgendwie auch verständnisvoll fragte er: »Du hast keine Ahnung, wer er ist, oder?«

»Er ist Wachtmeister. Ich hab ihn nett gefunden und mir nichts dabei gedacht.«

Carl setzte sich. Mit nüchterner Stimme sagte er: »Es ist nicht um dich gegangen Anna.«

»Was soll denn das jetzt? Kannst du dir nicht vorstellen, dass ein Mann was von mir will, oder was?«

»Nein, du verstehst das nicht. Es ging um mich. Um mich und Joseph.« Carl klopfte auf den Sessel neben sich. »Komm, setz dich her zu mir.« Er griff nach ihrer Hand und schaute ihr in die Augen. »Anna, du ... du –«

»Was?«

»Ich möchte jetzt am liebsten eine rauchen.«

»Anstatt mir einmal was Nettes zu sagen, willst du eine rauchen. Du bist echt ...« Sie schüttelte den Kopf.

»Du verstehst das nicht.«

»Was versteh ich nicht?«

»Geiger ist der Serienmörder!«

Ihre Augen weiteten sich, die Unterlippe vibrierte. Sie schluckte mit offenem Mund, bevor sie ohnmächtig vom Stuhl kippte.

»Schwester«, rief Carl, sprang auf, und wie schon auf dem Weg ins Krankenhaus versuchte er Anna hochzuheben, doch seine rechte Schulter war kraftlos und schmerzte.

Eine Schwester kam gemächlich um die Ecke, doch als sie Anna am Boden erblickte, stürzte sie auf die junge Frau zu. »Packen Sie lieber mal mit an, anstatt bloß rumzustehen! Das arme Ding, was haben Sie mit ihr gemacht?«

Ein Teil der Last ruhte nun in den Händen der Schwester. So ging es auch für Carl. Sie trugen Anna in einen Behandlungsraum. Ein Arzt kam hinzu. »Ja, da ist sie ja wieder!«

»Herr Doktor Wieland, kennen Sie die Frau?«, fragte die Schwester.

»Die ist mir vorhin abgehauen. Die hätte eigentlich dableiben sollen. Immerhin hat sie einen Schlag auf den Kopf bekommen. Ich hab bloß einmal kurz nicht aufgepasst, und weg war sie.«

Carl strich ihr über die Wange. »Sie wollte zu mir.«

»Wer sind Sie überhaupt?«, wollte die Schwester wissen.

»Ich warte auf den Arzt von Leopold Kruger. Ich bin sein Onkel.«

Der Doktor sagte: »Da sind Sie bei mir richtig. Kommen Sie mal mit.« Sie gingen hinaus in den Flur. Der Arzt deutete zu den Stühlen. »Setzen Sie sich bitte.« Carl blieb stehen.

»Sie haben gesagt, er ist Ihr Neffe. Was ist mit seinen Eltern oder der Ehefrau?«

»Die Eltern leben woanders, und Frau gibt's keine. Sagen Sie mir jetzt endlich, was los ist? Ist er tot?«

»Nein, nein«, antwortete der Doktor schnell. Dann legte er den Kopf schief und verzog das Gesicht. »Er ... wir haben ihn operiert.«

»Hat er Schmerzmittel gekriegt?«

»Natürlich!« Der Arzt riss die Augen auf und schob den Kopf zurück. »Was glauben Sie denn?« Dann fiel sein Blick auf Carls alten Militärmantel. »Keine Angst, hier geht es nicht zu wie im Lazarett.«

»Morphium?«

»Auch. Wollen Sie sich nicht doch hinsetzen?«

Regungslos blieb Carl stehen und schaute dem Doktor fragend in die Augen.

»Dann mache ich es jetzt kurz: Wir haben ihm den rechten Arm amputiert.«

»Abgeschnitten?«, schrie Carl. »Sie haben ihm den Arm – abgeschnitten? Er hat noch sein ganzes Leben vor sich! Verdammt noch mal, warum müsst ihr Ärzte immer alles abschneiden.« Carl schüttelte den Kopf und sackte auf einen der Stühle. Mit feuchten Augen schaute er nach oben. »Wisscn Sic, cr ist Rechtshänder und ... und er wollte Schriftsteller werden.«

»Er schläft jetzt. In einer halben Stunde können Sie zu ihm rein.«

Carl starrte zu Boden, wischte sich über die Wangen und nickte.

»Aber es gibt noch einen Umstand, der mir zu denken gibt. Herr Kruger hat Strangulationsmale am Hals. Die stammen zwar nicht von gestern Nacht, sie sind schon älter, aber wissen Sie etwas darüber? Ist er schon einmal angegriffen worden?«

Irritiert verneinte Carl.

»Es kann auch sein, dass er sich das Leben nehmen wollte. Er könnte vor ein paar Wochen probiert haben, sich aufzuhängen.«

Durch Carl ging ein merklicher Ruck. »Selbstmord!«

»Ist er mit seinem Leben unzufrieden?«

Carl überlegte und flüsterte dann: »Ich befürchte, dass er unglücklich verliebt ist.«

Wenig später stand er an der Pforte. Dort gab es ein Telephon. Joseph befand sich noch nicht im Büro, aber ein Kollege in der Dienststelle versicherte, ihm Carls Nachricht weiterzugeben, sobald er zur Tür hereinkäme.

Carl verließ das Gebäude. Es schneite noch immer. Er lehnte sich an die Hausmauer, rutschte nach unten in die Hocke und begann bitterlich zu weinen.

Zwanzig Minuten später saß er an Alfreds Bett. Die psychiatrische Klinik war Teil desselben Krankenhauskomplexes und der Weg nicht weit. Mit rot geränderten Augen schilderte Carl dem Freund die Ereignisse.

Sein alter Kamerad blickte hinauf zur Decke des Saals. Ohne dass er den Kopf bewegte, wanderten seine Pupillen immer wieder in Carls Richtung. Dann blinzelte er und starrte weiter nach oben. Carls Erzählung endete mit dem Anruf auf Josephs Dienststelle.

Mit geöffnetem Mund presste Alfred daraufhin die Augen zu. Ein unartikulierter Laut drang aus seiner Kehle. Dann stotterte er: »Geig... – Geiga.«

»Ja, Geiger!«

»Er ... er hat –« Alfreds Anstrengung zu sprechen führte zu stummen Fratzen. Carl beugte sich zu ihm hin. »Was hat er?«

»Deine Familie ge... gehasst, i... imm... immer schon!«

Carl streichelte über Alfreds Stirn. »Ich weiß. Ich habe bloß nie geglaubt, dass er es wagen würde, einen von ihnen anzufassen!«

Er ging wieder hinüber in die Chirurgie der Universitätsklinik. Joseph stand im Gang. »Was ist los? Du hast angerufen. Ich soll sofort kommen.«

Carl berichtete ihm von den Geschehnissen. Joseph begann laut zu fluchen und erntete verärgerte Blicke von der Oberschwester, gefolgt von einer strengen Mahnung: »Meine Herren – so nicht!«

»Ist Anna Jung noch im selben Zimmer?«, fragte Carl.

»Wir haben sie auf eine andere Station verlegt.«

»Dann schauen wir zuerst zu Leopold.«

»Ich wart lieber draußen«, erwiderte Joseph.

»Nein, du gehst mit. Ich möchte, dass du hörst, was er zu erzählen hat.«

»Ich will so was aber nicht mehr –«

Carl unterbrach ihn: »Stell dich nicht so an! Außerdem hat das Krankenhaus gewiss eine Meldung an die Polizei rausgegeben. Bitte klär das zuerst. Ich möchte keine lästigen Fragen.«

Widerwillig entsprach Joseph der Aufforderung, ging hinunter an die Pforte und telephonierte mit der Dienststelle. Er teilte mit, er werde weitere Untersuchungen übernehmen, man brauche keine zusätzlichen Beamten zu schicken.

Nacheinander betraten Carl und Joseph Leopolds Krankenzimmer. Tür und Fensterfront lagen sich gegenüber. Links und rechts standen jeweils drei Betten, separiert durch Paravents, die Fußenden wiesen in den Raum. Leopold lag rechts hinten direkt an den Fenstern. Er schlief.

Carl trat an das Bett und legte die Hand dorthin, wo sich eigentlich Leopolds rechter Unterarm befunden hätte. Die Finger berührten die Matratze. »Abgeschnitten«, stammelte er. »Einfach abgeschnitten. Er wollte doch schreiben.«

Joseph legte eine Hand auf Carls Schulter. »Das kann er auch noch mit links lernen.«

»Glaubst du?«

»Er ist zäh. Das liegt in der Familie!«

»Was ... was hat er denn da am Hals?« Joseph ging näher heran und beugte sich über Leopold.

»Ist doch jetzt Nebensache. Kümmer dich nicht darum.«

»Aber –«

»Joseph, lass es. Bitte!« Carl blickte aus dem Fenster. »Schau, es schneit immer noch.« Dann drehte er sich wieder zu Joseph und sagte ruhig: »Ich werde Geiger erschlagen! Vielleicht nicht heute oder morgen. Vielleicht nicht nächstes Jahr. Aber ich erschlage ihn, und wenn es zwanzig Jahre dauert, bis ich ihn finde. Und es wird mir eine Freude sein, das Leben aus ihm rauszuprügeln.«

Zwei Stunden später war Joseph zu Anna gegangen, um nach ihr zu sehen und ein paar Fragen zu stellen. Carl stand noch immer vor Leopolds Bett. Als der blinzelnd seine Augen öffnete, schaute er sich orientierungslos im Raum um. Sein Blick blieb an Carl hängen, und ein Lächeln flog über sein Gesicht. Als er zu sprechen versuchte, brauchte er einige Zeit, bis er undeutlich und abgehackt herausbrachte: »Was ist los? Wo bin ich? Und ... irgendwas stimmt nicht mit mir.«

»Hast du Schmerzen?«

Leopold schaute starr an die Decke. »Nein. Aber etwas ist anders. Was ist los mit mir?« Unbeholfen bewegte er den Kopf. Die linke Hand zuckte hoch. Carl trat näher an das Bett und griff danach. »Er wird dafür büßen! Ich versprech es dir.«

Leopold hob den Kopf. Vor Anstrengung zitterten seine Muskeln am Hals. Sein Blick wanderte von Carl über das Bett, in dem er lag. Er starrte auf die Stelle, an der sein rechter Arm liegen müsste. »Ich fühl ihn doch!« Mit aufgerissenen Augen starrte er Carl an, Panik im Blick.

»Ich bring ihn für dich um!«

»Das bringt mir meinen Arm nicht wieder. Ich ... ich bin ein Krüppel.«

»Nein, bist du nicht. Du wirst lernen, mit der linken Hand zu schreiben, und dann wirst du die Bücher schreiben, die du schreiben wolltest. – Hörst du! Du wirst das Leben leben, das du wolltest!«

»Ich möchte allein sein.«

Carl drückte Leopolds Hand. »Ruh dich aus. Ich komm später wieder. Ich muss genau wissen, was passiert ist.«

»Geh jetzt endlich«, schrie Leopold trotz seines schwachen Zustandes und warf den Kopf auf dem Kissen herum.

Zögerlich drehte Carl sich weg, ging einen Schritt, blickte nochmals zurück und verließ dann das Zimmer.

Auf Anraten der Schwestern durfte Anna ihr Bett für einen Tag nicht verlassen. Sie weinte unentwegt. Während sie nach Leopolds Wohlbefinden fragte, wich sie Carls Blicken aus und sprach wirr und stockend. Joseph besänftigte sie und tätschelte ihre Schulter. »Der Leopold wird schon wieder werden. Mach dir keine Sorgen, Anna.«

Carls Blick ruhte eine Weile prüfend auf ihr, bis er barsch fragte: »Wie weit hast du dich mit Geiger eingelassen?«

»Carl, bitte ... Frag mich bitte nicht danach.« Anna schnäuzte sich, seufzte und ließ sich von Joseph das Kopfteil hochstellen.

»Erzähl endlich!« Carl wurde ungeduldig. Joseph drehte sich zu ihm. »Jetzt lass sie doch erst mal, sie muss sich ausruhen.«

»Sei still, Joseph, und misch dich nicht in meine Angelegenheiten.«

Joseph trat einen Schritt zurück und schüttelte den Kopf. Anna starrte Carl entgeistert an, legte die Hände in den Schoß und zupfte an ihrem Taschentuch. Als müsste sie sich mühevoll konzentrieren, begann sie leise und langsam zu sprechen: »Alles hätt ich für dich getan –«

Carl unterbrach: »Verdammt noch mal, jetzt fang nicht wieder damit an.«

Sie ballte eine Hand zur Faust und schlug damit in ihren Schoß. »Ja glaubst du denn, ich wart ewig auf dich? – Er war nett, hat mich ein paarmal heimgebracht und wollt bei mir übernachten. Aber so weit hab ich's nie kommen lassen. – Wir haben uns geküsst, ja! Und das war komisch.« Ihr Blick glitt suchend durch den Raum. »Irgendwie ... kalt. – Komisch halt.«

»Er hat's mit Männern getrieben.«

»Sag mal, Carl, magst du mir unbedingt wehtun?«

»Er hat Menschen geschlachtet.«

»Und du?«, bäumte sich Anna im Bett auf. »Was hast du getan? Du hast sie erschlagen!«

Auf Carls Gesicht zeichnete sich der Ausdruck äußerster Unzufriedenheit ab. Er biss die Zähne zusammen. Seine Kieferknochen traten an den eingefallenen Wangen hervor. Kurze Stille kehrte ein, bis Anna mit der Hand durch die Luft wischte. »Das hab ich doch nicht gewusst! Ich wusste doch nicht, wer Balthasar ist. Woher auch? Ihr habt mir ja nichts gesagt.«

Joseph setzte an: »Darf ich –«

»Nein, darfst du nicht«, fiel ihm Carl schon wieder ins Wort. »Anna, erzähl uns jetzt bitte genau, wie alles abgelaufen ist.«

Anna druckste zuerst wieder herum, senkte den Kopf und erzählte dann, als würde sie eine Beichte ablegen: »Ich bin eine einfache Frau ohne große Ansprüche ans Leben. Viele haben es bei mir probiert, und ich hab sie alle weggeschickt. Das weißt du, Carl! Weil wenn ich mich mit einem einlasse, dann bloß, wenn ich den wirklich gern hab. Es ist mir wurscht, was er hat oder wer er ist. – Ich hab lang auf dich gewartet! Du warst im Krieg und hast viel hinter dir. Trotzdem hab ich gewartet. Bloß irgendwann kann ich halt nicht mehr. Und den Balthasar, den hab ich das erste Mal mit euch beim Kaffee gesehen. Ein paar Tage später ist er vorm *Hofbräuhaus* aufgetaucht. Er war da, wie ich rausgekommen bin. Hat mir Komplimente gemacht. Ich hab ihn nett gefunden und mich darüber gefreut. Er hat erzählt, dich und den Joseph aus der Kindheit zu kennen. Ab da hat er mich fast jeden Tag nach der Arbeit abgeholt. So wie du vorher. Bei dir wollt ich aber, dass du mit zu mir kommst, bei ihm war mir das nicht recht. Er hat mich trotzdem weiter abgeholt. Er war halt einfach nett, und wir haben uns ein- oder zweimal ein Bussi gegeben. Mehr war da nicht.«

»Er hat nichts weiter erzählt?«

»Dass er Schutzmann bei der Pferdestaffel ist, sonst nichts.«

»Worüber habt ihr euch dann die ganze Zeit unterhalten?«

»Ach, Carl, über alles Mögliche. Bloß, weil du maulfaul bist, heißt das nicht, dass ein jeder so ist. Und letzte Nacht hat er wieder auf mich gewartet. Er stand immer in einer Seitenstraße gegenüber vom *Hofbräuhaus*. Reingehen hat er nie wollen, weil er dort angeblich so viele kennt, die er nicht sehen mag. Und gestern hab ich nach der Arbeit den Leopold vorm *Orlando* gesehen, oder er mich, ich weiß nimmer. Wir haben kurz geredet, und ich hab gesagt, dass um die Ecke jemand auf mich wartet. Da sind wir zusammen hingegangen. Dann ist mir schwarz geworden. Wie ich aufgewacht bin, hab ich Leopold im Schnee liegen sehen. Überall waren Blutspritzer. Ein Jackenärmel war zerfetzt und der ganze Arm zerschnitten. Ich bin keinen Zentimeter mehr weg von ihm und hab so lange geschrien, bis jemand gekommen ist.« Anna begann wieder zu weinen.

Carl schaute zu Joseph. »Deine Kollegen haben auch nicht mehr Erfolg als du!«

Joseph wiegte den Kopf. »Was hätten sie denn tun sollen? Du weißt genau, wie heikel die Situation ist. Das hab ich dir schon zigmal erklärt!«

»Schon recht, aber –«

»Nein, nicht ›schon recht‹!«, unterbrach jetzt Joseph. »Hör endlich mit den Vorwürfen auf. Ich habe mein Bestes gegeben.«

»Pflichterfüllung dem Reich gegenüber. Manchmal ist das Beste eben nicht genug«, sagte Carl, ging hinaus und schlug die Tür hinter sich zu. Joseph blieb und erklärte Anna das Dilemma hinsichtlich der politischen Verhältnisse, Geigers Dienst bei der Landespolizei und ihrer Verbindung aus Kindheitstagen.

Am Bett von Leopold flüsterte Carl immer wieder: »Du wirst lernen, mit der linken Hand zu schreiben.«

Leopold starrte aus dem Fenster. »Und der Rest?« Er räusperte sich mehrfach und verzog schmerzerfüllt das Gesicht. »Mit der Linken schreiben – ja, vielleicht. Aber was ist mit dem restlichen Leben? Ich bin ein Krüppel. Wer möchte denn so einen?«

»Mein Junge, wir kriegen das hin. Versprochen!«

»So hast du mich noch nie genannt. Du hast noch nie ›mein Junge‹ gesagt.« Tränen sammelten sich in Leopolds Augen. Carl strich ihm über die Stirn. »Erzähl mir bitte, wie es letzte Nacht abgelaufen ist.«

Joseph kam herein, stellte sich an das Fußende und schaute zum Fenster. »Das neue Jahr versinkt im Schnee.«

Mit einer hektischen Bewegung, als setzte er sich gegen unsichtbare Fesseln zur Wehr, riss Leopold den Kopf herum.

Carl wandte sich zu Joseph: »Er soll von letzter Nacht erzählen.«

Leopold hüstelte. »Als ich aus dem *Orlando* gekommen bin, hab ich Anna gesehen und sie angesprochen. Wir haben kurz geredet, und sie wollte dann in eine Seitenstraße, weil dort jemand auf sie wartete. Ich bin neben ihr hergegangen, und als wir um die Ecke gebogen sind, hab ich nicht mehr als den dunklen Umriss eines Mannes gesehen. Das war alles, bevor mir schwarz geworden ist. Ob der zuerst auf mich oder auf Anna losgegangen ist, kann ich nicht einmal sagen. Und wie lang ich bewusstlos war? Ich habe keine Ahnung. Wie ich dann wieder zu mir gekommen bin, hab ich eine finstere Gestalt gesehen, die sich über Anna gebeugt hat wie ein Hund über seinen Knochen. Halb benommen habe ich unter der Jacke nach meinem Dolch gesucht. Ich hatte ihn mir am Morgen extra eingesteckt. Seit den Ereignissen am Friedhof trage ich ihn immer bei mir. Aber er war weg. Um mich irgendwie zu wehren, habe ich mich aufgerichtet, meinen Füller genommen und die Spitze einfach in den Schatten vor mir reingestoßen. Der Mann hat wie ein wildes Tier aufgeschrien. Danach gab es ein kurzes Gerangel, er war unglaublich stark. Ich bin wieder hingefallen, und als würde er ein Pferd reiten, hat er sich mit gespreizten Beinen auf meinen Brustkasten gesetzt. Seine Knie hat er mir in die Armbeugen gedrückt. So habe ich sein Gewicht unmöglich stemmen können und habe wild mit den Beinen geschlagen, was aber nichts gebracht hat. Erst in dem Moment habe ich ihn erkannt. Es war tatsächlich Geiger, und ich bin noch panischer geworden. Ich wollte schreien. Zuerst hat er mir den Mund mit der Hand zugedrückt, dann ein Taschentuch hineingestopft. Ich wäre fast daran erstickt. Dann hat er gesagt: »Mit einem Füller! Dir werd ich's zeigen!« Er ist ganz nah an mein Ohr und hat mir zugeflüstert: ›Sag deiner Mutter einen schönen Gruß!‹ – Carl, was hat das zu bedeuten?«

Carl blickte verlegen zur Seite. »Das erzähl ich dir später. Was ist danach passiert?«

»Ich bin im Krankenhaus aufgewacht.« Mit gepresster Stimme sagte er dann: »Ich glaub, mir wird schlecht.«

Carl nahm eine Blechschüssel vom Nachtkästchen. Bevor er sie Leopold reichen konnte, hatte der aber bereits begonnen zu spucken. Joseph lief aus dem Zimmer und holte eine Schwester.

Während sie sich um Leopold kümmerte, traten Carl und Joseph in den Gang vor das Zimmer. Carl strich sich durch die Haare, atmete schwer und schaute seinen Kameraden düster an. »Ich muss nach Berchtesgaden!«

»Was? Aber Leo...«

»Der ist gut versorgt. Ich kann nichts für ihn tun.«

»Spinnst du jetzt?«

»Ja, verstehst du denn nicht? Ich muss los. Sofort!«

Joseph packte Carl am Arm. »Jetzt wart einmal. Was soll denn das?«

»Kapierst du nicht?«

»Du meinst, wegen dem Gruß an Elfriede.«

»Ja. Die Sache wird mehr und mehr persönlich. Warum, glaubst du, hat er sich an Anna rangemacht? Geiger wollte mir zeigen, wie er mich zum Narren halten kann. Außerdem ist Leopold das erste Opfer, das er nicht umgebracht hat –«

»Anna«, fiel Joseph ihm ins Wort.

»Wer weiß, warum er ihr nichts Schlimmeres angetan hat. Vielleicht ist jemand gekommen. Aber Leopold hat er am Arm so schwer verletzt, dass er amputiert werden musste. Eine symbolische Strafe, weil Leopold ihn mit etwas so Einfachem wie einem Füller verletzt hat. Und die meisten Menschen schreiben halt einmal mit der rechten Hand. Alle anderen hat er getötet. Es ist eine Lektion gewesen.

Er möchte den Menschen, die mir nahestehen, wehtun, sie aber nicht umbringen. Du weißt, dass die Elfriede seinetwegen aus München weg ist.«

Joseph nickte. »Und du warst daran nicht ganz unschuldig.«

Carl riss empört die Augen auf. »Ja, hätte ich zuschauen sollen, wie sich meine Schwester mit dem Kerl einlässt?«

»Glaubst du, Leopold ist –«

»Sei still!«, fiel Carl Joseph harsch ins Wort.

Durch die offen stehende Zimmertür drangen Würgegeräusche nach draußen.

Carl sagte mit dünner Stimme: »Geiger hat genau gewusst, dass er der Bub von der Elfriede ist, und trotzdem hat er ... schau ihn dir an!«

»Er braucht jetzt vor allem Ruhe.«

»Ach, Blödsinn. Ruhe! Die haben ihm den Arm abgeschnitten! Der wächst nicht wieder nach.«

»Glaubst du, Geiger weiß, wo sie wohnt?«

»Ich muss davon ausgehen.«

»Ich helf dir, aber es muss jemand hierbleiben, um auf Leopold aufzupassen. Es kann genauso gut sein, dass wir uns täuschen und Geiger stattdessen ins Krankenhaus kommt. Bloß, um uns zu zeigen, dass er es kann! Ich hole einen aus der Dienststelle, dem ich vertraue. Er hat weder Frau noch Kind, also fehlt er heute Nacht niemandem. Er soll hier übernachten. Die Zustimmung vom Krankenhaus hole ich schon ein. Zu irgendetwas muss meine Dienstmarke ja noch gut sein.«

Carl nickte.

»Und wie?«

»Bei dem Wetter sind die Straßen wohl nicht passierbar. Ich fahre mit der Eisenbahn über Freilassing.«

»Und Geiger? Was denkst du, wie er nach Berchtesgaden kommt?«

»Joseph, ich will mich jetzt nicht weiter unterhalten. Ich muss los. Hast du deine Waffe dabei?«

Joseph klopfte auf die Stelle an seinem Mantel, an der er sie trug. »Glaubst du, die haben hier ein Kursbuch, sodass wir nachschauen können, wann der nächste Zug fährt?«

»Ist mir egal. Wir müssen so oder so zum Bahnhof. Komm schon.« Carl machte ein paar gehetzte Schritte Richtung Ausgang.

»Warte! An der Pforte gibt's ein Telephon. Ich rufe von da aus in der Dienststelle an und sag meinem Kollegen Bescheid. Aber zuerst klär ich das mit den Ärzten, nicht dass es heute Nacht Probleme gibt.«

»Dann komm einfach nach. Ich kaufe die Karten, und wir treffen uns am Bahnsteig.« Carl rannte los. Joseph blickte ihm besorgt hinterher.

Der nächste Schnellzug nach Berchtesgaden sollte in fünf Minuten abfahren. Um an den richtigen Bahnsteig zu gelangen, musste Carl sich im vorderen Bereich der Gleishalle zuerst durch einen Wust von Reisetaschen und auf dem Boden Schlafender kämpfen. In der vergangenen Nacht war man gezwungen gewesen, zwei Gleisstrecken stillzulegen. Unter der Schneelast umgeknickte Bäume hatten den Zugverkehr lahmgelegt.

Carl vergewisserte sich bei einem Gepäckträger, ob sein Zug denn auch pünktlich abfahren würde. Mit hochrotem Schädel wuchtete der Mann einen schweren Koffer in die Höhe und antwortete ebenso genervt wie gepresst: »Bin ich Frau Holle? Was weiß denn ich.«

Mit zwei Fahrkarten für die III. Klasse stellte sich Carl

dann vor die Tür des letzten Waggons. Familien, Geschäftsleute und Soldaten glotzten gelangweilt aus den Fenstern des Zuges gegenüber. Carls Blicke wechselten zwischen dem Bahnsteig und der großen Uhr hin und her.

Ein Schaffner kletterte aus der Dampflokomotive, ging am Schlepptender vorbei den Zug entlang und stellte sich neben Carl. »Wollen Sie nicht einsteigen? Wir fahren gleich.«

Carl blickte zur Uhr. »Ich warte noch auf einen Freund.«

»Na, der muss sich aber schicken.«

»Wie lange sind wir unterwegs?«

»Wo wollen Sie hin? – Salzburg?«

»Berchtesgaden.«

»Oha, da liegt gewiss noch mehr Schnee. Geplant sind gute vier Stunden. Sie müssen aber in Freilassing umsteigen.«

»Geplant?«

»Na, Verspätungen kann's bei solchem Wetter immer geben. Ich glaub kaum, dass alle Gleise frei sind. Wo bleibt er denn, Ihr Freund?«

»Er sollte eigentlich schon da sein.«

»Wird's wohl nix mit einem gemeinsamen Silvester.« Der Schaffner machte eine Bewegung mit den Händen, als wollte er Hühner verscheuchen. »Jetzt steigen Sie bitte schön ein. Wenn noch einer dahergelaufen kommt, sag ich ihm, dass Sie drinnen sind. Haben Sie Ihre Karten?«

Der Dampfablass aus den Kesseln war zu hören. Ein Heizer am Bahnsteig warf seine Zigarette auf die Gleise und kletterte auf den Tender.

»Auf geht's«, sagte der Schaffner. Carl stieg in den Waggon, öffnete das erste Fenster im Gang und streckte den Kopf hinaus. Der Schaffner gab das Zeichen nach vorne und stellte sich auf das Trittbrett des letzten Waggoneingangs.

Aus dem Schornstein der Lok stiegen Dampfwolken. Ein Ruck lief vom ersten bis zum letzten Wagen. Schwerfällig setzte sich der Zug in Bewegung.

Joseph kam angerannt. Carl streckte den Kopf weit nach draußen und schrie. »Ja, wo bleibst du denn?«

»Ich nehm den nächsten«, rief Joseph hinterher.

»Du weißt ja noch nicht einmal, wo du in Berchtesgaden hinmusst.«

»Ich geh zur Polizeistation, das krieg ich schon.«

»Wir treffen uns auf dem Hof.«

Joseph schrie noch etwas. Die Worte verloren sich. Wild schnaubend blieb er zurück.

Der Schaffner wackelte durch den Gang. »Hat er's nimmer ganz gepackt, Ihr Freund. Jetzt setzen Sie sich mal hin und machen hier den Weg frei.«

Der Gang verlief an der rechten Fensterseite des Waggons entlang. Zwei der Abteile besaßen Schiebetüren, die übrigen waren offen. Jeder zweite Platz blieb unbesetzt. Am vorderen und hinteren Ende des Waggons gab es einen Abort und ein kleines Dienstabteil für die Beamten der Reichsbahn. Die Dampfheizung brummte auf höchster Stufe.

Carl setzte sich in eines der offenen Abteile direkt ans Fenster. Ein dicker Mann in einem dunkelgrauen Lodenmantel saß ihm mit rotem Gesicht gegenüber, daneben lag ein Hut mit Gamsbart. Auf dem nächsten Sitz hatte eine junge Frau Platz genommen. Ihre braunen Haare waren zu einem Zopf geflochten. Sie trug ein Trachtenmieder und kramte in ihrer Handtasche.

Carl rieb sich die verletzte Schulter. Wie er vorhin das Fenster nach unten geschoben hatte, war ihm ein stechender Schmerz hineingefahren. Plötzlich begann er in seinen Taschen zu wühlen.

Getrunken und gegessen hatte er heute noch nichts, aber auch keinen Pfennig mehr dabei. Die beiden Fahrkarten hatten alles an Bargeld beansprucht, was er in der Eile eingesteckt hatte.

Der Mann im Lodenmantel zwinkerte der jungen Frau zu. Sie zog ein Buch aus ihrer Handtasche.

»Was lesen Sie denn da?«, erkundigte sich Carl. Sein Gegenüber schaute ihn griesgrämig an. Sie hingegen bekam einen träumerischen Ausdruck in den Augen. »Ach, das ist ein tolles Buch. Ich les es schon zum dritten Mal. Ein alter Briefroman aus Frankreich. *Gefährliche Liebschaften.*«

»Und von wem ist der?«

Sie hob das Buch in die Höhe und schaute auf den Deckel. »Pierre-Ambroise-François Choderlos de Laclos.«

Carl lächelte. »Das werd ich mir garantiert nicht merken.«

»Franzosenbücher. Pah!«, sagte der Mann neben ihr, schaute die junge Frau plötzlich abschätzig an und schüttelte den Kopf.

Das Klackern an den Gleisübergängen verlieh der Fahrt eine beruhigende Regelmäßigkeit. Aus einem anderen Abteil drangen die Worte »Hitler« und »Rentenmark« herüber, der Rest der Unterhaltung ging im Gemurmel unter.

Carl richtete sich auf der Sitzbank auf. »Ähm, darf ich Sie noch einmal stören?« Die junge Frau blickte von ihrer Lektüre hoch. Carl bat sie darum, ihm den Platz freizuhalten.

Bevor er den Gang abschritt, griff er kurz an die Keule unter dem Mantel. In jedes der Abteile warf er einen Blick. Eine Verbindungstür führte zunächst in einen von Faltbälgen geschützten Übergang. Hier war es eiskalt und ohrenbetäubend laut. Im nächsten Waggon hatten alle Abteile Schiebetüren. Er schob sie der Reihe nach auf, grüßte knapp und ließ seinen Blick rasch über die Gesichter schweifen. Selbst die Aborte überprüfte er. Er kontrollierte wirklich alles bis zur letzten Tür des vordersten Waggons. Der Durchgang zum Schlepptender war verschlossen. Dahinter lagerten Braunkohle und Holz für den Dampfkessel.

In München saß Joseph derweil in einem noch stillstehenden Reisewaggon. Drei III.-Klasse-Abteile. Toilette am Ende des Ganges. Dahinter die II. und die I. Klasse, die man allerdings, während der Zug fuhr, nicht betreten konnte, denn einen Durchgang gab es nicht.

Joseph sah hektisch auf seine Uhr.

Durch ein Holpern des Waggons leicht ins Schwanken geraten, sackte Carl zurück auf die Bank. Er bedankte sich bei der jungen Frau und fragte sie dann, ob sie zufälligerweise zwei Bögen Papier dabeihätte und ihm diese verkaufen würde. Da sie ein Buch las, schätzte er die Wahrscheinlichkeit, dass er mit seinem Ansinnen Glück haben könnte, relativ hoch ein. Und falls sie tatsächlich Geld dafür verlangen würde, hoffte er auf die Wirkung eines charmanten Lächelns. Tatsächlich zog sie gleich darauf ein kleines Büchlein aus der Handtasche und riss zwei Seiten heraus. Eine Bezahlung lehnte sie ab und fragte stattdessen, ob Carl denn einen Bleistift dabeihabe. Hatte er.

Die junge Frau vertiefte sich wieder in ihr Buch, und zwischen dem Klackern der Räder zischte die Dampfheizung. Nachdenklich schaute Carl aus dem Fenster. Seit gestern war Bayern in einen arktischen Zustand verfallen. Ein dicker Wintermantel bedeckte das Land.

Dann verfasste er einen Brief.

8

Carl schreckte hoch. Er war eingeschlafen und fand sich in einem Geisterzug wieder. Die junge Frau war weg. Der Mann ebenso. Die Heizung hatte man offenbar abgestellt. Draußen herrschte dichtes Schneetreiben, und von irgendwoher hörte er Stimmen.

Erst als er sich hochstemmte, realisierte er, dass sich der Zug nicht mehr bewegte. Abermals spähte er aus dem Fenster neben seinem Sitzplatz. Wirbelnder Schnee verbarg die Landschaft. Durch das gegenüberliegende Fenster sah er dann schemenhaft drei Männer am Bahndamm stehen.

Er öffnete die Tür am Ende des Waggons. Fette weiße Flocken landeten auf seinem Gesicht. Carl sprang nach unten und versank bis zu den Knien. »Was ist los?«, rief er zu den Männern hinüber und stapfte auf sie zu.

»Die Schneedecke auf dem Gleis ist zu hoch.«

»Wo sind wir jetzt?«, erkundigte sich Carl.

»Irgendwo zwischen Prien und Übersee.«

Carl fragte nach einem Schaffner.

»Die schaufeln die Gleise frei«, sagte einer, kniff die Augen zusammen und deutete nach vorne zur Lok.

Carl kämpfte sich den Zug entlang, jeder Schritt fiel schwer. Drei Schaffner und ein Heizer plagten sich vor der Lokomotive. Carl kraxelte auf den Führerstand und riss die Tür auf. »Wie lang wird das dauern?« Schneeflocken wehten in die Kabine.

»Sie haben hier drin nix verloren«, sagte der Lokführer. »Machen Sie zumindest die Tür wieder zu. Ich hab keine

Lust, hier auch noch Schnee zu schaufeln. Wir haben dieses Scheißwetter unterschätzt. Da, schauen Sie rüber.«

»Ich sehe Schnee, sonst nichts.«

»Zwischen uns und dem Chiemsee liegen flache Felder. Der Wind hat hier alles geradewegs auf die Gleise getrieben.«

»Dann ist also bloß ein Teilstück betroffen?«

Erst jetzt fiel der Blick des Lokführers auf Carls abgetragenen Kriegsmantel. Mit lässigem Ton sagte er dann: »Ich hoffe es! Wenn es schneller gehen soll, nimm dir eine Schaufel und hilf mit.«

»Wo sind die anderen Fahrgäste?«

»Die meisten sitzen im Speisewagen.«

Carl griff nach einer Heizerschaufel, öffnete die Tür und sprang von der Lok.

Gegen vier Uhr nachmittags kam Josephs Zug am Rosenheimer Bahnhof zum Stillstand. Türen schlugen. Der Schaffner rief in die Abteile, der Aufenthalt würde länger dauern als geplant. Aufgrund der Witterung müsse man die Lokomotive wechseln. Die Schubkraft und die derzeit montierten Ableitbleche reichten für die Schneemengen nicht mehr aus.

Das Stechen und Brennen in Carls Schulter hatte sich über einen Dauerschmerz in eine Taubheit bis in die Hand gewandelt. Zumindest schneite es nicht mehr.

Auf der Bahnstrecke zwischen Rosenheim und Freilassing hatten die Männer mit Schaufeln und bloßen Händen die weiße Welle von knappen zwei Metern Höhe und ungefähr fünfzig Metern Länge in der Mitte geteilt. Ab da flachte die Schneedecke ab. Die Dampfkraft der Kessel reichte zur

Räumung aus. Mit einem Pfeifsignal beendete der Lokführer die Arbeiten auf den Gleisen.

Es dämmerte. Der Schnee auf dem Bahndamm knirschte unter den Füßen. Carl zündete sich ein Zigarillo an und blickte ringsum. Norden, Osten, Süden, Westen – tiefer Schnee und dunkelgrauer Himmel. Er und einer der Schaffner gingen auf die leuchtenden Spitzensignale der Lokomotive zu. »Ich bin froh, dass du dabei warst. Normalerweise packen Fahrgäste nicht so mit an.«

Abermals kam heftiger Wind auf. Der Schneesturm begann von Neuem. Die Heizer schaufelten Kohlen, zischender Dampf entwich aus den Kesseln, und Rauch stieg aus dem Schornstein. Die Fahrt ging weiter.

Auf dem Bahnsteig des Rosenheimer Hauptbahnhofs vertrat sich Joseph die Beine. Er war gerade dabei, sich eine Zigarette anzuzünden, als er in der Bewegung erstarrte. »Oh mein Gott!«, flüsterte er. Die Zigarette fiel zu Boden.

In Carls Zug lächelte die Frau im Trachtenmieder auf dem Weg nach Freilassing zu ihm herüber. »Ich hab Sie vorhin schlafen lassen. Solange der Zug gestanden ist, war's ja egal.«

Carl rieb sich die Schulter und schaute aus dem Fenster. Zwischen mächtigen Schneewehen huschte die rote Signallampe des Nebengleises vorbei. Der Wind wirbelte, als bliese der Teufel höchstpersönlich, um den Weg zu erschweren. Doch die Heizer schaufelten bis zur Erschöpfung. Es dampfte und zischte, und die Lokomotive bahnte sich ihren Weg durch den Winter.

Bevor sie die Grenze zu Österreich erreichten, musste Carl umsteigen. Er und fünf weitere Alleinreisende verteilten sich auf dem überdachten Bahnsteig in Freilassing. Die Strecke nach Berchtesgaden war mit elektrifizierten Oberleitungen versehen und eingleisig. Parallele Fahrten nicht möglich. Er stand etwas abseits und wartete auf das Eintreffen des Zuges. Nach einer Weile sah er die Spitzenlichter in der Dunkelheit aufblitzen.

Wenig später fuhr auch der nachfolgende Zug aus München ein. Joseph eilte zur Toilette, als Freilassing schon in Sichtweite war. Mit zitternden Händen holte er die Pistole heraus. Seit jeher besaß er eine Abneigung dagegen, mit geladener Waffe durch die Gegend zu spazieren. Die losen Patronen fielen ihm aus der Hand. Er fluchte. »Konzentrier dich, Joseph, konzentrier dich«, beschwor er sich selbst, sammelte die Munition wieder auf und drückte Patrone für Patrone in das Magazin.

Erst nachdem der Zug ganz zum Stillstand gekommen war, verließ er die Toilette. Türen schlugen. Er hörte Stimmen.

Mit eingezogenem Kopf und hochgestelltem Kragen hastete er durch die hell erleuchtete Halle an den Fahrbahnschalter, in der Manteltasche den Finger am Abzug der Pistole.

Im Flüsterton fragte er den Schalterbeamten nach der Polizeistation am Bahnhof.

»Ist was passiert?«

Joseph beugte sich dicht über den Tresen: »Nicht so laut, verdammt. Sagen Sie mir einfach, wo hier die Polizei ist.«

Kurz darauf stand er in der Bahnhofswache und zeigte seine Dienstmarke vor. Er teilte dem dortigen Kollegen mit, aufgrund dringender Angelegenheiten mit ihm sprechen zu müssen. Dieser sagte gähnend: »Ausgerechnet an

Silvester?« Er war zur Begrüßung nicht einmal hinter dem Schreibtisch aufgestanden.

»Es geht um einen Serienmörder!«

Der Wachtmeister stieß einen Pfiff aus und lachte: »Ach, Schmarrn! Was soll denn der hier bei uns wollen?«

Entnervt fuhr sich Joseph über die Stirn. Dann beugte er sich nach vorne, stützte sich auf dem Tisch ab und sagte mit drohendem Tonfall: »Jetzt pass mal auf, du Schlafmütze. Es ist mir scheißegal, wer du bist und was du für einen Rang hast. Ich hoffe, dein Hirn reicht dafür aus, dass du tust, was man dir sagt.«

Carl saß im Zug nach Berchtesgaden. Jenseits der Gleise wurden die Berge höher und die Winterlandschaft dunkler. Das Abteil spiegelte sich in den Fenstern, in gelbes Licht getaucht. Carl sah hinaus und blickte sich selbst in die Augen.

Mechanische Geräusche hallten vom Fels zurück. Der Zug durchfuhr den Tunnel an der Tristram-Schlucht. Wenige Minuten später hielt er in Berchtesgaden an.

Der Bahnhof lag südlich des Marktzentrums, im Tal der Ramsauer Ache. Es gab nur einen Bahnsteig; der Rest des Bahnhofs bestand aus Ladegleisen.

Carl hastete durch eine vereinsamte Empfangshalle. Auch der Vorplatz war menschenleer. Es hatte aufgehört zu schneien, und hohe Laternen warfen glitzernde Lichtkreise in den Schnee.

Carl schlug den Mantelkragen hoch, zündete sich ein Zigarillo an, blies Rauchkringel in die kalte, klare Luft und stapfte los.

In Freilassing stand Joseph zur selben Zeit in der Uniform eines Schaffners im Führerstand der Lokomotive. Dringliche Mission hin oder her, dem Lokführer, einem Brocken von Mann mit Glatze, passte das ganz und gar nicht. Es gab Vorschriften, die strikt zu beachten waren. Um ihn umzustimmen, hatte es eines Machtwortes seitens des Bahnhofspolizisten und Josephs Dienstmarke bedurft.

In der chirurgischen Abteilung des Allgemeinen-Krankenhauses in München befand sich Leopold seit Stunden in einem dämmrigen Halbschlaf. Anna saß neben seinem Bett. Thomas Reitmayr, der Polizist, den Joseph angerufen hatte, um auf Leopold und Anna zu achten, stand am Fenster.

Eine Nachtschwester trat ein und forderte Anna auf, endlich auf ihr Zimmer zu gehen.

»Ich darf aber bleiben, so ist es ausgemacht«, sagte Reitmayr. Der Blick der Nachtschwester deutete Widerwillen an, gleichwohl nickte sie ihm zu und verließ den Raum.

Anna streichelte über Leopolds Wange.

Er flüsterte kraftlos: »Bleib doch da.«

»Nein, Leo. Sonst kommt die Schwester wieder und wird richtig sauer.«

»Wo ist Onkel Carl?«

»Der ist mit dem Obermeier nach Berchtesgaden«, entgegnete Reitmayr unbedarft.

»Wie?« Leopolds Stimme überschlug sich. »Berchtesgaden? Zu meiner Mutter?«

»Leo, beruhig dich«, besänftigte ihn Anna. »Der Joseph ist dabei. Die kommen schon zurecht.«

»Warum nach Berchtesgaden? Um meiner Mutter zu sagen, was passiert ist?« Leopolds Blick wechselte zwischen Anna und Reitmayr hin und her. »Wer bist du eigentlich?«

»Ich bin ein Bekannter von Joseph und soll auf euch aufpassen. – Du hast lange geschlafen.«

»Warum sind gleich alle zwei weg?«

Anna blieb stumm, und auch Reitmayr zog es vor zu schweigen.

»Geiger ist auf dem Weg dahin, oder? Sagt es mir. Ist das so?«

Anna blickte zu Boden, und Leopold starrte ins Leere, als würde er von dort Informationen erhalten. »Es ist wegen dem Gruß an meine Mutter ... Hat jemand bei der Polizei in Berchtesgaden angerufen? Allein schaffen die das nicht.«

Erneut strich Anna besänftigend über Leopolds Wange: »Joseph ist doch bei der Polizei. Der wird das schon geregelt haben.«

Er wich ihrer Berührung aus. »Verdammt, nein! Einer muss in Berchtesgaden bei der Polizei anrufen. Die müssen sofort auf den Hof.«

»Jetzt beruhig dich doch!«

»Nein, ich kenne Carl. Er möchte das alleine regeln!«

Die Nachtschwester platzte ins Zimmer. »Jetzt langt's aber! Eine Ruh ist jetzt. Ihr seid hier nicht im Wirtshaus!«

»Bitte«, flehte Leopold. »Bitte, ich muss telephonieren!«

»Sie kriegen jetzt ein Schlafmittel. Und Sie, junges Fräulein, verschwinden.«

Mit der verbliebenen Hand griff Leopold hinüber zu Anna und fasste ihren Unterarm. »Versprich mir, dass ihr in Berchtesgaden anruft. Versprich es!«

Im Zug nach Berchtesgaden gab es im Tunnel einen kurzen Lichtausfall. Alles war stockfinster. Joseph zog die Waffe. Nachdem sie den Fels durchfahren hatten, bekam der Lokführer einen riesigen Schreck, als er Joseph mit der Pistole erblickte.

Die Fahrt würde nun nicht mehr lange dauern. Josephs Nervosität steigerte sich. Er fragte, ob er rauchen dürfe.

»Eigentlich nicht. Aber egal. Rauch, wenn ich auch eine krieg.«

Joseph reichte ihm eine Zigarette hin, als ein ohrenbetäubendes Quietschen ertönte und der Zug abrupt zum Stehen kam. Joseph geriet ins Schwanken, die Kippe fiel zu Boden, und der Lokführer schrie: »Herrschaftszeiten! Was für ein Depp zieht denn jetzt die Notbremse!«

»Wie weit noch bis Berchtesgaden?«, fragte Joseph hastig.

Verärgert betätigte der Lokführer Hebel und Schalter. »Vielleicht zwei Kilometer.«

Mit immer noch gezückter Pistole riss Joseph die Tür des Führerhauses auf und sprang in den Schnee.

Wagentüren öffneten sich. Ein Schaffner rief, die Reisenden sollten Ruhe bewahren und nicht unaufgefordert aussteigen. Ein anderer Bahnbediensteter lief, so schnell er konnte, durch den tiefen Schnee nach vorne zur Lok.

Der Führer hielt sich am Geländer fest und lehnte sich nach draußen. »Notbremse. Keine Ahnung, warum. Lauft mal den Zug ab.«

Joseph stand neben der Lok und ging in die Hocke. Er schaute und horchte. Zu dem Schaffner, der direkt neben ihm stand, sagte er, er solle sofort wieder in den Zug steigen, und zeigte dabei seine Dienstmarke. Der Bahnbedienstete starrte auf Josephs Pistole und verschwand dann nach innen.

Auf jede Kleinigkeit achtend, richtete sich Joseph wieder auf. Die Waffe im Anschlag stapfte er zum ersten Waggon.

Ein anderer Schaffner marschierte mit zittrigem Laternenlicht auf ihn zu. Mit warnend gehobenem Zeigefinger flüsterte Joseph: »Geh wieder rein. Ich bin von der Polizei.«

Der Schaffner trat irritiert zur Seite.

Joseph erreichte den zweiten Waggon. Reisende hatten Fenster nach unten geschoben und schauten heraus. Manch einer forderte lautstark eine Erklärung. Ohne etwas zu erwidern, schlich Joseph den Wagen entlang. Abermals ging er in die Hocke. Er blickte zwischen den Rädern durch. Dann schaute er ringsum in den Schnee. Außer den eigenen Spuren und denen der Schaffner konnte er keine entdecken. Alle führten nah an den Gleisen entlang.

Eine Passagierin reckte den Kopf aus einem Fenster und rief erschrocken: »Der hat ja eine Pistole!« Joseph richtete sich auf und verzog das Gesicht mit einer Geste, die ausdrückte, sie solle ruhig sein.

Am Ende des dritten Waggons wandte er sich erneut in alle Richtungen. Das nahe Geäst der Bäume an den Waldhängen beugte sich unter der weißen Last. Dunkle Berggipfel ragten in die Höhe. Inmitten dieser stillen Winterlandschaft erschien der Zug wie ein Eindringling. Und er brachte eine tödliche Gefahr mit sich.

Joseph spähte nochmals den Zug entlang. Ganz vorne stand ein Schaffner. Er sprach mit dem Lokführer. Alle anderen, die der Meinung gewesen waren, aussteigen zu müssen, waren wieder in den Waggons verschwunden.

Vorsichtig bog er am Zugende um die Ecke. Über den gusseisernen Stangenpuffern befand sich die hintere Tür. Wieder versuchte er sich nach allen Seiten abzusichern. Doch der Angriff kam plötzlich und wie aus dem Nichts, alles ging ganz schnell. Etwas zerrte an seiner Jacke, der Stoff zerriss. Ehe er reagieren konnte, schlug ihm der Angreifer die Pistole aus der Hand, sie versank im Schnee. Joseph wurde hart herumgeschleudert, sein Rücken brutal an den Waggon gedrückt.

Durch das Glas der Hintertür fiel Licht auf das Gesicht seines Gegners. Geigers Augen starrten ihn an, gnadenlos presste er seinen Unterarm auf Josephs Kehle. Der stieß ihn mit aller Kraft weg. Einen kurzen Moment standen sie sich gegenüber. Joseph holte aus und versetzte Geiger einen Schlag ins Gesicht. Mit einem ärgerlichen Knurren prallte Geiger zurück. Joseph setzte nach. Abermals traf er seinen Gegner mit voller Wucht am Kiefer. Geiger lächelte bösartig und zog ein Messer hervor. »Ich hab schon auf dich gewartet. Bist du jetzt Schaffner geworden?«

Verzweifelt sprang Joseph zu der Stelle, wo seine Pistole verschwunden war. Hektisch wühlte er im Schnee. Irgendwo hier musste sie doch sein! Da warf sich Geiger auf ihn. Joseph schlug um sich, es gelang ihm, sich in dem Gerangel umzudrehen und Geigers Messerattacke im letzten Moment auszuweichen.

Abermals blickten sie sich in die Augen. »Jage nie etwas, das du nicht töten kannst. – Wehr dich nicht, mein alter Freund«, flüsterte Geiger, während er die Hand gegen Josephs Brust drückte. Er ertastete, wo die Rippen zu Ende waren. Dann rammte er die Spitze seines Messers unterhalb der Rippen hinein. Joseph verspürte ein heftiges Brennen. Geiger führte die Klinge langsam nach oben zum Herzen. Joseph wollte schreien, Geiger presste eine Hand auf seinen Mund. Der Schmerz wurde unerträglich. Joseph krallte sich in den Schnee und schlug mit den Füßen. Mit ruhiger Hand stieß Geiger die Klinge weiter und weiter hinein. Erstickte, schmerzerfüllte Laute drangen gedämpft aus Josephs Kehle. Mit einem entsetzten Flackern in den Augen starrte er seinem Henker ins Gesicht. Die Köperspannung wich.

»Ruhig, alter Freund. Lass los vom Leben.«

Leopolds Zweifel an Josephs und Carls Vorgehen hatten Reitmayr mehr als besorgt. Von der Pforte des Krankenhauses aus tätigte er einen Anruf bei der Polizeistation in Berchtesgaden. Was er zu hören bekam, bestätigte die schlimmsten Befürchtungen: »Kollege Reitmayr, es tut mir sehr leid, aber wir haben vorhin eine Leiche an der Bahnstrecke sichergestellt und bei ihr eine Dienstmarke aus München gefunden. Es handelt sich offenbar um Ihren Kollegen Joseph Obermeier. Vor der Abfahrt in Freilassing hatte er von der Polizeistation am Bahnhof aus noch bei uns angerufen.«

Reitmayr atmete hektisch in die Sprechmuschel.

»Wir fanden ihn erstochen auf den Bahngleisen. Ein einziger Stich, mitten ins Herz.«

Stille am anderen Ende der Leitung.

»Kollege, sind Sie noch da?«

Ein kalter Schauder durchrieselte Reitmayr. »Ja, ich bin ... bloß ... schockiert. Joseph war ein guter Freund von mir.«

»Tut mir wirklich leid. Kurz bevor der Zug in Freilassing abgefahren ist, hat uns Obermeier wie gesagt noch angerufen. Wir sollten alle Einsatzkräfte alarmieren und den ankommenden Zug umstellen. Angeblich war er auf der Jagd nach diesem Serienmörder aus München. – Einer der Schaffner hat uns später dann von einer Notbremsung auf freier Strecke erzählt. Bei einem Kontrollgang vor der Weiterfahrt wurde dann die Leiche Ihres Freundes entdeckt. Sie lag auf den Gleisen hinter dem letzten Waggon. Im Moment halten wir alle Fahrgäste am Bahnhof fest. Die sind sinksauer. Und wir haben keine Ahnung, wie der Gesuchte aussieht.«

Reitmayr blickte zur Wanduhr an der Klinikpforte. In knapp zwei Stunden würde der Wechsel ins Jahr 1924 stattfinden. »Wissen Sie etwas von einem Carl Feuerbach?«

»Nein. Wer sollte das sein? Warum fragen Sie nach ihm?« Kurzes Schweigen, dann sagte der Beamte: »Moment mal. Mir fällt da doch etwas ein. Wir haben hier einen Vermerk von der Kruger Elfriede. Dieser Feuerbach ist wohl ihr Bruder, und wenn er sich meldet, sollen wir ihr das mitteilen. Was hat der denn mit der Sache zu tun?«

»Jetzt passen Sie genau auf: Der Gesuchte heißt Balthasar Geiger, und Carl Feuerbach ist auf dem Weg zum Hof seiner Schwester ...« Oberwachtmeister Reitmayr erklärte die Lage.

»Das schafft der nie!« Die Stimme des Beamten in Berchtesgaden klang aufgebracht. »Haben Sie eine Ahnung, wie viel Schnee wir hier haben? Sogar im Ort gibt's Probleme. Der Bahnverkehr zum Königssee ist eingestellt. In den Bergen ist es noch viel schlimmer. Der Weiler vom Kruger liegt ziemlich weit oben. – Ich kann da mitten in der Nacht unmöglich wen rausschicken. Viel zu gefährlich, auch ohne Mörder. Vor morgen in der Früh geht gar nichts!«

»Gibt es auf einem der Nachbarhöfe ein Telephon?«

»Das ist grad alles erst in der Planung. Dort oben haben sie weder Strom noch Telephonanschlüsse. – Jetzt geben Sie mir doch bitte eine Beschreibung von diesem Balthasar Geiger durch. Ist der wirklich so gefährlich, wie Sie tun?«

»Lesen Sie keine Zeitung? Kennen Sie die Geschichten über den »Münchner Ripper« denn nicht?«

Am anderen Ende wurde es still. Der Polizist blickte durch das Fenster nach draußen: felsige Berghänge, dunkle Wälder – und Schneemassen, die alles unter sich begruben.

In der chirurgischen Abteilung des Allgemeinen-Krankenhauses München betete Leopold ein Vaterunser. Er bekreuzigte sich. »Lieber Gott, schütze meine Familie heute Nacht vor dem Bösen!«

In den Bergen um Berchtesgaden wurde der Schnee auf den steilen Anstiegen tiefer und tiefer. Unbefestigte Wege, zerborstene, umgestürzte Bäume. Mächtige Felsen auf beiden Seiten verdeckten das Mondlicht. Carl atmete tief, verharrte einen Augenblick und stapfte aus dem Gesteinsschatten. Der Mond leuchtete mit unverhüllter Klarheit auf die malerische, schneebeladene Wildheit.

Um Punkt Mitternacht begann es in vereinzelten Tälern und Senken zu knallen. Raketen stiegen in die Höhe, entluden sich in den klaren Sternenhimmel und warfen ihren Schein auf verschneites Gebirge. Die Berghäupter glitzerten in Rot, Gold und Violett.

Carl kippte nach hinten an eine Bretterwand. Mit zittrigen Händen hielt er sich die Ohren zu. Die Böllerschüsse unten am Königssee und drüben in Berchtesgaden versetzten ihn in einen Zustand surrealer Wahrnehmung. Hilflos rutschte er nach unten in den Schnee. Mit jedem Böller und jeder Rakete in der Ferne spürte er die Erschütterung des Erdreiches – im Stahlgewitter des großen Krieges.

Er presste seinen Rücken an die Stadelbretter. »Verdammt! Bitte, hört endlich auf!« Er zwang sich, ruhig zu atmen und schloss die Augen.

Als Carl die Augen wieder öffnete, ruhten die Berge und Täler in gespenstischer Stille. Er wusste nicht, wie lange er so gesessen hatte. Der Jahreswechsel war vorüber.

Er schaute um das Stadeleck. Der Kruger-Hof bestand aus drei Gebäuden. Angeordnet im Neunzig-Grad-Winkel bildeten sie ein offenes Quadrat. Mittig das Wohnhaus, mit der Front zum Hof ausgerichtet. Das gesamte Holzwerk war schwarz vom Alter. Links der Stadel, hinter dem Carl in Deckung gegangen war. Rechts ein weiß getünchter Gewölbestall, davor ein Leierbrunnen. Die letzten zwölf Jahre hatten nichts verändert.

Aus zwei Fenstern im Erdgeschoss des Wohnhauses fiel gedämpftes Licht. Carl stapfte an der dem Hof abgewandten Stadelseite nach vorne. An der Ecke blieb er nochmals stehen. Eiskristalle glitzerten im Mondschein. Im Stall schien eine Kuh unruhig.

Carl schlich vor das Haus und schaute verstohlen durch eines der Fenster. Das einzige Licht im Raum kam von einer flackernden Kerze auf dem Küchentisch. Ein Mann saß daran. Sein Schwager: älter und zwanzig Kilo schwerer.

Carl pochte an die Tür und trat abwartend einen Schritt zurück. Das Geräusch vom Rücken der Stuhlbeine auf dem Holzboden drang nach draußen, gefolgt von schweren Schritten und dem metallischen Geräusch eines Schlüssels im Schloss. Die Türangel quietschte. Der Schnee vor der Tür kippte nach innen, und blaugraue Mondnacht fiel in den Gang. »Ja, Carl! – Was machst'n du hier?«

»Servus, Ignaz, wo ist die Elfriede?« Carl zwängte sich an seinem Schwager vorbei durch die Tür und streifte ihn dabei mit der Schulter. »Ist sie oben? – Elfriede?«, schrie er die Stiege hinauf.

»Verdammt noch mal! Carl, was soll denn das?«

Carl drehte sich um. »Ich kann dir jetzt nicht alles erklären. Aber ich muss wissen, wo die Elfriede und der Maximilian sind.«

Die oberste Stufe knarrte in der Dunkelheit. »Ignaz?«

»Elfriede! – Ich bin's.«

»Allmächtiger! Ist was mit dem Leopold?« Elfriede eilte die Treppe herunter. Sie trug ein verwaschenes Nachthemd.

»Verriegle die Tür«, sagte Carl zu seinem Schwager. »Wo ist Max?«

Elfriede stand fassungslos vor ihrem Bruder. »Der übernachtet unten im Tal. Silvester feiern.« Schwaches Licht schien aus der Küche in den Gang. Im Halbdunkel sah Carl seine Schwester ernst an. »Geiger kommt!«

Sie schlug sich die Hand vor den Mund, torkelte rückwärts und sackte auf die Stufen.

»Was ist denn mit deinem Arm?«, fragte Carl.

Abwesend murmelte Elfriede: »Gebrochen, drum hab ich nimmer schreiben können.« Sie trug den rechten Arm in einer Schlinge.

Carl kniete sich mit einem Bein vor sie hin. »Elfriede –«

»Geiger?«, unterbrach Ignatius lautstark. »Der Geiger aus eurer Nachbarschaft in München?«

»Hör bitte auf«, sagte Elfriede scharf. »Lass Carl erzählen.« Sie legte ihre Hand an Carls Wange und fragte mit weicher Stimme: »Wo ist mein Bub? Bitte sag mir, wo mein Bub ist.«

Carl wich ihren Blicken aus, und als er die Hand seines Schwagers auf der Schulter spürte und dieser immer fester zudrückte, stemmte er sich nach oben und befreite sich davon.

»Will er sie jetzt endlich holen, der Geiger?«

Carl schaute zu Ignatius auf. Knappe zwei Meter, hundertzwanzig Kilogramm. »Reiß dich zusammen.«

»Was fällt dir ein?«

»Ignaz, Carl!«, schrie Elfriede, sprang unbeholfen von der Treppe hoch und zwängte sich zwischen die beiden. »Ich will sofort wissen, was mit Leopold ist!«

»Macht euch jetzt keine Sorgen um ihn. Wir haben gerade andere Probleme. Geiger ist der Serienmörder, der in

München gewütet hat, und ich fürchte, jetzt ist er auf dem Weg hierher.«

»Jesus, Maria und Joseph!« Elfriede verließen die Kräfte. Halb ohnmächtig kippte sie gegen die Wand.

Carl griff ihr unter den gesunden Arm und spürte dabei seine Schulter; sie machte zunehmend Probleme. »Vielleicht schleicht er sogar schon draußen herum«, sagte er gepresst.

»Hat er ihn kennengelernt?«, wollte Ignatius wissen.

Carl schwieg.

»Hat er?«

Carl schwieg.

Ignatius richtete sich zu voller Größe auf. »Jetzt pass einmal auf, Carl. Ich hab dir bis jetzt nichts getan, weil du zur Familie gehörst. Aber wenn du mir nicht gleich eine Antwort gibst ...!«

»Versuch's!«

»Aus jetzt!«, schrie Elfriede.

»Hat er ihn gesehen?«

»Ja, verdammt«, sagte Carl.

»Weiß Leopold, wem er da begegnet ist?«

Statt Carl antwortete Elfriede: »Was heißt da, ›wem er begegnet ist‹? Einem früheren Nachbarn von uns. Nicht mehr und nicht weniger!«

»Wenn ich in das Gesicht von Max schaue«, sagte Ignaz, »sehe ich mich und meinen Vater. – Wenn ich Leopold ins Gesicht schaue, dann ...«

»Schluss!«, schrie Elfriede. »Ich hab's dir schon tausendmal gesagt, hab dir geschworen, dass der Leopold von dir ist!«

»Du hast es nie bewiesen!«

»Ja, wie denn?«

Ignatius sah verächtlich auf seine Frau hinab. Dabei fragte er Carl: »Und, was will der Geiger jetzt? Will er sie holen?«

»Nein, umbringen will er sie. Er will mir zeigen, dass es ein Fehler war, ihm noch einmal in die Quere zu kommen. – Ihr müsst euch jetzt verstecken!«

»Ich versteck mich doch nicht in meinem eigenen Haus. Der soll bloß kommen!«

»Ignaz, du bist dem nicht gewachsen. Bringt euch in Sicherheit.« Carl legte seinem Schwager die Hand auf die Schulter. »Du bringst Kühe und Schweine um. Glaub mir, einen Menschen zu töten ist was anderes. Tu dir das nicht an und vertrau mir einfach.«

Ignaz schluckte und griff schweigend nach Elfriedes Hand. »Wir gehen in die Kammer. Da ist meine Büchse.« Dann schaute er zu Carl. »Dort hinauf kommt man bloß über die Treppe. Wenn du ihn nicht aufhalten kannst – erschieß ich ihn oben.«

»Habt ihr Schnaps da?«

»Im Küchenschrank«, sagte Elfriede. Sie wollte noch etwas hinzufügen, doch Ignaz unterbrach sie. »Jetzt sei still und tu, was man dir sagt.« Er zog am gesunden Arm seiner Frau und verschwand mit ihr nach oben in die Dunkelheit.

Im Türstock musste sich Carl bücken. Die Decke der Küche war nicht viel höher. Wie Ignatius hier wohnen konnte, hatte Carl früher schon nicht verstanden.

Die Kerze auf dem Tisch warf einen fahlen Lichtkreis in der Mitte des Raumes, der Rest versank im dusteren Schatten. Der Küchenherd gegenüber der Tür war immer noch derselbe. Holzscheite lagen daneben. Die beiden Fenster rechts von der Tür spiegelten die Kerzenflamme. Direkt unter den Fenstern stand ein altes Kanapee, überzogen mit

Rindsleder. Die Anrichte neben dem Ofen und die Holzkommode – alles war wie früher. Neben der Tür hingen ein Kruzifix und eine Schale mit Weihwasser. Carl machte das Kreuzzeichen an Stirn, Mund und Brust.

Bei jedem Schritt gaben die Bodenbretter ein wenig nach. Carl suchte in der Anrichte: Blechgeschirr, geschliffene Gläser, daneben zwei Flaschen mit klarer Flüssigkeit. Er stellte zwei Gläser und eine der Flaschen auf den Tisch. Dann ging er zurück in den Gang, öffnete die Haustür und trat hinaus. Der Schnee knirschte. Vollkommene Stille. Selbst aus dem Stall drang kein Laut mehr herüber. Glitzerndes Weiß reflektierte blaues Mondlicht, und über den Gipfeln funkelten die Sterne.

Er zog am Sturz der Haustüre den Kopf ein, ließ sie hinter sich offen stehen, die Küchentür ebenso, und setzte sich an den Tisch. Die kleine Flamme flackerte ein wenig. Wassertropfen lösten sich von seiner Kleidung und sickerten zwischen die Dielen. Die Keule legte er vor sich auf den Tisch. Dann schenkte er sich Schnaps in eines der Gläser und kippte ihn hinunter.

Zigarillo rauchend saß er dann da: in der halbdunklen Küche mit der niedrigen Decke, die Keule bereit. Er blickte durch die Fenster in den Hof hinaus und hörte sich selbst atmen.

»Danke, dass ihr euch freiwillig gemeldet habt«, sagte der Dienststellenleiter auf der Polizeistation in Berchtesgaden. »Schaut, dass ihr den Kruger-Hof so schnell wie möglich erreicht. Äußerste Vorsicht ist geboten. Mit so einem haben wir es hier noch nie zu tun gehabt.«

Drei Wachtmeister hatten sich in dicke Mäntel gepackt und standen im Gang vor dem Büro. »Wir kriegen das schon hin. Wir sind hier aufgewachsen«, sagte einer von ihnen.

»Die Berge kennt ihr. Aber so einen Mörder?«

»Ich hab im Krieg genug erlebt und bin noch da.« Der Veteran drehte sich zu den beiden Kollegen. »Auf geht's, rauf zum Kruger!«

»Wir kommen dann morgen in der Früh hinauf ... sobald es geht!«, sagte ihr Vorgesetzter. Dann schaute er ihnen nach, wie sie in den Schnee hinaustraten, und murmelte vor sich hin: »Die Mutigen überleben meistens nicht. Hoffentlich geht alles gut!«

Der Gedanke durchzuckte Carl wie ein elektrischer Schlag: Was, wenn Geiger schon im Haus war, bevor ich hier angekommen bin? Er eilte in den Gang und blickte die Stiege hoch. Nachdem Elfriede und Ignatius nach oben gegangen waren, hatte er keinen Mucks mehr gehört.

Mit der Keule in der Hand schlich er hinauf. Der Gang im ersten Stock war in vollkommene Dunkelheit gehüllt. Mit der Linken glitt Carl an der Wand entlang. Das Gebälk knackte.

»Wer da?«, tönte Ignaz' Stimme. Sie drang aus einer der verschlossenen Türen. »Wer da, hab ich gefragt!«

»Ich bin's, Carl. Ist alles in Ordnung bei euch?« Unter einem Türspalt erschien ein Lichtstreifen. Carl ging darauf zu und drückte die Klinke.

Eine Lampe neben dem Bett warf unheimliche Schatten in die niedrige Kammer. Ein großes Kreuz hing über dem Bett, und Elfriede zog ihre Decke verängstigt bis zum Hals. Die Zeiger der Porzellanuhr auf dem Nachtkästchen standen auf drei Uhr früh.

Ignaz saß aufrecht im Bett. Seine Rechte ruhte auf einer Büchse neben sich.

»Wenn er kommt ...«, er hob die Waffe etwas an, »dann wart ich auf ihn!«

Carl nickte, trat zurück und drückte die Tür ins Schloss.

Zurück im Erdgeschoss spähte er in den Hof. Immer noch Stille. Einzig Carls eigene Laute waren zu hören. Die Kälte war ins Haus gekrochen. Auch in der Küche erschienen jetzt weiße Wölkchen vor seinem Gesicht. Er riss sich zusammen, schüttelte die Müdigkeit ab, trank Schnaps und rauchte.

Eine Stunde später durchdrang das Knirschen von Schnee die Grabesstille. Die Geräusche kamen näher. Durch das Fenster erblickte Carl den schwarzen Umriss einer Gestalt draußen im Hof. »Komm rein, ich wart schon auf dich!«, rief er durch die offenen Türen und schenkte Schnaps in beide Gläser.

Das Knirschen verstummte. Ruhe, gefolgt von schweren Schritten auf den Brettern im Gang. Dann stand Geiger im Türstock.

»Hock dich her zu mir!«

Beim Überschreiten der Schwelle bekreuzigte sich Geiger. Schweigend trat er in den Lichtkreis der Kerze, richtete den Stuhl und setzte sich. Starr schaute er über den Tisch zu Carl.

»Leopold haben sie den Arm amputiert.«

»Sei froh. Ich hätt ihn auch schlachten können!«

»Heute ist ein besonderer Tag. Sogar in zweifacher Hinsicht.« Carl legte die Hand behutsam auf die Keule. »Zum einen sitze ich dem leibhaftigen Teufel gegenüber. Zum andern, mein Freund, ist heute dein Todestag.« Carl schob eines der Gläser über den Tisch. »Prost!«

Ohne weitere Worte schütteten sich beide Schnaps in ihre Kehlen. Er brannte scharf im Hals.

Geiger schaute auf die Keule. »Wie ich gehört habe, warst du fleißig damit.«

Carl zündete sich ein Zigarillo an. »Im Schützengraben hat sie mir gute Dienste geleistet.« Dann nahm er die Keule und wog sie in der Hand. »Wenn alles andere versagt, hilft bloß noch das.«

»Angeblich sollst du dem Kronprinzen damit das Leben gerettet haben.«

»So erzählt man sich das.«

Geiger fixierte Carl mit forschendem Blick. »Wie viele? Wie viele hast du damit erschlagen?«

Carl nahm einen tiefen Zug und sagte: »Wir sind beide Geschöpfe des Teufels. Wir sind gleich – und doch völlig verschieden.«

»Wie viele Carl? Sag es mir.«

»Du wirst die Nummer 49 sein.«

Geigers Augen funkelten erregt, und sein Mund verzog sich zu einem dämonischen, unnatürlichen Lächeln.

Carl zog einen gefalteten Bogen Papier aus dem Mantel, legte ihn auf den Tisch und rollte das Zigarillo von einem Mundwinkel in den anderen. Mit entschlossener Stimme sagte er: »Gehen wir!«

Er stand auf, trat mit andächtiger Ruhe zur Weihwasserschale, machte sein Kreuzzeichen und warf einen Blick über die Schulter. Geiger saß am Tisch und starrte ihn an.

Mit der Keule in der Hand trat Carl schweigsam in den Hof. Der Mond stand am Horizont und die umliegenden Berghäupter leuchteten hell. Windstille. Alles war starr, nichts bewegte sich. Von Carls Zigarillo stieg ein Rauchfaden steil in die Winternacht empor. Unter seinen Stiefeln knirschte glitzernder Schnee.

Abschied

Brief von Carl Feuerbach an seinen Neffen Leopold Kruger (verfasst im Zug nach Berchtesgaden), 31. Dezember 1923

Leopold, ich befinde mich auf dem Weg nach Berchtesgaden. Dort wird es enden, und wir beide werden uns niemals wiedersehen. Ich kann Balthasar nicht töten, ohne selbst mein Leben zu verlieren. Und genau so soll es sein. Das ist mein Wunsch.

Soldaten im Krieg töten oder sterben. Ich tat beides. Um das Töten zu ertragen, musste ein Teil von mir sterben.

Lebe lange, lebe glücklich! Ehre Deine Mutter. Ehre den Mann Deiner Mutter. Heirate die Frau, die Du liebst, und zeuge Kinder. Sollte ihnen jemals jemand Schaden zufügen wollen, scher Dich nicht um irdische Gesetze. Nimm es selbst in die Hand!

Ehre die Alten und lehre die Jungen. Sage immer Deine Meinung und steh dazu. Hör auf Dein Herz. Verteidige die, die es selbst nicht können. Sei gütig und barmherzig. Kämpfe für Freiheit und Gerechtigkeit, für Dich und für andere. Sei standhaft! Lies die Bibel und bete zu Gott, aber sei Dir auch immer der Existenz des Teufels bewusst! Er hat es auf unsere Seelen abgesehen.

Und jammere nicht, denn die Welt schuldet Dir nichts! Einzig Du bist der Herr Deines Schicksals. Lebe ein gutes Leben.

In tiefer Verbundenheit

Dein Onkel Carl Feuerbach

Neubeginn

Tagebucheintrag von Leopold Kruger

13. August 1962. – Die damaligen Ereignisse holen mich noch immer ein. Manchmal, wenn es Nacht ist und ich aus dem Fenster schaue, suchen mich die alten Geister heim. Dann atme ich durch, fühle mich einsam. Gleichwohl hat mich das Leben reich beschenkt.

Längst habe ich gelernt, mit der linken Hand zu schreiben. Mein Bruder Max lebt heute in München. Nachdem er aus dem Zweiten Weltkrieg nach Hause gekommen war, fand er sich nicht mehr zurecht und verließ unsere Heimat – in die ich zurückgekehrt bin. Ein kräftiger Arm und der Wille, es zu schaffen, waren mir tägliche Begleiter im Stall und auf dem Feld.

Während ich über mein Leben nachdenke und diese Zeilen verfasse, sitze ich hinter unserem Haus auf einer grün leuchtenden Wiese. Ich bin umgeben von hohen Gipfeln und tiefen Tälern. Die Sonne wärmt mich.

Oft denke ich an meinen Onkel Carl. Ein Mann wie er ist mir niemals wieder begegnet. Auch heute noch beschäftigen mich die vielen Rätsel und unbeantworteten Fragen, die ihn umgaben.

Jene mysteriösen Zahlungen wurden selbst nach seinem Tode noch bis 1955 geleistet. Zur Hälfte an Alfred, die andere Hälfte erhielt ich. Erst nachdem Kronprinz Rupprecht von Bayern verstorben war, kam nichts mehr. Onkel Carl hatte ihm im Ersten Weltkrieg tatsächlich das Leben gerettet. Die genauen Umstände sind mir jedoch unbekannt.

1928 beschlossen meine Frau und ich, Alfred aus der Klinik zu holen. Viele Jahre später starb er, kurz nach seinem siebzigsten Geburtstag, auf unserem Hof. Er mochte es, den Kühen beim Grasen auf den Bergwiesen zuzusehen. Und in ganz, ganz seltenen hellen Momenten erzählte er schweinische Witze. Unsere Familie saß bei ihm, als es mit ihm zu Ende ging, auch die Kinder.

Onkel Carls Grabenkeule befindet sich noch heute in meinem Besitz, ebenso der graue Feldmantel. Ich stehe oft in der Tür zum Hof und male mir die Geschehnisse jener kalten Silvesternacht 1923 aus.

Die drei Wachtmeister aus Berchtesgaden erreichten den Hof bei Morgengrauen. Balthasar Geiger lag erschlagen vor dem Haus. Angeblich war sein Blut unter Carls heftigen Keulenschlägen bis hinüber zum Stall gespritzt. Mein Onkel war verschwunden. Zwar folgte man den Spuren im Schnee, doch fand man ihn erst eine Woche später im Steinernen Meer. Sein Leichnam lag auf dem Rücken, sein Blick war in den Himmel gerichtet. Ich stelle mir vor, dass er beim Sterben die Sterne gesehen hat.

Seinen steif gefrorenen Körper verbrachte man in die Gerichtsmedizin. Bei den Untersuchungen konnte man keinerlei Verletzungen entdecken. Er ging in die Berge und legte sich nieder. Einsam. Allein. Ob es stimmt, dass Erfrieren ein angenehmer Tod ist? Ich hoffe es!

Meine Mutter ließ Onkel Carl in Berchtesgaden bestatten, und heute liegen meine Mutter und auch mein Vater auf demselben Friedhof neben ihm begraben. Ich weiß, Ignaz wäre stolz, wenn er sehen könnte, welch prächtige Enkelsöhne mittlerweile den Hof bewirtschaften.

Geiger verscharrte man in einem namenlosen Grab in München.

Anna kommt gerade über die Wiese. Sie ist mir eine wundervolle Ehefrau. Unsere Söhne Carl, Joseph und Alfred sind mittlerweile erwachsen. Ich bin zwar ein einarmiger Krüppel, doch sie lächelt mich an. Ich bin glücklich!

Fakten und Begriffe

Erwähnte Straßen- und Gebäudenamen, Lokalitäten und Lichtspielhäuser waren 1923 real existent oder sind es noch immer. Quelle u. a.: *Griebens Reiseführer, Band 19: München und die bayerischen Königsschlösser*, 34. Auflage, Verlag von Griebens Reiseführern (Albert Goldschmidt), Berlin 1923.

Im Roman genannte Kunstwerke, Theaterstücke, literarische Werke und Ausstellungen sind wahrheitsgetreu wiedergegeben. Pressemeldungen, die fiktiv sind, wurden entsprechend mit * markiert. Der Wortlaut nicht markierter Meldungen, Flugblätter etc. entspricht dem Originaltext.

Der geschilderte Umgang mit Kriegsversehrten aus dem Ersten Weltkrieg entspricht den wahren Gegebenheiten (damaliger Sprachgebrauch: »Kriegskrüppel«).

Kaufmann-Methode: Stromschläge als Psychotherapie – »Überrumpelungstherapie«

Kriegszittern: posttraumatische Belastungsstörung (Kriegstrauma)

Grabendolch und Grabenkeule: Im Ersten Weltkrieg entwickelten Soldaten aus der Not heraus Waffen in Eigenregie bzw. man improvisierte. Im Stellungskrieg waren die bis dahin eingesetzten Bajonette in Schützengräben, Unterständen und Granattrichtern eher hinderlich. Um im direkten Nahkampf besser hantieren zu können, entstanden der sogenannte Grabendolch und die Grabenkeule.

Der Hitler-Ludendorff-Putsch 1923 in München wurde anhand von Originaldaten und gemäß der Quellenlage dargestellt.

Der Paragraph 175 hatte von 1872 bis 1994 Gültigkeit und stellte sexuelle Handlungen zwischen männlichen Personen unter Strafe.

Der Ausdruck »Puppenjungs« wurde von dem Serienmörder Fritz Haarmann (Hannover, 1879–1925) verwendet bzw. geprägt. Dieser wurde im Jahr 1924 verurteilt und 1925 mit dem Fallbeil enthauptet.

Typhus und Cholera in München: Zu Beginn des 19. Jahrhunderts wurde das Abwasser in Versitzgruben oder direkt in die Stadtbäche entsorgt. Folgen hieraus waren unter anderem eine hohe Typhussterblichkeit sowie 1836 und 1854 schwere Choleraepidemien. Später wurde die Kanalisation neu angelegt.

Zu Beginn des 20. Jahrhunderts platzte München aus allen Nähten: Von 1885 bis 1905 verdoppelte sich die Einwohnerzahl.

Um die Hyperinflation im Herbst 1923 aufzuhalten, wurde in Deutschland die Rentenmark eingeführt, 1924 zusätzlich die Reichsmark.

Zeilen aus Psalm 23 zitiert aus:
Die Heilige Schrift des alten und neuen Testamentes. Aus der Vulgata mit Bezug auf den Grundtext neu übersetzt und mit kurzen Anmerkungen erläutert von Dr. Joseph Franz Allioli, vierte Auflage, Landshut 1839.
Der Brief aus Verdun ist real existierenden Frontbriefen nachempfunden; er lehnt sich an deren Stil und überlieferte Inhalte an.

Die philosophischen Worte des Doktors sind angelehnt an die Worte von Professor Lessing, Mediziner und Dozent für Psychologie an der technischen Hochschule Hannover, die er über den deutschen Serienmörder Fritz Haarmann äußerte. Quelle: Christine Pozsár und Michael Farin (Hg.): *Die Haarmann-Protokolle*. Faksimile der Auflage Reinbek bei Hamburg 1995, belleville Verlag Michael Farin, München 2009.

Im Text erwähnte und in die Handlung eingebaute Personen, die real existierten, sind nachfolgend aufgeführt:

Eduard Schmid (1861–1933): Politiker der SPD, 1919–1924 erster Bürgermeister in München

Kronprinz Rupprecht von Bayern (1869–1955): letzter bayerischer Kronprinz, Heerführer der deutschen Armee im Ersten Weltkrieg

Bertolt Brecht (1898–1956): einflussreicher deutscher Dramatiker und Lyriker

Otto Falckenberg (1873–1947): deutscher Regisseur, Theaterleiter und Schriftsteller, 1917–1944 Direktor und künstlerischer Leiter der Münchner Kammerspiele

Karl Valentin (1882–1948): bayerischer Komiker, Volkssänger, Schauspieler, Autor und Filmproduzent

Max Schreck (1879–1936): deutscher Schauspieler, Titelrolle in dem Stummfilm *Nosferatu – Eine Symphonie des Grauens*

Danksagung

Ich danke Frau Mariam und Herrn Thomas Montasser, dem gesamten Verlagsteam von ars vivendi, außerdem Frau Anke Daniela Mayer, Frau Dr. Felicitas Igel, Sandra und Emily Schwimmer.